COLLECTION FOLIO

Vladimir Nabokov

Autres rivages

AUTOBIOGRAPHIE

Traduit de l'anglais
par Yvonne Davet,
Mirèse Akar et Maurice Couturier

Préface à l'édition russe
traduite par Laure Troubetzkoy

Édition augmentée

Gallimard

Traduit de l'anglais par Yvonne Davet ; compléments de textes traduits par Mirèse Akar ; chapitre XVI traduit par Maurice Couturier.

Titre original :

CONCLUSIVE EVIDENCE, 1951, *puis* SPEAK, MEMORY, AN AUTOBIOGRAPHY REVISITED, 1966, 1967.

Vladimir Nabokov est né le 23 avril 1899 à Saint-Pétersbourg, au 47 rue Morskaïa (actuellement rue Herzen), dans un milieu aristocratique libéral et anglophile. Fils aîné d'une famille de cinq enfants, Vladimir Nabokov bénéficie, avec ses frères et sœurs, d'une éducation trilingue. Ce trilinguisme de l'enfance sera déterminant pour son œuvre d'écrivain russe puis américain. L'auteur voyage au tout début du siècle en Europe avec ses parents, découvre la passion des lépidoptères et des échecs, le bonheur de vivre à proximité d'une « bibliothèque de dix mille ouvrages ». Entre 1911 et 1917, il suit les cours de l'Institut Ténichev à Saint-Pétersbourg, et sa première œuvre, un recueil de poèmes imprimé à cinq cents exemplaires, paraît à titre privé en 1916.

La Révolution de 1917 interrompt brutalement cette enfance idyllique. Le père de l'auteur, Vladimir Dmitriévitch Nabokov, éminent juriste et fils d'un ancien ministre de la Justice, était membre du Parti constitutionnel démocrate et de la première Douma de 1906 (le premier et éphémère parlement russe). Opposant déterminé au despotisme du tsar, il avait connu la prison en 1908. Au début de 1917, il fait partie du Gouvernement provisoire de Kérenski et de la nouvelle Assemblée constituante. La révolution d'Octobre contraint les Nabokov à se réfugier d'abord en Crimée. Le 15 avril 1919, la famille quitte définitivement la Russie à destination de Londres.

Entre 1919 et 1922, Vladimir Nabokov étudie les littératures russe et française à Cambridge (Trinity College). Son père, qui s'est installé à Berlin avec le reste de sa famille pour diriger avec Hessen le journal émigré *Roul'*, est assassiné par des fascistes russes en mars 1922. C'est dans ce journal de Berlin, ainsi que dans les journaux russes émigrés de Paris, que Nabokov fait paraître des poèmes, des articles critiques, des traductions du français ou de l'anglais, puis ses premières nouvelles et des extraits de ses premiers romans.

A partir de 1923, avec la parution de sa traduction russe d'*Alice au pays des merveilles*, puis de ses propres romans, en particulier *La défense Loujine* (1930), *Chambre obscure* (1932), *La méprise* (1936) et surtout *Le don* (1937), Nabokov s'impose comme le plus exceptionnel romancier russe de son temps. Résident berlinois de 1922 à 1937, l'auteur, qui a épousé Véra Evséievna Slonim le 15 avril 1925, s'installe, pour fuir le nazisme, à Paris au début de 1937, où certains de ses livres ont déjà été traduits en français.

L'écrivain polyglotte, qui signait ses ouvrages russes du pseudonyme de Sirine, commence à se métamorphoser en un écrivain de langue anglaise. Après avoir traduit, non sans les remanier, deux de ses romans russes en anglais, *La méprise* qui devient *Despair* (Londres, 1937) puis *Chambre obscure* rebaptisé *Laughter in the Dark* (New York, 1938), Nabokov écrit à Paris en 1938 son premier roman de langue anglaise, *La vraie vie de Sebastian Knight*, qui paraîtra seulement en 1941, soit un an après son arrivée en Amérique, le 28 mai 1940. Toute l'œuvre romanesque de Nabokov sera désormais écrite en anglais.

Nommé professeur associé à Stanford University en 1941, il accepte ensuite un poste d'entomologiste au Museum of Comparative Zoology de Harvard, tout en donnant des conférences de littérature à Wellesley College. L'amitié et le soutien d'Edmund Wilson et de Mary McCarthy, puis des responsables du *New Yorker*, lui permettent d'acquérir une audience qu'il n'avait jamais espérée. Nommé professeur de littérature à Cornell University en 1948, il donne des conférences sur « les grands maîtres européens du roman », et cela jusqu'en 1959, un an après le succès de scandale de

Lolita (publié d'abord en anglais à Paris, par Olympia Press, en 1955), qui lui permet de vivre de sa plume et fait découvrir une œuvre immense.

En 1961, il s'installe au Montreux Palace, en Suisse, où il écrira, en outre, ces chefs-d'œuvre que sont *Feu pâle* et le monumental *Ada,* publié à l'occasion de son soixante-dixième anniversaire. Maître d'œuvre d'une célèbre traduction anglaise d'*Eugène Onéguine* de Pouchkine, Nabokov a retraduit en anglais certains de ses romans et nouvelles russes, avec la collaboration de son fils, et poursuivi une carrière de lépidoptérologiste qui lui valut l'admiration de ses pairs. Ses collections sont, pour l'essentiel, conservées dans les musées de Cornell University, de Harvard et de Lausanne. L'auteur est mort le 2 juillet 1977 à Montreux.

À VÉRA

PRÉFACE À L'ÉDITION RUSSE (1954)

L'autobiographie que le lecteur a entre les mains couvre une période de près de quarante ans, qui va des premières années du siècle à mai 1940, date à laquelle l'auteur quitta l'Europe pour s'installer aux États-Unis. Son but est de décrire le passé avec la plus grande précision possible et d'y mettre à jour des contours signifiants, ou plus exactement le développement et la répétition de thèmes cachés dans une destinée manifeste. Je me suis efforcé de donner libre champ à Mnémosyne tout en lui assignant une loi.

Ce livre a pour point de départ et en partie pour original l'édition américaine intitulée *Conclusive Evidence*[1]. Possédant à la perfection depuis ma prime enfance l'anglais et le français, je serais passé sans difficulté, pour les besoins de mon écriture, du russe à une langue étrangère, si j'avais été, par exemple, Joseph Conrad, qui avant de se mettre à écrire en anglais, n'avait laissé aucune trace dans sa littérature d'origine (la littérature polonaise) et qui, dans sa langue d'adoption (l'anglais), ne fit qu'utiliser habilement des formules toutes faites. Lorsqu'en 1940 je décidai de passer à l'anglais, le malheur était qu'auparavant, j'avais écrit pendant plus de quinze

1. Titre original de la première édition de l'autobiographie de l'auteur.

ans en russe et marqué à la longue de mon empreinte mon outil, mon intermédiaire. En changeant de langue, je renonçais ainsi, non à la langue d'Avvakoum, de Pouchkine, de Tolstoï – ni à celle d'Ivanov, nounou de la prose journalistique russe –, bref, non pas à une langue commune, mais à un idiome individuel et vital. Habitué depuis longtemps à m'exprimer à ma façon, je ne pouvais me contenter de clichés dans ma langue d'adoption, si bien que les monstrueuses difficultés qu'impliquait cette réincarnation et l'horreur d'avoir à me séparer d'un être vivant, docile, me plongèrent tout d'abord dans un état que je n'ai pas besoin de décrire ; je dirai seulement que jamais un écrivain de quelque envergure n'en avait fait l'expérience avant moi.

Je vois d'insupportables défauts dans certaines de mes œuvres anglaises, comme, par exemple, *The real life of Sebastian Knight ; Bend Sinister* et quelques-uns de mes récits parus dans la revue *The New Yorker* me donnent en partie satisfaction. Quant au livre *Conclusive Evidence*, sa rédaction fut longue (1946-1950) et particulièrement pénible, car ma mémoire était accordée à un certain diapason musical, allusif, russe, tandis qu'il lui fallait s'adapter à un autre, anglais et circonstancié. Lorsque l'ouvrage fut achevé, certaines petites pièces du mécanisme étaient d'une solidité douteuse, mais l'ensemble me paraissait fonctionner assez bien, jusqu'au jour où je me lançai dans l'entreprise insensée qui consistait à traduire *Conclusive Evidence* dans ma langue première, essentielle. Apparurent alors de tels défauts, des phrases si monstrueusement écarquillées, une telle quantité de lacunes et d'explications superflues qu'une traduction russe littérale eût été une caricature de Mnémosyne. Conservant le dessin général, je modifiai et complétai de nombreux passages. Il y a entre le livre russe que l'on trouvera ici et sa version anglaise le même rapport qu'entre des lettres majuscules et des italiques ou bien entre un visage qui vous regarde droit dans les yeux et un profil stylisé. « Permettez-moi de me présenter, dit mon compagnon de voyage d'un air grave. Mon nom est N. » Nous liâmes conversation. La nuit passa à notre insu. « Voilà, mon cher Monsieur », acheva-t-il avec un soupir. Par les fenêtres du wagon, on voyait se lever un jour gris et brumeux, défiler de mornes boqueteaux, le ciel blanc se déployer au-dessus d'un faubourg et briller çà et là les lumières encore ou déjà allumées de lointaines maisons...

Voici donnée la note, la tonalité de notre voyage[1]...

Traduit du russe par
Laure Troubetzkoy

1. Cette préface à la traduction russe que Vladimir Nabokov fit de *Autres rivages* a été publiée le 30 novembre 1954 à New York avec la première édition russe de cet ouvrage, paru sous le titre de *Drouguié Béréga*. *Autres rivages* est avec *Lolita* le seul livre que Nabokov ait tenu à retraduire lui-même en russe. (*N.d.E.*)

AVANT-PROPOS

Le présent ouvrage est un montage de souvenirs personnels systématiquement mis en corrélation qui, d'un point de vue géographique, vont de Saint-Pétersbourg à Saint-Nazaire et qui couvrent une période de trente-sept ans, d'août 1903 à mai 1940, avec quelques incursions dans l'espace-temps postérieur. L'essai à l'origine de l'ensemble correspond à l'actuel Chapitre Cinq. Je l'ai écrit en français, sous le titre de « Mademoiselle O », il y a trente ans, à Paris, où Jean Paulhan l'a publié dans le deuxième numéro de *Mesures,* en 1936. Une photographie (récemment reproduite dans le *James Joyce in Paris* de Gisèle Freund) commémore cet événement, mais la légende comporte une erreur puisque j'y suis désigné sous le nom d'« Audiberti » parmi les membres du groupe de « *Mesures* » qui se détendent autour d'une table de jardin en pierre.

Aux Etats-Unis, où j'ai émigré le 28 mai 1940, « Mademoiselle O » fut traduit en anglais par la regrettée Hilda Ward et le texte, auquel j'avais apporté des modifications, fut publié par Edward Weeks dans le numéro de janvier 1943 de *The Atlantic Monthly* (qui fut aussi le premier magazine à faire paraître mes textes écrits aux Etats-Unis). Ma collaboration au *New Yorker* avait été inaugurée (grâce à Edmund Wilson) par un bref poème, en avril 1942, suivi par d'autres textes épisodiques. Mais ma première œuvre en prose ne devait y paraître que le 3 janvier 1948 : il s'agit de « Portrait de mon oncle » (le Chapitre Trois de l'ouvrage complet), écrit en juin 1947 à Columbine Lodge, Estes Park, Colorado, où ma femme, mon fils et moi n'aurions pu séjourner beaucoup plus longtemps si Harold Ross n'avait aussi bien mis dans le mille avec le fantôme de mon passé. Le même magazine publia également le Chapitre Quatre (« Mon éducation anglaise », le 27 mars 1948), le Chapitre Six (« Papillons », 12 juin 1948), le Chapitre Sept (« Colette », 31 juillet 1948) et le Chapitre Neuf (« Mon éducation russe », 19 septembre 1948), tous écrits à Cambridge, Massachusetts, à une époque de grande tension psychique et physique, mais aussi le Chapitre Dix (« Lever de rideau », 1er janvier 1949), le Chapitre Deux (« Portrait de ma mère », 9 avril 1949), le Chapitre Douze (« Tamara », 10 décembre 1949), le Chapitre Huit (« Plaques de lanterne magique », 11 février 1950. Question de H.R. : « La famille Nabokov ne disposait-elle que d'un seul casse-noix? »), le Chapitre Un (« Passé parfait », 15 avril 1950) et le Chapitre Quinze (« Jardins et parcs », 17 juin 1950), tous écrits à Itahaca, N.Y.

Des trois chapitres restants, les Chapitres Onze et Quatorze ont paru dans *Partisan Review* (« Premier poème », septembre 1949 et « Exil », janvier-février 1951), cependant que le Chapitre Treize revenait à *Harper's Magazine* (« Logements meublés à Trinity Lane », janvier 1951).

La version anglaise de « Mademoiselle O » a reparu dans *Nine Stories* (New Directions, 1947) et *Nabokov's Dozen* (Doubleday, 1958; Heinemann, 1959;

Popular Library, 1959; et Penguin Books, 1960); dans ce dernier volume, j'ai également inclus « Premier amour », qui est devenu le texte favori des anthologistes.

Bien que j'eusse rédigé ces chapitres dans l'ordre de succession erratique reflété par les dates, données plus haut, de leur première publication, ils remplissaient sans failles des vides numérotés qui, dans mon esprit, respectaient l'ordre actuel des chapitres. Cet ordre avait été établi en 1936, au moment où fut placée la pierre angulaire dans le creux camouflé de laquelle tenaient déjà diverses cartes, des agendas, une collection de boîtes d'allumettes, un éclat de verre couleur rubis et même – ainsi que je m'en rends compte aujourd'hui – la vue depuis mon balcon du lac de Genève, de ses vaguelettes et de ses clairières de lumière, un lac aujourd'hui moucheté de noir, à l'heure du thé, avec des foulques et des morillons. Je n'eus donc aucun mal à les réunir en un volume que la maison d'édition new-yorkaise Harper & Bros publia en 1951 sous le titre de *Conclusive Evidence* (La Preuve concluante) : la preuve concluante que j'avais bien existé. Malheureusement, cette expression laissait subodorer une histoire policière, et je formai le projet d'intituler l'édition anglaise *Speak, Mnemosyne* (Parle, Mnémosyne), mais on m'objecta que « les petites vieilles dames ne seraient pas enclines à demander un livre dont elles seraient incapables de prononcer le titre ». J'envisageai comme autre titre *The Anthemion,* qui est le nom d'un motif ornemental inspiré du chèvrefeuille, fait de subtils entrelacs et de grappes de fleurs foisonnantes, mais il ne trouva grâce aux yeux de personne; nous finîmes donc par nous décider pour *Speak, Memory* (Gollancz, 1951, et The Universal Library, N.Y., 1960). Ce titre reçut diverses traductions : en russe, par l'auteur (*Drouguïé Béréga,* The Chekhov Publishing House, N.Y., 1954), en français, par Yvonne Davet (*Autres Rivages,* Gallimard, 1961), en italien, par Bruno Oddera (*Parla, Ricordo,* Mondadori, 1962), en espagnol, par Jaime Piñeiro Gonzáles (*¡Habla, memoria!,* 1963), et en allemand, par Dieter E. Zimmer (Rowohlt, 1964). Voilà qui épuise le lot indispensable de renseignements d'ordre bibliographique que les critiques irascibles – agacés par les notes figurant à la fin de *Nabokov's Dozen* – seront, j'espère, bien obligés d'accepter au début du présent ouvrage.

Au moment où je rédigeais la première version, aux Etats-Unis, je me trouvais gêné par l'absence presque complète de données sur l'histoire de ma famille et, de ce fait, par l'impossibilité de vérifier la fiabilité de ma mémoire lorsque j'avais l'impression qu'elle pouvait avoir commis des erreurs. La biographie de mon père a été à la fois étoffée et revue dans la présente édition. De nombreuses autres corrections et adjonctions ont été faites, en particulier dans les premiers chapitres. Certaines parenthèses hermétiques ont été ouvertes, et autorisées à répandre leur contenu encore actif. Ou encore, un objet qui n'avait été qu'un simple figurant, choisi au hasard et sans signification réelle dans la relation d'un événement important, n'avait cessé de me tarabuster à chaque fois que je relisais le passage en question au cours de la correction des épreuves de l'une ou de l'autre des éditions jusqu'à ce que je finisse par faire un gros effort, et les lunettes arbitraires (dont Mnémosyne, plus que quiconque, aurait sans doute eu besoin) se métamorphosaient en un étui à cigarettes en forme d'huître dont je me souvenais parfaitement, luisant dans l'herbe humide, au pied d'un tremble sur le

Chemin du Pendu, où j'avais trouvé, tel jour de juin 1907, un Sphinx qu'il n'était pas fréquent de rencontrer dans des régions aussi occidentales et où, un quart de siècle plus tôt, mon père avait pris dans son filet un Paon du Jour, variété extrêmement rare dans nos terrains boisés septentrionaux.

Durant l'été 1953, dans un ranch des environs de Portal, Arizona, dans une maison louée à Ashland, Oregon, et dans divers motels de l'Ouest et du Midwest, j'ai trouvé le moyen, tout en chassant les papillons et en écrivant *Lolita* et *Pnine*, de traduire en russe *Speak, Memory* avec le concours de ma femme. En raison de la difficulté d'ordre psychologique qu'il y avait à réutiliser un thème développé dans mon *Dar* (Le Don), j'ai sauté un chapitre entier (le onzième). D'autre part, j'ai revu de nombreux passages et je me suis efforcé de remédier aux imperfections du texte originel, dues aux défaillances de ma mémoire : blancs, zones floues, passages imprécis. J'ai découvert que, quelquefois, par le recours à une intense concentration, la tache indéterminée pouvait être magnifiquement cadrée, si bien qu'il devenait possible d'identifier la soudaine vision, de retrouver le nom du domestique anonyme. Dans l'édition présente et définitive de *Speak, Memory,* je n'ai pas seulement apporté des modifications fondamentales au texte anglais initial, augmenté en outre d'ajouts consistants, mais j'ai également tiré profit des corrections effectuées alors que je le transposais en russe. Cette remise en forme, en anglais, d'une remise en forme en russe de ce qui avait été au départ une restitution en anglais de souvenirs russes, s'est révélée être une besogne infernale, mais je me suis quelque peu consolé en me disant que de telles métamorphoses à répétition, familières aux papillons, n'avaient encore été tentées par aucun humain.

Au nombre des anomalies d'une mémoire dont le propriétaire et la victime n'aurait jamais dû essayer de devenir autobiographe, la pire est cette inclination à rétrospectivement superposer mon âge et celui du siècle. Elle a occasionné une série d'erreurs chronologiques de taille dans la première version de ce livre. Je suis né en avril 1899 et, naturellement, durant le premier tiers de, mettons, 1903, j'avais en gros trois ans; mais en août de cette année-là, le « 3 » bien précis qui m'avait été révélé (ainsi que je le raconte dans « Le Passé parfait ») devrait se référer à l'âge du siècle, et non pas au mien, qui se montait à « 4 » et qui était aussi carré et élastique qu'un oreiller de mousse. De même, au début de l'été de 1906 – été au cours duquel j'ai commencé à collectionner les papillons – j'avais sept ans et non pas six ans, ainsi que j'avais commencé par l'affirmer dans le désastreux deuxième paragraphe du Chapitre 6. Mnémosyne, force est de le reconnaître, s'est montrée particulièrement négligente.

Toutes les dates sont données selon le Nouveau Calendrier. Nous avions douze jours de retard sur le reste du monde civilisé au dix-neuvième siècle, et treize au début du vingtième. Selon l'Ancien Calendrier, je suis né le 10 avril à l'aube, la dernière année du siècle dernier, et cela correspondait (si j'avais pu être balancé sur-le-champ par-dessus la frontière) au 22 avril en Allemagne, par exemple. Mais, comme tous mes anniversaires ont été célébrés, avec un faste qui allait s'amenuisant, au vingtième siècle, nous tous, y compris moi-même, à la veille d'être transférés par la révolution et l'expiration du calendrier

Julien au calendrier Grégorien, avions l'habitude d'ajouter treize jours, au lieu de douze, au 10 avril. L'erreur n'est pas minime. Qu'y a-t-il lieu de faire ? Je trouve « 23 avril » sous « date de naissance » dans mon passeport le plus récent, ce qui est également la date de naissance de Shakespeare, de mon neveu Vladimir Sikorski, de Shirley Temple, et de Hazel Brown[1] (qui, en outre, se trouve partager mon passeport). Voilà donc le problème. Ma nullité en arithmétique m'empêche d'essayer de le résoudre.

Lorsque, après vingt ans d'absence, je suis retourné en Europe, j'ai renoué des liens qui avaient été défaits avant même que je n'en parte. Lors de ces retrouvailles familiales, *Speak, Memory* passa en jugement. Dates et circonstances furent vérifiées dans le détail et il s'avéra que, dans bien des cas, je m'étais trompé, ou n'avais pas examiné suffisamment en profondeur un souvenir obscur mais pas pour autant insondable. Certains sujets furent éliminés par les personnes qui me conseillaient, comme relevant de légendes ou de rumeurs ou, s'ils étaient authentiques, il fut établi qu'ils étaient en rapport avec des événements ou des moments différents de ceux auxquels ma fragile mémoire les avait rattachés. Mon cousin Serguéi Serguéievitch Nabokov me fournit d'inestimables informations sur l'histoire de notre famille. Mes deux sœurs s'élevèrent avec colère contre ma description du voyage à Biarritz (début du Chapitre Sept) et, m'ayant bombardé de détails bien précis, me persuadèrent que j'avais eu tort de dire qu'elles étaient restées à la maison (« en compagnie de gouvernantes

1. Noisette Châtain : allusion à la couleur des yeux et des cheveux du passeport de sa femme, à la rubrique « Signalement ». *(N.d.T.)*

et de tantes »!). Ce que je n'ai toujours pas réussi à reconstituer en raison d'un manque de documentation adéquate, j'ai cette fois préféré le supprimer pour respecter la vérité globale. En revanche, un certain nombre de faits relatifs à des ancêtres ainsi qu'à d'autres personnages ont été mis en lumière et incorporés à cette version définitive de *Speak, Memory*. J'espère écrire un jour un « Speak on, Memory[1] » évoquant les années 1940-1960 passées en Amérique : l'évaporation de certaines matières volatiles et la fusion de certains métaux sont toujours en cours dans mes alambics et mes creusets.

Le lecteur trouvera dans ce volume des références éparses à mes romans mais, en règle générale, j'ai estimé que j'avais eu assez de mal à les élaborer et qu'il ne fallait pas les remettre sur le tapis. Les introductions que j'ai récemment écrites pour les traductions en anglais de *Zachtchita Loujina*[2], 1930 (*The Defense*, Putnam, 1966), *Otchayanie*[3], 1936 (*Despair*, Putnam, 1966), *Priglashenie na kazn'*[4], 1938 (*Invitation to a Beheading*, Putnam, 1959), *Dar*[5], 1952, publié en feuilleton en 1937-1938 *(The Gift*, Putnam, 1963) et *Soglyadatay*[6], 1938 *(The Eye*, Phaedra, 1965), donnent un aperçu assez détaillé et plein de verve de mon passé créateur, en Europe. Ceux qui souhaiteraient une liste plus complète de mes publications peuvent se reporter à la bibliogra-

1. A la lettre, « Continue de parler, mémoire ». *(N.d.T.)*
2. « La défense Loujine ». *(N.d.T.)*
3. « La Méprise ». *(N.d.T.)*
4. « Invitation au supplice ». *(N.d.T.)*
5. « Le don ». *(N.d.T.)*
6. « Le Guetteur ». *(N.d.T.)*

phie détaillée établie par Dieter E. Zimmer (*Vladimir Nabokov Bibliographie des Gesamtwerks*, Rowohlt, 1re édition, décembre 1963; 2e édition revue, mai 1964).

Le problème en deux coups dont il est question dans le dernier chapitre a été repris dans *Chess Problems* par Lipton, Matthews & Rice (Faber, Londres, 1963, p. 252). Toutefois, mon invention la plus amusante est un problème de « retrait des Blancs » que j'ai dédié à E.A. Znosko-Borovski. Il l'a publié, à Paris, dans les années trente (1934?), dans le quotidien des émigrés *Poslednie Novosti*. Je ne me souviens pas assez clairement de la position pour la donner ici, mais peut-être quelque amoureux des « échecs féeriques » (dont ce problème relève) la retrouvera-t-il un jour dans une de ces bibliothèques bénies où les vieux journaux sont microfilmés, comme devraient l'être nos mémoires à tous. Les critiques ont lu la première version de ce livre avec moins de soin qu'ils ne liront cette nouvelle édition : un seul d'entre eux a remarqué le « vilain coup de griffe » à Freud dans le premier paragraphe du Chapitre Huit, section 2, et aucun n'a découvert le nom d'un grand caricaturiste et l'hommage qui lui est rendu dans la dernière phrase de la section 2, Chapitre Onze. Il est particulièrement embarrassant pour un écrivain de se trouver dans l'obligation de signaler pareilles choses lui-même.

Pour éviter de blesser des personnes vivantes ou de désobliger les morts, certains noms propres ont été modifiés. Ils sont signalés par des guillemets dans l'index. La principale utilité de cet index est de dresser la liste, pour ma commodité personnelle, des gens et des thèmes en relation avec mon passé. Sa présence ennuiera le lecteur ordinaire mais pourrait être du goût du lecteur perspicace, ne serait-ce que parce que

A travers la fenêtre de cet index
Grimpe une rose
Et quelquefois une douce brise *ex*
Ponto s'en vient souffler.

VLADIMIR NABOKOV
5 janvier 1966
Montreux

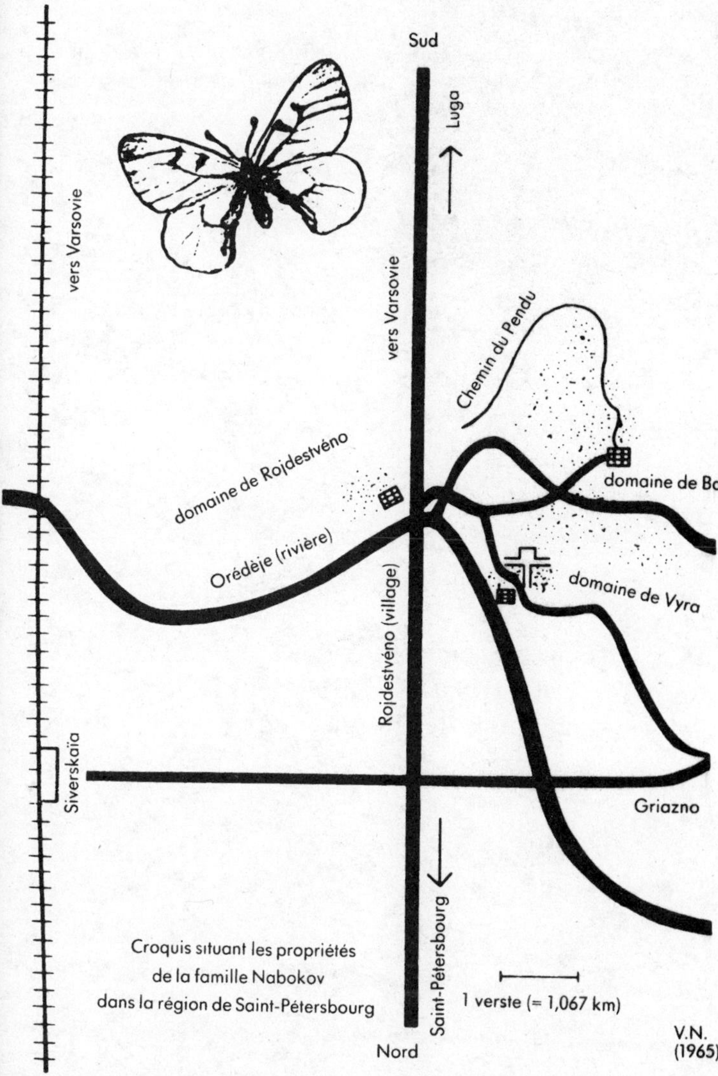

Croquis situant les propriétés
de la famille Nabokov
dans la région de Saint-Pétersbourg

CHAPITRE PREMIER

I

Le berceau balance au-dessus d'un abîme, et le sens commun nous apprend que notre existence n'est que la brève lumière d'une fente entre deux éternités de ténèbres. Bien que celles-ci soient absolument jumelles, l'homme, en règle générale, considère l'abîme prénatal avec plus de sérénité que celui vers lequel il s'avance (à raison d'environ quatre mille cinq cents battements de cœur par heure). Je connais, toutefois, un adolescent chronophobe qui éprouva une espèce de panique en regardant pour la première fois quelques vieux films tournés chez lui peu de semaines avant sa naissance. Il vit un monde qui était presque inchangé – même maison, mêmes personnes – et puis il se rendit compte que lui y était totalement inexistant et que personne ne s'affligeait de son absence. Il aperçut sa mère qui faisait un signe de la main depuis une fenêtre, à un étage supérieur, et ce geste inhabituel le troubla, comme s'il se fût agi de quelque mystérieux adieu. Mais ce qui tout particulièrement l'effraya, ce fut la vue d'une voiture de bébé toute neuve, campée là, sur la véranda, avec l'air suffisant et abusif d'un cercueil; d'un cercueil vide, qui plus est, comme si, dans le cours inversé des événements, jusqu'à ses os s'étaient désintégrés.

Ce genre d'imaginations n'est pas étranger aux êtres jeunes. Ou, pour exprimer cela sous une autre forme, les choses de la naissance et de la mort ont souvent tendance à prendre une note d'adolescence – à moins, peut-être, qu'elles ne soient régies par une religion vénérable et rigide. La nature voudrait qu'un homme adulte accepte ces deux vides noirs, à l'avant et à l'arrière, avec autant de flegme qu'il accepte les visions extraordinaires de l'entre-deux. L'imagination, souverain délice de l'immortel et de celui qui est en deçà de la maturité, doit être limitée. Afin d'aimer la vie, il nous faut ne pas trop l'aimer.

Je me révolte contre cet état de choses. J'ai envie d'extérioriser ma révolte et de faire la grève de la nature. A mainte et mainte reprise, mon esprit a fait d'immenses efforts pour distinguer la moindre lueur personnelle dans ces ténèbres impersonnelles, à l'un et l'autre bout de ma vie. Que ces ténèbres soient dues simplement aux murs de temps qui me séparent, moi et mes poings meurtris, du monde libre où le temps n'existe pas, c'est là une conviction que je partage volontiers avec le sauvage le plus peinturluré. Je suis retourné en arrière en pensée – une pensée qui allait en s'amenuisant irrémédiablement à mesure que j'avançais – jusqu'en des régions éloignées où j'ai cherché à tâtons quelque issue secrète, sans autre résultat que de découvrir que la prison du temps est sphérique et sans sorties. Sauf le suicide, j'ai tout essayé. J'ai ôté mon identité afin de me faire passer pour un spectre classique et de me faufiler dans des royaumes qui existaient avant que je fusse conçu.

J'ai, en esprit, supporté la dégradante compagnie de romancières victoriennes et de colonels en retraite qui se rappelaient avoir été, dans des vies antérieures, des messagers esclaves sur une route romaine ou des sages sous les saules de Lhassa. J'ai fouillé mes rêves les plus anciens pour trouver des clés et des indications – et permettez-moi de dire tout de suite que je rejette absolument le monde foncièrement médiéval, mesquin et commun, de Freud, avec sa recherche maniaque de symboles sexuels (recherche analogue à celle d'acrostiches baconiens dans les œuvres de Shakespeare) et ses petits embryons amers espionnant, de leurs recoins naturels, la vie amoureuse de leurs parents.

Au début, je ne me doutais pas que le temps, qui paraît de prime abord si illimité, était une prison. En explorant mon enfance (ce que l'on a de mieux à faire, à défaut de pouvoir explorer son éternité), je vois l'éveil de la conscience sous l'aspect d'une série d'éclairs espacés, avec des intervalles entre eux diminuant peu à peu jusqu'à ce que se forment de lumineux blocs de perception, offrant à la mémoire une prise glissante. J'ai appris à compter et à parler plus ou moins simultanément à un âge très précoce, mais la révélation que j'étais moi et que mes parents étaient mes parents semble n'avoir eu lieu que plus tard, avec la découverte de leur âge par rapport au mien. A en juger par le plein jour éclatant qui, lorsque je songe à cette révélation, envahit immédiatement ma mémoire en la jonchant de taches de soleil lobées traversant des motifs de verdure qui se chevauchent, ce qui y donna lieu, ce fut l'anniversaire de naissance de ma mère, au cœur de l'été, à la campagne, et le fait d'avoir posé des questions et d'avoir procédé à l'estimation des réponses qu'on me fit. Tout cela est très bien, suivant la théorie de l'évolution récapitulative; le commencement de la connaissance réfléchie, dans le cerveau de notre plus lointain ancêtre, doit sûrement avoir coïncidé avec la naissance du sens du temps.

Donc, au moment où la toute nouvelle, verte et fraîche formule de mon âge que je venais de découvrir, quatre ans, se trouva confrontée avec les formules de mes parents, trente-trois ans et vingt-sept ans, il m'arriva quelque chose. Un formidable et vivifiant bouleversement. Comme si l'on me soumettait à un second baptême d'une qualité plus divine que le bain forcé grec-catholique subi cinquante mois plus tôt par un demi-Victor à demi noyé et hurlant (ma mère, à travers la porte à demi ouverte derrière laquelle une vieille coutume enjoignait aux parents de se retirer, s'arrangea pour faire adopter une attitude différente au père Konstantin Vetvenitski, le maladroit archiprêtre), je me sentis subitement plongé dans un milieu radiant et mobile qui n'était autre que le pur élément temps. On le partageait – exactement comme des baigneurs en train de s'ébattre partagent l'eau de mer luisante – avec des êtres qui n'étaient pas vous, mais que rendait contigus le flot commun du temps, milieu ambiant tout à fait différent du spatial que non seulement l'homme, mais aussi les singes et les papillons peuvent percevoir. A cet instant, j'appris subtilement que l'être de vingt-sept ans, en blanc suave et rose, qui me tenait la main gauche, était ma mère, et que l'être de trente-trois ans, en blanc dur et or, qui me tenait la main droite, était mon père. Entre eux deux, tandis qu'ils avançaient d'un pas égal, je me pavanais, puis trottais, puis me pavanais de nouveau, au milieu d'un chemin ensoleillé que j'identifie facilement aujourd'hui comme étant une allée de chênes dans le parc de notre domaine à la campagne, Vyra, dans l'ancienne province de Saint-Pétersbourg, en Russie. Oui, depuis cette corniche du temps lointaine, isolée, pratiquement déserte, où je me tiens aujourd'hui, je vois mon moi en réduction célébrant, en cette journée d'août 1903, la naissance de sa vie sensorielle. Si la personne qui me tenait la main gauche et celle qui me tenait la main droite avaient été toutes deux présentes auparavant dans mon univers imprécis d'enfant en bas âge, elles l'avaient été sous le masque d'un tendre incognito; mais à ce moment-là le costume de mon père, le resplendissant uniforme des cavaliers de la Garde, avec ce bombardement lisse et doré de la cuirasse flamboyant sur sa poitrine et dans le dos, parut comme paraît le soleil; à la suite de quoi je me suis, pendant plusieurs années, vivement intéressé à l'âge de mes parents et n'ai cessé de m'en informer, comme un voyageur inquiet qui demande l'heure afin de contrôler une montre neuve.

Notez que mon père avait accompli sa période d'entraînement militaire longtemps avant ma naissance; aussi je suppose qu'il avait, ce jour-là, revêtu la grande tenue de son ancien régiment en guise de divertissement de fête. C'est donc à un divertissement que je dois ma première lueur de parfaite conscience – et voilà qui de nouveau implique une évolution récapitulative, puisque les premières créatures sur terre à prendre conscience du temps furent aussi les premières créatures à sourire.

II

C'est la caverne primordiale (et non ce que les mystiques freudiens sont dans le cas d'imaginer) qu'il y avait derrière les jeux auxquels je jouais à l'âge de quatre ans. Un grand divan recouvert de cretonne, dans l'un des salons de notre maison de Vyra, se dresse dans ma mémoire, tel le massif résultat d'une surrection géologique de l'époque préhistorique. L'Histoire commence (avec la promesse de la belle Grèce) non loin de l'une des extrémités de ce divan, là où un volumineux hortensia en pot, aux fleurs bleu pâle à l'exception de quelques-unes verdâtres, cache à demi, dans un coin de la pièce, le piédestal d'un buste de Diane en marbre. Sur le mur contre lequel se trouve ce divan, une autre phase de l'Histoire est indiquée par une estampe grise dans un cadre en ébène – une de ces images de bataille napoléonienne où l'épisodique et l'allégorique sont les véritables adversaires, et où l'on voit, groupés ensemble sur un même plan, un tambour blessé, un cheval mort, des trophées, un soldat sur le point de percer d'un coup de baïonnette un autre soldat, et l'Empereur invulnérable posant avec ses généraux au milieu du combat figé.

Avec l'aide d'une grande personne, qui y employait d'abord ses deux mains, puis une jambe vigoureuse, ce divan pouvait être éloigné du mur de quelques pouces, de manière à former un passage étroit qu'on m'aidait ensuite à rendre bien isolé en le couvrant d'un toit au moyen des traversins du divan et en le fermant aux extrémités au moyen de deux des coussins de ce même divan. Je goûtais alors le bizarre plaisir de ramper le long de ce tunnel où il faisait noir comme dans un four, de m'y attarder un peu à écouter le bourdonnement dans mes oreilles – cette vibration de la solitude que connaissent bien les petits garçons dans des cachettes poussiéreuses – et ensuite, dans une explosion de délicieuse terreur, martelant rapidement le sol des mains et des genoux avec un bruit mat, j'atteignais l'extrémité du tunnel, en repoussais le coussin, et me trouvais accueilli par la lumière du soleil sur le parquet poli, sous le rotin d'un fauteuil viennois, et deux mouches folâtres qui se posaient tour à tour. Un autre jeu de la caverne me procurait une sensation plus raffinée et tenant davantage du rêve; il consistait, à mon réveil de bonne heure le matin, à me faire une tente à l'aide de mes couvertures et de mon drap, et à laisser mon imagination jouer de mille façons confuses avec les ombreuses avalanches de toile et avec la faible lumière, semblant venir d'une immense distance, qui pénétrait la pénombre de mon abri, où j'imaginais que d'étranges et blêmes animaux erraient dans un paysage de lacs. L'évocation de mon lit d'enfant, avec ses grillages latéraux en cordon de coton duveteux, ramène aussi le souvenir du plaisir que je prenais à tâter certain superbe œuf de cristal grenat foncé, délicieusement ferme, vestige d'un jour de Pâques oublié; souvent, je mâchonnais un coin du drap de lit jusqu'à ce qu'il fût complètement trempé, puis j'en enveloppais l'œuf en tendant bien sur lui l'étoffe, afin de regarder la luisance rougeâtre de l'objet niché dans ma main filtrer au travers, avec une miraculeuse perfection d'éclat et de couleur. Et c'est là le plus loin que j'aie jamais pu pousser mon approche pour me repaître de la beauté.

Comme le cosmos est petit (une poche de kangourou le contiendrait), comme il est dérisoire et piteux comparé à la conscience humaine, à un seul souvenir d'un individu et à son expression par des mots! Peut-être suis-je attaché à l'excès à mes toutes premières impressions, mais après tout je leur dois de la reconnaissance. Elles m'ont montré le chemin d'un véritable Eden de sensations visuelles et tactiles. Une nuit, durant un voyage à l'étranger – à l'automne 1903 – je me rappelle m'être agenouillé sur mon oreiller (aplati) à la fenêtre d'un wagon-lit (probablement dans le train de luxe méditerranéen – celui, disparu depuis longtemps, dont les six wagons avaient la partie inférieure de leur carrosserie peinte en brun, et les panneaux supérieurs peints en blanc) et avoir regardé, avec un inexplicable serrement de cœur, une poignée de lumières au loin qui me firent signe des plis d'une colline et puis se glissèrent dans une poche de velours noir : des diamants que j'ai par la suite donnés à mes personnages, pour alléger le fardeau de ma fortune. Je m'étais probablement arrangé pour détacher et pousser vers le haut le store ouvragé et hermétique qui se trouvait à la tête de ma couchette, et mes talons étaient froids mais je restai agenouillé, à regarder. Rien n'est plus doux ou plus dépaysant que de réfléchir sur ces premiers frémissements. Ils appartiennent au monde harmonieux d'une enfance parfaite et, en tant que tels, possèdent dans notre mémoire une forme naturellement plastique, que l'on peut coucher sur le papier presque sans aucun effort; c'est seulement à partir des souvenirs de notre adolescence que Mnémosyne commence à devenir difficile et crispée. Qu'il me soit, en outre, permis d'émettre l'opinion que, en ce qui concerne le pouvoir de thésauriser des impressions, les enfants russes de ma génération ont passé par une période de génie, comme si le destin faisait loyalement tout son possible pour eux en leur donnant plus que leur part, en considération du cataclysme qui allait faire complètement disparaître le monde qu'ils avaient connu. Le génie s'évanouit quand tout eut été emmagasiné, tout comme il le fait chez ces autres enfants prodiges, plus spécialisés – ces jolis gosses aux cheveux bouclés, qui brandissent des bâtons de chef d'orchestre ou domptent d'énormes pianos, et qui, par la suite, se transforment en musiciens de second ordre, aux yeux tristes, aux maladies obscures, et d'un aspect vaguement difforme, avec leur arrière-train eunuquoïde. Mais n'empêche que le mystère individuel demeure pour mettre au supplice l'auteur de Mémoires. Ni dans mon entourage, ni dans mon hérédité, je ne puis découvrir quel instrument, au juste, me façonna, l'anonyme rouleau qui imposa à ma vie certain filigrane compliqué, dont le dessin, seul en son genre, devient visible lorsqu'on fait luire la lampe de l'art à travers le tellière de la vie.

III

Pour caser de façon exacte, en fonction du temps, certains de mes souvenirs d'enfance, je dois me guider sur les comètes et les éclipses, comme font les historiens quand ils s'attaquent aux fragments d'une saga. Mais, dans d'autres cas, les points de repère ne manquent pas. Je me vois, par exemple, en train d'escalader, en m'aidant des pieds et des mains, d'humides rochers noirs au bord de la mer, cependant que Miss Norcott, ma langoureuse et mélancolique gouvernante, croyant que je la suis, s'éloigne avec Serguéi, mon frère cadet, en flânant le long de la plage qui décrit une courbe. Je porte un bracelet-jouet. Tout en rampant sur ces rochers, je ne cesse de répéter, comme une espèce d'incantation pleine de saveur, plantureuse, et qui m'est une source de jouissances, le mot anglais *childhood* (enfance), qui rend un son mystérieux et neuf, et devient de plus en plus étrange à mesure qu'il se confond de plus en plus, dans mon jeune esprit encombré et fiévreux, avec *Robin Hood* (Robin des bois) et *Little Red Riding Hood* (Le Petit Chaperon rouge), et les chaperons bruns des vieilles fées bossues. Il y a, dans ces rochers, des fossettes, pleines d'eau de mer tiède, et mon marmottage magique accompagne certains charmes que je compose au-dessus de ces minuscules étangs saphir.

Cet endroit, c'est naturellement Abbazia, sur l'Adriatique. La chose autour de mon poignet, qui a l'air d'un rond de serviette fantaisie fait d'une matière translucide, vert pâle et rose, tenant du celluloïd, est une décoration d'arbre de Noël qu'Onya, un cousin de mon âge joli comme un cœur, m'avait donnée à Saint-Pétersbourg quelques mois plus tôt. J'y attachai une grande valeur sentimentale jusqu'à ce qu'il se couvrît de filets sombres à l'intérieur desquels je décidai comme dans un rêve que se trouvaient des mèches de mes cheveux. D'une façon ou d'une autre, elles s'étaient introduites en même temps que mes larmes dans la substance luisante, au cours d'une séance épouvantable chez un coiffeur détesté, dans la localité voisine de Fiume. Le même jour, dans un café de cette ville, mon père s'aperçut, juste au moment où l'on nous servait, qu'il y avait deux officiers japonais à une table voisine, et nous partîmes sur-le-champ, non sans que je me fusse emparé à la hâte d'une boule entière de sorbet au citron, que j'emportai, recelée dans ma bouche qui me cuisait. C'était en 1904. J'avais cinq ans. La Russie se battait contre le Japon. Avec une franche délectation, l'hebdomadaire illustré anglais auquel Miss Norcott était abonnée reproduisait des dessins de guerre d'artistes japonais, montrant comment les locomotives russes – rendues singulièrement semblables à des jouets d'enfant par le style pictural japonais – se noieraient si l'armée russe essayait de poser des rails pour traverser la glace peu sûre du lac Baïkal.

Mais attendez un peu. J'ai un souvenir plus lointain encore, se rapportant à cette guerre. Un après-midi au début de cette même année, dans notre maison de Saint-Pétersbourg, on me fit descendre dans le cabinet de travail de mon père pour dire bonjour à un ami de la famille, le général Kouropatkine. Son corps bien bâti, enchâssé dans un uniforme, faisant entendre de légers craquements, il étala pour m'amuser une poignée d'allumettes sur le canapé où il était assis, plaça dix d'entre elles bout à bout pour former une ligne horizontale et dit : « Voici la mer par temps calme. » Puis il fit basculer chaque paire de manière à transformer la ligne droite en un zigzag et on eut « une mer démontée ». Il brouilla les allumettes et il était sur le point d'exécuter, à ce que j'espérais, un meilleur tour quand nous fûmes interrompus. On introduisit son aide de camp qui lui dit quelque chose. Poussant un grognement russe, agité, Kouropatkine se leva immédiatement de son siège, faisant bondir les allumettes éparses sur le canapé en délestant celui-ci de son poids. Il venait, ce jour-là, de recevoir l'ordre de prendre le commandement suprême de l'armée russe en Extrême-Orient.

Il y eut une suite très particulière à cet incident, quinze ans plus tard, quand, au cours de sa fuite de Saint-Pétersbourg, passé aux mains des Bolcheviks, vers la Russie du Sud, mon père fut abordé, alors qu'il traversait un pont, par un vieillard ayant l'air, dans son manteau en peau de mouton, d'un paysan à barbe grise. Il demanda du feu à mon père. L'instant d'après tous deux se reconnurent. Il ne s'agit pas de savoir si le vieux Kouropatkine a ou non trouvé le moyen, sous son déguisement rustique, de se soustraire à l'emprisonnement soviétique. Ce qui me plaît, c'est l'évolution du thème de l'allumette : ces allumettes magiques qu'il me montrait, on a joué avec et on les a égarées, et ses armées aussi se sont évanouies, et tout est tombé à l'eau, comme ces petits trains que, durant l'hiver de 1904-1905, à Wiesbaden, j'essayais de faire rouler sur de petites mares gelées dans le parc de l'Hôtel Oranien. S'attacher à suivre des dessins thématiques de ce genre à travers sa propre existence, tel doit être, à mon avis, l'objet d'une autobiographie.

IV

La fin de la désastreuse campagne de la Russie en Extrême-Orient s'accompagna de violents troubles 1ntérieurs. Nullement intimidée par eux, ma mère, avec ses trois enfants, revint à Saint-Pétersbourg après environ un an passé en divers lieux de séjour à l'étranger. C'était dans les premiers jours de 1905.

Les affaires de l'Etat exigeaient la présence de mon père dans la capitale; le Parti Constitutionnel-Démocratique, dont il était l'un des fondateurs, devait remporter une majorité de sièges dans le premier Parlement, l'année suivante. Durant l'un de ses courts séjours avec nous à la campagne, cet été-là, mon père constata, avec une consternation de patriote, que mon frère et moi étions capables de lire et d'écrire en anglais, mais pas en russe (à l'exception des mots Kakao et Mama). Il fut décidé que le maître d'école du village viendrait chaque après-midi nous donner des leçons et nous emmener promener.

Par un strident et joyeux coup de sifflet – du sifflet qui faisait partie de mon premier costume marin – mon enfance me rappelle en arrière, dans ce passé lointain, pour me faire à nouveau donner une poignée de main à mon charmant professeur. Vassili Martïnovitch Jernossékov avait une barbe brune crêpelée, un crâne en train de se dégarnir et des yeux de porcelaine bleue dont l'un portait une fascinante excroissance sur sa paupière supérieure. Le premier jour où il se présenta, il apporta une boîte pleine de cubes terriblement appétissants, sur chaque côté desquels était peinte une lettre différente. Ces cubes, il les manipulait comme s'il se fût agi d'objets infiniment précieux, ce qu'ils étaient assurément (outre le fait qu'ils constituaient de superbes tunnels pour des trains miniatures). Il vénérait mon père qui avait récemment reconstruit et modernisé l'école du village. Il arborait une cravate noire flottante, nouée à la manière d'un nœud de ruban, symbole suranné de son appartenance à l'école de la libre pensée. En s'adressant à moi, alors tout petit garçon, il me disait vous – non à la façon contrainte des domestiques, et non comme le faisait ma mère dans ses moments de vive tendresse, quand je faisais de la température ou que j'avais perdu un petit jouet (comme si le singulier eût été trop frêle pour porter le poids de son amour), mais avec la simplicité polie d'un homme parlant à un autre qu'il ne connaît pas assez bien pour le tutoyer. Ardent révolutionnaire, il gesticulait avec véhémence pendant nos longues promenades dans la campagne et parlait de l'humanité et de la liberté et de la vilenie de la guerre et de la triste (mais passionnante, pensai-je) nécessité de dynamiter les tyrans, et parfois il sortait le livre pacifiste alors en vogue, *Doloy Orujie!* (traduction du *Die Waffen Nieder!* de Bertha von Suttner), et m'offrait le régal, à moi enfant de six ans, d'ennuyeuses citations; j'essayais de les réfuter : à cet âge tendre et belliqueux, je faisais l'apologie de l'effusion de sang pour défendre avec colère mon univers de pistolets d'enfant et de chevaliers du Roi Arthur. Sous Lénine, quand tous les radicaux non communistes étaient impitoyablement persécutés, Jernossékov fut envoyé dans un camp de travaux forcés mais il parvint à prendre la fuite à l'étranger, et mourut à Narva, en 1939.

C'est grâce à ce maître, en un sens, qu'il m'est possible à présent de suivre encore un bout de temps mon sentier privé qui court parallèlement à la route de cette décennie troublée. Quand, en juillet 1906, le tsar, anticonstitutionnellement, prononça la dissolution du Parlement, nombre de ses membres, parmi lesquels mon père, tinrent une séance de rébellion à Vyborg et lancèrent un manifeste qui pressait le peuple de se révolter contre le régime. Ce pour quoi, un an et demi plus tard, ils furent emprisonnés. Mon père passa trois mois reposants, encore qu'un peu solitaires, dans une réclusion rigoureuse, avec ses livres, son tub repliable, et son exemplaire du manuel de gymnastique J.P. Muller. Jusqu'à la fin de sa vie, ma mère conserva les lettres qu'il trouvait le moyen de lui faire parvenir subrepticement – des épîtres sereines écrites au crayon sur du papier hygiénique. (Je les ai publiées en 1965, dans la quatrième livraison de la revue de langue russe *Vozdushnïe puti,* éditée par Roman Grynber, à New York.) Nous étions à la campagne quand il recouvra sa liberté, et c'est le maître d'école du village qui organisa les réjouissances et disposa les drapeaux (dont quelques-uns franchement rouges) qui devaient saluer mon père sur son trajet de la gare jusque chez nous, sous des guirlandes d'aiguilles de sapin et des couronnes de bleuets, sa fleur préférée. Nous, les enfants, étions descendus au village, et c'est quand je me rappelle ce jour-là que je revois avec le plus de netteté la rivière pailletée de soleil; le pont, l'éblouissant fer-blanc d'une boîte de conserve oubliée sur son parapet de bois par un pêcheur; la colline boisée de tilleuls et son église vermeille et son mausolée de marbre où reposaient les morts de ma mère; la route poussiéreuse conduisant au village; la bande d'herbe courte, d'un vert pastel, trouée de places chauves de sol sableux, entre la route et les massifs de lilas derrière lesquels se dressaient, en une rangée disloquée, de moussues cabanes de paysans; le bâtiment en pierre de la nouvelle école près de l'ancienne en bois; et, au moment où nous passâmes rapidement auprès, en voiture, le petit chien noir aux dents très blanches qui sortit comme une flèche du milieu des isbas, à une terrifiante allure, mais absolument en silence, réservant sa voix pour le bref déchaînement dont il se donnerait le plaisir, lorsque son élan muet l'aurait enfin amené tout près de la voiture passant à toute vitesse.

V

Les vieilles choses et les nouvelles, la nuance libérale et celle patriarcale, la pauvreté fatale et la richesse fataliste s'entremêlèrent de façon fantastique durant cette extraordinaire première décennie de notre siècle. Plusieurs fois au cours d'un été, il pouvait arriver qu'au milieu du déjeuner, dans la claire salle à manger à plusieurs fenêtres et lambrissée de noyer de notre maison de campagne, Alexéi, le majordome, se penchât, avec une expression d'inquiétude sur le visage, pour informer mon père à voix basse (à voix très basse si nous avions des invités) qu'un groupe de villageois voulait voir le *barine*, au-dehors. Vivement, mon père ôtait la serviette de sur ses genoux et demandait à ma mère de bien vouloir l'excuser. L'une des fenêtres, à l'extrémité orientée vers l'ouest de la salle à manger, donnait sur une partie de l'allée, près de l'entrée principale. On pouvait voir le sommet des buissons de chèvrefeuille, en face de la véranda. De cette direction nous parvenait le bourdonnement courtois d'un accueil paysan, au moment où le groupe invisible saluait mon père invisible. Le parlementage qui suivait, mené sur un ton ordinaire, nous ne pouvions l'entendre, les fenêtres sous lesquelles il avait lieu étant fermées pour empêcher la chaleur d'entrer. Il est probable qu'il s'agissait d'obtenir de mon père sa médiation dans une dissension locale, ou une subvention spéciale, ou l'autorisation de faire la moisson sur un lopin de nos terres ou d'abattre un certain nombre de nos arbres qu'ils convoitaient. Si, comme c'était le cas en général, la requête était aussitôt accordée, le bourdonnement du début se faisait à nouveau entendre, et ensuite, en signe de gratitude, on faisait subir au bon *barine* le supplice national d'être balancé, lancé en l'air, et solidement saisi par une vingtaine de bras vigoureux.

Dans la salle à manger, on nous disait, à mon frère et à moi, de continuer à manger. Ma mère, un morceau friand entre le pouce et l'index, jetait un coup d'œil sous la table pour voir si son teckel irritable et revêche était bien là. « *Un jour ils vont le laisser tomber* », disait Mlle Golay, vieille dame pessimiste et collet monté, qui avait été la gouvernante de ma mère et continuait à demeurer avec nous (en très mauvais termes avec nos gouvernantes à nous). De ma place à table, je voyais soudain à travers l'une des fenêtres à l'ouest un merveilleux cas de lévitation. Là, durant un instant, apparaissait la silhouette de mon père, dans son costume d'été blanc que le vent faisait onduler, glorieusement étendu de tout son long, les membres dans une posture curieusement nonchalante, son beau visage imperturbable tourné vers le ciel. Trois fois, au puissant « ô hisse ! » de ses invisibles lanceurs, il s'élevait de cette façon, et la deuxième fois il allait plus haut que la première, pour enfin, dans son dernier et plus haut envol, reposer, comme pour de bon, sur le fond cobalt d'un midi d'été, tel un de ces personnages paradisiaques que l'on voit planer confortablement, avec un tel luxe de plis à leurs vêtements, sur le plafond en voûte d'une église, tandis qu'au-dessous, un par un, les cierges de cire tenus par des mains mortelles s'allument et forment un essaim de flammes menues au milieu de l'encens, et que le prêtre psalmodie les chants du repos éternel, et que les lis funéraires cachent le visage de celui qui gît là, parmi les lumières flottantes, dans cette bière ouverte.

CHAPITRE II

I

Aussi loin que je remonte le cours des souvenirs où je me revois moi-même (avec intérêt, avec amusement, rarement avec admiration ou dégoût), je constate que j'ai été sujet à de légères hallucinations. Certaines sont auditives, d'autres visuelles, mais il n'en est aucune qui m'ait été de grand profit. Les voix fatidiques qui servaient de frein à Socrate ou qui poussaient Jeannette Darc à agir, ont dégénéré chez moi en quelque chose de l'ordre de ce qu'il arrive d'entendre, sur un téléphone à plusieurs abonnés, avant de raccrocher le récepteur, quand c'est occupé. Juste avant de sombrer dans le sommeil, je perçois souvent une sorte de conversation unilatérale qui se poursuit dans un secteur adjacent de mon esprit, tout à fait indépendamment du cours réel de mes pensées. C'est une voix neutre, détachée, anonyme, que je surprends à dire des mots qui n'ont pour moi aucune espèce d'importance – une phrase anglaise ou russe, ne s'adressant même pas à moi, et si insignifiante que je n'ose guère en proposer des exemples, de crainte que la platitude dont je voudrais donner l'idée ne soit gâchée par une taupinière de sens. Ce phénomène absurde semble être la contrepartie auditive de certaines visions d'avant-dormir, qui me sont familières aussi. Ce dont je veux parler, ce n'est pas de la vive représentation mentale (comme, par exemple, le visage d'un parent bien-aimé mort depuis longtemps) évoquée par un coup d'aile de la volonté; cela, c'est l'un des actes les plus courageux dont l'esprit humain soit capable. Et je ne fais pas non plus allusion à ce qu'on appelle *muscae volitantes* – ombres projetées sur les bâtonnets de la rétine par des atomes de poussière dans l'humeur vitrée, qui sont perçues sous l'aspect de filaments transparents s'en allant à la dérive à travers le champ visuel. Ce qui se rapproche le plus, peut-être, de mes mirages hypnagogiques, c'est la tache colorée, le coup de poignard d'une image persistante, dont la lampe, que l'on vient juste d'éteindre, blesse la nuit palpébrale. Cependant, une secousse de ce genre n'est pas indispensable comme point de départ au déroulement lent, continu, des visions qui passent devant mes yeux clos. Elles surviennent et s'en vont, sans la participation de l'observateur somnolent, mais sont essentiellement différentes des images vues en rêve, car il est encore maître de ses sens. Elles sont souvent saugrenues. Je suis importuné par des profils polissons, par un certain nain rubicond, aux traits grossiers, ayant une narine ou une oreille qui se gonfle. Parfois, cependant, mes photismes revêtent un caractère *flou**[1] assez apaisant,

1. En français dans le texte. L'italique assorti d'un astérisque indiquera à chaque fois les mots ou les phrases employés en français par l'auteur. *(N.d.T.)*

et alors je vois – en projection, pour ainsi dire, sur la face interne de la paupière – des silhouettes grises qui se promènent entre des ruches, ou de petits perroquets noirs qui disparaissent peu à peu parmi les neiges éternelles, ou bien, au-delà de mâtures mouvantes, un lointain mauve qui va s'estompant.

En sus de tout cela, j'offre un beau cas d'audition colorée. « Audition » n'est peut-être pas tout à fait le terme exact, puisque la sensation de couleur paraît être déterminée, chez moi, par l'acte même de former avec la bouche une lettre donnée tout en m'en représentant le tracé écrit. Le *a* de l'alphabet anglais (sauf indication contraire, c'est à cet alphabet que je pense en écrivant ce qui suit) a pour moi la nuance du bois sec, mais un *a* français évoque de l'ébène poli. Ce groupe noir comprend aussi *g* dur (caoutchouc vulcanisé) et *r* (un chiffon noir de suie qu'on déchire). *N* bouillie d'avoine, *l* nouille molle, et le miroir à main au dos ivoire de *o*, voilà pour les blancs. Je suis déconcerté par mon *on* français que je vois sous l'aspect d'une surface d'alcool à ras bord dans un petit verre. Si l'on passe maintenant au groupe des bleus, il y a *x* couleur d'acier, l'horizon indigo sombre de *z*, et le *k* myrtille. Du fait qu'il existe une subtile interaction entre le son et la forme, je vois *q* comme plus brun que *k*, cependant que *s* n'est pas le bleu clair de *c*, mais un curieux mélange d'azur et de nacre. Les teintes adjacentes ne fusionnent pas, et les diphtongues n'ont donc pas de couleurs à elles, à moins d'être représentées par un unique caractère dans quelque autre langue (c'est ainsi que la lettre russe à trois hastes, d'un gris pelucheux, qui fait office de *ch*, lettre aussi vieille que les roseaux du Nil, influence la représentation de la diphtongue française).

Je me hâte de compléter ma liste avant d'être interrompu. Dans le groupe vert, il y a *f* feuille d'aulne, la pomme sure de *p*, et *t* pistache. Du vert terne, combiné avec du violet, c'est tout ce que je peux faire pour décrire le *w*. Les jaunes comprennent différents *e* et *i*, *d* crémeux, *y* jaune d'or éclatant, et *u* dont je ne peux exprimer la valeur alphabétique que par « le ton cuivre jaune avec un reflet olive ». Dans le groupe marron, il y a le riche ton caoutchouc de *g* doux, *j* plus pâle, et le lacet de soulier terni de *h*. Enfin, parmi les rouges, *b* est de la nuance que les peintres nomment terre de Sienne brûlée, *m* est un pli de flanelle rose, et aujourd'hui j'ai enfin parfaitement apparié *v* au « rubis de Bohême » du *Dictionnaire des couleurs* de Maerz et Paul. Le mot désignant l'arc-en-ciel, un arc-en-ciel primaire mais assez terne, est, dans mon langage à moi, le malaisément prononçable *kzspygv*. Le pionnier de l'étude de la notion d'*audition colorée* fut, pour autant que je sache, un physicien albinos, en 1812, à Erlangen.

Les aveux d'un synesthète doivent paraître ennuyeux et prétentieux à ceux qui sont préservés des infiltrations et vents coulis de ce genre par des murs plus pleins que ne le sont les miens. Mais à ma mère, tout cela semblait parfaitement normal. La question vint sur le tapis, au cours de ma septième année, un jour que j'étais en train de construire une tour avec de vieux cubes d'un alphabet. Je fis remarquer en passant à ma mère que leurs couleurs étaient toutes fausses. Nous découvrîmes alors que certaines lettres avaient pour elle la même teinte que pour moi, et que, en outre, des sons musicaux déterminaient chez elle des sensations visuelles. Chez moi, ils ne suscitaient pas le moindre chromatisme. La musique, j'ai le regret de le dire, me fait purement et simplement l'effet d'une succession arbitraire de sons plus ou moins agaçants. A la faveur de certaines circonstances d'ordre affectif, je puis supporter les spasmes d'un chaud violon, mais le piano de concert et tous les instruments à vent m'ennuient à petites doses, et à doses plus fortes ils m'écorchent. Malgré le nombre d'opéras auxquels je fus exposé chaque hiver (j'ai dû assister à *Ruslan* et à *Pikovaya Dama* au moins une douzaine de fois au cours d'un nombre d'années moitié moindre), ma faible réceptivité à la musique fut complètement supplantée par le tourment d'ordre visuel de n'être pas en mesure de lire par-dessus l'épaule de Pimen ou d'essayer en vain d'imaginer les papillons nocturnes dans la pâle floraison du jardin de Juliette.

Ma mère fit tout pour encourager ma promptitude, en général, à réagir à la stimulation visuelle. Que d'aquarelles n'a-t-elle pas peintes pour moi ! Quelle révélation ce fut, quand elle me montra le lilas en fleur qui naissait du mélange du bleu et du rouge ! Parfois, dans notre maison de Saint-Pétersbourg, d'une cache secrète dans le mur de son cabinet de toilette, elle sortait un tas de bijoux pour que je m'en amusasse au lit. J'étais tout petit alors, et ces tiares et ces colliers et ces bagues qui étincelaient me semblaient le céder à peine en mystère et en enchantement à l'illumination de la ville durant les fêtes impériales, lorsque, dans le silence d'une nuit glaciale, des monogrammes géants, des couronnes, et d'autres dessins armoriaux, faits d'ampoules électriques de couleur – saphir, émeraude, rubis – rayonnaient, comme contraints sous l'effet d'un charme, au-dessus des corniches soulignées de neige, sur les façades tout le long des rues des quartiers résidentiels.

II

Mes nombreuses maladies d'enfant nous rendirent encore plus proches l'un de l'autre, ma mère et moi. Petit garçon, j'ai montré une aptitude anormale pour les mathématiques, aptitude que j'ai complètement perdue à l'époque de mon adolescence qui fut singulièrement dénuée de talent. Ce don joua un rôle affreux dans mes corps à corps avec l'angine ou la scarlatine : je sentais alors d'énormes sphères et des nombres immenses grossir impitoyablement dans mon cerveau endolori. Un précepteur peu perspicace m'avait expliqué les logarithmes beaucoup trop tôt, et j'avais lu (dans une publication anglaise, le *Boy's Own Paper*, je crois) l'histoire d'un certain calculateur hindou qui était capable de trouver, en deux secondes exactement, la racine dix-septième de, mettons, 3529471145760275132301897342055866171392 (je ne suis pas sûr que ce soit là exactement le nombre en question; en tout cas la racine trouvée était 212). Tels étaient les monstres qui s'engraissaient de mon délire, et le seul moyen de les empêcher de me chasser de moi-même en ne m'y laissant plus de place, c'était de les tuer en extrayant leurs cœurs. Mais ils étaient beaucoup trop forts, et je me mettais sur mon séant dans mon lit et formais péniblement des phrases sans queue ni tête, essayant d'expliquer la situation à ma mère. Sous le masque de mon délire, elle reconnaissait des sensations qu'elle avait elle-même connues, et sa compréhension ramenait mon univers en expansion à une norme newtonienne.

Le futur spécialiste d'un domaine littéraire aussi ingrat que l'autoplagiat aura plaisir à collationner l'expérience d'un des protagonistes de mon roman *Le Don* avec l'incident originel. Un jour, après une longue maladie, alors que j'étais étendu dans mon lit, encore très faible, je me surpris goûtant une euphorie extraordinaire, toute de légèreté et de sérénité. Je savais que ma mère était allée m'acheter le cadeau quotidien qui rendait si merveilleuses ces convalescences. Ce que ce serait cette fois-ci, je ne pouvais le deviner, mais à travers le cristal de mon état étrangement translucide je la vis, avec une vivante netteté, descendre la rue Morskaya en direction de l'avenue Nevski. Je distinguais le léger traîneau tiré par un coursier alezan. J'entendais celui-ci s'ébrouer, le claquement cadencé de son scrotum, et le choc mat des mottes de terre gelée et de neige projetées contre l'avant du traîneau. Devant mes yeux et devant ceux de ma mère se silhouettait le cocher vu de dos, dans sa houppelande lourdement ouatée, et je voyais la montre (elle marquait deux heures vingt) enchâssée dans un étui de cuir et attachée par une courroie derrière, à sa ceinture, au-dessous de laquelle s'arrondissaient les plis, semblables aux raies d'une citrouille, de son énorme postérieur rembourré. Je voyais la fourrure de loutre de ma mère et, lorsque le cinglement du froid augmentait avec la vitesse, le manchon qu'elle levait vers son visage – ce geste gracieux, caractéristique des promenades d'hiver, d'une dame de Saint-Pétersbourg. Deux des coins de la volumineuse couverture de peau d'ours qui la couvrait des pieds à la taille étaient attachés par des boucles à des boutons sur les côtés du dossier bas de son siège. Et derrière elle, se tenant à ces boutons, un valet de pied au chapeau à cocarde se tenait debout sur son étroit support, au-dessus des extrémités arrière des patins.

Je ne perdais pas de vue le traîneau et je le vis s'arrêter devant chez Treumann (articles de bureau, babioles de bronze, cartes à jouer). Un instant plus tard, ma mère sortit de ce magasin, suivie par le valet de pied. Celui-ci portait son emplette, qui me fit l'effet d'être un crayon, et je m'étonnai qu'elle ne portât pas elle-même un objet si petit, et cette déplaisante affaire de dimensions provoqua un faible regain, par bonheur très bref, de cet « effet de dilatation de l'esprit » dont j'espérais qu'il avait disparu en même temps que la fièvre. Tandis qu'à nouveau l'on remontait sur elle la couverture dans le traîneau, j'observais la buée que tous, cheval compris, exhalaient. J'observais aussi cette petite moue familière que ma mère faisait pour distendre le filet de sa voilette trop étroitement ajustée sur son visage, et, en écrivant ceci, la sensation d'un contact avec quelque chose de tendre et de réticulé, que mes lèvres éprouvaient quand j'embrassais sa joue à travers la voilette, me revient – ou plutôt vole vers moi avec un cri de joie qui vient du passé bleu neigeux, comme encadré d'une fenêtre bleue (les rideaux ne sont pas encore tirés).

Quelques minutes plus tard, ma mère entra dans ma chambre. Dans ses bras elle tenait un grand paquet. Je lui avais fait subir, dans ma vision, une considérable réduction de taille – peut-être parce que, subconsciemment, je rectifiais ce qui pouvait fort bien être, me soufflait la logique, encore un reste de l'univers en dilatation de mon délire, dont j'avais la terreur. Or l'objet se trouva être un crayon polygonal Faber géant, long de 1,22 m et épais à l'avenant. Il avait jusqu'alors été suspendu, comme objet pour la montre, dans la vitrine du magasin, et elle s'était dit que je devais le convoiter, comme je convoitais toutes les choses qu'il n'était guère possible d'acheter. Le commerçant avait été obligé d'appeler un concessionnaire, un certain « Docteur » Libner (comme si la transaction revêtait véritablement quelque signification pathologique). Durant un instant, je connus l'angoisse de me demander si la pointe était bien en graphite véritable. Mais oui, elle l'était. Et, quelques années plus tard, je me suis assuré, en perçant un trou sur le côté, que la mine allait bien d'un bout à l'autre du crayon – parfait exemple d'art pour l'amour de l'art de la part de Faber et du Dr Libner puisque ce crayon était beaucoup trop gros pour qu'on pût s'en servir, et qu'on ne l'avait, du reste, pas destiné à cela.

« Oh, oui », disait-elle, quand je lui touchais un mot de telle ou telle sensation extraordinaire. « Oui, je connais tout cela », et avec une simplicité qui donnait un peu le frisson, elle discutait de choses telles que le don de seconde vue, et les petits coups frappés dans la charpente de petites tables, et les pressentiments, et le sentiment du *déjà vu**. Dans son ascendance directe, on trouvait une trace de sectarisme. Elle n'allait à l'église que durant le Carême et à Pâques. Les tendances schismatiques se firent jour chez elle dans sa saine aversion pour les rites de l'Église grecque-catholique et pour ses prêtres. Elle était profondément séduite par l'aspect moral et poétique des Evangiles, mais n'éprouvait nul besoin d'apporter sa caution à un dogme quelconque. L'absence terrifiante de sécurité de la vie future et son manque d'intimité, elle n'y songeait pas. Sa piété profonde et pure prenait la forme d'une foi égale en l'existence d'un autre monde et en l'impossibilité de l'appréhender à l'aide des notions de la vie terrestre. Tout ce que l'on pouvait faire, c'était d'entrevoir, parmi la brume et les chimères, quelque chose de réel en avant, exactement comme des personnes douées d'une extraordinaire persistance de la cérébration diurne sont capables de percevoir au plus profond de leur sommeil, quelque part au-delà des affres d'un cauchemar embrouillé et inepte, la réalité bien ordonnée de l'heure du réveil.

III

Aimer de toute son âme et, quant au reste, s'en remettre au destin, telle était la règle simple à laquelle elle obéissait. « *Vot zapomni* (N'oublie pas cela) », disait-elle, sur un ton de conspiratrice en attirant mon attention sur tel ou tel objet de son amour, à Vyra – une alouette montant dans le ciel lait-caillé d'un jour couvert de printemps, des éclairs de chaleur prenant des instantanés d'une ligne d'arbres au loin dans la nuit, la palette de feuilles d'érable sur le sable brun, les empreintes cunéiformes des pas d'un petit oiseau sur la neige nouvelle. Comme si elle sentait que dans peu d'années, toute la part tangible de son univers périrait, elle cultivait un état d'attention extraordinaire aux diverses traces du passé éparses un peu partout dans notre domaine à la campagne. Elle chérissait passionnément son propre passé avec la même ferveur rétrospective que celle que j'éprouve à présent pour son souvenir et pour mon passé. C'est ainsi qu'en un certain sens, j'ai hérité de simulacres exquis – de la beauté de biens incorporels, d'un domaine irréel – et cela s'est avéré un excellent apprentissage pour supporter les pertes ultérieures. Les fiches et indications de son propre passé me devinrent aussi chères et sacrées qu'à elle-même. Il y avait la pièce qui était autrefois réservée au passe-temps favori de sa mère, un laboratoire de chimie; il y avait le tilleul qui permettait de reconnaître l'endroit où, sur le bord d'un chemin de campagne qui montait vers le village de Griazno (accent tonique sur la dernière syllabe), sur le tronçon le plus raide où l'on préférait prendre sa bicyclette « par les cornes » *(bïka za roga)*, ainsi que mon père, un fervent du vélo, aimait à dire, et où il l'avait demandée en mariage; et il y avait, dans ce qu'on appelait le « vieux » parc, le court de tennis obsolète, à présent couvert de mousse, de taupinières et de champignons, qui avait été le lieu de joyeux rassemblements dans les années quatre-vingt et quatre-vingt-dix (même son père, qui était sinistre, enlevait son manteau et secouait d'une main évaluatrice la plus lourde des raquettes) mais que, lorsque j'avais dix ans, les herbes folles avaient effacé aussi parfaitement que le chiffon fait disparaître du tableau noir un problème de géométrie.

Un court parfait et moderne avait alors été construit au bout de la partie « récente » du parc par d'habiles ouvriers importés de Pologne à cet effet. Le grillage métallique d'une vaste clôture le séparait de la prairie fleurie qui encadrait sa terre glaise. Après une nuit humide, la surface présentait un vernis brunâtre et les lignes blanches étaient repeintes avec de la craie liquide que prenait dans un seau vert Dmitri, le plus petit et le plus vieux de nos jardiniers, un nain d'allure humble, botté de noir, vêtu d'une chemise rouge et qui reculait lentement, plié en deux, tandis que son pinceau progressait le long du tracé.

Une haie de pois de senteur (l'« acacia jaune » de la Russie du Nord), avec, à mi-parcours, une brèche correspondant à la porte grillagée du court, s'étendait parallèlement à la clôture jusqu'à un sentier dénommé *tropinka Sfinksov* (« sentier des Sphingides ») à cause des Sphinx qui venaient au crépuscule sur les lilas ébouriffés, le long de la bordure qui faisait face à la haie et s'ouvrait pareillement en son milieu. Ce sentier formait la barre d'un grand T dont la verticale était l'allée de chênes élancés, contemporains de ma mère, qui traversait (ainsi que je l'ai déjà mentionné) le nouveau parc sur toute sa longueur. En promenant son regard le long de cette avenue depuis la base du T près de l'allée, on pouvait voir tout à fait distinctement le petit intervalle clair à une distance de cinq cents mètres – ou de cinquante ans par rapport au point où je me trouve aujourd'hui. Notre précepteur du moment, ou mon père quand il restait avec nous à la campagne, prenait invariablement mon frère pour partenaire au cours de nos doubles familiaux pleins de fantaisie. « Joue ! » s'écriait ma mère à l'ancienne mode, tandis qu'elle avançait son petit pied et penchait sa tête coiffée d'un chapeau blanc pour prodiguer un service vaillant quoique faible. Je me mettais facilement en colère contre elle, et elle contre les ramasseurs de balles, de jeunes paysans qui allaient pieds nus (le petit-fils au nez rond et retroussé de Dmitri, et le frère jumeau de la jolie Polenka, la fille du cocher en chef). L'été septentrional devenait tropical autour de l'époque des moissons. Serguéi l'écarlate coinçait sa raquette entre ses genoux et essuyait laborieusement ses lunettes. Je vois mon filet à papillons appuyé contre la clôture – au cas où. Le livre de Wallis Myers sur le lawn-tennis est ouvert sur un banc et, après chaque échange de coups, mon père (joueur de premier ordre, avec un service du genre envoi de boulet de canon, à la Frank Riseley) s'informe pédantesquement auprès de mon frère et de moi si cet état de grâce qu'est la « fin du coup » est descendu sur nous. Et quelquefois, une averse phénoménale nous envoyait nous blottir sous un abri dans le coin du court, tandis que le vieux Dmitri était dépêché pour rapporter de la maison des parapluies et des imperméables. Un quart d'heure plus tard, il réapparaissait sous une montagne de vêtements dans la perspective de la longue avenue qui, à mesure qu'il se rapprochait, retrouvait ses mouchetures de léopard avec le soleil qui dardait à nouveau ses rayons, et son énorme fardeau devenait inutile.

Elle aimait tous les jeux d'adresse et de hasard. Sous ses mains expertes, les mille fragments d'un jeu de patience formaient peu à peu une scène de chasse anglaise; ce qui avait paru être la jambe d'un cheval se trouvait appartenir à un orme et le morceau qu'on n'était pas arrivé jusque-là à caser venait remplir, en s'ajustant parfaitement, un vide dans le fond pommelé, vous procurant l'ivresse raffinée d'une satisfaction abstraite et cependant tactile. Il y eut un temps où elle raffola du poker, qui avait gagné la société de Saint-Pétersbourg *via* les milieux diplomatiques; aussi certaines des combinaisons nous arrivaient-elles avec de jolis noms français – *brelan**, *couleur**, etc. Le jeu en honneur était le poker courant, avec, parfois, l'excitation supplémentaire de « pots » et d'un « joker » remplace-tout. En ville, elle jouait au poker chez des amis jusqu'à trois heures du matin, un passe-temps mondain au cours des dernières années ayant précédé la Première Guerre mondiale; et plus tard, en exil, il lui arrivait d'imaginer (avec le même étonnement et la même consternation qui teintaient ses évocations du vieux Dmitri) Pirogov, le chauffeur, qui continuait apparemment de l'attendre dans le froid implacable d'une interminable nuit bien que, dans son cas à lui, du thé au rhum servi dans une cuisine hospitalière eût sans doute adouci ces veilles.

L'un de ses plus grands plaisirs en été, c'était le sport très russe de *khodit po gribi* (aller aux champignons). Frites dans le beurre et enrobées d'une sauce liée avec de la crème aigre, ses délicieuses trouvailles paraissaient régulièrement sur la table du dîner. Mais l'important, ce n'était pas la phase de la dégustation. Son plaisir essentiel, c'était la recherche, et cette recherche avait ses règles. Ainsi, elle ne ramassait pas les agarics; les champignons qu'elle cueillait étaient tous des espèces appartenant à la section comestible du genre *Boletus* (*l'edulis* fauve, le brun *scaber,* le rouge *aurantiacus,* et quelques proches parents), que certains nomment « champignons tubéreux » et que les mycologues définissent de façon charmante comme étant « des mycètes terrestres, charnus, putrescents, stipités centralement ». Leurs chapeaux trapus – étroitement ajustés chez les sujets en bas âge, formant un dôme robuste chez ceux parvenus à maturité – ont la surface inférieure lisse (non lamellée) et un stipe élégant et vigoureux. Par la simplicité classique de la forme, les bolets diffèrent énormément du « champignon véritable », aux absurdes lamelles et à l'anneau stipal caduc. C'est, pourtant, à ce dernier, aux obscurs et laids agarics, que des pays, qui n'en sont encore qu'à l'enfance du goût, bornent de façon timorée leur connaissance et leur appétit, si bien qu'aux yeux du profane anglo-américain, les aristocratiques bolets sont, au mieux, des champignons vénéneux réformés.

Un temps pluvieux faisait sortir ces magnifiques

végétaux à foison sous les sapins, les bouleaux et les trembles dans le vieux parc de notre domaine, particulièrement dans sa partie la plus ancienne, à l'est de la route pour attelages qui divisait le parc en deux. Ses recoins ombreux recelaient alors cette exhalaison âcre particulière au bolet qui fait se dilater les narines d'un Russe – un sombre, froid et délicieux mélange de mousse humide, d'humus, de feuilles pourrissantes. Mais il fallait fureter un bon bout de temps en scrutant le sous-bois mouillé avant de pouvoir découvrir et dégager du sol avec précaution quelque chose de vraiment bien, par exemple une famille de bébés *edulis* coiffés de bonnets ou un *scaber* de la variété marbrée.

Les après-midi où le ciel était couvert, toute seule dans la bruine, ma mère, portant un panier (que quelqu'un avait taché de bleu violacé à l'intérieur avec des myrtilles), partait faire un grand tour à la recherche de champignons. Vers l'heure du dîner, on la voyait déboucher des profondeurs brumeuses d'une allée du parc, petite silhouette enveloppée d'un manteau et encapuchonnée de laine brun verdâtre, toute constellée d'innombrables gouttelettes de bruine qui lui faisaient un nimbe de buée. Au moment où, sortant de dessous les arbres qui pleuraient, elle s'approchait et m'apercevait, son visage offrait une expression étrange, triste; à croire qu'elle avait eu bien peu de chance; mais je savais que c'était la béatitude tendue, jalousement contenue, du collectionneur heureux. Juste avant d'arriver à moi, abaissant d'un mouvement brusque le bras et l'épaule et poussant un « ouf! » d'épuisement exagéré, elle donnait du mou à son panier, afin de faire ressortir son poids, et qu'il était incroyablement plein.

Près d'un banc de jardin blanc, sur une table en fer

ronde de jardin, elle disposait ses bolets en cercles concentriques, pour les compter et les trier. Les vieux, à la chair spongieuse et amollie, devaient être éliminés, de manière à ne laisser que les jeunes et les croquants. Durant un instant, avant qu'ils ne fussent emportés par un serviteur en un lieu sur lequel ma mère ne savait rien, pour subir un sort qui ne l'intéressait pas, elle restait là debout à les admirer, dans l'exaltation d'un silencieux contentement. Comme cela arrive souvent à la fin d'un jour pluvieux, il pouvait se faire que le soleil jetât une lueur crue juste avant de se coucher, et alors là, sur la table ronde humide, ses champignons gisaient, très colorés, certains portant des vestiges de végétation étrangère – une feuille d'herbe restée collée à un chapeau fauve visqueux, ou un peu de mousse revêtant encore la base bulbeuse d'un stipe strié de sombre. Et pouvait se trouver là, aussi, une minuscule chenille arpenteuse, mesurant, comme un enfant du pouce et de l'index, le pourtour de la table, et de temps à autre s'étirant, dressée en l'air, pour chercher à l'aveuglette, vainement, l'arbrisseau d'où elle avait été délogée.

IV

Non seulement la cuisine et la salle commune des domestiques ne recevaient jamais la visite de ma mère, mais elles n'avaient pas davantage part à ses pensées que s'il se fût agi des locaux correspondants dans un hôtel. Mon père, lui non plus, ne se sentait pas le goût de faire marcher la maison. Pourtant, il commandait les repas. Avec un petit soupir, il ouvrait une sorte d'album que le maître d'hôtel posait sur la table du dîner après le dessert et, de sa coulante et élégante écriture, il y inscrivait le menu pour le lendemain. Il avait l'habitude bien particulière de faire vibrer son crayon ou son stylo juste au-dessus du papier pendant qu'il méditait la série de mots suivante. Ma mère approuvait vaguement d'un signe de tête ce qu'il proposait, ou faisait la grimace. Officiellement, la direction de la maison était confiée à son ancienne nurse, alors vieille femme aux yeux troubles, incroyablement ridée (née serve aux environs de 1830), qui avait un visage de tortue mélancolique et marchait en traînant les pieds. Avec l'âge, il lui était venu une ladrerie pathologique, surtout en ce qui concernait le sucre et les confitures; aussi, peu à peu, et avec le consentement de mes parents, d'autres arrangements domestiques, qu'on lui cachait, étaient sans bruit entrés en vigueur. L'ignorant (apprendre cela lui eût brisé le cœur), elle demeurait suspendue, pour ainsi dire, à son propre anneau de clefs, cependant que ma mère faisait tout son possible pour dissiper, avec des paroles apaisantes, les soupçons qui de temps à autre traversaient l'esprit faiblissant de la vieille femme. Maîtresse exclusive de son petit royaume, éloigné et moisi, qu'elle croyait être le vrai (nous serions morts de faim si c'eût été le cas), elle était suivie par les coups d'œil moqueurs des laquais et des bonnes tandis qu'elle ne cessait de cheminer péniblement par les longs couloirs pour aller mettre en réserve la moitié d'une pomme ou deux biscuits Petit-Beurre cassés qu'elle avait trouvés sur une assiette.

Pendant ce temps-là, étant donné un personnel permanent d'environ cinquante domestiques que personne ne surveillait, notre maison en ville et notre domaine à la campagne étaient les théâtres d'un fantastique carrousel de vols. Dont, à en croire de vieilles tantes fureteuses, que personne n'écoutait, mais qui se trouvèrent, somme toute, avoir raison, le chef cuisinier Nikolaï Andréievitch et le jardinier en chef Iégor, tous deux des hommes portant lunettes, à l'air posé, aux tempes chenues de serviteurs de confiance, étaient les deux esprits magistraux. Quand il se trouvait devant des notes à payer formidables et incompréhensibles, mon père, légiste et homme d'Etat, se sentait professionnellement mortifié de ne pas savoir être à la hauteur de sa tâche lorsqu'il s'agissait de l'administration de sa propre maison; mais, chaque fois que venait à se découvrir un vilain cas de larcin, des préoccupations d'un autre ordre l'empêchaient de faire quoi que ce fût à ce sujet. Quand le bon sens exigeait le renvoi d'une canaille de domestique, il se pouvait très bien que le petit garçon aux yeux noirs de l'homme en question tombât gravement malade, et alors la résolution de faire venir pour lui les meilleurs médecins de la ville supprimait toute autre considération. Tant et si bien que mon père préférait laisser toute l'administration domestique dans un état d'équilibre précaire (non dépourvu d'un certain humour voilé), tandis que ma mère tirait une grande satisfaction de l'espoir qu'on ne ferait pas crouler le monde illusoire de sa vieille nurse.

Ma mère savait trop bien quelle blessure peut causer une illusion brisée. Le désappointement le plus insignifiant prenait pour elle les dimensions d'un grand désastre. Une veille de Noël, peu de temps avant la naissance de son quatrième bébé, elle dut garder le lit à cause d'une légère indisposition, et elle nous fit promettre, à mon frère et à moi (qui avions respectivement cinq et six ans), de ne pas chercher à voir ce qu'il y aurait dans nos bas de Noël, que nous trouverions suspendus aux montants de nos lits le lendemain matin, mais de les apporter dans sa chambre et de ne regarder que là leur contenu, afin qu'elle pût nous voir à ce moment et jouir de notre plaisir. Au réveil, je tins furtivement conseil avec mon frère, à la suite de quoi chacun de nous deux, avec des mains avides, palpa son bas délicieusement crissant, bourré de menus présents; lesquels présents nous retirâmes avec précaution un par un, et nous voilà dénouant les faveurs, dépliant les papiers de soie, examinant tout à la faible lueur qui traversait les rideaux tirés, puis nous réenveloppâmes toutes ces petites choses et les refourrâmes là où nous les avions trouvées. Je nous revois ensuite assis sur le lit de notre mère, tenant ces bas couverts de bosses et faisant de notre mieux pour jouer la scène qu'elle avait souhaité voir; mais nous avions tellement bousillé les emballages, et notre interprétation de la surprise enthousiaste fut à tel point une interprétation d'amateurs (je vois encore mon frère levant les yeux au ciel et s'écriant, à l'instar de notre gouvernante française : « *Ah! que c'est beau!** »), que, après nous avoir observés un moment, notre spectatrice fondit en larmes. Dix ans passèrent. La Première Guerre mondiale commença. Un groupe de patriotes, parmi lesquels se trouvait mon oncle Rouka, lancèrent des pierres contre l'ambassade d'Allemagne. *Pétersbourg* fut déchu en *Petrograd,* au mépris de toutes les règles de préséance dans le domaine de la nomenclature. Beethoven se révéla être hollandais. Les actualités filmées montraient des explosions photogéniques, le spasme d'un canon, Poincaré dans ses jambières de cuir, des flaques d'eau lugubres, le pauvre petit tsarévitch en uniforme circassien, avec une dague et des cartouches, ses sœurs grandes de taille et terriblement mal fagotées, de longs trains bourrés de militaires. Ma mère mit sur pied un hôpital privé pour les soldats blessés. Je me la rappelle vêtue de l'uniforme d'infirmière gris et blanc que les femmes du monde arboraient et qu'elle détestait, se désespérant, avec les mêmes larmes enfantines, de l'impénétrable résignation de ces paysans mutilés et de l'inefficacité d'une compassion passagère. Et, plus tard encore, à l'époque de l'exil, en réexaminant le passé, elle s'accusait souvent elle-même (injustement, je m'en rends compte à présent) d'avoir été moins émue par la souffrance humaine que par le fardeau de sensibilité dont l'homme se débarrasse en en chargeant la nature innocente – les vieux arbres, les vieux chevaux, les vieux chiens.

Sa prédilection pour les teckels bruns intriguait mes tantes qui aimaient à critiquer. Dans les albums de famille illustrant ses jeunes années, il n'y avait guère de groupe qui ne comprît une bête de cette race – avec, en général, une partie de son corps flexible brouillée, et toujours ces yeux étranges, paranoïaques, que les teckels ont sur les instantanés. Un couple de vieux teckels obèses, Box I et Loulou, était toujours à se prélasser au soleil, sur la véranda, au temps de mon enfance. Un jour, en 1904, mon père rapporta d'une exposition canine à Munich un chiot, qui, en grandissant, devint un chien grincheux, mais merveilleusement beau : Trainy (ainsi que je l'appelai parce qu'il était aussi long et aussi brun qu'un wagon-lit). L'un des thèmes musicaux de mon enfance est le langage hystérique de Trainy lancé sur la piste du lièvre qu'il n'attrapait jamais, dans les profondeurs de notre parc de Vyra d'où il revenait au crépuscule (après que ma mère, inquiète, fut restée un bon moment à siffler, dans l'avenue aux chênes), le cadavre déjà vieux d'une taupe entre ses mâchoires et de la bardane dans les oreilles. Vers 1915, ses pattes de derrière se paralysèrent et, jusqu'à ce qu'on le chloroformât, il se traîna tristement sur les longues étendues brillantes de parquet comme un *cul-de-jatte**. Ensuite, quelqu'un nous donna un autre jeune chien, Box II, dont les grands-parents avaient été la Quina et le Brom du Dr Anton Tchékhov. Ce dernier teckel (l'un de mes rares liens avec la grande ligne de la littérature russe) nous suivit en exil, et, en 1930 encore, dans un faubourg de Prague (où ma mère veuve a passé ses dernières années, vivant d'une petite pension que lui versait le gouvernement tchèque), on pouvait le voir partir de mauvaise grâce en promenade avec sa maîtresse, marcher en se dandinant loin derrière elle, fâché, épouvantablement vieux et furieux contre sa longue muselière tchèque en fil de fer – chien émigré au paletot rapiécé et mal ajusté.

Durant les deux dernières années que nous avons passées à Cambridge, mon frère et moi avions l'habitude d'aller pour les vacances à Berlin où nos parents, nos deux sœurs et Kirill, âgé de dix ans, occupaient un appartement vaste, lugubre et éminemment bourgeois comme ceux dont j'ai doté tant de familles d'émigrés dans mes romans et mes nouvelles. Dans la nuit du 28 mars 1922, aux environs de vingt-deux heures, dans la salle de séjour où, comme à son habitude, ma mère était allongée sur le divan de coin recouvert de peluche rouge, alors que je lui lisais les poèmes de Blok sur l'Italie, j'étais tout juste parvenu à la fin du petit poème sur Florence que Blok compare au velouté délicat, fuligineux d'un iris, et elle disait tout en tricotant : « Oui, oui, Florence ressemble en effet à un *dïmnïy iris,* comme c'est vrai ! Je me souviens... » quand le téléphone sonna.

Après 1923, quand elle se fut installée à Prague, je me partageais moi-même entre l'Allemagne et la France et ne pouvais aller la voir fréquemment; et je n'étais pas non plus près d'elle au moment de sa mort, qui survint à la veille de la Seconde Guerre mondiale. Chaque fois que j'ai trouvé moyen d'aller à Prague, j'ai toujours ressenti au premier moment cette angoisse qui vous étreint juste avant que le temps, surpris à l'improviste, ne remette son masque familier. Dans l'appartement pitoyable qu'elle partageait avec sa plus chère amie, Evguénia Konstantinovna Hofeld (1884-1957), qui avait remplacé, en 1914, Miss Greenwood (qui elle-même avait remplacé Miss Lavington) comme gouvernante de mes deux sœurs (Olga, née le 5 janvier 1903, et Elèna, née le 31 mars 1906), des albums, sur lesquels, ces dernières années, elle avait transcrit ses poèmes préférés, de Maïkov à Maïakovski, étaient épars autour d'elle sur les vestiges dépareillés d'un mobilier d'occasion vermoulu. Un moulage de la main de mon père et une aquarelle montrant sa tombe dans le cimetière grec-catholique de Tegel, qui se trouve aujourd'hui à Berlin-Est, voisinaient sur une étagère avec des livres d'autres émigrés, très prédisposés à la désintégration dans leurs couvertures de papier de mauvaise qualité. Une caisse recouverte d'étoffe verte supportait les petites photographies pâlies, dans des cadres en voie de désagrégation, qu'elle aimait avoir près de son divan. Ce n'était pas qu'elle en eût réellement besoin, car rien ne s'était perdu. Tout comme les acteurs d'une troupe ambulante transportent partout avec eux, tant qu'ils se rappellent leur texte, une lande balayée par le vent, un château fort enveloppé de brume, une île enchantée, elle avait avec elle tout ce que son âme avait engrangé. Avec une parfaite netteté, je la revois assise à une table, en train d'examiner, le visage serein, les cartes étalées d'une patience : elle s'appuie sur le coude gauche et presse contre sa joue le pouce libre de sa main gauche tenant, tout près de sa bouche, une cigarette, tandis qu'elle tend la droite vers la carte suivante. Le double miroitement à son annulaire provient de deux alliances – la sienne et celle de mon père, qui, étant trop large pour elle, est attachée à la sienne par un bout de fil noir.

Chaque fois que dans mes rêves je vois mes morts, ils paraissent toujours silencieux, gênés, étrangement abattus, tout à fait différents des êtres pleins d'animation qu'ils étaient et que j'aimais. Je prends conscience, sans aucun étonnement, de leur présence en des endroits où ils ne sont jamais allés durant leur vie terrestre, dans la maison de quelque ami qu'ils n'ont pas connu. Ils sont là, assis à l'écart, regardant le parquet, les sourcils froncés, comme si la mort était une noire souillure, un secret de famille honteux. Ce n'est certainement pas alors – pas dans les rêves – mais quand l'on est bien éveillé, aux heures de joie robuste et d'accomplissement, sur la plus haute terrasse de la conscience, que l'on a une chance de plonger le regard au-delà des limites de la mortalité. Et bien que l'on ne puisse pas voir grand-chose à travers la brume, l'on a pourtant le radieux sentiment de regarder dans la bonne direction.

CHAPITRE III

I

Un héraldiste inexpérimenté ressemble à un voyageur du Moyen Age qui rapporte d'Orient les fantaisies faunesques influencées par le bestiaire de son pays qui lui est depuis toujours familier plutôt que par le résultat d'une exploration zoologique sur le terrain. C'est ainsi que, dans la première version de ce chapitre, quand j'avais décrit les armoiries des Nabokov (qui, au nombre d'autres futilités familiales, n'avaient eu droit qu'à un regard distrait de ma part, des années plus tôt), je m'étais arrangé je ne sais comment pour en faire le merveilleux spectacle de plaque de cheminée de deux ours tenant entre eux un grand échiquier. Je l'ai à présent regardé à nouveau, ce blason, et je suis désappointé de constater qu'il se réduit à deux lions – des bêtes d'un ton brunâtre et sans doute à longs poils rudes, mais pas véritablement des ursidés – en train de se lécher les babines, rampant, attentifs, montrant avec arrogance le bouclier de l'infortuné chevalier qui représente seulement un seizième d'un échiquier fait d'une alternance de bleu ciel et de gueules, avec une croix bastonnée, couleur argent, dans chaque rectangle. Au-dessus, on voit ce qui reste du chevalier : son casque solide et son invulnérable gorgerin, mais aussi un bras vaillant qui émerge d'un motif de feuillage, gueules et bleu ciel, et continue de brandir une courte épée. *Za krabrost'* « Pour le courage », dit l'inscription.

Selon le cousin germain de mon père, Vladimir Viktorovitch Goloubtsov, un amoureux du passé russe, que j'ai interrogé en 1930, le fondateur de notre famille fut Nabok Murza (*floreat* 1380), un prince tatar russifié en Mosovie. Mon propre cousin germain, Serguéi Serguéievitch Nabokov, généalogiste plein d'érudition, m'apprend qu'au quinzième siècle, nos ancêtres possédaient des terres dans la principauté de Moscou. Il me renvoie à un document (publié par Youchkov dans *Actes des XIIIe-XVIIe siècles*, Moscou, 1899) ayant trait à une querelle rurale qu'en l'an 1494, sous Ivan III, le propriétaire terrien Koulyakin avait eue avec ses voisins Filat, Evdokim et Vlas, fils de Louka Nabokov. Au cours des siècles suivants, on retrouve les Nabokov dans l'administration et dans l'armée. Mon arrière-arrière-grand-père, le général Alexandre Ivanovitch Nabokov (1749-1807), fut, sous le règne de Paul Ier, responsable du régiment de garnison de Novgorod, appelé « Régiment Nabokov » dans les documents officiels. Le plus jeune de ses fils, mon arrière-grand-père Nikolaï Alexandrovitch Nabokov, était jeune officier de marine en 1817 quand il participa, avec le baron von Wrangel et le comte Litke, qui allaient par la suite devenir amiraux, et sous la conduite du capitaine Vassili Mikhaïlovitch Golovnine (qui, lui, allait devenir vice-amiral), à une expédition dans ce coin perdu de Nova Zembla (fallait-il vraiment que ce fût là-bas !)

où la « rivière Nabokov » porte le nom de mon ancêtre. La mémoire du chef de l'expédition est conservée dans bon nombre de noms de lieux, parmi lesquels le lagon Golovnine, dans la péninsule de Seward, dans la partie ouest de l'Alaska, où un papillon, le *Parnassius phoebus golovinus* (méritant un grand sic), a été décrit par le Dr Holland : mais mon arrière-grand-père n'a rien d'autre à présenter que cette petite rivière très bleue, d'un bleu presque indigo, et même outrageusement bleu, qui serpente entre des rochers humides; car il ne tarda pas à quitter la marine, *n'ayant pas le pied marin** (comme dit mon cousin Serguéi Serguéievitch qui m'a renseigné sur son compte), et entra dans le régiment des Gardes de Moscou. Il épousa Anna Alexandrovna (sœur du Décembriste). Je ne sais rien de sa carrière militaire; toujours est-il qu'il n'aurait pu soutenir la comparaison avec son frère, Ivan Alexandrovitch Nabokov (1787-1852), l'un des héros des guerres antinapoléoniennes, devenu, dans son grand âge, commandant de la forteresse Pierre-et-Paul de Saint-Pétersbourg où (en 1949) l'un des prisonniers était l'écrivain Dostoïevski, auteur du *Double,* etc. L'aimable général lui prêtait des livres. Infiniment plus intéressant, toutefois, est le fait qu'il se trouvait marié à Ekatérina Pouchtchine, sœur d'Ivan Pouchtchine, camarade d'école et ami intime de Pouchkine. Ouvrez l'œil, les imprimeurs : deux fois « tchine » et une fois « kine »!

Neveu d'Ivan et fils de Nikolaï, mon grand-père paternel, Dmitri Nabokov (1827-1904), fut ministre de la Justice huit années durant, sous deux tsars. Il épousa (le 24 septembre 1859) Maria qui, âgée de dix-sept ans, était la fille du baron Ferdinand Nicolaus

Viktor von Korff (1805-1869), un général allemand servant dans l'armée russe.

Dans les vieilles familles qui ont de l'obstination, certaines caractéristiques faciales reviennent sans cesse comme des indications et des marques de fabrique. Le nez des Nabokov (par exemple celui de mon grand-père) relève du type russe, avec un bout rond, souple, retroussé, et une petite déclivité de profil; le nez des Korff (par exemple le mien) est un bel organe germanique avec une robuste arête osseuse et une extrémité charnue légèrement inclinée, portant une rainure bien dessinée. Dédaigneux ou étonnés, les Nabokov ont des sourcils montants, aux poils clairsemés et qui s'estompent donc aux alentours des tempes; le sourcil des Korff est plus finement arqué mais lui aussi assez peu fourni. Autrement, les Nabokov, à mesure qu'ils se dirigent vers la pénombre le long de la galerie de portraits du temps, ne tardent pas à rejoindre les imprécis Roukavichnikov parmi lesquels je connais seulement ma mère et son frère Vassili, un échantillonnage très mince pour illustrer mon présent propos. En revanche, je vois avec une grande acuité les femmes de la lignée Korff, beautés au teint de lys et de rose, aux hautes *pommettes** empourprées, aux yeux bleu clair, avec un petit grain de beauté sur une joue, comme un signe de reconnaissance, dont ma grand-mère, mon père, trois ou quatre de ses frères et sœurs, quelques-uns parmi mes vingt-cinq cousins, ma sœur cadette et mon fils Dmitri ont hérité à des degrés divers d'intensité, comme des copies plus ou moins nettes de la même gravure.

Mon arrière-grand-père allemand, le baron Ferdinand von Korff, qui épousa Nina Alexandrovna Chichkov (1819-1895), naquit à Königsberg en 1805 et, au terme d'une brillante carrière militaire, mourut en 1869 dans le domaine que possédait sa femme sur les bords de la Volga, non loin de Saratov. Il était le petit-fils de Wilhelm Carl, baron von Korff (1739-1799), et d'Eleonore Margarethe, baronne von der Osten-Sacken (1731-1786), et le fils de Nicolaus von Korff (mort en 1812), commandant de l'armée prussienne et d'Antoinette Theodora Graun (morte en 1859), petite-fille du compositeur Carl Heinrich Graun.

La mère d'Antoinette, Elisabeth Fischer (née en 1760), était la fille de Regina née Hartung (1732-1805), fille de Johann Heinrich Hartung (1699-1765), patron d'une maison d'édition bien connue à Königsberg. Elisabeth était célèbre pour sa beauté. Après avoir divorcé en 1795 de son premier mari, *Justizrat* Graun, le fils du compositeur, elle épousa le poète mineur Christian August von Stägemann et fut l'« amie maternelle », pour reprendre l'expression de mon informateur allemand, d'un écrivain beaucoup plus connu, Heinrich von Kleist (1777-1811) qui, à trente-trois ans, était tombé éperdument amoureux de sa fille âgée de douze ans, Hedwig Marie (laquelle devait par la suite épouser un von Olfers). Il paraît qu'il se serait présenté chez la famille pour lui dire adieu avant de partir pour Wannsee – où il devait mettre à exécution un pacte de suicide conclu dans l'enthousiasme avec une dame malade – mais qu'il fut éconduit, car c'était jour de lessive dans le ménage Stägemann. Le nombre et la diversité des contacts que mes ancêtres ont eus avec le monde des lettres sont tout à fait remarquables.

Carl Heinrich Graun, l'arrière-grand-père de Ferdinand von Korff, *mon* arrière-grand-père, naquit en 1701 à Wahrenbrück, en Saxe. Son père, August

Graun (né en 1670), fonctionnaire au service des taxes (« *Königlicher Polnischer und Kurfürstficher Sächsischer Akziseneinnehmer* », l'Electeur en question étant son homonyme, August II, roi de Pologne), descendait d'une longue lignée d'ecclésiastiques. Son arrière-arrière-grand-père, Wolfgang Graun, était, en 1575, organiste à Plauen (dans les environs de Wahrenbrück) où une statue de son descendant, le compositeur, orne un jardin public. Carl Heinrich Graun mourut à cinquante-huit ans, en 1759, à Berlin où, dix-sept ans plus tôt, le nouvel opéra avait été inauguré par son *César et Cléopâtre*. C'était l'un des plus éminents compositeurs de son époque, et même le plus grand, à en croire les nécrologues du lieu, émus par le chagrin de son royal protecteur. Graun figure (à titre posthume) dans une attitude quelque peu distante, les bras croisés, dans la peinture de Menzel qui montre Frédéric le Grand interprétant sur une flûte la composition de Graun. Des reproductions de ce tableau m'ont poursuivi dans toutes les pensions de famille allemandes où j'ai séjourné durant mes années d'exil. On m'a dit qu'il y a au Palais Sans-Souci, à Potsdam, une peinture contemporaine représentant Graun et sa femme, Dorothea Rehkopp, assis au même clavecin. Les encyclopédies de musique reproduisent souvent le portrait de l'opéra de Berlin où il ressemble beaucoup au compositeur Nikolaï Dmitrievitch Nabokov, mon cousin germain. Un amusant petit écho, s'élevant à la coquette somme de 250 dollars, de tous ces concerts sous les plafonds peints d'un passé doré, est narquoisement parvenu jusqu'à moi dans le Berlin hitlérien de 1936 quand les biens inaliénables de la famille Graun, composés pour l'essentiel d'une collection de jolies tabatières et autres précieux bibelots dont la valeur, après avoir connu de nombreuses tribulations dans une banque nationale prussienne, ne représentait plus que 43 000 reichsmarks furent répartis entre les descendants du compositeur prévoyant : les clans von Korff, von Wissmann et Nabokov (une quatrième lignée, celle des comtes Asinari di San Marzano, s'était éteinte).

Deux baronnes von Korff ont laissé une trace dans les dossiers judiciaires de Paris. L'une d'elles, née Anna-Christina Stegelman, fille d'un banquier suédois, était la veuve du baron Fromhold Christian von Korff, colonel dans l'armée russe et arrière-grand-oncle de ma grand-mère. Anna-Christina était également la cousine, ou la petite amie, ou les deux à la fois, d'un autre militaire, le fameux comte Axel von Fersen. Et ce fut elle qui, à Paris, en 1791, prêta à la famille royale, pour sa fuite à Varennes, son passeport et sa berline toute neuve faite sur mesure (une somptueuse voiture à hautes roues écarlates, tendue de velours blanc d'Utrecht, avec des rideaux vert foncé et toutes sortes d'aménagements modernes pour l'époque, parmi lesquels un *vase de voyage**). La reine tenait son rôle et le roi était le précepteur des deux enfants. Dans les autres affaires judiciaires, la mascarade ne fut pas à ce point dramatique.

Aux approches de la semaine du Carnaval, à Paris, il y a plus de cent ans, le comte de Morny invita à un bal masqué chez lui « *une noble dame que la Russie a prêtée cet hiver à la France** » (selon l'expression de Henrys dans la *Gazette du Palais*, section de *L'Illustration*, 1859, p. 251). Il s'agissait de Nina, baronne von Korff, que j'ai déjà mentionnée; l'aînée de ses cinq filles, Maria (1842-1926), allait épouser, au mois de septembre de la même année 1859, Dmitri Nikolaïevitch Nabokov, mon grand-père (1827-1904), un ami de la famille qui se trouvait également à Paris à ce moment-là. En vue de ce bal, cette dame commanda pour Maria et Olga deux costumes de bouquetières, à deux cent vingt francs chacun. Leur prix, d'après le journaliste plein de faconde de *L'Illustration,* représentait six cent quarante-trois jours de « *nourriture, de loyer et d'entretien du père Crépin** », ce qui paraît curieux. Une fois les costumes achevés, Mme von Korff les trouva « *trop décolletés** », et les refusa. La couturière lui envoya un *huissier**, sur quoi il y eut un esclandre, et ma bonne arrière-grand-mère (elle était belle, passionnée et, j'ai le regret de le dire, beaucoup moins austère dans ses mœurs privées qu'il ne le semblerait d'après son attitude à l'égard des décolletés) poursuivit la couturière en dommages-intérêts.

Elle soutint que les demoiselles de magasin, qui avaient apporté les robes, étaient « *des péronnelles** » qui, en réponse aux critiques qu'elle avait formulées au sujet des robes qu'elle trouvait trop décolletées pour pouvoir être portées par des demoiselles de la noblesse, s'étaient « *permis d'exposer des théories égalitaires du plus mauvais goût** »; elle dit que ç'avait été trop tard pour faire faire d'autres travestis et que ses filles n'étaient pas allées au bal; elle accusa l'huissier et ses acolytes de s'être vautrés sur des chaises rembourrées cependant qu'ils invitaient les dames à prendre les dures; elle se plaignit aussi, violemment et amèrement, de ce que l'huissier avait osé menacer de faire mettre en prison « Monsieur Dmitri Nabokoff, conseiller d'Etat, homme sage et plein de mesure », uniquement parce que ledit monsieur avait essayé de jeter l'huissier par la fenêtre. La couturière perdit le procès. Elle dut reprendre ses robes, en rembourser le prix et, par-dessus le marché, verser un millier de francs à la plaignante. D'autre part, la facture présentée en 1791 à Christina par l'artisan qui avait construit sa voiture, et qui se montait à cinq mille neuf cent quarante-quatre livres, n'avait jamais été réglée.

Dmitri Nabokov (la terminaison en *ff* était une vieille mode continentale), ministre de la Justice de 1878 à 1885, fit ce qu'il put pour protéger, sinon pour renforcer, les réformes libérales des années soixante (le jugement rendu par un jury, par exemple) contre de féroces attaques réactionnaires. « Il a agi », dit un biographe (*Encyclopédie* de Brokhaus, deuxième édition russe), « comme le capitaine d'un vaisseau en pleine tempête qui jetterait par-dessus bord une partie de la cargaison pour sauver le reste ». Je remarque que cette comparaison-épigraphe fait écho, sans le savoir, au thème en épitaphe – l'effort antérieur tenté par mon grand-père pour jeter la loi par la fenêtre. Au moment où il prit sa retraite, Alexandre III lui proposa de choisir entre le titre de comte et une somme d'argent, qu'on peut supposer importante. Je ne sais pas ce que valait au juste un titre de comte en Russie, mais à l'encontre de ce qu'espérait le tsar économe, mon grand-père (comme d'ailleurs son oncle Ivan qui s'était vu proposer un choix similaire par Nicolas Ier) opta pour la récompense la plus consistante. (« *Encore un comte raté** », commente sèchement Serguéi Serguéievitch). Après cela, il vécut surtout à l'étranger. Au cours des premières années de ce siècle, sa raison s'obscurcit, mais il se raccrocha à la conviction que tant qu'il demeurerait dans la région méditerranéenne, tout irait bien. Les médecins furent d'un avis contraire et pensèrent qu'il vivrait probablement plus longtemps sous le climat de quelque station de montagne ou dans la Russie septentrionale. Il y a une extraordinaire histoire, dont je n'ai pas été capable de coordonner convenablement les éléments, selon laquelle il aurait échappé à ceux qui le soignaient quelque part en Italie. Il erra là à l'aventure, invectivant, avec une véhémence de Roi Lear, contre ses enfants en parlant à des étrangers qui souriaient d'un air moqueur, jusqu'au moment où il fut capturé en un sauvage lieu rocheux par quelques *carabinieri*. Durant l'hiver 1903, ma mère, la seule personne dont, à ses moments de démence, le vieillard pouvait supporter la présence, resta constamment près de lui à Nice. Mon frère et moi, âgés respectivement de trois et quatre ans, étions là aussi avec notre gouvernante anglaise; je garde le souvenir du bruit des vitres qu'un vent allègre faisait trembler, et de la douleur surprenante causée par une goutte de cire à cacheter chaude tombée sur mon doigt. Me servant de la flamme d'une bougie (réduite à une trompeuse pâleur par la lumière du soleil qui envahissait les dalles de pierre sur lesquelles j'étais agenouillé), j'étais occupé depuis un moment à transformer des bâtons dégouttant de cette cire en gluants pâtés écarlates, bleus, mordorés, sentant merveilleusement bon. Un instant plus tard, je hurlais par terre, et ma mère accourait à mon secours, et, quelque part tout près, mon grand-père, dans un fauteuil roulant, martelait le carrelage sonore avec sa canne. Il était difficile. Il parlait d'une façon inconvenante. Il s'entêtait à prendre l'infirmier qui poussait sa voiture de malade le long de la Promenade des Anglais pour un collègue à lui (mort depuis longtemps) dans le cabinet ministériel des années quatre-vingt. « *Qui est cette femme – chassez-la*!* » criait-il à ma mère, en montrant d'un doigt tremblant la reine de Belgique ou de Hollande qui s'arrêtait pour s'informer de sa santé. J'ai vaguement le souvenir d'avoir couru à son fauteuil pour lui montrer un joli caillou, qu'il examina lentement et lentement mit dans sa bouche. Je regrette de n'avoir pas eu plus de curiosité quand, des années plus tard, ma mère évoquait cette époque.

Il tombait, durant des périodes de plus en plus longues, dans un état d'inconscience; pendant l'une de ces rechutes, on le transporta dans son pied-à-terre, quai du Palais, à Saint-Pétersbourg. Comme il reprenait peu à peu ses esprits, ma mère camoufla son nouvel appartement de manière à le faire ressembler à la chambre à coucher qu'il avait à Nice. On trouva quelques meubles analogues, et l'on fit apporter en hâte de Nice nombre d'objets par un messager spécial, et l'on se procura, dans leur variété et leur profusion de là-bas, toutes les fleurs auxquelles ses sens confus étaient habitués, et l'on peignit d'un blanc éclatant la partie d'un mur de la maison qu'on pouvait apercevoir de la fenêtre; aussi, chaque fois qu'il revenait à un état de relative lucidité, il se retrouvait en sécurité sur la Riviera illusoire que ma mère avait artistiquement mise en scène; et là, oublieux des bouleaux russes, encore sans feuilles, qui susurraient autour de la maison, il mourut paisiblement.

Il laissa quatre fils et cinq filles. Dmitri, l'aîné, hérita du majorat Nabokov dans une Pologne alors sous la domination du tsar. Il épousa d'abord Lidia Edouardovna Falz-Fein, et, en secondes noces, Marie Redlich. Puis venait mon père; puis Serguéi, gouverneur de Mitau, qui épousa Daria Nikolaïevna Toutchkov, l'arrière-arrière-petite-fille du maréchal Koutouzov, prince de Smolensk. Le benjamin était Konstantin, célibataire endurci. Les sœurs avaient nom Natalia, épouse d'Ivan de Peterson, consul de Russie à La Haye; Véra, épouse d'Ivan Pikhatchev, sportif et propriétaire terrien; Nina, qui divorça du baron Rausch von Traubenberg, gouverneur militaire de Varsovie, pour épouser l'amiral Nikolaï Koloméitsev, héros de la guerre japonaise; Elizavéta, mariée à Henri, prince Sayn-Wittgenstein-Berleburg et, après sa mort, à Roman Leikmann, qui avait précédemment été le précepteur de ses fils; et Nadèjda, épouse de Dmitri Vonliarliarski, dont elle devait par la suite divorcer.

Oncle Konstantin était dans le service diplomatique et, lors de la dernière étape de sa carrière, à Londres, il mena une lutte amère et vaine avec Sablin en vue de déterminer lequel d'entre eux dirigerait la mission russe. Son existence ne fut pas spécialement fertile en événements, mais il avait par deux fois agréablement échappé à un sort moins insipide que le détachement dans un hôpital de Londres, qui eut raison de lui en 1929. Une fois, à Moscou, le 17 février 1905, quand un ami qui était son aîné, le grand-duc Serguéi, lui avait offert, trente secondes avant l'explosion, de l'accompagner dans sa voiture et que mon oncle avait dit non, merci, qu'il ferait plutôt le chemin à pied, et la voiture était alors allée au-devant de son rendez-vous fatal avec la bombe d'un terroriste; et la seconde fois, sept ans plus tard, quand il manqua un autre rendez-vous, avec un iceberg celui-là, parce qu'il se trouvait avoir rendu son passage sur le *Titanic.* Nous l'avons pas mal vu à Londres, après avoir fui la Russie de Lénine. Notre rencontre à Victoria Station, en 1919, reste pour moi un souvenir très vivace : mon père qui s'avançait d'un pas énergique vers son frère à l'air compassé, les bras ouverts pour le serrer contre lui; l'autre qui reculait et répétait : « *Mï v Anglii, mï v Anglii* (nous sommes en Angleterre). » Son charmant petit appartement était plein de souvenirs rapportés d'Inde, tels que des photos de jeunes officiers britanniques. Il est l'auteur des *Tribulations d'un diplomate* (1921), que l'on peut facilement trouver dans les grandes bibliothèques publiques, ainsi que d'une version anglaise du *Boris Godounov* de Pouchkine. Et il a été portraituré, avec sa barbiche et tout le reste (en compagnie du comte Witte, des deux délégués japonais et d'un Theodore Roosevelt bienveillant), dans une peinture murale représentant la signature du traité de Portsmouth et ornant le côté gauche du hall de l'entrée principale de l'American Museum of Natural History, à New York : un lieu parfaitement indiqué pour découvrir mon patronyme inscrit en caractères slaves dorés, ainsi que je le fis la première fois que je passai par là avec un collègue entomologiste qui dit : « Bien sûr, bien sûr », en réponse à mon exclamation.

II

Schématiquement, les trois propriétés familiales sur l'Orédèje, à soixante-quinze kilomètres au sud de Saint-Pétersbourg, pourraient être figurées comme trois anneaux, reliés entre eux, d'une chaîne de quinze kilomètres traversant d'ouest en est la grand-route de Louga, avec le Vyra de ma mère au milieu, le Rojdestvéno de son frère à droite et le Batovo de ma grand-mère à gauche, les éléments de liaison étant les ponts franchissant l'Orédèje (l'*Oredej'*, plus exactement) qui, en serpentant, en se ramifiant et en formant des boucles, baignait Vyra des deux côtés.

Dans cette même région, deux autres propriétés,

bien plus éloignées, étaient rattachées à Batovo; Droujnosélié, que possédait mon oncle le prince Wittgenstein, à quelques kilomètres au-delà de la gare Siverskaïa, située à neuf kilomètres au nord-est de chez nous; et Mitiouchino que possédait mon oncle Pïkhatchev, à environ soixante-quinze kilomètres au sud, sur la route menant à Louga : je n'y ai jamais mis le pied, mais il nous arrivait assez souvent de parcourir en voiture les quelque quinze kilomètres qui nous séparaient des Wittgenstein et, une fois (en août 1911), nous leur avons rendu visite dans leur autre superbe propriété, Kamenka, dans la province de Podolsk, dans la Russie du Sud-Ouest.

Le domaine de Batovo fait son entrée dans l'histoire en 1805, quand il devient la propriété d'Anastasia Matvéina Ryléiev, née Essen. Son fils, Kondrati Fiodorovitch Ryléiev (1795-1826), poète mineur, journaliste et Décembriste fameux, passait la plupart de ses étés dans la région, adressait des élégies à l'Orédèje et chantait le château du prince Alexéi, la perle de ses rives. La légende et la logique, une association solide quoique peu fréquente, semblent indiquer, ainsi que je l'ai expliqué plus en détail dans mes notes sur *Oniéguine,* que le duel au pistolet entre Ryléiev et Pouchkine, dont on sait si peu de chose, a eu lieu dans le parc de Batovo, entre le 6 et le 9 mai (selon l'Ancien Calendrier) de l'année 1820. Accompagné de deux amis, le baron Anton Delvig et Pavel Yakovlev qui faisaient un bout de chemin avec lui sur la première étape de son long voyage de Saint-Pétersbourg à Ekatérinoslav, Pouchkine s'était tranquillement détourné de la grand-route de Louga à Rojdestvéno, avait traversé le pont (le bruit sourd des sabots se muant en bref cliquetis), et avait suivi la vieille route semée d'ornières se dirigeant à l'ouest, vers

Batovo. Là, devant la maison de campagne, Ryléiev les attendait avec impatience. Il venait tout juste d'envoyer sa femme, qui en était à son dernier mois de grossesse, dans sa propriété voisine de Voronej et avait hâte d'en finir avec le duel – et, avec la volonté de Dieu, de la rejoindre là-bas. Je peux sentir sur ma peau et dans mes narines la délicieuse rudesse paysanne de cette journée du printemps septentrional qui accueillit Pouchkine et ses témoins quand ils sortirent de leur voiture et s'engagèrent dans l'avenue de tilleuls, au-delà des plates-bandes de Batovo, d'un noir encore virginal. Je vois très nettement les trois jeunes gens (la somme de leurs âges est égale à celui que j'ai aujourd'hui), pénétrant dans le parc à la suite de leur hôte et de deux personnes inconnues. A cette époque, de petites violettes fripées pointaient au-dessus du tapis de feuilles mortes de l'année précédente et des Aurores écloses de fraîche date se posaient sur les pissenlits frémissants. L'espace d'un moment, le destin a pu balancer entre empêcher un rebelle héroïque d'aller droit à la potence et priver la Russie d'*Eugène Oniéguine;* puis il n'a fait ni l'un ni l'autre.

Deux décennies après l'exécution de Ryléiev sur le bastion de la forteresse Pierre-et-Paul, en 1826, Batovo fut acheté à l'État par la mère de ma grand-mère paternelle, Nina Alexandrovna Chichkov, devenue par la suite baronne von Korff, à qui mon grand-père l'acheta aux alentours de 1855. Deux générations de Nabokov élevés par des précepteurs et des gouvernantes furent familiers d'un certain sentier à travers bois, au-delà de Batovo, appelé *le chemin du Pendu**, promenade favorite du Pendu, terme par lequel on se référait à Ryléiev en société, de préférence à celui de Décembriste ou d'Insurgé : et cela par cynisme, mais aussi par euphémisme et pour exprimer un certain étonnement (les hommes, à cette époque, n'étaient pas souvent pendus). Je parviens sans peine à imaginer le jeune Ryléiev dans le vert écheveau de nos bois, qui marche et lit un livre, une forme de déambulation romantique dans la manière de son temps, aussi aisément que je peux visualiser le lieutenant intrépide défiant le despotisme sur la lugubre place du Sénat, avec ses camarades et ses soldats interloqués; mais le nom de la longue *promenade** pour « grandes personnes » qui faisait envie aux enfants sages, resta tout au long de notre enfance sans lien pour nous avec le destin de l'infortuné maître de Batovo : mon cousin Serguéi Nabokov, qui était né à Batovo dans *la chambre du Revenant**, imaginait un fantôme conventionnel et, avec mon précepteur ou ma gouvernante, je faisais la vague supposition que quelque mystérieux étranger avait été trouvé en train de se balancer au tremble sur lequel un Sphinx d'une espèce rare se reproduisait. Que Ryléiev pût n'avoir été que « le Pendu » (*povechenniÿ* ou *visel'nik*) pour les paysans de la région, cela n'a rien d'anormal; mais, dans les familles de haut rang, un tabou bizarre empêchait apparemment les parents d'identifier le fantôme, comme si une référence précise pouvait entacher d'une nuance de mauvais goût le vague à pouvoir fascinant de l'expression désignant une promenade pittoresque dans une campagne bien-aimée. Je trouve malgré tout curieux que même mon père, qui en savait si long sur les Décembristes et qui éprouvait tellement plus de sympathie pour eux que les membres de sa famille, n'ait pas une seule fois, pour autant que je m'en souvienne, fait allusion à Kondrati Ryléiev au cours de nos balades et randonnées à bicyclette dans les environs. Mon cousin attire mon attention sur le fait que le général Ryléiev, le fils du poète, était un ami proche du tsar Alexandre II et de mon grand-père, D.N. Nabokov, et qu'*on ne parle pas de corde dans la maison du pendu**.

Depuis Batovo, la vieille route semée d'ornières (que nous avons suivie avec Pouchkine et que nous allons maintenant reprendre, en revenant sur nos pas) se dirigeait à l'est sur quelque trois kilomètres, conduisant à Rojdestvéno. Juste avant le pont principal, on pouvait soit tourner en direction du nord, en rase campagne, pour aller vers notre Vyra et ses deux parcs situés d'un côté et de l'autre de la route, soit continuer vers l'est et, après avoir dévalé une colline à forte pente et dépassé un vieux cimetière disparaissant sous les framboisiers et les racemosa, traverser le pont menant à la maison à colonnes blanches de mon oncle, isolée sur sa colline.

Le domaine de Rojdestvéno, ainsi qu'un gros village portant le même nom, de vastes étendues de terre et un palais seigneurial construit bien au-dessus du cours de l'Orédèje, sur la grand-route de Louga (ou de Varsovie), dans le district de Tsarskoïe Selo (devenu celui de Pouchkine), à environ soixante-quinze kilomètres au sud de Saint-Pétersbourg (devenu Leningrad), avait été connu avant le dix-huitième siècle en tant que domaine de Kourovitz, dans le vieux district de Koporsk. Vers 1715, il avait appartenu au prince Alexéi, le fils infortuné de ce tyran achevé de Pierre Ier. Une partie d'un *escalier dérobé** ainsi qu'autre chose dont je n'ai plus le souvenir furent conservés dans la nouvelle économie de la bâtisse. J'ai touché la rampe et j'ai vu l'autre détail oublié (ou bien ai-je marché dessus ?). Le prince avait pris la fuite de ce palais et parcouru cette grand-route conduisant en Pologne et en Autriche, mais seulement pour être ramené par la ruse, depuis Naples où il se trouvait déjà, à la maison de torture paternelle, par le comte Piotr Andréievitch Tolstoï, l'agent du tsar, qui avait été ambassadeur à Constantinople (où il avait obtenu pour son maître le petit nègre dont l'arrière-petit-fils allait être Pouchkine). Par la suite, Rojdestvéno appartint, je crois, à une favorite d'Alexandre Ier, et la gentilhommière avait été en partie reconstruite quand mon grand-père maternel acquit le domaine autour de 1880, pour son fils aîné Vladimir qui mourut à seize ans, quelques années plus tard. Son frère Vassili en hérita en 1901 et y passa dix des quinze étés qu'il devait lui rester à vivre. Je me souviens en particulier de la fraîcheur et de la sonorité du lieu, des dalles disposées en damier dans le hall, de dix chats de porcelaine sur une étagère, d'un sarcophage et d'un orgue, des lucarnes et des galeries supérieures, de la pénombre colorée de chambres mystérieuses, et d'œillets et de crucifix omniprésents.

III

Jeune homme, Carl Heinrich Graun avait une belle voix de ténor; un soir, devant chanter dans un opéra écrit par Schurmann, maître de chapelle de Brunswick, il fut tellement écœuré par certains airs qu'il les remplaça par d'autres, de sa propre composition. Voilà qui me donne brusquement le sentiment d'une parenté qui me remplit de joie, bien que, à tout prendre, je préfère deux autres de mes ancêtres, le jeune explorateur déjà mentionné et Nikolaï Illarionovitch Kozlov (1814-1889), le grand-père maternel de ma mère, ce grand pathologiste qui fut le premier président de l'Académie impériale de médecine de Russie et l'auteur d'articles tels que « De l'évolution de la notion de maladie » ou « De la constriction du foramen jugulaire chez les fous ». Le contexte se prête à ce que je fasse mention de mes propres articles scientifiques, et en particulier de mes trois préférés : « Notes sur le Plebejinae Néotropical » (*Psyche*, vol. 52, nos 1-2 et 3-4, 1945), « Une nouvelle espèce de *Cyclargus* Nabokov » (*The Entomologist*, décembre 1948), et « Les espèces néarctiques du genre *Lycaeides* Hübner » (*Bulletin Mus. Comp. Zool.*, Harvard, 1949), année après laquelle il ne m'a plus paru physiquement possible de concilier la recherche scientifique avec les conférences, les belles-lettres et *Lolita* (car elle était en route – une mise au monde douloureuse, un bébé difficile).

Le blason des Roukavichnikov est plus modeste, mais aussi moins conventionnel que celui des Nabokov. L'écusson est une représentation stylisée d'une *domna* (haut fourneau primitif), allusion, à n'en pas douter, à la fonte des minerais de l'Oural que mes ancêtres aventureux découvrirent. Je voudrais signaler que ces Roukavichnikov – pionniers sibériens, chercheurs d'or et ingénieurs des mines – n'avaient *pas* de lien de parenté, ainsi que certains biographes l'ont supposé à la légère, avec les négociants moscovites qui n'étaient pas moins riches et portaient le même nom. *Mes* Roukavichnikov appartenaient (depuis le dix-huitième siècle) à la noblesse terrienne de la province de Kazan. Leurs mines étaient situées à Alopaevsk, à proximité de Nijni-Tagilsk, dans la province de Perm, sur le versant sibérien de l'Oural. Mon père s'y était rendu à deux reprises sur l'ancien

Express sibérien, un beau train de la famille du Nord-Express, que j'avais formé le projet de prendre un jour prochain, pour un voyage d'ordre entomologique, plutôt que minéralogique, mais la révolution est venue contrecarrer ces plans.

Ma mère, Eléna Ivanovna (29 août 1876 – 2 mai 1939), était la fille d'Ivan Vassilievitch Roukavichnikov (1841-1901), propriétaire foncier, juge de paix et philanthrope, fils d'un industriel millionnaire, et d'Olga Nikolaïevna (1845-1901), fille du Dr Kozlov. Les parents de ma mère sont tous deux morts d'un cancer au cours de la même année, lui en mars, elle en juin. De ses sept frères et sœurs, cinq sont morts en bas âge, et de ses deux frères aînés, Vladimir est mort à seize ans à Davos, dans les années 1880, et Vassili à Paris, en 1916. Ivan Roukavichnikov avait très mauvais caractère, et ma mère le craignait. Enfant, je ne connaissais de lui que ses portraits (sa barbe, la chaîne de magistrat qu'il avait autour du cou) et des objets en rapport avec son passe-temps favori tels que canards-appeaux et têtes d'élans. Une paire d'ours particulièrement gros qu'il avait abattus se tenaient debout, les pattes de devant levées de façon menaçante, dans le vestibule à barreaux de fer de notre maison de campagne. Chaque été, j'évaluais ma taille par ma capacité à atteindre leurs fascinantes griffes – d'abord celles des pattes arrière qui étaient les plus basses, puis celles des pattes de devant. Leur ventre se révélait d'une décevante dureté, une fois que vos doigts (habitués à palper des chiens vivants ou des animaux-jouets) s'étaient enfoncés dans leur fourrure brune et rêche. De temps à autre, on avait coutume de les sortir dans un coin du jardin pour les secouer et les aérer à fond, et la pauvre Mademoiselle, qui venait du parc, poussait un cri de frayeur en apercevant deux bêtes sauvages qui l'attendaient dans l'ombre mouvante des arbres. Mon père ne trouvait aucun intérêt à la chasse, à la grande différence de son frère Serguéi, passionné d'activités sportives et qui, en 1908, était devenu Grand Veneur de Sa Majesté le tsar.

Un des meilleurs souvenirs d'enfance de ma mère était celui d'un voyage qui, en compagnie de sa tante Praskovia, l'avait conduite un été en Crimée, où son grand-père paternel avait une propriété non loin de Feodosia. Sa tante et elle allèrent se promener avec lui et un autre vieux monsieur, le peintre de marines bien connu Aïavazovski. Elle se souvenait que le peintre avait dit (ainsi qu'il devait sans doute le dire bien souvent) qu'en 1836, à une exposition de peinture à Saint-Pétersbourg, il avait vu Pouchkine, « un petit homme affreux avec une femme grande et belle ». Cela se passait plus d'un demi-siècle plus tôt, alors qu'Aïavazovski étudiait les beaux-arts, et moins d'une année avant la mort de Pouchkine. Elle se souvenait aussi de la touche que la nature avait ajoutée à la scène, l'ayant prise sur sa propre palette : une tache blanche qu'un oiseau avait laissée sur le haut-de-forme gris du peintre. La tante Praskovia, qui marchait à ses côtés, et qui était la sœur de sa mère, avait épousé V.M. Tarnovski (1839-1906), le célèbre spécialiste de la syphilis, et elle-même était médecin, auteur d'ouvrages sur la psychiatrie, l'anthropologie et l'assistance sociale. Un soir, à la villa Aïavazovski, près de Feodosia, tante Praskovia rencontra à l'occasion d'un dîner le Dr Anton Tchékhov, alors âgé de vingt-huit ans, et que, pour une quelconque raison, elle heurta au cours d'une conversation qui roulait sur un sujet médical. C'était une dame très cultivée, très aimable et très élégante, et il est difficile d'imaginer comment, au juste, elle avait pu provoquer l'éclat d'une incroyable grossièreté que Tchékhov s'était permis dans une lettre à sa sœur, datée du 3 août 1888 et publiée. Tante Praskovia, ou tante Pacha, comme nous l'appelions, venait souvent nous rendre visite à Vyra. Elle avait une charmante façon de nous saluer, quand elle entrait vivement dans la nursery avec un « *Bonjour, les enfants!** », dit d'une voix sonore. Elle mourut en 1910. Ma mère se trouvait à son chevet, et les derniers mots de tante Pacha furent : « C'est intéressant. Maintenant, je comprends. Tout est eau, *vsyo-voda.* »

Vassili, le frère de ma mère, était dans le service diplomatique qu'il traita toutefois bien plus à la légère que mon oncle Konstantin. Pour Vassili Ivanovitch, il ne s'agissait pas d'une carrière, mais d'une situation plus ou moins convaincante. Ses amis français et italiens, étant incapables de prononcer son long nom de famille, l'appelaient, par abréviation, « Rouka » (en mettant l'accent sur la dernière syllabe), et ce diminutif lui allait beaucoup mieux que son prénom. Mon oncle Rouka me paraissait, dans mon enfance, appartenir à un monde de jouets, de livres d'images amusants, et de cerisiers chargés de fruits noirs luisants : il avait mis en serre tout un verger dans un coin de son domaine, qui était séparé du nôtre par une rivière sinueuse. Durant l'été, presque chaque jour à l'heure du déjeuner, on pouvait voir sa voiture traverser le pont et puis se diriger à toute vitesse vers notre maison, le long d'une haie de jeunes sapins. Lorsque j'avais huit ou neuf ans, il me prenait immanquablement sur son genou après le déjeuner (et tandis que deux jeunes valets de pied débarrassaient la table dans la salle à manger désertée), il me câlinait, chantonnant et inventant pour moi des mots tendres.

Et j'éprouvais de l'embarras pour mon oncle en raison de la présence des domestiques, et du soulagement lorsque mon père l'appelait depuis la véranda : « *Basile, on vous attend.* » Une fois que j'étais allé l'attendre à la gare (je devais avoir alors onze ou douze ans), comme je le regardais descendre du long wagon-lit international, après un seul coup d'œil jeté sur moi, il me dit : « Comme vous êtes devenu *jaune et laid**, mon pauvre petit. » Le jour de ma fête, l'année de mes quinze ans, il me prit à part et, dans son français brusque, précis et un peu suranné, il m'informa qu'il faisait de moi son héritier. « Et maintenant vous pouvez vous en aller », ajouta-t-il, « *l'audience est finie. Je n'ai plus rien à vous dire.* »

Je me souviens de lui comme d'un petit homme mince, soigné, au teint bistré, aux yeux d'un gris-vert tacheté de rouille, à la moustache foncée et broussailleuse, et à la pomme d'Adam mobile, se mouvant de bas en haut et de haut en bas de façon très visible au-dessus de l'anneau serpentiforme d'or et d'opale qui maintenait le nœud de sa cravate. Il avait aussi des opales à ses doigts et à ses boutons de manchettes jumelés. Une chaînette d'or encerclait son frêle poignet velu, et il y avait habituellement un œillet à la boutonnière de son complet d'été gris clair ou gris souris ou gris argenté. Ce n'est qu'en été que je le voyais. Après un bref séjour à Rojdestvéno, il retournait en France ou en Italie, à son château (appelé Perpigna) aux environs de Pau, à sa villa (appelée Tamarindo) aux environs de Rome, ou à son Egypte bien-aimée d'où il m'envoyait des cartes postales illustrées (palmiers et leurs reflets, couchers de soleil, noirs pharaons, les mains posées à plat sur les genoux), griffonnées en travers de son écriture épaisse. Puis, en juin de nouveau, quand l'odorant *cheryomuha* (vieux mot désignant le cerisier Sainte-Lucie, ou tout simplement le « racemosa », ainsi que je l'ai appelé dans mon travail sur « Oniéguine ») déployait sa floraison mousseuse, on hissait son pavillon personnel sur la splendide maison de Rojdestvéno. Il voyageait avec une demi-douzaine d'énormes malles, soudoyait le Nord-Express pour obtenir un arrêt spécial à notre petite gare de campagne, et, après m'avoir fait la promesse d'un cadeau merveilleux, marchant d'un air affecté, ses petits pieds chaussés de souliers blancs à hauts talons, il me conduisait avec mystère à l'arbre le plus proche et d'un geste délicat y cueillait une feuille qu'il m'offrait, en disant : « *Pour mon neveu, la chose la plus belle au monde – une feuille verte**. »

Ou bien il me rapportait solennellement d'Amérique la collection des *Foxy Grandpa* et des *Buster Brown* – petit garçon qui est tombé dans l'oubli, vêtu d'un costume rougeâtre : si vous regardiez de très près, vous vous aperceviez qu'en réalité, cette couleur était une multitude de points rouge foncé. Chaque épisode se terminait pour Buster par une terrible fessée, que lui administrait sa Maman à taille de guêpe mais vigoureuse, qui utilisait pour cela une pantoufle, une brosse à cheveux, un parapluie fragile, n'importe quoi – même la matraque d'un agent de police obligeant – et qui tirait des bouffées de poussière du fond de culotte de Buster. Du fait que je n'avais jamais été fessé, ces images étaient pour moi comme la révélation d'une étrange torture exotique non différente de, mettons, l'enterrement jusqu'au menton, dans le sable brûlant du désert, d'un criminel vivant ligoté, tel qu'on le voyait représenté en frontispice d'un livre de Mayne Reid.

IV

L'oncle Rouka paraît avoir mené une vie oisive et singulièrement chaotique. Sa carrière diplomatique fut des plus vagues. Il tirait vanité, cependant, d'être expert à transcrire en clair les messages chiffrés dans n'importe laquelle des cinq langues qu'il connaissait. Nous le mîmes à l'épreuve, un jour, et en un clin d'œil il convertit cette suite de nombres : « 5.13 24.11 13.16 9.13.5 5.13 24.11 », en tirant les premiers mots d'un monologue célèbre dans Shakespeare.

En redingote rose, il chassa à courre en Angleterre ou en Italie; en manteau de fourrure, il tenta d'aller en auto de Saint-Pétersbourg à Pau; portant un manteau à pèlerine, il faillit perdre la vie dans un accident d'avion sur une plage près de Bayonne. (Quand je lui demandai comment le pilote du Voisin fracassé avait pris la chose, oncle Rouka réfléchit un moment puis répondit avec une totale assurance : « *Il sanglotait, assis sur un rocher.* ») Il fredonnait des barcarolles et des chansons à la mode (« *Ils se regardent tous deux, en se mangeant des yeux...* » « *Elle est morte en février, pauvre Colinette!...* » « *Le soleil rayonnait encore, j'ai voulu revoir les grands bois...* »* et des dizaines d'autres). Il composait lui-même de la musique du genre mélodieux, ondulant et des vers français qu'on pouvait curieusement scander comme des ïambes anglais ou russes avec un dédain royal pour les exigences des *e* muets. Il était très fort au poker.

Parce qu'il était affligé d'un bégaiement nerveux et avait de la difficulté à prononcer les labiales, il changea le nom de son cocher, l'appelant Lev au lieu de Piotr, et mon père (qui était toujours un peu brusque avec lui) l'accusa d'avoir une mentalité de propriétaire d'esclaves. Outre cela, son langage était un mélange recherché de français, d'anglais et d'italien, toutes langues qu'il parlait avec bien plus d'aisance que sa langue maternelle. Quand il avait recours au russe, c'était immanquablement pour employer abusivement, ou en dénaturer le sens, quelque idiotisme ou même une expression de la langue populaire, comme lorsqu'il disait à table avec un brusque soupir (car il y avait toujours quelque chose qui clochait – un accès de fièvre des foins, la mort d'un paon, la perte d'un lévrier) : « *Je suis triste et seul comme une bylinka v pole** » (« comme un brin d'herbe dans le champ »).

Il soutenait qu'il avait une maladie de cœur incurable et que, lorsqu'une crise survenait, il ne pouvait trouver de soulagement qu'en s'étendant sur le dos par terre. Personne ne le prenait au sérieux, mais après qu'il fut mort d'une angine de poitrine, tout seul, à Paris, fin 1916, à quarante-cinq ans, c'est avec un serrement de cœur tout particulier que l'on se rappela ces incidents d'après-dîner dans le salon – le laquais entrant avec le café turc et ne s'attendant pas à cela, mon père jetant un coup d'œil (avec un air de résignation) à ma mère, puis (avec désapprobation) à son beau-frère étalé sur le passage du laquais, et enfin (avec curiosité) à la vibration bizarre dont étaient animées les pièces du service à café sur le plateau, entre les mains gantées de blanc du domestique.

A d'autres tourments, plus étranges, qui l'assaillirent au cours de sa brève existence, il chercha soulagement – si je vois juste à ce sujet – dans la religion; d'abord dans l'exutoire de certaines sectes russes, et finalement dans le catholicisme. Sa névrose était le genre de névrose pittoresque qui eût dû être accompagnée de génie, mais qui, dans son cas, ne l'était pas, d'où la recherche d'un double voyageur. Dans sa jeunesse, il avait été profondément détesté par son père, gentilhomme campagnard de la vieille école (chasse à l'ours, un théâtre privé, quelques belles toiles de maîtres d'autrefois parmi un bon nombre de choses sans valeur), et le bruit courait que les violents accès de colère de celui-ci avaient constitué une menace pour la vie même du jeune garçon. Ma mère me parla plus tard de la tension qui régnait dans le Vyra de son enfance, des scènes atroces qui se déroulaient dans le bureau d'Ivan Vassilievitch, une chambre de coin lugubre donnant sur un vieux puits avec une pompe rouillée, sous cinq peupliers de Lombardie. Personne, à part moi, ne faisait usage de cette pièce. Je remisais mes livres et mes planches à piquer sur les étagères du fond et, par la suite, je persuadai ma mère de faire transporter quelques-uns de ses meubles dans mon propre petit bureau ensoleillé, côté jardin. Et, un matin, l'énorme bureau qui s'y trouvait y fit son entrée cahin-caha, avec rien d'autre sur son dessus de cuir sombre qu'un coupe-papier géant recourbé, véritable cimeterre d'ivoire jaune, taillé dans la défense d'un mammouth.

Quand oncle Rouka mourut, fin 1916, il me laissa ce qui se monterait de nos jours à deux millions de dollars et son domaine, avec sa demeure à piliers blancs sur une colline escarpée et verte, et ses deux mille acres de forêts et de tourbières. La maison, me dit-on, existait encore en 1940, nationalisée mais fière, pièce de musée pour tout touriste venant à suivre la grand-route Saint-Pétersbourg-Louga qui passe en contrebas, en traversant le village de Rojdestveno et la rivière qui, là, se partage. A cause de ses îles flottantes de nénuphars et de son brocart d'algues, la belle Orédèje a un air de fête à cet endroit. Plus en aval de son cours sinueux, là où les hirondelles riveraines jaillissent comme des traits de leurs trous dans l'argile rouge de la berge à pic, elle était intensément colorée par les reflets de grands sapins romantiques (bordure de notre domaine de Vyra); et, plus en aval encore, le débit perpétuel et tumultueux d'un moulin à eau donnait au spectateur (accoudé au garde-fou) l'impression d'un recul sans fin, comme si on était là à la poupe du temps lui-même.

V

Le paragraphe suivant n'est pas pour le lecteur en général, mais très précisément pour l'imbécile qui, parce qu'il a perdu une fortune dans quelque krach, s'imagine me comprendre.

Si, depuis 1917, j'en ai après la dictature soviétique, c'est sans rapport avec une quelconque affaire de propriété. Mon mépris pour l'émigré qui « hait les Rouges » parce qu'ils lui ont « volé » son argent et sa terre est absolu; la nostalgie que j'ai nourrie toutes ces dernières années est le sentiment hypertrophié d'avoir perdu mon enfance, non le chagrin d'avoir perdu des billets de banque.

Ainsi, pour finir, je me réserve le droit de m'attendrir sur un couplet écologique :

... Sous le ciel
De mon Amérique, soupirer
Après *une* localité en Russie.

Le lecteur peut maintenant se remettre à lire.

VI

J'approchai de mes dix-huit ans, puis je passai le cap des dix-huit ans; les affaires de cœur et la composition de poèmes occupaient l'essentiel de mes loisirs; les questions matérielles me laissaient indifférent et, de toute façon, mis en balance avec notre fortune, aucun héritage ne pouvait paraître très consistant; pourtant, en regardant en arrière par-dessus l'abîme transparent, je trouve singulier – et un peu déplaisant – de penser que durant la courte année où je fus en possession de cette richesse, j'étais bien trop absorbé par les plaisirs ordinaires de la jeunesse – la jeunesse qui perdait rapidement sa ferveur originelle et originale – pour tirer aucun plaisir particulier de ce legs ni éprouver le moindre chagrin quand la révolution bolchevique, du jour au lendemain, l'abolit. Au souvenir de cela, j'ai le sentiment d'avoir été peu reconnaissant envers l'oncle Rouka; de m'être associé à l'attitude générale de souriante condescendance que même ceux qui l'aimaient prenaient à son égard. C'est avec une extrême répugnance que je me force à évoquer les commentaires sarcastiques que mon précepteur suisse Monsieur Noyer (homme par ailleurs très bienveillant) faisait sur la meilleure composition de mon oncle, une romance, dont il avait écrit et les paroles et la musique. Un jour, sur la terrasse de son château de Pau, d'où il pouvait contempler, en bas, les vignobles couleur d'ambre et au loin les montagnes violacées, au cours d'une période de sa vie où il était tourmenté par l'asthme, par des palpitations, des frissons, et où il avait les sens à vif à la Proust, *se débattant**, pour ainsi dire, sous l'impact des couleurs de l'automne (qu'il décrivait comme une « *chapelle ardente de feuilles aux tons violents** »), des voix lointaines venant de la vallée, d'un vol de colombes pointillant le ciel tendre, il avait composé cette *romance** qui ne battait que d'une aile (et la seule personne à en avoir appris par cœur la musique et toutes les paroles fut mon frère Serguéi, dont c'est à peine si mon oncle remarqua jamais l'existence et qui lui aussi bégayait et qui, lui aussi, est mort à présent).

« *L'air transparent fait monter de la plaine...** », chantait-il de sa voix au timbre haut de ténor, assis au piano blanc de notre maison de campagne – et si j'étais à ce moment-là en train de traverser à la hâte les bosquets avoisinants pour rentrer à la maison pour le déjeuner (peu après avoir vu son canotier et le buste revêtu de velours noir de son cocher en profil assyrien, les bras étendus dans leurs manches écarlates, glisser rapidement le long de la haie séparant notre parc de l'avenue), ces sons plaintifs,

Un vol de tourterelles strie le ciel tendre,
*Les chrysanthèmes se parent pour la Toussaint**

m'atteignaient, moi et mon filet à papillons vert, sur le sentier ombreux et frémissant, au bout duquel il y avait une échappée de vue sur du sable rougeâtre et sur le coin de notre maison fraîchement repeinte de la couleur des jeunes pommes de pin, avec la fenêtre du salon ouverte d'où venait cette musique blessée.

VII

M'appliquer à me rappeler de façon vive et nette un pan du passé, c'est à quoi j'ai pris, toute ma vie, un extrême plaisir, et j'ai lieu de croire que cette mienne acuité, presque pathologique, de la faculté de revoir en esprit le passé est un trait de caractère héréditaire. Il y avait un certain endroit dans la forêt, une passerelle jetée en travers d'un ruisseau à l'eau brune, où mon père s'arrêtait pieusement un instant pour évoquer le papillon rare que, le 17 août 1883, son précepteur allemand avait pris pour lui dans son filet. Il revivait cette scène vieille de trente ans. Lui et ses frères s'étaient arrêtés net, en émoi et ne sachant comment s'y prendre, à la vue de l'insecte convoité posé sur une bûche et qui se mouvait de haut en bas, comme s'il respirait avec alacrité, ses quatre ailes rouge cerise portant chacune un ocelle irisé. Dans un silence tendu, n'osant donner lui-même le coup de filet, il avait passé celui-ci à Herr Rogge qui cherchait à tâtons à s'en saisir, tout en ne quittant pas des yeux le splendide papillon. Mon cabinet hérita de ce spécimen un quart de siècle plus tard. Détail touchant : ses ailes s'étaient « redressées » parce qu'on l'avait retiré de la planche trop tôt, trop précipitamment.

Dans une villa louée sur l'Adriatique durant l'été 1904, en association avec la famille de mon oncle Ivan de Peterson (Villa « Neptune » ou « Apollo », tel était son nom et je suis encore capable de situer sa tour crénelée couleur crème, sur les vieilles vues d'Abbazia), à l'âge de cinq ans, musant dans mon lit d'enfant après le déjeuner, je me retournais sur le ventre et, avec soin, avec amour, avec désespoir, d'une manière artistiquement détaillée, difficile à concilier avec le nombre ridiculement petit des saisons qui avaient concouru à former l'image inexplicablement nostalgique du « foyer », je dessinais sur mon oreiller avec mon index la route décrivant une courbe qui menait au porche de notre maison de Vyra, les marches de pierre sur la droite, le dossier sculpté d'un banc sur la gauche, l'allée de chêneaux qui commençait au-delà des buissons de chèvrefeuille, et un fer à cheval récemment perdu, bien plus gros et plus luisant que ceux, rouillés, que j'avais l'habitude de trouver au bord de la mer, une rare pièce de collection brillant dans la poussière rougeâtre de l'avenue. Le souvenir de ce souvenir est de soixante ans plus vieux que ce dernier, mais de loin moins insolite.

Une fois, en 1908 ou 1909, oncle Rouka s'absorba dans la lecture de quelques livres français d'enfant qui lui étaient tombés sous la main dans notre maison; il gémit de ravissement en trouvant un passage qu'il avait aimé dans son enfance, et qui commençait ainsi : « *Sophie n'était pas jolie**... »; et bien des années plus tard, mon gémissement fit écho au sien, quand je redécouvris, dans une nursery où j'entrai par hasard, ces mêmes volumes de la « Bibliothèque Rose », avec leurs histoires de petits garçons et de petites filles qui mènent en France une version idéalisée de la « *vie de château** » que ma famille menait en Russie. Ces histoires elles-mêmes (tous ces *Malheurs de Sophie*, ces *Petites Filles modèles*, ces *Vacances*) sont, à mon avis actuel, un épouvantable mélange de préciosité et de vulgarité; mais, en les écrivant, la sentimentale et prétentieuse Mme de Ségur, née Rostopchine, francisait le cadre authentique de son enfance russe qui précéda la mienne d'un siècle, très exactement. En ce qui me concerne, quand je tombe à nouveau sur les malheurs de Sophie – son absence de sourcils et son goût pour la crème fraîche –, je n'éprouve pas seulement le même serrement de cœur et le même ravissement que mon oncle; il me faut assumer un fardeau supplémentaire – le souvenir que je garde de lui en train de revivre son enfance grâce à ces mêmes livres. Je revois ma salle d'études de Vyra, les roses bleues de la tapisserie, la fenêtre ouverte. Elle remplit de son reflet tout le miroir ovale au-dessus du divan de cuir où mon oncle est assis, occupé à savourer un livre tout déchiré. Une sensation de sécurité, de bien-être, de chaleur estivale, se répand dans ma mémoire. Vigoureuse réalité qui fait du présent un fantôme. Le miroir déborde de lumière : un bourdon est entré dans la pièce et cogne contre le plafond. Tout est bien, rien ne changera jamais, personne jamais ne mourra.

CHAPITRE IV

I

Le genre de famille russe à laquelle j'appartenais – genre à présent éteint – avait, entre autres qualités, un traditionnel penchant pour les bons produits de la civilisation anglo-saxonne. Le savon Pears, d'un noir de goudron quand il est sec, couleur topaze quand on le tient à contre-jour entre des doigts mouillés, présidait au bain du matin de chacun de nous. Il était agréable de sentir diminuer le poids du tub anglais repliable quand on lui faisait avancer une lèvre inférieure de caoutchouc et dégorger son contenu mousseux dans le seau de toilette. « Ne pouvant améliorer la pâte, nous avons amélioré le tube », disait la pâte dentifrice anglaise. Au petit déjeuner, du sirop de sucre, importé de Londres, enlaçait de ses torsades dorées et luisantes la cuillère que l'on faisait tourner lorsque assez de sirop en avait glissé sur une tartine beurrée russe. Toutes sortes d'articles de confort et d'agrément arrivaient en procession régulière du magasin anglais de l'avenue Nevski : cake aux fruits, sels volatils, cartes à jouer, jeux de patience, vestons de sport en flanelle à rayures, balles de tennis d'un blanc de talc.

J'appris à lire en anglais avant de savoir lire en russe. Mes premiers amis anglais furent quatre bonshommes dans ma grammaire – Ben, Dan, Sam, et Ned. On y faisait toutes sortes d'embarras au sujet de leur identité et du lieu où ils se trouvaient. – « Qui est Ben? » « C'est Dan. » « Sam est couché. » Et ainsi de suite. Bien que tout cela restât assez guindé et inégal (le compilateur avait été handicapé par le fait de devoir employer – pour les premières leçons, tout au moins – des mots n'ayant pas plus de trois lettres), mon imagination s'arrangeait pour fournir les données nécessaires. Silencieux crétins aux visages pâlots, membrus, fiers de posséder certains outils (« Ben a une hache »), ils traversent à présent, en dérivant avec une lente mollesse, la toile de fond la plus reculée de ma mémoire; et, tel l'alphabet de fou du tableau d'opticien, les lettres de ma grammaire se dessinent de nouveau devant moi.

La salle d'études était inondée de soleil. Dans un bocal suant, plusieurs chenilles épineuses se nourrissaient d'orties (et elles évacuaient d'intéressantes boulettes de chiures vert olive en forme de baril). La toile cirée qui recouvrait la table ronde sentait la colle. Miss Clayton sentait Miss Clayton. D'une manière fantasque et avec superbe, l'alcool coloré en rouge du thermomètre extérieur montait à 24° Réaumur (30° centigrade) à l'ombre. Par la fenêtre, on pouvait voir de jeunes paysannes, une fanchon sur la tête, arrachant à genoux les mauvaises herbes d'une allée du jardin ou ratissant le sable moucheté de soleil. (Les jours heureux où elles nettoieraient les rues et creuseraient des canaux pour le compte de l'Etat étaient encore au-delà de l'horizon.) Dans le feuillage, des loriots dorés émettaient leurs quatre notes éclatantes : di-del-di-o !

Ned passait lourdement devant la fenêtre, très bon interprète du rôle de l'aide-jardinier Ivan (qui allait devenir en 1918 membre du soviet local). Des pages plus loin, de plus longs mots apparaissaient; et tout à la fin du volume à couverture brune, tachée d'encre, une véritable histoire, ayant un sens, déployait ses phrases adultes (« Un jour, dit Ted à Ann : Faisons... ») – triomphe final et récompense du petit lecteur. Mon cœur battait à la pensée qu'un jour, peut-être, j'aurais acquis une compétence à cette mesure. L'enchantement agit toujours, et chaque fois qu'une grammaire me tombe sous la main, je me reporte tout de suite à la dernière page pour le plaisir de jeter un coup d'œil interdit sur l'avenir de l'écolier studieux, sur cette terre promise où, enfin, on fait dire aux mots ce qu'ils veulent dire.

II

Soumerki d'été – le mot russe charmant qui signifie : crépuscule. L'époque : je ne sais plus quelle année au cours de la première décennie de ce siècle impopulaire. L'endroit : latitude, 59° au nord de l'équateur; longitude, 100° à l'est du lieu où j'écris ceci. Le jour mettait des heures à s'éteindre, et tout – ciel, fleurs élancées sur leurs hautes tiges, eau dormante – était tenu indéfiniment en suspens dans cet état vespéral que, plutôt qu'il ne le dissipait, rendait plus profond le dolent meuglement d'une vache dans une prairie au loin, ou le cri plus mouvant encore de quelque oiseau au-delà de la rivière, tout à fait en aval, là où s'étendait le vaste marécage d'un bleu de brume, et qu'en raison de son mystère et de son éloignement, les enfants Roukavichnikov avaient appelé « l'Amérique ».

Dans le salon de notre maison de campagne, avant que j'aille me coucher, ma mère me faisait souvent la lecture en anglais. Lorsqu'elle arrivait à un passage particulièrement dramatique, où le héros était sur le point d'affronter quelque danger extraordinaire, peut-être mortel, sa voix se faisait plus lente, elle espaçait les mots de façon sinistre, et, avant de tourner la page, elle appuyait dessus sa main ornée de la bague de rubis sang-de-pigeon et de diamant que je connaissais bien (et dans ses limpides facettes, si j'avais été meilleur voyant dans le cristal, j'eusse pu voir une chambre, des gens, des lumières, des arbres sous la pluie – toute une période de vie d'émigré dont les frais allaient être payés avec cette bague).

Il y avait des histoires où il était question de chevaliers dont les blessures épouvantables mais étonnamment aseptiques étaient lavées dans des grottes par des damoiselles. Du sommet d'une falaise balayée par les vents, une jeune fille du Moyen Age aux cheveux flottants et un adolescent en culotte collante contemplaient les rondes îles Fortunées. Dans *Méconnu*, vous aviez la gorge serrée par le sort de Humphrey, l'auteur s'y prenant encore mieux que Dickens ou Daudet (pourtant experts en la matière), tandis qu'une histoire impudemment allégorique, *Au-delà des montagnes bleues*, où il était question de deux couples de petits voyageurs – le gentil Trèfle et Primevère, le méchant Bouton-d'Or et Pâquerette –, contenait assez de détails palpitants pour vous faire oublier sa leçon morale.

Il y avait aussi de nombreux livres d'images sur papier glacé. J'aimais particulièrement le « Golliwog », poupée grotesque en étoffe représentant un nègre, noir comme du charbon, vêtu d'une redingote bleue, d'un pantalon rouge, ayant en guise d'yeux des boutons de caleçon, et son maigre harem de cinq poupées de bois. S'étant taillé des robes dans le drapeau américain (Peg prenant les raies maternelles, Sarah Jane les jolies étoiles), deux de ces poupées acquéraient un peu de douce féminité, une fois leurs articulations neutres vêtues. Les Jumelles (Meg et Weg) et le Mioche restaient nus, et, par conséquent, asexués.

On les voit, dans le silence de la nuit, sortir au-dehors en catimini pour se lancer des boules de neige jusqu'à ce que le carillon d'une horloge éloignée (« Mais, écoutez! » dit le commentaire rimé de l'image) les renvoie à leur boîte à jouets, dans la nursery. Un impudent diable à ressort surgit comme une flèche, faisant peur à mon adorable Sarah, et cette image, je la détestais de tout mon cœur parce qu'elle me rappelait des fêtes d'enfants au cours desquelles il arrivait que telle ou telle gracieuse petite fille, dont j'avais subi le charme, se coinçât le doigt ou se fît mal au genou, se muant aussitôt en un lutin au visage cramoisi, tout ridé et braillard. Une autre fois, faisant un voyage à bicyclette, ils furent capturés par des cannibales; nos voyageurs sans défiance venaient d'étancher leur soif à une mare bordée de palmiers quand se firent entendre les tam-tams. Par-dessus l'épaule de mon passé je contemple à nouveau l'image du moment critique : le Golliwog encore à genoux au bord de la mare, mais ne buvant plus; il a les cheveux qui se dressent sur la tête et son visage a passé du noir habituel à un blafard ton de cendres. Il y avait aussi le livre de l'auto (Sarah Jane, toujours ma favorite, y arborait un long voile vert), avec la suite habituelle (aux environs de 1906) – béquilles et têtes bandées.

Eh, ah oui – le dirigeable. Il fallait des mètres et des mètres de soie jaune pour le faire, et un minuscule ballon supplémentaire était prévu pour l'usage exclusif de l'heureux Mioche. A l'altitude très élevée qu'atteignait le ballon, les aéronautes se serraient les uns contre les autres pour se réchauffer, tandis que le Mioche perdu, que je continuais à envier grandement bien qu'il fût en fâcheuse posture, était entraîné vers un abîme de froid glacial et d'étoiles – tout seul.

III

Ensuite, je revois ma mère me conduire au lit en traversant l'immense vestibule, d'où un escalier central montait jusque tout là-haut, au dernier palier, où l'on n'était séparé du ciel vert clair du soir que par des vitres, comme dans une serre. Je restais en arrière, traînais les pieds, faisais quelques glissades sur les dalles lisses du vestibule, ce qui amenait la douce main appuyée sur mes reins à faire avancer mon corps qui résistait au moyen de poussées indulgentes. Lorsque j'arrivais à l'escalier, j'avais l'habitude de gagner les marches en passant, en me tortillant, sous la rampe, entre le pilastre et le premier balustre. A chaque nouvel été, me glisser ainsi à travers devenait plus difficile; aujourd'hui, mon fantôme lui-même resterait coincé.

Monter les yeux fermés faisait aussi partie des rites.

J'entendais la voix de ma mère guidant ma montée : « *Step, step, step...* » – et, effectivement, la surface de la marche suivante accueillait le pied confiant de l'enfant aveugle; il fallait seulement le lever un peu plus haut que d'habitude, pour ne pas risquer de se cogner les orteils contre le devant de la marche. Cette ascension lente, quelque peu somnambulique, dans une obscurité engendrée par soi, était source d'indiscutables délices. Le plus vif de tous était de ne pas savoir quand viendrait la dernière marche. Au haut de l'escalier, on levait automatiquement le pied, à l'appel trompeur « *step* », et alors, avec une sensation passagère de délicieuse panique, avec une violente contraction des muscles, on l'enfonçait dans le fantasme d'une marche, rembourrée, pour ainsi dire, avec la matière infiniment élastique de sa propre non-existence.

C'est surprenant, l'esprit de suite qu'il y avait dans ma façon de lambiner à l'heure du coucher. Vraiment, dans toute cette comédie de la montée-de-l'escalier je découvre, à présent, certaines valeurs transcendantales. En réalité, pourtant, je cherchais tout bonnement à gagner du temps en faisant rendre son maximum à chaque seconde. Et je continuais mes manœuvres quand ma mère me remettait, pour qu'on me déshabillât, aux mains de Miss Clayton ou de Mademoiselle.

Il y avait cinq salles de bains dans notre maison de campagne, et un tas d'hétéroclites et vénérables lavabos (dont un que j'allais trouver dans son recoin sombre chaque fois que je venais de pleurer, afin de sentir sur mon visage gonflé que j'avais honte de montrer le doux attouchement de son jet tâtonnant pendant que j'appuyais du pied sur la pédale rouillée). Les bains véritables se prenaient le soir. Pour les ablutions du matin, on se servait de tubs anglais ronds en caoutchouc. Le mien avait environ un mètre vingt de diamètre, et un rebord qui venait à hauteur du genou. Sur le dos couvert de savon de l'enfant accroupi, un valet en tablier versait avec soin un plein broc d'eau. La température de cette eau variait avec les conceptions hydrothérapeutiques des mentors successifs. Il y eut la lugubre période, au début de la puberté, où notre précepteur d'alors, qui se trouvait être étudiant en médecine, décréta un déluge glacé. En revanche, la température du bain du soir resta agréablement invariable à 28° Réaumur (35° centigrade), à en croire un grand thermomètre familier que sa gaine en bois (avec, dans l'œil du manche, un bout de ficelle mouillée) rendait apte à flotter sur l'eau, de conserve avec des poissons rouges et des petits cygnes en celluloïd.

Les w.-c. étaient indépendants des salles de bains et le plus ancien de tous était quelque chose d'assez somptueux mais de lugubre, avec ses belles boiseries et sa corde à gland de velours rouge, qui, lorsqu'on la tirait, produisait un gargouillis on ne peut mieux modulé et discrètement assourdi, avec un glou-glou final. De ce coin-là de la maison, on pouvait voir l'étoile du Soir et entendre les rossignols, et c'est là que, plus tard, je composais d'habitude mes vers de jeunesse dédiés à des beautés que je n'avais pas étreintes, et surveillais avec morosité, dans un miroir faiblement éclairé, l'immédiate érection d'un étrange château, dans une Espagne inconnue. Mais, dans ma petite enfance, un aménagement plus modeste m'était assigné, situé dans un étroit renfoncement, entre une manne en osier et la porte donnant dans la salle de bains de la nursery. Cette porte, j'aimais la garder entrouverte; par l'entrebâillement, je contemplais, à moitié endormi, la verrière de la salle de bains, le chatoiement de la vapeur au-dessus de la baignoire en acajou, un papillon nocturne se cognant sur le réflecteur de la lampe à pétrole, la fenêtre à vitraux, au-delà, ses deux hallebardiers faits de rectangles colorés. En me penchant de sur mon siège chaud, j'aimais à presser le milieu de mon front, son ophryon, pour être précis, contre l'arête étrangement confortable de la porte, et à faire un peu rouler ma tête, de manière à imprimer à la porte un mouvement de va-et-vient, cependant que son arête restait tout le temps en contact apaisant avec mon front. Un rythme de rêve pénétrait tout mon être. Le « *step, step, step* », que j'avais entendu peu auparavant, était repris par un robinet qui dégouttait. Et, combinant fructueusement dessin rythmique et son rythmique, je débrouillais les grecques labyrinthiques du linoléum, et découvrais des visages là où une craquelure ou une ombre offrait un *point de repère** pour l'œil. Je m'adresse aux parents : Ne dites jamais : « Allons, dépêche-toi », à un enfant.

L'étape finale de ma vague navigation, c'était quand j'atteignais l'île de mon lit. Depuis la véranda ou le salon, où la vie continuait sans moi, ma mère montait m'embrasser et me dire bonne nuit dans un chaud murmure. Des volets clos, une bougie allumée, le Doux Jésus, bon et clément, l'enfant s'agenouillant sur l'oreiller qui, dans un instant, va engloutir sa tête bourdonnante. Des prières anglaises et la petite icône figurant un saint grec-catholique, au visage brun, formaient une association innocente à laquelle je resonge avec plaisir; et, au-dessus de l'icône, très haut contre le mur, là où l'ombre de quelque chose (du paravent de jonc entre le lit et la porte ?) ondulait dans la chaude lumière de la bougie, une aquarelle encadrée offrait à la vue un sentier obscur serpentant à travers l'un de ces inquiétants bois de hêtres européens aux troncs serrés, où il n'y avait pas d'autre sous-bois que des fougères et des liserons, et pas d'autre bruit que les coups sourds de votre propre cœur. Dans un conte de fées anglais qu'une fois ma mère me lut, il y avait un petit garçon qui quittait son lit pour pénétrer dans un tableau et qui chevauchait son cheval de bois le long d'un sentier peint entre des arbres silencieux. Tandis que j'étais agenouillé sur mon oreiller dans une brume de somnolence et de bien-être, à demi assis sur mes mollets et en train d'expédier au plus vite ma prière, j'imaginais l'enjambée que je ferais pour gagner le tableau au-dessus de mon lit et m'enfoncer dans la hêtraie enchantée – que je finis par visiter pour de bon.

IV

Une file ahurissante de nurses et de gouvernantes anglaises, certaines se tordant les mains, d'autres me souriant énigmatiquement, sort à ma rencontre tandis que je rentre dans mon passé.

Il y eut la vague Miss Rachel, dont je me souviens surtout en fonction des biscuits Huntley et Palmer (les délicieux petits macarons du dessus, dans la boîte en fer-blanc recouverte de papier bleu, les fades croquignoles du fond) qu'elle partageait avec moi, contrairement à la règle, après que je m'étais déjà brossé les dents. Il y eut Miss Clayton, qui, lorsque je me laissais aller sur ma chaise, me plantait son doigt au milieu de la colonne vertébrale et puis, en souriant, rejetait en arrière ses propres épaules pour me montrer ce qu'elle attendait de moi. Elle me raconta qu'à mon âge (quatre ans), un de ses neveux élevait des chenilles, mais celles qu'elle rassembla pour moi dans un bocal découvert contenant des orties s'évadèrent toutes un matin, et le jardinier dit qu'elles s'étaient pendues. Il y eut la charmante Miss Norcott aux cheveux bruns et aux yeux bleu-vert, qui perdit un gant de chevreau blanc à Nice ou à Beaulieu, où je le cherchai vainement sur la plage de galets, parmi les cailloux colorés et les gros tessons glauques de verre de bouteille remodelés par la mer. Un soir à Abbazia, on demanda à la charmante Miss Norcott de s'en aller sur-le-champ. Elle me serra contre elle dans l'aube naissante de la chambre d'enfants, vêtue d'un imperméable clair et pleurant comme un saule babylonien, et ce jour-là je restai inconsolable, malgré le chocolat chaud que la vieille Nounou des Peterson avait préparé à mon intention et la tartine beurrée pour moi, sur la surface unie de laquelle ma tante Nata, captant habilement mon attention, dessina une marguerite, puis un chat, et puis une petite sirène au sujet de laquelle je venais de faire avec Miss Norcott une lecture qui m'avait fait pleurer, aussi m'étais-je remis à pleurer. Il y eut la myope petite Miss Hunt, dont le court séjour parmi nous à Wiesbaden prit fin le jour où mon frère et moi – âgés respectivement de quatre et cinq ans – nous trouvâmes le moyen d'échapper à sa vigilance inquiète en montant à bord d'un vapeur et nous eûmes le temps de faire un bon bout de la descente du Rhin avant qu'on ne se réempare de nous. Il y eut Miss Robinson au nez tout rose. Il y eut Miss Clayton de nouveau. Il y eut une effroyable personne qui me lut *Le Puissant Atome* de Marie Corelli. Il y en eut d'autres encore. A partir d'une certaine époque, elles disparurent de ma vie. Les langues française et russe prirent la relève; et l'on affecta le peu de temps qui restait pour la pratique de la langue anglaise à des séances de temps à autre avec deux messieurs, Mr. Burness et Mr. Cummings, qui ni l'un ni l'autre n'habitaient avec nous. Ils sont liés dans mon esprit aux hivers à Saint-Pétersbourg, où nous avions une maison de granit rose dans la rue Morskaya.

Mr. Burness était un Ecossais à forte carrure, au visage rubicond, aux yeux bleu clair et aux cheveux plats, couleur paille. Il passait ses matinées à enseigner dans une école de langues, et ensuite bourrait son après-midi de plus de leçons privées qu'on ne pouvait en donner, pour bien faire, dans une journée entière. Se déplaçant, comme il le faisait, d'un bout de la ville à l'autre et dépendant forcément du trot nonchalant de mornes chevaux *izvozchik* (de fiacre) pour se rendre chez ses élèves, il n'était, avec de la chance, que d'un quart d'heure en retard pour la leçon qu'il devait donner à deux heures (où que ce fût), mais arrivait après cinq heures pour la leçon qu'il devait donner à quatre heures. La tension nerveuse qui résultait du fait de l'attendre et d'espérer que, pour une fois, sa ténacité surhumaine reculerait peut-être devant le mur gris d'une tempête de neige hors série, était un de ces sentiments qu'on espère bien qu'on n'aura jamais à éprouver à l'âge adulte (mais par lequel il me fallut passer à nouveau quand les circonstances m'obligèrent, à mon tour, à donner des leçons et que, dans mon logement meublé à Berlin, j'attendais certain élève à visage de pierre qui finissait *toujours* par arriver, en dépit des obstacles que j'accumulais en pensée sur son chemin).

L'obscurité croissante au-dehors semblait être un

produit de rebut des efforts de Mr. Burness pour atteindre notre maison. Dans un instant le valet de chambre entrerait pour baisser les volumineux stores bleus et tirer les tentures fleuries de la fenêtre. Le tic-tac de l'horloge de parquet dans la salle d'études prenait peu à peu un ton lugubre et hargneux. La sensation de l'étroitesse, à l'aine, de ma culotte courte et celle du contact rugueux de bas noirs à côtes frottant contre la tendre face interne de mes jambes repliées se mêlaient à la sourde pression d'un petit besoin dont je remettais continuellement à plus tard la satisfaction. Presque une heure s'écoulait et toujours aucun signe de Mr. Burness. Mon frère allait alors dans sa chambre et faisait de quelconques gammes au piano, puis jouait et rejouait quelques-unes des mélodies que j'exécrais : les directives aux fleurs artificielles dans Faust (... *dites-lui qu'elle est belle**...) ou le lamento de Vladimir Lenski (... *Koo-dah, koo-dah vï udalilis'*). Je quittais l'étage supérieur qui nous était réservé, à nous autres, enfants, et lentement je glissais le long de la rampe jusqu'au deuxième étage, où se trouvaient les appartements de mes parents. Le plus souvent ils étaient sortis à cette heure-là et, dans la nuit grandissante, cet endroit faisait impression sur ma jeune sensibilité d'une façon curieusement téléologique, comme si cette foule de choses familières dans l'obscurité faisaient tout leur possible pour former l'image nette et définitive que, en posant maintes et maintes fois, elles ont finalement laissée dans mon esprit.

La pénombre sépia d'un après-midi arctique du milieu de l'hiver envahissait les chambres et allait s'épaississant jusqu'au noir accablant. Un angle de bronze, une surface de verre ou de bois verni reflétaient çà et là, parmi les ténèbres, des restes du jour venant de la rue, où les globes des hauts réverbères qui s'alignaient en son milieu répandaient déjà leur lueur lunaire. Des ombres diaphanes bougeaient au plafond. Dans le silence, le bruit sec d'un pétale de chrysanthème tombant sur le marbre d'une table vous faisait tressaillir.

Le boudoir de ma mère avait une fenêtre en encorbellement, commode pour regarder au-dehors et ayant vue sur la Morskaya en direction de la place Marie. Pressant mes lèvres contre le mince tissu qui voilait la vitre, je percevais peu à peu la saveur froide du verre à travers le tulle. De cette fenêtre, quelques années plus tard, au début de la Révolution, j'ai observé plus d'une escarmouche et j'ai vu, pour la première fois, un homme mort. On l'emportait sur une civière, et un camarade mal chaussé essayait sans relâche de retirer la botte d'une de ses jambes qui pendait, malgré les bourrades et les coups de poing des brancardiers – tout cela à vive allure. Mais à l'époque des leçons de Mr. Burness, il n'y avait rien à regarder, que la rue sombre, ouatée de neige, et en haut la ligne fuyante des réverbères suspendus, autour desquels les flocons de neige passaient et repassaient en un mouvement gracieux et, eût-on dit, en ralentissant exprès, comme pour montrer de quelle manière on exécutait ce tour et combien il était simple. D'un autre angle, on pouvait voir tomber la neige plus abondamment dans une aura de lumière plus brillante, teintée de violet, et alors l'enceinte en saillie où je me tenais semblait monter, monter lentement, en voguant, comme un ballon. A la fin, l'un des traîneaux fantômes qui passaient dans la rue en glissant s'arrêtait, et, de sa démarche raide quoique rapide, Mr. Burness, coiffé de sa *chapka* de renard, gagnait notre porte.

De la salle d'études, où je venais de le précéder, j'entendais ses pas énergiques retentir de plus en plus près, et, si froide que pût être la journée, sa bonne figure rougeaude était tout en sueur au moment où il entrait à grandes enjambées. Je me rappelle avec quelle vigueur terrifiante il appuyait sur la plume qui crachait lorsqu'il inscrivait, de la plus ronde des écritures rondes, les devoirs à faire pour la fois suivante. Habituellement, à la fin de la leçon, à ma demande, il m'accordait le divertissement de certain « limerick » (poème en cinq vers); le fin de la chose, c'était que chaque fois que dans le poème se présentait le mot « criait », l'acte correspondant devait être accompli par moi involontairement, Mr. Burness me broyant alors la main, qu'il tenait dans sa solide patte pendant qu'il récitait ces vers :

Il y avait une jeune dame de Russie
Qui (broiement de main) *chaque fois que vous la* [*serriez,*
Elle (broiement de main) *et elle* (broiement de [main)...

Le temps d'arriver à ce vers, la douleur devenait si atroce que nous n'allâmes jamais plus loin.

V

Le tranquille monsieur barbu au dos rond, ce Mr. Cummings vieux jeu, qui m'enseigna à dessiner, avait également été le professeur de dessin de ma mère. Il était venu en Russie au début des années quatre-vingt-dix, en qualité de correspondant étranger et d'illustrateur pour le *Graphic* de Londres. Le bruit courait que des infortunes conjugales avaient assombri sa vie. La douceur mélancolique de son maintien faisait compensation à la médiocrité de son talent. Il portait un *ulster* à moins qu'il ne fît très doux, et en ce cas il se rabattait sur une espèce de pèlerine de lainage brun verdâtre appelée *loden.*

J'étais fasciné par l'usage qu'il faisait de la gomme spéciale qu'il gardait dans la poche de son gilet, par la façon dont il tenait la page tendue puis enlevait d'une chiquenaude, avec le dos de ses doigts, les « chiures du latex » (comme il disait). Silencieusement, mélancoliquement, il illustrait à mon intention les lois d'airain de la perspective : les traits longs et rectilignes de son crayon incroyablement pointu et tenu avec élégance faisaient en sorte que les contours de la chambre qu'il créait à partir de rien (murs abstraits, plafond et sol suivant une ligne de fuite) se rejoignaient en quelque point distant et hypothétique avec une précision terriblement excitante et stérile. Excitante parce qu'elle me faisait penser à des voies ferrées qui convergeaient symétriquement et subtilement devant les yeux injectés de sang de mon masque préféré, un conducteur de locomotive crasseux; stérile parce que cette pièce restait sans meubles et tout à fait vide, dépourvue même des statues neutres qu'on trouve dans la première salle sans intérêt d'un musée.

Le reste de la galerie de peinture rachetait le caractère lugubre de son vestibule. Ses petites aquarelles dont, à plusieurs reprises, des membres de notre famille firent l'acquisition pour cinq ou dix roubles pièce, ont mené une existence assez précaire, forcées de changer de place, comme elles le furent, pour des coins de plus en plus sombres, et se trouvant finalement complètement éclipsées par quelque animal de porcelaine ou par une photographie récemment encadrée. Après que j'eus appris non seulement à dessiner des cubes et des cônes, mais aussi à ombrer correctement, avec des hachures homogènes, estompées, telles de leurs parties qui devaient être à jamais soustraites à la lumière, le charmant monsieur ne fit plus autre chose que peindre sous mon regard charmé ses propres petits paradis humides, variations autour d'un même paysage : un soir d'été avec un ciel orange, un pâturage se terminant à la lisière noire d'une lointaine forêt, et une rivière lumineuse, répétant le ciel et faisant des méandres à l'infini.

Plus tard, de 1910 environ jusqu'à 1912, Iarémitch, le fameux « impressionniste » (un terme alors très en vogue), prit la relève; informe et dépourvu d'humour, il préconisait un style « audacieux », des taches de couleur terne, des marbrures sépia et brun olivâtre, par le moyen desquelles je devais restituer sur d'immenses feuilles de papier gris des formes humanoïdes que nous sculptions dans de la pâte à modeler et auxquelles nous donnions des postures « dramatiques » contre un tissu de velours, avec toute sorte de plis et d'effets d'ombre et de lumière. C'était une déprimante combinaison d'au moins trois arts différents, tous approximatifs, et je finis par me rebeller.

Il fut remplacé par le célèbre Doboujinski, lequel aimait à me donner ses leçons dans le *piano nobile* de notre maison, dans une des jolies salles de réception du rez-de-chaussée où il pénétrait de façon particulièrement silencieuse, comme s'il avait eu peur de m'arracher à l'état de stupeur où me plongeait la composition de poèmes. Il me faisait représenter de mémoire, dans le moindre détail, des objets que j'avais à coup sûr vus des milliers de fois sans pouvoir les visualiser convenablement : un réverbère, une boîte aux lettres, les tulipes formant le motif des vitraux de notre propre porte d'entrée. Il s'efforçait de m'apprendre à trouver les coordinations géométriques entre les minces rameaux d'un arbre de boulevard dépourvu de feuilles : une dialectique visuelle qui exigeait une précision dans l'expression linéaire à laquelle je n'ai pas pu parvenir dans ma jeunesse mais qu'en revanche, devenu adulte, j'ai mise en pratique avec reconnaissance, non seulement dans la représentation des organes génitaux des papillons durant les sept années que j'ai passées au Harvard Museum of Comparative Zoology, quand je m'absorbais dans le trou de puits brillant d'un microscope pour reproduire à l'encre de Chine telle ou telle nouvelle structure mais aussi, peut-être, pour certains besoins, du type chambre claire, de la création littéraire. D'un point de vue émotionnel, toutefois, ma dette est encore plus lourde envers les couleurs que m'avaient offertes avant cela ma mère et son précédent professeur. Avec quel empressement Mr. Cummings s'asseyait sur un tabouret, séparait des deux mains dans son dos – quoi donc ? était-il vêtu d'une redingote ? Je me souviens seulement du geste – et entreprenait d'ouvrir la boîte noire contenant les couleurs ! J'adorais la façon preste qu'il avait de tremper son pinceau dans une couleur multiple avec accompagnement de tintements rapides des récipients émaillés dans lesquels les rouges et les jaunes éclatants, où le pinceau creusait des fossettes, se trouvaient présentés de façon appétissante, comme en des coupes ; et, après avoir ainsi récolté son miel, le pinceau cessait de butiner et, de deux ou trois coups balayants de sa pointe pleine de sève, il trempait le papier « Vatmanski » en étendant un ciel orange uniforme; puis, pendant que ce ciel était encore un peu humide, un long nuage violet venait s'y poser en travers. « Et voilà, mon petit », disait-il, « ce n'est pas plus malin que ça! »

Une fois, je lui fis dessiner pour moi un train express. Je regardais par-dessus son épaule anguleuse son crayon faire surgir avec maîtrise le chasse-corps et les feux avant compliqués d'une locomotive qui avait l'air d'avoir été acquise d'occasion pour la ligne du Transsibérien après avoir fait son temps à Promontory Point (Utah), dans les années soixante. Puis vinrent cinq wagons d'une simplicité décevante. Une fois qu'ils furent complètement achevés, il ombra soigneusement l'abondante fumée sortant de l'énorme cheminée, pencha la tête de côté, et, après l'avoir contemplé un instant avec satisfaction, me tendit le dessin. Je m'efforçai de paraître satisfait, moi aussi. Il avait oublié le tender.

Un quart de siècle plus tard, j'appris deux choses : que Burness, alors mort, était renommé à Edimbourg en tant qu'auteur de traductions savantes de poèmes romantiques russes pour lesquels j'avais eu de l'adoration et qui m'avaient transporté dans mon adolescence; et que mon débonnaire professeur de dessin, dont je synchronisais toujours l'âge avec celui de grands-oncles et de vieux serviteurs de la famille, avait épousé une jeune Estonienne à peu près à l'époque où je m'étais moi-même marié. En apprenant ces faits nouveaux, j'ai ressenti un étrange saisissement; ce fut comme si la vie avait empiété sur mes droits créateurs en s'évadant des limites subjectives si élégamment et économiquement établies par des souvenirs d'enfance que je croyais avoir signés et scellés.

« Et Iarémitch ? » demandai-je à M.V. Doboujinski, un après-midi d'été, au cours des années quarante, alors que nous nous promenions dans une forêt de hêtres, dans le Vermont. « Parle-t-on encore de lui ? »

« Mais bien sûr », répondit Mstislav Valérianovitch. « Il était exceptionnellement doué. Je ne sais pas quel genre de professeur c'était, mais je sais que vous étiez l'élève le plus désespérant que j'aie jamais eu. »

CHAPITRE V

I

J'ai souvent remarqué que, une fois attribué aux personnages de mes romans, tel détail de mon passé, dont j'avais précieusement gardé le souvenir, dépérissait dans le monde factice où je venais de si brusquement le placer. Il s'attardait bien encore dans mon esprit, mais c'en était fini de sa chaleur personnelle, de son attrait rétrospectif, et bientôt il s'identifiait plus étroitement avec mon roman qu'avec mon moi antérieur, où il avait jusqu'alors paru si bien à l'abri de l'intrusion de l'artiste. Des maisons se sont écroulées dans mes souvenirs aussi silencieusement qu'elles le faisaient dans les films muets de naguère, et le portrait de mon institutrice française, que j'ai une fois prêté à un petit garçon dans l'un de mes livres, s'efface rapidement, à présent que l'engloutit la description d'une enfance n'ayant absolument aucun rapport avec la mienne. L'homme en moi se révolte contre le romancier, d'où, en ces pages, mon effort désespéré pour sauver ce qu'il reste de la pauvre Mademoiselle.

Femme de forte carrure et de très grand embonpoint, Mademoiselle fit son entrée dans notre existence en 1905, alors que j'avais six ans et mon frère cinq. La voici. Je revois si nettement ses abondants cheveux bruns, relevés haut et grisonnant en grand mystère; les trois rides de son front sévère; ses sourcils broussailleux en surplomb; ses yeux d'un gris d'acier derrière le pince-nez à monture noire; ce rien de moustache, ce teint couperosé qui, dans les moments de courroux, manifeste une rougeur supplémentaire dans la région du troisième et plus ample menton, si royalement étalé sur l'éminence du corsage à jabot. Et voici qu'elle s'assied, ou plutôt qu'elle s'attaque au problème de s'asseoir : ses bajoues tremblotent comme gelée, son postérieur monstrueux, avec les trois boutons sur le côté, s'abaisse avec circonspection; puis, à la dernière seconde, elle abandonne toute sa masse au fauteuil de rotin qui, de frayeur, lâche une salve de craquements.

Nous avions séjourné à l'étranger une année environ. Après avoir passé l'été 1904 à Beaulieu et Abbazia, et plusieurs mois à Wiesbaden, nous repartîmes pour la Russie au début de 1905. Je ne parviens pas à me souvenir du mois. Il y a une indication dans le fait qu'à Wiesbaden, on m'avait emmené à l'église russe – la première fois que j'eusse mis les pieds dans une église où que ce fût – et cela se passait peut-être en période de Carême (durant l'office, je demandai à ma mère de quoi le prêtre et le diacre parlaient; dans un chuchotement, elle me répondit en anglais qu'ils disaient que nous devrions tous nous aimer les uns les autres, mais je compris qu'elle voulait dire que ces deux magnifiques personnages vêtus de robes coniques qui brillaient se disaient l'un à l'autre qu'ils resteraient toujours bons amis). Partis de Francfort, nous arrivâmes à Berlin dans une tempête de neige et le lendemain, nous prîmes le Nord-Express qui arrivait de Paris dans un grondement de tonnerre. Douze heures plus tard, il atteignait la frontière russe. Contre la toile de fond de l'hiver, le chargement cérémoniel de voitures et de locomotives fut paré d'une étrange signification nouvelle. Un sentiment excitant de *rodina,* « patrie », se mêla pour la première fois à la neige qui craquait agréablement, aux profondes traces de pas qui la marquaient, à l'éclat rouge de la cheminée de la locomotive, aux grands tas de rondins de bouleau recouverts de leur propre couche de neige transportable, sur le tender rouge. Je n'avais pas tout à fait six ans, mais cette année à l'étranger, une année de décisions difficiles et d'espoirs libéraux, avait exposé un petit garçon russe aux conversations des adultes. Il ne pouvait s'empêcher d'être concerné, de quelque façon qui lui était propre, par la nostalgie d'une mère et le patriotisme d'un père. En conséquence de quoi, ce retour-là en Russie, mon premier retour *conscient,* m'apparaît aujourd'hui, soixante ans plus tard, comme une répétition, non pas du grand retour au pays qui n'aura jamais lieu, mais du rêve d'un tel retour, que j'ai constamment caressé au cours de mes longues années d'exil.

L'été de 1905 à Vyra n'avait pas encore vu éclore des lépidoptères. Le maître d'école du village nous faisait faire des promenades didactiques (« Ce que vous entendez, c'est le bruit d'une faux qu'on aiguise »; « Ce champ, là-bas, sera mis en jachère la saison prochaine »; « Oh, ce n'est qu'un petit oiseau – pas de nom particulier »; « Si ce paysan est ivre, c'est parce qu'il est pauvre »). L'automne tapissait le parc de feuilles multicolores, et Miss Robinson nous apprit un joli truc, dont le fils de l'Ambassadeur, un personnage familier de son petit monde, avait fait ses délices au cours de l'automne précédent, et qui consistait à choisir sur le sol et à disposer sur une grande feuille de papier des feuilles d'érable pouvant constituer un spectre presque complet (moins le bleu – une grosse déception!), le vert s'ombrant de jaune citron, le jaune citron d'orange et ainsi de suite, des rouges aux violets, aux bruns violacés, rougeâtres à nouveau et retour au vert en passant par le jaune citron (qui devenait difficile à trouver, sauf comme composante, sous forme d'un pourtour qui subsistait vaillamment). Les asters furent atteints par les premières gelées et, malgré cela, nous ne retournâmes pas en ville.

Cet hiver de 1905-1906, au cours duquel Mademoiselle arriva de Suisse, fut le seul de mon enfance que je passai à la campagne. C'était une année de grèves, d'émeutes et de massacres d'inspiration policière, et je suppose que mon père souhaitait éloigner sa famille de la ville et la cacher dans notre paisible propriété à la campagne, où sa popularité auprès des paysans pourrait atténuer, selon ses conjectures qui s'avérèrent justes, les risques de troubles agraires. Ce fut aussi un hiver particulièrement rude, offrant autant de neige que Mademoiselle avait pu s'attendre à en trouver dans la mélancolie hyperboréenne de la lointaine Moscovie. Quand elle descendit à la petite gare Siverskaïa, d'où elle avait encore à faire un trajet en traîneau d'une dizaine de kilomètres avant d'arriver à Vyra, je n'étais pas là pour l'accueillir; mais j'y suis à présent, en m'évertuant à imaginer ce qu'elle put voir et ressentir à cette dernière étape de son intempestif et fabuleux voyage. Son vocabulaire russe consistait, à ma connaissance, en un seul et unique mot bref, et ce même mot et toujours solitaire, elle devait, des années plus tard, le remmener en Suisse. Ce mot que, selon sa façon de le prononcer, on peut rendre phonétiquement par « guide-y-est » (en réalité c'est « gdé »), signifie : « où ? » Et ce n'était pas peu. Poussé par elle comme le cri rauque d'un oiseau perdu, il renfermait une telle accumulation de force interrogative qu'il suffisait pour tous ses besoins. « Guide-y-est ? Guide-y-est ? » criait-elle plaintivement, non seulement pour savoir où elle était, mais aussi pour exprimer un abîme de détresse : le fait d'être étrangère, naufragée, sans le sou, mal portante, en quête de la terre promise où, enfin, elle serait comprise.

Il m'est possible, par procuration, de la voir là, debout au milieu de ce quai de gare, où elle vient de descendre, et vainement mon envoyé fantôme lui offre son bras qu'elle ne peut voir. (« J'étais là, abandonnée de tous, *comme la comtesse Karenine** », se plaignit-elle par la suite avec éloquence, même si la comparaison n'était pas tout à fait exacte.) La porte de la salle d'attente s'ouvre avec cette plainte saccadée, caractéristique des nuits de gel intense; un nuage d'air chaud en sort, avec presque autant de profusion que, de la grande cheminée de la locomotive haletante, la vapeur; et voici maintenant notre cocher Zakhar – homme solidement bâti, portant une peau de mouton, le côté cuir en dehors, ses énormes gants dépassant de la ceinture écarlate où il les a fourrés. J'entends la neige crisser sous ses bottes de feutre tandis qu'il s'occupe des bagages, du harnais tintinnabulant, puis de son propre nez, qu'il soulage avec dextérité en le pressant un petit coup entre le pouce et l'index, tandis qu'il s'en revient à pas lourds, ayant fait le tour du traîneau. Lentement, avec de sinistres pressentiments « *Madmazelya* » ainsi que l'appelle l'homme qui l'assiste, y grimpe, se cramponnant au cocher qui l'aide, et ayant atrocement peur que le traîneau ne démarre avant que sa volumineuse personne n'y soit solidement incrustée. Elle finit par se caser en geignant et elle enfonce ses poings dans son mauvais petit manchon de peluche. Au juteux claquement de lèvres de leur conducteur, les deux chevaux noirs, Zoyka et Zinka, font effort des jarrets, changent de place leurs sabots, font de nouveau effort; et alors Mademoiselle a un haut-le-corps au moment où le lourd traîneau s'arrache d'une secousse à son monde d'acier, de fourrure et de chair, pour entrer dans un milieu sans frottement où il glisse sur une route spectrale qu'il paraît à peine toucher.

Durant un instant seulement, grâce au brusque rayonnement d'une lampe isolée à l'extrémité du quai de la gare, une ombre démesurément grandie, tenant elle aussi un manchon, lutte de vitesse avec le traîneau, escalade une grande vague de neige, puis disparaît, laissant Mademoiselle s'engouffrer toute seule dans ce que, par la suite, elle appellera « la steppe » et dont elle parlera avec terreur et délectation. Dans cette morne étendue sans fin, elle prend le clignotement intermittent des lumières d'un village lointain pour des yeux de loups. Elle a froid, elle est gelée au point d'être ankylosée, transie « jusqu'à l'âme », selon son expression, car elle s'envole dans la plus extravagante hyperbole quand elle ne se raccroche pas aux adages de tout repos. De temps à autre, elle se retourne pour s'assurer du regard qu'un second traîneau, transportant sa malle et son carton à chapeaux, suit bien – toujours à la même distance, comme ces sociables vaisseaux fantômes, dans les mers polaires, que les explorateurs ont décrits. Et que je n'oublie pas la lune! – car sûrement il devait y avoir une lune, le disque complet, d'une clarté sans pareille, de la pleine lune qui va si bien avec les fortes gelées russes. La voici donc dans le ciel pommelé, manœuvrant pour sortir d'un troupeau de petits nuages ronds qu'elle teinte d'une légère irisation: et, tandis qu'elle monte en voguant, elle satine les traces de patins laissées sur la route, où chaque motte de neige scintillante est mise en valeur par une ombre enflée.

Quel charme, quelle solitude! Mais que fais-je là, dans ce stéréoscopique pays de mes rêves? Comment suis-je parvenu là? A mon insu, les deux traîneaux se sont esquivés; ils ont laissé en arrière, sur la route blanc bleuté, mon double imaginaire. Non, même cette vibration dans mes oreilles, ce n'est pas le tintement de leurs grelots qui s'éloigne, mais le chant de mon propre sang. Tout est silencieux, figé sur place sous l'effet d'un charme, ensorcelé par la lune, rétroviseur de l'imaginaire. Cette neige est réelle, pourtant, et comme, me baissant, j'en ramasse une poignée, soixante années s'effritent contre mes doigts en poussière pure et chatoyante.

II

On apporte entre chien et loup une lampe à pétrole à pied d'albâtre. Elle vogue doucement et descend; la main de la mémoire, glissée en ce moment dans le gant de coton blanc d'un valet de pied, la place au centre d'une table ronde. Elle en règle soigneusement la flamme, et un abat-jour à volants de soie rose avec, en incrustation, des scènes rococo de sports d'hiver, vient en couronner la lumière (du coton hydrophile dans l'oreille de Casimir). On découvre alors un salon de style (« Empire russe »), chaud, lumineux, dans une maison emmitouflée de neige – que Mademoiselle ne va pas tarder à appeler « le château » – bâtie par mon arrière-grand-père maternel qui, craignant les incendies, fit faire l'escalier en fer, de sorte que lorsque la maison brûla de fond en comble, quelque temps après la Révolution soviétique, ces marches ajourées avec le ciel qui brillait à travers leurs contremarches à claire-voie continuèrent à se dresser là, sans plus rien autour d'elles, mais menant toujours en haut. Attardons-nous encore un peu, de grâce, sur ce salon. Les moulures blanches luisantes des meubles, les roses brodées sur les tissus qui les habillent. Le piano blanc. Le miroir ovale. Suspendu à des cordons tendus, son front pur incliné, il s'évertue à retenir des meubles qui n'arrêtent pas de tomber et un pan de parquet brillant en pente qui échappe perpétuellement à son embrassement. Les pendeloques de cristal du lustre. Elles font entendre un cliquetis délicat (on est en train de déplacer des choses dans la chambre du dessus que Mademoiselle occupera). Des crayons de couleur. Leur spectre détaillé montré en réclame sur la boîte, mais qu'on ne trouvait jamais entièrement représenté par ceux qui étaient à l'intérieur. Nous sommes assis à la table, mon frère et moi et Miss Robinson qui de temps en temps regarde sa montre : les routes doivent être épouvantables avec toute cette neige; et en tout cas plus d'une épreuve fatigante, dans l'accomplissement de sa charge, attend cette inconnue, cette Française, qui va la remplacer.

Mais revenons aux crayons de couleur pour en

parler plus en détail. Au vert, par un simple mouvement giratoire du poignet, on pouvait faire exécuter un arbre ébouriffé, ou les remous produits par un crocodile qui s'est immergé dans l'eau. Avec le bleu, il suffisait de tracer une simple ligne en travers de la page et l'on avait la ligne d'horizon de toutes les mers. Un crayon émoussé de couleur indéfinissable vous tombait toujours sous la main. Le marron était perpétuellement cassé, et le rouge aussi, mais parfois, quand sa mine venait de se rompre, on pouvait encore un moment le faire servir en le tenant de manière à ce que sa pointe branlante fût étayée, pas très solidement, par un saillant du bois. Le petit bonhomme violet, que j'aimais entre tous, était devenu si court à force d'avoir servi, qu'on pouvait à peine le tenir. Seul le blanc, ce grand flandrin d'albinos dans le monde des crayons, avait gardé sa longueur première, ou du moins il la garda jusqu'au moment où je découvris que, loin d'être un imposteur ne laissant aucune trace sur la page, il était l'instrument idéal, puisque je pouvais m'imaginer dessiner tout ce que je voulais cependant que je gribouillais.

Hélas, ces crayons, je les ai, eux aussi, partagés entre les personnages de mes livres pour occuper des enfants imaginaires; ils ne sont plus tout à fait miens à présent. Quelque part, dans la maison de rapport d'un chapitre, dans la chambre en location d'un paragraphe, j'ai aussi placé ce miroir incliné, et la lampe, et les pendeloques de cristal du lustre. Peu de choses me restent; j'en ai dilapidé beaucoup. Ai-je fait cadeau de Box (fils et époux de Loulou, la chienne d'appartement de l'intendante), de ce vieux teckel brun, dormant d'un profond sommeil sur le canapé? Non, je crois qu'il est toujours à moi. Son museau grisonnant, avec la verrue au coin ridé de la bouche, est fourré dans le creux de son jarret, et de temps en temps un profond soupir soulève ses côtes. Il est si vieux et son sommeil est si bien capitonné de couches de rêves (à propos de pantoufles bonnes à mâchonner et de quelques dernières odeurs) qu'il ne bouge pas quand se fait entendre un faible tintement de grelots au-dehors. Puis une porte pneumatique halète et grince dans le vestibule. La voici tout de même; j'espérais tant qu'elle n'arriverait pas!

III

Un autre chien, de caractère doux encore que père d'une famille féroce, un grand danois à qui l'on ne permettait pas d'entrer dans la maison, a joué un rôle amusant dans une aventure qui eut lieu un des jours suivants, sinon le lendemain même. Le hasard voulut que nous fussions laissés, mon frère et moi, totalement à la garde de la nouvelle venue. Selon ce que je peux à présent reconstituer de l'histoire, ma mère était probablement allée avec sa femme de chambre et le jeune Trainy à Saint-Pétersbourg (distant de quelque soixante-quinze kilomètres) où mon père se trouvait profondément mêlé aux graves événements politiques de cet hiver-là. Elle était enceinte et s'alarmait facilement; Miss Robinson, au lieu de rester pour mettre Mademoiselle au courant, était partie aussi pour retrouver la famille de cet ambassadeur dont elle nous avait parlé tout autant qu'elle leur parlerait de nous. Afin de montrer que ce n'était pas une façon de nous traiter, je formai immédiatement le projet de renouveler l'exploit exaltant d'une précédente année, lorsque nous avions échappé à la pauvre Miss Hunt à Wiesbaden, paradis de feuilles mortes multicolores. Cette fois-ci, la région tout à l'entour était un désert de neige, et l'on se demande quel but de voyage je pouvais bien avoir en tête. Nous venions de rentrer de notre première promenade d'après-midi avec Mademoiselle et j'étais tout frémissant d'un sentiment de frustration et de haine. En l'y incitant un peu, je fis partager au doux Serguéi quelque chose de ma colère. Devoir parler une langue non familière (nos connaissances, pour ce qui était du français, se bornaient à quelques mots d'usage courant), et, par-dessus le marché, être contrecarrés dans toutes nos chères habitudes, c'était plus que nous n'en pouvions supporter. La « bonne promenade » qu'elle nous avait promise, ç'avait été, en fait, un petit tour ennuyeux autour de la maison, là où l'on avait enlevé la neige et répandu du sable sur le sol gelé. Elle nous avait fait mettre des vêtements que nous ne portions jamais, même par le jour le plus glacial – d'horribles guêtres et des capuchons qui gênaient tous nos mouvements. Lorsque j'avais poussé Serguéi à explorer les enflures de neige crémeuse et moelleuse qui avaient été des plates-bandes de fleurs en été, elle nous en avait empêchés. Elle ne nous avait pas permis de marcher sous les énormes glaçons, semblables à des tuyaux d'orgue, qui pendaient sous les gouttières et flamboyaient splendidement dans le soleil couchant. Et elle avait interdit, le qualifiant d'*ignoble**, un de mes passe-temps favoris (imaginé par Miss Robinson) qui consistait pour moi à m'allonger à plat ventre sur une petite luge tendue de peluche, avec un bout de corde attaché à l'avant, une main passée dans une moufle de cuir me propulsant le long d'un sentier couvert de neige, sous des arbres blancs, avec Serguéi, non pas allongé mais assis sur une deuxième luge, garnie de peluche rouge et fixée à l'arrière de la mienne qui était bleue, et les talons de deux bottes en feutre, juste devant mon visage, avançant assez vite, les orteils légèrement tournés en dedans, une semelle et puis l'autre glissant sur une plaque de glace. (La main et le pied appartenaient à Dmitri, notre jardinier le plus âgé et le plus petit de taille, et le chemin était l'allée bordée de chêneaux qui semble avoir été la route principale de mon enfance.)

J'exposai à mon frère un plan pervers et le persuadai d'y souscrire. Nous ne fûmes pas plutôt de retour de cette promenade que, laissant Mademoiselle souffler sur les marches du vestibule, nous nous ruâmes à l'intérieur, lui donnant à croire que nous allions aller nous cacher dans quelque pièce reculée. En réalité, sans nous arrêter de trotter, nous allâmes jusqu'à l'autre extrémité de la maison, et là, par une véranda, nous ressortîmes dans le jardin. Le grand danois, dont j'ai déjà parlé, était sur le point, non sans faire des embarras, de s'arranger d'un tas de neige proche, mais alors qu'il était à décider quelle patte il allait lever, il nous aperçut et aussitôt nous rejoignit en galopant joyeusement.

Tous trois nous suivîmes d'abord un sentier assez bon, puis, après avoir marché péniblement dans de la neige plus épaisse, nous arrivâmes à la route qui conduisait au village. Entre-temps, le soleil s'était couché. Le crépuscule vint avec une soudaineté inquiétante. Mon frère déclara qu'il avait froid et qu'il était fatigué, mais je le pressai de continuer, et finalement lui fis chevaucher le chien (le seul membre de notre groupe à s'amuser encore). Nous avions parcouru plus de trois kilomètres et la lune luisait de façon bizarre, et mon frère, en silence, s'était mis à tomber, de temps à autre, de sa monture, quand Dmitri, muni d'une lanterne, nous rattrapa et nous ramena à la maison. « Guide-y-est, guide-y-est? » criait du porche, comme une folle, Mademoiselle. Je passai rapidement auprès d'elle sans un mot. Mon frère éclata en sanglots et se constitua prisonnier. Le grand danois, qui s'appelait Turka, retourna à ses affaires interrompues touchant les tas de neige serviables et fournisseurs d'informations, autour de la maison.

IV

Dans notre enfance, nous en savons long sur les mains, du fait qu'elles vivent et remuent à hauteur de notre visage; celles de Mademoiselle me déplurent à cause du luisant de grenouille de leur peau tendue, parsemée de taches brunes ecchymotiques. Avant elle, aucune étrangère ne m'avait jamais caressé le visage de la main. Mademoiselle, dès son arrivée, m'avait absolument interloqué en me tapotant la joue en signe d'affection spontanée. Tous ses petits gestes me reviennent lorsque je songe à ses mains. Sa façon d'éplucher plutôt que de tailler un crayon, la pointe tournée vers son sein monstrueux et stérile, enveloppé de laine verte. Sa manière de s'introduire le petit doigt dans l'oreille et de l'y faire vibrer très rapidement. Les rites qu'elle observait chaque fois qu'elle me donnait un nouveau cahier d'écriture. Toujours un peu essoufflée, la bouche légèrement entrouverte, laissant échapper une série d'asthmatiques « peuh... peuh... peuh... » qui se succédaient rapidement, elle ouvrait le cahier pour y tracer une marge; c'est-à-dire qu'elle gravait d'un geste brusque une ligne verticale avec l'ongle du pouce, repliait le bord libre de la page, pressait, rendait à la page sa liberté, la lissait du revers de la main, après quoi, faisant virevolter le cahier, elle le plaçait tout ouvert et prêt devant moi. Une plume neuve suivait; elle en humectait le bec luisant entre ses lèvres susurrantes avant de la plonger dans les fonts baptismaux de l'encrier. Alors, d'une écriture calligraphiée, prenant du plaisir à chaque jambage de chaque lettre limpide (et d'autant plus vivement que j'avais terminé le précédent cahier avec un manque total de soin), m'appliquant à l'extrême, j'inscrivais le mot *Dictée** pendant que Mademoiselle feuilletait son recueil de morceaux choisis, à la recherche d'un « bon » texte, d'un texte difficile.

V

Entre-temps, le décor a changé. Sans bruit, un accessoiriste silencieux a fait disparaître l'arbre couvert de givre et la haute congère avec son trou xanthique. C'est à présent un après-midi d'été qui foisonne de nuages escarpés fendant l'azur. Des ombres ocellées se déplacent sur les allées du jardin. Voici que, les leçons terminées, Mademoiselle nous fait la lecture sur la véranda où les nattes et les chaises de paille tressée exhalent dans la chaleur une odeur d'épices et de biscuits. Sur les appuis blancs des fenêtres, et, dans les embrasures de celles-ci, sur les longues banquettes recouvertes d'indienne fanée, le soleil se brise en gemmes géométriques après avoir traversé les losanges et les carrés multicolores des verrières. C'est le moment où Mademoiselle donne sa pleine mesure.

Que de volumes elle nous a lus, d'un bout à l'autre, sur cette véranda ! Sa voix fine filait, filait, sans jamais faiblir, sans la moindre saccade ni la moindre hésitation, admirable machine à lire, absolument indépendante de ses bronches malades. Tout y passa : *Les Malheurs de Sophie, Le Tour du monde en quatre-vingts jours, Le Petit Chose, Les Misérables, Le Comte de Monte-Cristo,* et bien d'autres. Je la revois assise, extrayant comme par distillation sa voix de lecture de l'immobile prison de sa personne. Les lèvres exceptées, l'un de ses mentons, le plus petit mais le vrai, était le seul détail mouvant de ce massif bouddha. Le pince-nez à monture noire reflétait l'éternité. Parfois une mouche se posait sur son front sévère, et alors, instantanément, ses trois rides faisaient un saut, toutes trois à la fois, comme trois coureurs par-dessus trois obstacles. Mais sans que rien changeât dans l'expression de son visage – ce visage que si souvent j'ai essayé de dessiner dans mon album de croquis, car sa symétrie impassible et simple tentait mon crayon bien plus que la coupe de fleurs ou le canard-appeau posé sur la table devant moi et que j'étais censé dessiner.

Bientôt mon attention vagabondait plus loin encore, et c'était alors, peut-être, que la rare pureté de sa voix cadencée remplissait sa vraie mission. Je regardais un arbre, et le mouvement de son feuillage épousait cette cadence du débit. Iégor bricolait parmi les pivoines. Un hochequeue faisait quelques pas, s'arrêtait comme s'il se rappelait quelque chose – et puis continuait sa promenade, en justifiant son nom.

Venant on ne savait d'où, une Polygonie se posait sur le seuil, se chauffait au soleil en étendant ses ailes fauves obliques, les fermait soudain, juste pour montrer la minuscule initiale tracée à la craie sur leur dessous sombre, et tout aussi soudainement partait comme une flèche. Mais la plus constante source d'enchantement, durant ces lectures, c'était, de chaque côté de la véranda, le motif arlequin des verrières multicolores insérées dans un châssis peint à la chaux. Le jardin, vu à travers ces verres magiques, devenait étrangement silencieux et distant. Si l'on regardait à travers le verre bleu, le sable se transformait en cendres, cependant que des arbres noirs comme de l'encre baignaient dans un ciel tropical. Le jaune créait un monde d'ambre macérant dans une infusion concentrée de soleil. Le rouge faisait s'égoutter du feuillage des rubis foncés sur un sentier couleur corail. Le vert renforçait le vert de la verdure. Et quand, après tant de somptuosité, l'on se tournait vers un petit carreau de verre ordinaire, insipide, avec son moustique solitaire ou sa tipule boiteuse, c'était comme boire une gorgée d'eau sans avoir soif, et l'on voyait un prosaïque banc blanc sous des arbres familiers. Mais, de toutes les fenêtres, c'est ce carreau-là à travers lequel, des années plus tard, mon aride nostalgie brûlait de pouvoir plonger le regard.

Mademoiselle ne se rendit jamais compte de la puissance qu'avait eue le flot égal de sa voix. Les prétentions qu'elle émit ultérieurement étaient d'un tout autre ordre. « Ah! soupirait-elle, *comme on s'aimait** –, n'est-ce pas! C'était le bon vieux temps, *au château**! Vous vous rappelez cette poupée de cire morte qu'une fois nous avons enterrée, sous le chêne! *(Non – un nègre grotesque en étoffe bourrée de laine.)* Et la fois où vous vous êtes enfuis, vous et

Serge, et m'avez abandonnée, trébuchant et hurlant, en pleine forêt! *(Exagéré.) Ah! la fessée que je vous ai flanquée*! (Elle essaya bien, une fois, de me donner une claque, mais elle n'essaya pas deux fois!) Votre tante, la Princesse**, que vous avez frappée de votre petit poing parce qu'elle avait été impolie avec moi! *(Me rappelle pas.)* Et la manière dont vous me chuchotiez à l'oreille vos petits tracas d'enfant! *(Ça, jamais!)* Et le bon petit coin douillet dans ma chambre où vous adoriez vous pelotonner parce que vous vous y sentiez bien au chaud et à l'abri. »

La chambre de Mademoiselle, tant à la campagne qu'à la ville, était pour moi un lieu étrange – une sorte de serre chaude abritant une plante grasse imprégnée d'une odeur lourde, énurétique. Bien que contiguë à la nôtre quand nous étions petits, elle ne semblait pas appartenir à notre foyer riant et bien aéré. Dans cette buée écœurante, empestant, entre autres relents, la pelure de pomme brunie oxydée, la lampe éclairait faiblement et de singuliers objets luisaient sur le bureau : une boîte laquée contenant des bâtons de réglisse, dont elle taillait avec son canif de noirs segments qu'elle mettait à fondre sous sa langue; une carte postale illustrée d'un lac et d'un château, avec des paillettes de nacre pour figurer les fenêtres; une boule toute bosselée, obtenue en enroulant serrés, l'un par-dessus l'autre, des papiers d'argent provenant de tous ces chocolats qu'elle consommait le soir; des photographies, du neveu qui était mort, de la mère de ce dernier qui avait écrit sous son portrait *Mater dolorosa,* et d'un certain M. de Marante que sa famille avait forcé à épouser une riche veuve.

Trônant sur tout le reste, il y en avait une dans un

cadre superbe incrusté de grenats; elle présentait, de trois quarts, une jeune fille brune et svelte, habillée d'une robe lui moulant bien la taille, aux yeux vaillants et à l'abondante chevelure. « Une tresse comme mon bras et qui me descendait jusqu'aux chevilles », disait en commentaire Mademoiselle, d'un ton mélodramatique. Car c'était bien elle – mais c'est en vain que je fouillais du regard sa forme familière pour essayer d'en extraire la gracieuse créature qu'elle avait engloutie. Et des découvertes comme celles que nous fîmes, mon frère impressionné et moi, ne firent que rendre cela plus difficile encore; les grandes personnes qui, dans la journée, contemplaient une Mademoiselle fortement lacée et survêtue ne virent jamais ce que nous, les enfants, voyions quand, réveillée par l'un de nous deux hurlant dans son cauchemar, les cheveux défaits, une bougie à la main, des éclairs de galon d'or s'allumant sur sa robe de chambre rouge sang qui ne parvenait pas à envelopper et retenir tout à fait son amas tremblant de chairs, l'effroyable Jézabel de la tragédie absurde de Racine entrait, pieds nus, dans notre chambre.

Toute ma vie, j'ai eu du mal à m'endormir. Les gens qui, dans les trains, posent leur journal à côté d'eux, croisent leurs bras stupides et, avec une familiarité choquante, se mettent aussitôt à ronfler, me sidèrent tout autant que le type sans complexes qui défèque confortablement en présence d'un compagnon bavard occupé à prendre un tub, ou qui prend part à des manifestations monstres ou qui adhère à quelque syndicat avec l'intention de s'y dissoudre. Le sommeil est la confrérie la plus idiote qui soit, avec les droits les plus lourds à acquitter et les rituels les plus grossiers. C'est une torture mentale que je trouve avilissante. La tension et l'épuisement que provoque la création littéraire m'obligent souvent, hélas, à avaler une pilule à effet puissant qui me donne une heure ou deux d'effrayants cauchemars, ou même à accepter le soulagement comique d'un somme en plein midi, de la façon dont un débauché sénile se dirigerait en chancelant vers l'euthanasium le plus proche; mais je ne peux tout simplement pas me faire à la trahison de la raison, de l'humanité et du génie qui a lieu toutes les nuits. J'ai beau être très fatigué, la rupture violente d'avec la conscience me répugne indiciblement. J'exècre Morphée, ce bourreau masqué de noir qui me ligote au billot; et si, à la longue, avec l'approche d'une désintégration bien plus complète et encore plus risible qui, au cours des nuits actuelles, diminue fortement les terreurs routinières du sommeil, je me suis accoutumé à mon supplice nocturne au point de presque crâner au moment où la hache familière sort de son grand étui bordé de velours, dans mes premières années je n'avais pas de soutien ni de moyen de défense de ce genre : je n'avais rien, à part une seule lumière-témoin dans le lustre potentiellement resplendissant de la chambre à coucher de Mademoiselle dont la porte, par décision de notre médecin de famille (je vous salue, Dr Sokolov!), restait légèrement entrouverte. Cette raie verticale de douce lumière, que les larmes d'un enfant pouvaient transformer en d'éblouissants rayons de compassion, c'était quelque chose à quoi me raccrocher, car dans l'obscurité totale la tête me tournait, au moment même où l'âme s'abîmait dans le gouffre noir du sommeil.

La nuit du samedi était toujours, ou aurait dû être, une perspective agréable parce que c'était le soir où Mademoiselle, qui souscrivait à la conception classique de l'hygiène et considérait nos *toquades anglai-*

*ses** comme une source de rhumes pure et simple, s'offrait le luxe périlleux d'un bain hebdomadaire, accordant ainsi un bail à plus long terme à ma mince raie de lumière. Mais alors commençait une torture plus insidieuse. Nous nous trouvons maintenant dans notre maison en ville, à Saint-Pétersbourg (devenu Leningrad), 47 Morskaya (aujourd'hui rue Hertzen), une élégante construction italianisante en granite de Finlande, édifiée par mon grand-père aux alentours de 1885, avec des fresques à motifs floraux au-dessus du troisième (et dernier) étage et un oriel au deuxième étage. Les enfants occupaient le troisième niveau. En 1908, l'année dont il est question ici, je continuais de partager la nursery avec mon frère. La salle de bains dévolue à Mademoiselle était au bout d'un corridor en forme de Z, distante de mon lit d'une vingtaine de battements de cœur, et, entre mon appréhension du moment où Mademoiselle reviendrait dans sa chambre éclairée et l'envie que j'éprouvais en entendant le ronflement flegmatique de mon frère derrière le paravent japonais qui nous séparait, je n'arrivais jamais à mettre vraiment à profit ce supplément de temps en m'endormant prestement pendant qu'une fente lumineuse dans le noir maintenait encore un peu de moi-même hors du néant. Ils se faisaient à la fin entendre, les pas inexorables, avançant pesamment dans le couloir, et faisant tinter d'effroi sur l'étagère quelque petit objet de verre qui avait en secret partagé ma veille.

La voici maintenant entrée dans sa chambre. Un brusque changement d'intensités lumineuses m'apprend que la bougie sur la table de nuit vient de relayer le bouquet d'ampoules du plafond qui, après avoir, par l'effet de deux déclics, monté de deux crans supplémentaires dans l'ordre de la clarté naturelle, puis surnaturelle, s'éteignent toutes à la fois. Ma barre de lumière est toujours là, mais elle est à son déclin, pâlie, et elle tremblote chaque fois que Mademoiselle fait craquer son lit en remuant. Car je continue à l'entendre. J'entends à présent un bruissement de papier d'argent, c'est « Suchard »; puis le *trk-trk-trk* d'un couteau à fruits coupant les pages de *La Revue des Deux Mondes*. Une période de décadence a commencé : elle est en train de lire Bourget. Pas un seul de ses mots ne lui survivra. La fin est proche. Je me débats dans une détresse aiguë, cherchant désespérément à enjôler le sommeil, ouvrant les yeux toutes les quelques secondes pour retenir la lueur affaiblie, et me représentant le paradis comme un lieu où un voisin n'ayant pas sommeil lirait un livre interminable à la lumière d'une bougie éternelle.

L'inévitable arrive : l'étui à pince-nez se referme avec un claquement sec, la revue fait un bruit de frottement en prenant contact avec le marbre de la table de nuit, et les lèvres froncées de Mademoiselle soufflent par rafales; la première tentative échoue, une flamme titubante se tord et baisse la tête; mais à la seconde botte qui lui est portée, la lumière s'effondre. Dans cette nuit noire je perds le nord, il me semble que mon lit s'en va lentement à la dérive, la panique me fait me redresser et regarder fixement; finalement mes yeux, s'habituant à l'obscurité, distinguent, parmi d'entoptiques choses qui flottent, certaines taches pâles plus précieuses, qui voguent dans l'incognito de l'amnésie, jusqu'au moment où, retrouvant à demi la mémoire, elles se fixent en tant que plis blafards des rideaux de la fenêtre, derrière laquelle les lumières de la rue poursuivent une existence lointaine.

Comme ils étaient totalement étrangers à ces tourments de la nuit, les matins exaltants de Saint-Pétersbourg, lorsque le printemps arctique, impétueux et tendre, humide et radieux, débarrassait la Néva lumineuse comme une mer, en emportant par paquets vers l'aval sa glace brisée ! Il faisait luire les toits. Il donnait à la boue dans les rues une riche nuance bleu-violet que je n'ai plus jamais revue nulle part. Par ces journées splendides, *on allait se promener en équipage**, expression désuète qui avait cours dans notre cercle. Je peux aisément retrouver le sentiment de stimulation qu'on éprouvait à troquer l'épais *polouchoubok* matelassé dont le col de castor tenait chaud et qui descendait jusqu'aux genoux contre le manteau court bleu marine à boutons de cuivre en forme d'ancre. Dans le landau découvert, je suis relié par la vallée d'un plaid aux occupants du siège arrière qui présente davantage d'intérêt, la majestueuse Mademoiselle et Serguéi, triomphant et barbouillé de larmes, avec qui je viens de me disputer à la maison. Je lui donne de temps à autre de petits coups de pied, sous notre couverture commune, jusqu'à ce que Mademoiselle m'enjoigne sévèrement d'arrêter. Nous passons lentement devant les vitrines de Fabergé dont les monstruosités minérales, les troïkas ornées de pierreries, tenant en équilibre sur des œufs d'autruche en marbre, et autres objets du même genre hautement appréciés par la famille impériale, représentaient pour la nôtre des exemples de m'as-tu-vuisme criard. Des cloches d'église sonnent, le premier Citron vole au-dessus de l'Arche du Palais, dans un mois, nous retournerons à la campagne et, en regardant en l'air, je vois, enfilées sur des cordes, de façade à façade, haut au-dessus de la rue, de grandes bannières, bien tendues, à demi transparentes, soulevant en vagues leurs trois larges bandes – rouge pâle, bleu pâle, et blanc terne – perdant, par le fait des jeux de lumière et d'ombre du soleil et d'un nuage qui passe, tout rapport trop flagrant avec un jour de fête nationale, mais glorifiant indiscutablement à présent, dans la ville du souvenir, l'âme même de cette journée de printemps, le susurrement de la boue, le début des oreillons, l'oiseau exotique, aux plumes hérissées, à l'œil unique injecté de sang, sur le chapeau de Mademoiselle.

VI

Elle passa sept années avec nous, au cours desquelles les leçons devinrent de plus en plus rares, et son caractère de plus en plus mauvais. Pourtant, elle paraissait avoir la permanence rébarbative d'un roc, comparée au flux et reflux des gouvernantes anglaises et des précepteurs russes qui firent momentanément partie de notre nombreuse maisonnée. Elle fut en mauvais termes avec tous. En été, il était rare qu'il y eût moins de quinze personnes autour de la table des repas et quand, les jours d'anniversaires, le nombre des convives s'élevait à trente ou plus, la question de sa place à table devenait une affaire particulièrement brûlante pour Mademoiselle. Des oncles et des tantes et des cousins arrivaient, ces jours-là, des domaines du voisinage, et le docteur du village venait dans sa charrette anglaise, et l'on entendait le maître d'école du village se moucher dans le vestibule frais, où il passait de miroir en miroir avec, au poing, un verdâtre, humide et craquant bouquet de muguet, ou une gerbe de frêles bleuets couleur de ciel.

Si Mademoiselle se trouvait placée trop loin, au bout de la table, et surtout si elle perdait la préséance sur une certaine parente pauvre qui était presque aussi grosse qu'elle (« *Je suis une sylphide à côté d'elle** », disait Mademoiselle en haussant les épaules de mépris), alors le sentiment d'être lésée lui faisait crisper les lèvres en un sourire qui se voulait ironique – et quand un naïf convive lui rendait son sourire, elle secouait rapidement la tête, comme si elle sortait de quelque profonde méditation, en disant : « *Excusez-moi, je souriais à mes tristes pensées**. »

Et comme si la nature n'eût rien voulu lui épargner de ce qui rend un être hypersensible, elle était dure d'oreille. Parfois, à table, nous les garçons, nous nous apercevions soudain que deux grosses larmes descendaient le long des larges joues de Mademoiselle. « Ne faites pas attention à moi », disait-elle d'une voix fluette, et elle continuait à manger jusqu'à ce que les larmes, qu'elle n'essuyait pas, l'aveuglassent; alors, avec un hoquet à fendre l'âme, elle se levait et sortait de la salle à manger. Peu à peu, la vérité se faisait jour. La conversation générale avait, par exemple, roulé sur le vaisseau de guerre que commandait mon oncle, et elle avait vu là une allusion ironique à sa Suisse qui n'avait pas de marine. Ou bien c'était parce qu'elle s'imaginait que chaque fois qu'on parlait français, l'on faisait exprès, par jeu, de l'empêcher de diriger et d'orner la conversation. Pauvre vieille demoiselle, elle était toujours si pressée et anxieuse de s'emparer, à table, de la direction d'une conversation intelligible, avant qu'elle ne lui échappe en retombant dans le russe, qu'il n'est pas étonnant qu'elle s'y prît maladroitement pour donner la réplique.

« Et votre Parlement, Monsieur, comment cela marche-t-il? » s'écriait-elle tout à coup, d'un ton de bonne humeur, de l'autre bout de la table, interpellant mon père qui, après une journée harassante, n'était pas précisément désireux de parler conflits politiques avec une personne singulièrement en dehors de la réalité, qui n'y entendait rien et ne s'en souciait nullement. Croyant que quelqu'un venait de faire allusion à la musique : « Mais le Silence aussi peut être très beau », lançait-elle, pétillante. « Tenez, un soir, dans une vallée désolée des Alpes, j'ai réellement *entendu* le Silence. » Les saillies de ce genre, surtout lorsque la surdité croissante l'amena à répondre à des questions que personne n'avait posées, provoquaient un silence pénible, au lieu de faire partir les fusées d'une *causerie** enjouée.

Mais, vraiment, son français était si beau! Aurait-on dû faire attention au peu de profondeur de sa culture, à son caractère aigri, à la banalité de son esprit, quand ce langage perlé qui était sien gazouillait et scintillait, aussi dépourvu de sens que les péchés allitératifs des vers pieux de Racine? Ce n'est pas sa science à elle, limitée, mais la bibliothèque de mon père qui m'a appris à goûter la poésie authentique; néanmoins, il y avait dans la limpidité et l'éclat du français de Mademoiselle quelque chose qui eut sur moi un effet singulièrement vivifiant, à l'instar de ces sels pétillants dont on use pour purifier le sang. C'est pourquoi cela me rend si triste de me représenter à présent la douleur que devait éprouver Mademoiselle en voyant qu'existait en pure perte et combien peu était appréciée la voix de rossignol qui sortait de son corps éléphantesque. Elle demeura chez nous longtemps, beaucoup trop longtemps, s'obstinant à espérer un miracle qui la transformerait en une sorte de Mme de Rambouillet tenant *salon**, un *salon** tout satin et dorures, où poètes, princes et hommes d'Etat seraient sous son charme.

Elle aurait continué d'espérer, n'eût été un certain Lenski, jeune précepteur russe, aux doux yeux myopes et aux opinions politiques bien tranchées, que l'on avait engagé pour nous donner des leçons particulières en plusieurs matières et nous tenir compagnie dans la pratique des sports. Il avait eu plusieurs prédécesseurs, dont aucun n'avait plu à Mademoiselle, mais lui, c'était, selon son expression, « *le comble** ». Tout en vénérant mon père, Lenski ne pouvait digérer tout à fait certains aspects de notre train domestique, tels que les valets de pied et l'emploi du français, emploi qu'il considérait comme faisant partie du décorum aristocratique, et comme bien inutile dans le foyer d'un Libéral. D'autre part, Mademoiselle décida que si Lenski ne répondait à ses questions à brûle-pourpoint que par de brefs grognements (qu'il s'efforçait de germaniser, faute d'un meilleur moyen de s'exprimer), ce n'était pas parce qu'il ne comprenait pas le français mais parce qu'il voulait lui faire affront devant tout le monde.

Je réentends et revois Mademoiselle le priant, d'une voix suave mais avec un frémissement de la lèvre supérieure qui ne présageait rien de bon, de lui passer le pain; et, de même, je réentends et revois Lenski continuant tranquillement à manger sa soupe, sans comprendre; finalement, avec un cinglant : « *Pardon, Monsieur** », Mademoiselle fonçait droit au-dessus de l'assiette de Lenski, saisissait la corbeille à pain, et se repliait par le même chemin avec un « Merci ! » si chargé d'ironie que les oreilles duvetées de Lenski viraient au rouge géranium. « La brute ! Le goujat ! Le nihiliste ! » sanglotait-elle plus tard dans sa chambre – qui n'était plus contiguë à la nôtre, mais toujours au même étage.

S'il arrivait à Lenski de descendre lestement l'escalier au moment où, avec un arrêt d'asthmatique toutes les dix marches environ, elle gagnait péniblement son étage (car le petit ascenseur hydraulique de notre maison à Saint-Pétersbourg se refusait constamment et avec pas mal d'insolence à fonctionner), Mademoiselle soutenait mordicus qu'il l'avait, par méchanceté, heurtée, poussée, renversée, et un peu plus nous allions le voir piétiner son corps étendu à terre. De plus en plus fréquemment elle quittait la table, mais, avec diplomatie, on lui faisait aussitôt monter le dessert dont elle eût été privée. De sa chambre éloignée, elle écrivait une lettre de seize pages à ma mère qui, se hâtant de monter, la trouvait en train de faire dramatiquement sa malle. Et puis, un beau jour, on la laissa plier bagage pour de bon.

VII

Elle retourna en Suisse. La Première Guerre mondiale survint, puis la Révolution. Dans les années vingt, longtemps après que notre correspondance eut pris fin, l'imprévu de la vie d'exil me donna l'occasion de visiter Lausanne avec un de mes amis d'Université, et je me dis que je pourrais bien aller voir Mademoiselle, à supposer qu'elle fût toujours en vie.

Elle l'était. Plus grosse que jamais, toute grise et

presque complètement sourde, elle m'accueillit avec une tumultueuse explosion d'affection. Au lieu de la reproduction du château de Chillon, il y avait maintenant celle d'une troïka d'un luxe criard. Elle me parla de sa vie en Russie aussi chaleureusement que si ce pays eût été sa propre patrie perdue. Bien plus, j'appris qu'il y avait dans le voisinage toute une colonie de vieilles gouvernantes suisses de son genre. Se réunissant, s'agglutinant, rivalisant dans la constante agitation de leurs souvenirs, elles formaient un îlot à part dans un milieu qui leur était devenu étranger. L'amie intime de Mademoiselle, à présent, c'était Mlle Golay, pareille à une momie, l'ancienne gouvernante de ma mère, toujours collet monté et pessimiste à quatre-vingt-cinq ans; elle était demeurée dans notre famille longtemps après le mariage de ma mère, et son retour en Suisse n'avait précédé que de deux ans celui de Mademoiselle; au temps où elles vivaient toutes deux sous notre toit, elles ne se parlaient pas. On est toujours chez soi dans son passé, ce qui explique en partie l'amour posthume de ces pathétiques vieilles demoiselles pour un pays à la fois lointain et, pour être tout à fait franc, plutôt effroyable, qu'elles n'avaient jamais réellement appris à connaître et dans lequel aucune d'elles n'avait jamais éprouvé beaucoup de satisfaction.

Comme aucune conversation n'était possible du fait de la surdité de Mademoiselle, mon ami et moi décidâmes de lui apporter le lendemain l'appareil que, à ce que nous comprîmes, elle n'avait pas les moyens de s'offrir. D'abord elle n'ajusta pas comme il fallait cette chose d'un usage incommode, mais elle ne s'en tourna pas moins aussitôt vers moi avec un regard ébloui, mouillé de larmes d'émerveillement et plein de félicité. Elle jura qu'elle entendait chacun de mes mots, le moindre murmure. Ce qui lui était bien impossible, car, ayant des doutes, je n'avais pas parlé. Eussé-je parlé, je lui aurais dit de remercier mon ami, qui avait payé l'appareil. Etait-ce donc, alors, le silence qu'elle avait entendu, ce Silence alpin dont elle nous parlait autrefois? Autrefois, elle s'était menti à elle-même; à présent, c'est à moi qu'elle mentait.

Avant de partir pour Bâle et Berlin, il m'arriva, par une nuit froide et brumeuse, de me promener le long du lac. A un certain endroit, une lumière solitaire dissipait faiblement l'obscurité. Dans son nimbe le brouillard semblait transformé en crachin visible. « *Il pleut toujours en Suisse** » était l'une de ces remarques fortuites qui, autrefois, avaient le don de faire pleurer Mademoiselle. Au-dessous, une large ride, presque une vague, et quelque chose d'indistinct et de blanchâtre attira mon regard. Lorsque je fus tout près de l'eau clapotante, je vis ce que c'était – un vieux cygne, une créature volumineuse et gauche, ressemblant à un dronte, faisant de ridicules efforts pour se hisser dans un canot amarré. Il ne pouvait y arriver. Le battement lourd, impuissant, de ses ailes, le bruit qu'elles faisaient en glissant contre le canot dont le ballottement produisait un clapotis, le gluant chatoiement de la houle sombre là où elle captait la lumière – tout cela parut, durant un instant, chargé de cette signification insolite qui, parfois, dans les rêves, s'attache à un doigt pressé sur des lèvres muettes, et pointé ensuite vers quelque chose que celui qui rêve n'a pas le temps de distinguer avant de s'éveiller en sursaut. Mais, si je ne tardai pas à oublier cette nuit lugubre, ce fut pourtant, chose curieuse, cette nuit-là, cette complexe image – et le frisson et le cygne et la houle – qui me revint tout d'abord à l'esprit quand, deux ans plus tard, j'appris que Mademoiselle venait de mourir.

Elle avait passé sa vie à être malheureuse; ce sentiment de détresse était son élément naturel; seules ses fluctuations, sa profondeur variable lui donnaient l'impression de n'être pas figée et de vivre. Ce qui m'ennuie, c'est qu'un sentiment de détresse, et rien d'autre, ce n'est pas suffisant pour faire une âme qui dure à jamais. Mon énorme et chagrine Mademoiselle est très bien pour cette terre, mais impossible dans l'éternité. L'ai-je réellement récupérée en l'arrachant à la fiction? Avant que ne s'altère et ne s'évanouisse cette mélodie d'un être qui m'habite, je me surprends à me demander si, durant les années où je l'ai connue, quelque chose en elle ne m'a pas sans cesse complètement échappé, qui était bien plus elle que ses mentons ou ses gestes ou même son français – quelque chose peut-être ayant des rapports avec cette dernière vision d'elle que j'eus, avec ce radieux mensonge auquel elle avait eu recours, afin de me faire la quitter content de ma propre gentillesse, ou avec ce cygne dont la souffrance était tellement plus proche de la vérité artistique que le geste d'une danseuse laissant retomber ses bras pâles; bref, quelque chose que je n'étais capable d'apprécier qu'après que les objets et les êtres que j'avais le plus aimés dans la sécurité de mon enfance eurent été réduits en cendres ou tués d'une balle en plein cœur.

Il y a un appendice à l'histoire de Mademoiselle. La première fois que je l'avais relatée, je n'étais pas au courant de certaines stupéfiantes survies. Ainsi, en 1960, mon cousin londonien Peter de Peterson me raconta que leur nounou anglaise, qui m'avait paru âgée en 1904, à Abbazia, avait dépassé les quatre-vingt-dix ans et se portait bien; j'ignorais également que la gouvernante des deux plus jeunes sœurs de mon père, Mlle Bouvier (qui devait devenir Mme Conrad), avait survécu à mon père de près d'un demi-siècle. Elle était entrée à son service en 1889 et y était restée six ans, dernière de toute une série de gouvernantes. Un joli petit dessin-souvenir, exécuté en 1895 par Ivan de Peterson, le père de Peter, présente des esquisses de différents événements de la vie à Batovo au-dessus d'une légende écrite de la main de mon père : *A celle qui a toujours su se faire aimer et qui ne saura jamais se faire oublier**; des signatures ont été apposées par quatre jeunes fils Nabokov et trois de leurs sœurs, Natalia, Elizavéta et Nadèjda, mais aussi par le mari de Natalia, Mitik, leur petit garçon, deux cousines et Ivan Alexandrovitch Tikhotski, le précepteur russe. Soixante-cinq ans plus tard, à Genève, ma sœur Elèna découvrit Mme Conrad qui approchait des cent ans. Sautant une génération, la vieille dame prit naïvement Elèna pour notre mère, une jeune fille de dix-huit ans, à l'époque, qui avait coutume d'aller en voiture avec Mlle Golay de Vyra à Batovo, en ces temps reculés dont la lumière durable trouve tant de biais astucieux pour parvenir jusqu'à moi.

CHAPITRE VI

I

Les matins d'été, dans la légendaire Russie de mon enfance, mon premier regard, en me réveillant, était pour l'interstice entre les volets blancs. S'il laissait voir une pâleur pluvieuse, mieux valait ne pas ouvrir les volets du tout, et s'épargner la vue d'un jour maussade posant pour son portrait dans une flaque d'eau. Avec quel sentiment de rancune l'on déduisait, d'une raie de lumière blafarde, le ciel de plomb, le sable détrempé, le gâchis, semblable à un brouet, de fleurs tombées et brunies sous les lilas – et cette feuille fauve, étendue à plat (premier accident de la saison), collée sur un banc de jardin mouillé !

Mais si l'interstice était un long trait brillant d'un humide éclat de rosée, alors je me hâtais de mettre la fenêtre à même d'offrir son trésor. D'un seul coup, la chambre se fendait en deux parties : lumière et ombre. Le feuillage des bouleaux bougeant dans le soleil avait le ton de vert translucide des grappes de raisin, et, faisant contraste avec lui, il y avait le sombre velours des sapins se détachant sur un bleu d'une intensité extraordinaire, dont je n'ai retrouvé le pareil que bien des années plus tard, dans la zone montagneuse du Colorado.

Depuis l'âge de sept ans, toutes mes sensations en rapport avec un rectangle de lumière de soleil encadré par la fenêtre ont été commandées par une passion unique. Si mon premier regard du matin était pour le soleil, ma première pensée était pour les papillons qu'il engendrerait. Il y avait eu, à l'origine de cela, un incident assez banal. Sur le chèvrefeuille surplombant le dossier sculpté d'un banc, juste en face de l'entrée principale, l'ange qui me guidait (et dont les ailes évoquaient celles du Gabriel de Fra Angelico, moins les franges de style florentin) m'indiqua un visiteur d'une espèce rare, une splendide créature jaune pâle avec des taches noires et des crénelures bleues, et un ocelle vermillon sur chaque queue noire bordée de jaune de chrome. Tout en sondant la fleur inclinée à laquelle il était suspendu, il ne cessait d'agiter, par saccades nerveuses, ses grandes ailes, et mon désir de le posséder devint irrésistible. Oustine l'agile, notre concierge en ville qui, pour une raison comique (expliquée ailleurs), se trouvait cet été-là à la campagne avec nous, parvint je ne sais comment à l'attraper dans ma casquette, après quoi l'on transféra le tout – la casquette et le reste – dans une armoire de garde-robe, et Mademoiselle s'attendit naïvement à ce que l'odeur de la naphtaline l'y tuât pendant la nuit. Mais le lendemain matin, quand ma gouvernante ouvrit la garde-robe pour y prendre quelque chose, mon Machaon, avec un puissant bruissement d'ailes, lui vola au visage, puis se dirigea vers la fenêtre ouverte, et bientôt ne fut plus qu'une petite tache dorée plongeant, faisant des tours et des détours; enfin, s'élevant dans les airs en direction de l'est, il s'en alla, survolant forêts et toundra, vers Vologda, Viatka et Perm, et, par-delà la farouche chaîne de l'Oural, vers Iakoutsk et Verkhne Kolymsk et de Verkhne Kolymsk, où il perdit une queue, vers la belle île Saint-Laurent, et, à travers l'Alaska, vers Dawson, puis vers le sud en longeant les Montagnes Rocheuses – pour être finalement rattrapé et capturé, après une course d'une quarantaine d'années, sur un pissenlit jaune, dans une clairière d'un vert éclatant, au-dessus de Boulder. Dans une lettre adressée à M. Rawlins, en date du 14 juin 1735 et conservée dans la collection Bodleian, M. Brune affirme qu'un certain M. Vernon avait poursuivi un papillon sur près de quatorze kilomètres avant de pouvoir l'attraper (*The Recreative Review or Eccentricities of Literature and Life*, vol. 1, p. 144, Londres, 1821).

Peu après l'aventure de la garde-robe, je trouvai un spectaculaire papillon nocturne, isolé dans le coin d'une fenêtre de vestibule, et ma mère le tua à l'aide d'éther. Par la suite, j'ai employé de nombreux agents meurtriers, mais le moindre contact avec celui qui fut le tout premier fait toujours s'ouvrir toute grande la porte du passé; une fois, étant adulte, je me trouvai sous l'effet de l'éther durant une appendicectomie, et, en couleurs vives comme celles des images de décalcomanie, j'eus la vision de moi-même en costume marin, en train d'étaler un Paon-de-nuit fraîchement éclos sous la direction d'une dame chinoise dont je savais que c'était ma mère. Pas un détail ne manquait à cette reproduction si vivante dans mon rêve, cependant que l'on était en train de mettre à découvert mes propres organes vitaux : le coton hydrophile imbibé d'éther, froid comme la glace, pressé sur la tête lémurienne du papillon; les spasmes allant décroissant de son corps; le craquement satisfaisant produit par l'épingle perforant la dure carapace de son thorax; l'insertion, avec précaution, de la pointe de l'épingle dans la rainure à fond de liège de la planche d'étalage; l'arrangement symétrique des ailes épaisses, fortement nervurées, sous des bandes de papier à demi transparent habilement apposées.

II

Je devais avoir huit ans quand, dans une chambre de débarras de notre maison de campagne, parmi un pêle-mêle d'objets poussiéreux, je découvris quelques livres merveilleux achetés au temps où ma grand-mère maternelle s'intéressait à l'histoire naturelle et faisait donner à sa fille des leçons particulières par un éminent professeur de zoologie de l'Université (Chimkévitch). Certains de ces livres étaient de pures curiosités, comme ces quatre énormes in-folio havane de l'ouvrage d'Albertus Seba *(Locupletissimi Rerum Naturalium Thesauri Accurata Descriptio...)*, imprimés à Amsterdam vers 1750. Sur leurs pages d'un grain grossier, je trouvai des gravures sur bois de serpents, de papillons et d'embryons. Le fœtus d'un enfant éthiopien de sexe féminin pendu par le cou dans un bocal me saisissait désagréablement chaque fois que je tombais dessus; et je ne tenais pas non plus beaucoup à l'hydre empaillée de la planche CII, avec ses sept têtes de tortue à dents de lion sur sept cous de serpent et son corps bizarre, boursouflé, qui portait sur les côtés des tubercules semblables à des boutons et se terminait par une queue à nœuds.

D'autres livres que je découvris dans ce grenier,

parmi des herbiers pleins d'ancolies alpines, de palemoniums bleus, de compagnons de Jupiter, de lys rouge orangé et d'autres fleurs de Davos, se rapprochaient davantage du sujet qui m'intéressait. Je transportai en bas, glorieusement, de lourdes brassées de volumes singulièrement attirants : les charmantes gravures sur bois d'insectes du Surinam de Maria Sibylla Merian (1647-1717), et le splendide *Die Schmetterlinge* d'Esper (Erlangen, 1777), et *Icônes historiques de lépidoptères nouveaux ou peu connus* de Boisduval (Paris, début de publication en 1832). Encore plus passionnants étaient les ouvrages de la deuxième moitié du siècle – *Natural History of British Butterflies and Moths* de Newman, *Die Gross-Schmetterlinge Europas* de Hofmann, *Les Mémoires* du grand-duc Nikolaï Mikhaïlovitch sur les lépidoptères d'Asie (avec des illustrations d'une incomparable beauté peintes par Kavrigin, Rybakov, Lang), le prodigieux ouvrage de Scudder : *Butterflies of New England.*

Le souvenir de l'été 1905, quoique assez précis à bien des égards, n'est toutefois pas animé par la moindre palpitation, par le moindre duvet de couleur le long des promenades en compagnie du maître d'école du village : le Machaon de juin 1906 était encore à l'état larvaire, sur une ombellifère du bord de la route; mais au cours de ce même mois, je me familiarisai avec des tas de choses prosaïques, et Mademoiselle désignait déjà une certaine route forestière qui menait à une prairie marécageuse pleine de petites Fritillaires bordées de Perles (ainsi qu'on les appelait dans mon inoubliable et impérissable premier petit manuel magique, *The Butterflies of the British Isles,* de Richard South, qui venait alors de paraître) par l'expression *le chemin des papillons bruns**.

L'année suivante, je compris que beaucoup de nos papillons diurnes et de nos papillons nocturnes n'existaient pas en Angleterre ou en Europe centrale, et des atlas plus complets m'aidèrent à les localiser. Au début de 1907, une grave maladie (une pneumonie accompagnée d'une température qui monta jusqu'à 41° centigrade) anéantit mystérieusement le monstrueux don arithmétique qui avait fait de moi un enfant prodige durant quelques mois (aujourd'hui, je suis incapable de multiplier 13 par 17 sans un crayon et un papier; je peux néanmoins les additionner en un clin d'œil, les dents du 3 venant se placer avec élégance); mais les papillons survécurent. Ma mère constitua une bibliothèque et un musée autour de mon lit, et le désir de décrire une espèce nouvelle remplaça entièrement celui de découvrir un nouveau nombre premier. Un voyage à Biarritz, en août 1907, apporta de nouveaux émerveillements (quoique pas aussi conscients et nombreux qu'ils allaient l'être en 1909). Déjà en 1908, j'avais une connaissance parfaite de tous les lépidoptères d'Europe répertoriés par Hofmann. Vers 1910, j'avais rêvassé sur les premiers volumes du prodigieux ouvrage illustré de Seitz, *Die Gross-Schmetterlinge der Erde*, j'avais acheté un certain nombre de papillons rares qui venaient d'être décrits et je lisais avec voracité les revues d'entomologie, en particulier anglaises et russes. De grands bouleversements étaient en train de se produire dans l'évolution de la systématique. Depuis le milieu du siècle, la lépidoptérologie continentale était, dans l'ensemble, une discipline simple et stable que les Allemands faisaient progresser doucement. Son grand-prêtre, le docteur Staudinger, était aussi à la tête de la plus grosse société commerciale de fournisseurs d'insectes. Même à présent, un demi-siècle après sa mort, les lépidoptéristes allemands ne sont pas encore tout à fait parvenus à secouer l'effet paralysant de son influence. Il vivait encore lorsque son école commença à perdre du terrain en tant qu'autorité scientifique dans le monde. Tandis que lui et ses disciples restaient fidèles aux noms d'espèces et de genres consacrés par un long usage et se contentaient de classer les papillons selon les caractéristiques visibles à l'œil nu, des auteurs de langue anglaise introduisaient des changements dans la nomenclature en vertu de l'application rigoureuse de la loi de priorité, et des changements taxonomiques fondés sur l'étude au microscope des organes. Les Allemands firent de leur mieux pour ignorer ces nouvelles tendances et continuèrent à chérir le côté rappelant la philatélie de l'entomologie. Leur sollicitude pour « le collectionneur moyen à qui il ne faut pas demander de disséquer » peut se comparer à la façon dont d'inquiets éditeurs dorlotent « le lecteur moyen » – à qui il ne faut pas demander de réfléchir.

Il y eut un autre changement plus général, qui coïncida avec mon ardent intérêt d'adolescent pour les papillons diurnes et nocturnes. L'espèce conçue, à la manière victorienne et staudingérienne, comme hermétique et homogène, et comprenant diverses « variétés » (alpine, polaire, insulaire, etc.) qui lui étaient, pour ainsi dire, apposées de l'extérieur, tels de fortuits appendices, fut remplacée par une espèce d'un caractère nouveau conçue comme multiforme, *composée* organiquement de races géographiques ou sous-espèces. Autrement dit, les aspects évolutionnels de la question furent mis en évidence plus nettement, au moyen de méthodes de classification plus souples, et des liens nouveaux entre les papillons et les problèmes centraux de la nature furent établis grâce à des recherches biologiques.

Les mystères du mimétisme me sollicitaient tout particulièrement. Ses phénomènes présentaient une perfection artistique habituellement associée aux ouvrages humains. C'était, par exemple, l'imitation d'un suintement de poison par des macules ressemblant à des bouillonnements sur une aile (et parachevée par une pseudo-réfraction) ou par des protubérances jaunes et luisantes sur une chrysalide (« Ne me mangez pas – on m'a déjà fait gicler, on m'a goûtée et rejetée »). Voyez un peu les tours d'adresse d'une chenille acrobate (celle de l'Ecureuil) qui commence par ressembler à une fiente d'oiseau mais, après sa mue, s'orne d'appendices hyménoptéroïdes fouineurs et de caractéristiques baroques permettant à cet être extraordinaire de jouer deux rôles à la fois (comme l'acteur qui, dans les spectacles orientaux, *devient* un couple de lutteurs entrelacés) : celui d'une larve qui se tortille et celui d'une grosse fourmi donnant l'impression de la torturer. Quand certain papillon nocturne ressemblait à certaine guêpe par la forme et la couleur, il déambulait et remuait ses antennes également à la manière d'une guêpe, et non à la manière d'un papillon nocturne. Quand un papillon avait à ressembler à une feuille, non seulement tous les détails de la feuille étaient magnifiquement rendus, mais des taches, simulant des trous forés par les vers, venaient généreusement s'y ajouter. « La sélection naturelle », au sens darwinien, ne pouvait expliquer la miraculeuse coïncidence d'un aspect imitatif et d'un comportement imitatif, et l'on ne pouvait non plus avoir recours à la théorie de la « lutte pour la vie » quand un stratagème de protection était porté à un point de raffinement, de richesse et de luxe mimétiques dépassant de beaucoup le pouvoir d'appréciation d'une bête de proie. Je découvris dans la nature les plaisirs non utilitaires que je cherchais dans l'art. L'une et l'autre étaient une forme de magie, l'une et l'autre étaient un jeu où s'enchevêtraient enchantement et supercherie.

III

J'ai chassé les papillons sous différents climats et dans différentes tenues : comme petit garçon mignon tout plein en culotte de golf et bonnet de marin; comme expatrié cosmopolite et dégingandé, en pantalon de flanelle et béret; comme un vieil homme accusant son âge et ayant pris du poids, en short et sans chapeau. La plupart de mes tiroirs vitrés ont partagé le sort de notre maison de Vyra. Ceux qui se trouvaient dans notre maison en ville et le petit addendum que j'ai laissé au musée de Yalta ont à coup sûr été détruits par des mites et autres insectes nuisibles. Une collection de spécimens de l'Europe du Sud que j'avais commencée en exil a disparu à Paris durant la Seconde Guerre mondiale. Toutes mes captures américaines entre 1940 et 1960 (plusieurs milliers de spécimens, parmi lesquels des formes rares, se trouvent au Museum of Compared Zoology, à l'Am. Nat. Hist. Mus. et au Museum of Entomology de l'Université Cornell où ils sont plus en sécurité qu'ils ne le seraient à Tomsk ou Atomsk. Des souvenirs incroyablement heureux, assez comparables, en fait, à ceux de mon enfance russe, sont associés à mon travail de recherche au MCZ, Cambridge, Massachusetts (1941-1948). Les multiples expéditions de chasse entreprises pratiquement chaque été, durant vingt ans, à travers la plupart des Etats de mon pays d'adoption, n'ont pas été moins heureux.

A Jackson Hole et dans le Grand Canyon, sur les versants montagneux surplombant Telluride, Colorado, et sur une fameuse lande plantée de pins près d'Albany, New York, vivent et continueront de vivre, plus nombreux que les livres où il est question d'eux, les papillons que j'ai décrits comme de nouvelles espèces. D'autres chercheurs se sont occupés de plusieurs papillons que j'ai découverts; on a donné mon nom à certains. L'un d'entre eux, l'*Eupithecia nabokovi* McDunnough, que j'ai attrapé une nuit de 1943 sur une fenêtre panoramique du James Laughlin's Alta Lodge, dans l'Utah, épouse le mieux, d'un point de vue philosophique, la spirale dont le tracé a commencé dans un bois, sur l'Orédèje, aux environs de 1910, ou peut-être avant, sur cette autre rivière, la Nouvelle Zemble, il y a un siècle et demi.

J'ai connu, vraiment, peu de choses qui, sous le rapport de l'émotion ou de l'appétit, de l'ambition ou de l'accomplissement, puissent surpasser en richesse et en force la fièvre de la recherche entomologique. Dès le début, elle présenta un grand nombre de facettes dont les scintillements s'entrecroisaient. L'une d'elles était le désir aigu d'être seul, sans compagnon aucun, si tranquille fût-il, qui vînt s'immiscer dans ma façon de jouir avec concentration de ma passion. Son assouvissement ne souffrait aucun compromis ni aucune exception. Déjà à l'époque où j'avais dix ans, précepteurs et gouvernantes savaient que la matinée m'appartenait et ils avaient soin de se tenir éloignés de moi.

A ce propos, je me souviens de la visite d'un

camarade d'école, un jeune garçon que j'aimais beaucoup et avec qui je m'amusais bien. Il arriva un soir d'été – en 1913, je crois – d'une ville à une quarantaine de kilomètres de là. Son père était mort peu de temps auparavant dans un accident, sa famille était ruinée et le vaillant garçon, n'ayant pas les moyens de payer le prix d'un billet de chemin de fer, avait parcouru à bicyclette tous ces kilomètres pour venir passer juste quelques jours avec moi.

Le lendemain de son arrivée, je mis tout en œuvre pour sortir de la maison et m'en aller vagabonder comme tous les matins sans qu'il sût où j'étais parti. Sans prendre de petit déjeuner, avec une hâte hystérique, je m'emparai de mon filet, de mes boîtes, de mon Jean-Bart en paille, et m'échappai par la fenêtre. Une fois dans la forêt, j'étais sauvé; mais là j'ai continué à marcher, les mollets tremblants, les yeux pleins de larmes brûlantes, tout mon être convulsé de honte et de dégoût de moi-même, en me représentant mon pauvre ami, avec son long visage pâle et son nœud noir, en train de se morfondre dans la chaleur du jardin – flattant de la main les chiens haletants, faute d'autre chose de mieux à faire, et s'efforçant de justifier à ses propres yeux mon absence.

Considérons objectivement mon démon. A l'exception de mes parents, personne n'a jamais vraiment compris mon obsession, et ce n'est que bien des années plus tard que j'ai rencontré un compagnon d'infortune. L'une des premières choses que j'ai apprises, c'est qu'il ne fallait pas compter sur les autres pour l'accroissement de ma collection.

Un après-midi d'été, en 1911, Mademoiselle entra dans ma chambre, un livre à la main, commença à me dire qu'elle voulait me montrer combien Rousseau avait fait preuve d'esprit en dénonçant la zoologie (au profit de la botanique), et, à ce moment-là, elle était allée trop loin dans le processus gravitationnel consistant à déposer sa masse dans un fauteuil pour que mon cri d'angoisse pût l'arrêter dans son mouvement : il se trouvait que j'avais laissé sur ce siège un tiroir vitré contenant toute une série de merveilleuses Grandes Piérides. Sa première réaction fut celle de la vanité blessée : il n'était pas question, bien sûr, d'accuser son poids d'avoir endommagé ce qu'en fait il avait détruit; la seconde fut de me consoler : *Allons donc, ce ne sont que des papillons de potager* !* – ce qui ne fit qu'envenimer les choses. Une paire provenant de Sicile et récemment achetée chez Staudinger avait été aplatie et abîmée. Un énorme spécimen, venant de Biarritz, avait été complètement mutilé. Ecrasées également, quelques-unes de mes plus belles captures locales. Parmi elles, une aberration, qui ressemblait à la race des Canaries de cette espèce, aurait pu être remise en état avec quelques gouttes de colle; mais un précieux gynandromorphe, mâle du côté gauche, femelle du côté droit, dont l'abdomen et les ailes s'étaient détachées, était perdu à jamais : on pouvait éventuellement fixer à nouveau les ailes, mais il eût été impossible de prouver que toutes les quatre appartenaient à ce thorax sans tête, sur son épingle incurvée. Le lendemain matin, avec une mine fort mystérieuse, la pauvre Mademoiselle partit pour Saint-Pétersbourg et rentra le soir, me rapportant (« quelque chose de mieux que vos papillons de potager ») une banale Uranie montée sur un socle de plâtre. « Ce que tu as pu me serrer contre toi, ce que tu as pu danser de joie ! » devait-elle s'exclamer dix ans plus tard, alors qu'elle s'inventait un passé flambant neuf.

Notre médecin de campagne, chez qui j'avais laissé

les chrysalides d'un papillon nocturne rare lorsque je partis pour un voyage à l'étranger, m'écrivit que l'éclosion s'était admirablement passée, mais en réalité une souris s'était attaquée aux précieuses chrysalides, et à mon retour ce vieillard fourbe me présenta quelques Vanesses communes qu'il avait, je suppose, en toute hâte attrapées dans son jardin et fourrées dans le nichoir comme remplaçantes plausibles (du moins à ce que *lui* croyait !). Il y eut pis : un jeune aide-cuisinier enthousiaste m'empruntait parfois mon équipement et revenait deux heures plus tard en triomphe avec un sac plein de vie invertébrée grouillante et de plusieurs autres choses par-dessus le marché. Desserrant l'ouverture du filet qu'il avait liée avec une ficelle, il déversait le butin de sa corne d'abondance – un magma de sauterelles, un peu de sable, les deux moitiés d'un champignon qu'il avait, en garçon économe, cueilli sur le chemin du retour, encore d'autres sauterelles, encore du sable, et une seule et unique Petite Piéride toute meurtrie.

Dans les œuvres de poètes russes de première grandeur, je ne trouve que deux images de lépidoptères ayant une réelle qualité sensuelle : la parfaite évocation, par Bounine, de ce qui est à coup sûr une Vanesse :

Il entrera d'un coup d'aile dans la chambre
Un papillon coloré tout de soie
Pour voleter, froufrouter et palpiter
Contre le plafond bleu...

et le « Papillon » de Fet soliloquant :

D'où je viens et où je me hâte d'aller
Ne me le demandez pas

Sur une fleur gracieuse, je me suis maintenant posé
Et maintenant je respire

En lisant les poètes français, on est frappé par ces vers bien connus de Musset (dans *Le Saule*) :

Le phalène doré dans sa course légère
Traverse les prés embaumés

description absolument exacte du vol crépusculaire du mâle du géométride appelé en Angleterre Phalène Orange; et il y a cette phrase de Fargue d'une fascinante justesse (dans *Les Quatre Journées*) à propos d'un jardin qui, à la tombée de la nuit, *se glace de bleu comme l'aile du grand Sylvain**. Parmi les quelques rares vraies évocations de lépidoptères dans la poésie anglaise, ma préférence va à celle de Browning :

De l'autre côté, il y a le rocher bien droit
Et on entretient un sentier entre lui et la gorge
Contre des roches où des lichens imitent
Les taches d'un papillon, et des petites fougères posent
Leurs dents sur le bloc poli
(« *Au coin du feu* »)

Il est stupéfiant de constater à quel point les gens ordinaires remarquent peu les papillons. « Aucun », m'avait répondu placidement ce robuste randonneur suisse dont le sac à dos contenait un livre de Camus, quand je lui avais demandé à dessein, pour la gouverne de mon incrédule compagne, s'il avait vu des papillons en descendant le chemin où, quelques instants plus tôt, nous avions pris plaisir, toi et moi, à en voir des essaims entiers. Il est également vrai que, lorsque j'évoque l'image d'un certain sentier gardé en mémoire dans ses moindres détails mais en rapport avec un été antérieur à celui de 1906, précédant, pour tout dire, la date qui figure sur la première de mes étiquettes de repérage des lieux, et où je n'ai plus jamais mis les pieds, je ne parviens pas à distinguer une seule aile, un seul battement d'ailes, un seul éclair azuré, une seule fleur ornée de la pierre précieuse d'un papillon nocturne, comme si un mauvais sort avait été jeté sur la côte Adriatique, rendant invisibles tous ses « leps » (comme disent ceux d'entre nous qui aiment jargonner). C'est exactement l'impression que pourrait un jour ressentir un entomologiste qui cheminerait aux côtés d'un botaniste radieux et déjà tête nue, au milieu de la flore hideuse d'une planète parallèle, sans un seul insecte en vue; et, de même (preuve bizarre de ce fait bizarre qu'à chaque fois que la chose est possible, le paysage de notre petite enfance est utilisé par un metteur en scène économe comme un décor tout prêt pour nos rêves d'adultes), le sommet de la colline, au bord de la mer, d'un de mes cauchemars à répétition, où je fais passer clandestinement un filet repliable depuis mon état de veille, est égayé de thym et de mélilot, mais, de façon incompréhensible, dépourvu de tous les papillons qui auraient dû s'y trouver.

Je m'aperçus aussi très vite qu'un entomologiste s'adonnant à sa paisible recherche avait le don de provoquer chez d'autres êtres de curieuses réactions. Que de fois, quand on avait organisé un pique-nique et que je m'efforçais gauchement de caser, sans qu'on s'en aperçût, mon modeste attirail dans le char à bancs sentant le goudron (on employait une préparation au goudron pour éloigner les mouches des chevaux) ou dans l'Opel décapotable sentant le thé (l'essence, il y a quarante ans, avait cette odeur-là), telle ou telle cousine ou tante à moi m'a fait cette observation : « Ne peux-tu *vraiment* pas te passer d'emporter ce filet avec toi ? Ne peux-tu donc pas t'amuser comme tous les autres garçons ? Ne vois-tu pas que tu gâches le plaisir de tout le monde ? » Près d'un écriteau portant NACH BODENLAUBE, à Bad Kissingen, en Bavière, juste au moment où j'allais me joindre, pour une longue promenade, à mon père et au majestueux vieux Mouromtsev (qui, quatre ans auparavant, en 1906, avait été président du premier Parlement russe), ce dernier tourna sa tête de marbre vers moi, vulnérable garçonnet de onze ans, et me dit, de son fameux ton solennel : « Mais oui, venez avec nous, mais ne poursuivez pas les papillons, mon enfant. Cela trouble la cadence de la marche. » Sur un sentier surplombant la mer Noire, en Crimée, parmi des arbustes à la floraison cireuse, en mars 1918, une sentinelle bolchevique aux jambes torses voulut m'arrêter parce que je faisais des signaux (avec mon filet, disait-il) à un navire de guerre anglais. Pendant l'été de 1929, chaque fois que je traversais, en me promenant, un village, dans les Pyrénées-Orientales, et qu'il m'arrivait de me retourner pour regarder en arrière, je voyais les villageois dans mon village se figer dans les attitudes variées où mon passage les avait surpris, comme si j'étais Sodome et qu'ils fussent la femme de Loth. Une dizaine d'années plus tard, dans les Alpes-Maritimes, je m'aperçus, une fois, que l'herbe ondulait de façon serpentine derrière moi parce qu'un gros garde champêtre me suivait en se tortillant sur le ventre pour savoir si je n'étais pas en train de prendre au piège des oiseaux chanteurs. L'Amérique, plus encore que tous les autres pays, a manifesté cet intérêt morbide à l'égard de mes agissements – peut-être parce que j'avais passé la quarantaine quand je suis venu vivre ici, et que, plus l'homme est âgé, plus il a l'air drôle, un filet à papillons à la main. Des fermiers sévères ont attiré mon attention sur des écriteaux portant : NO FISHING *(Pêche interdite);* d'autocars me dépassant sur la route ont jailli de frénétiques huées moqueuses; des chiens somnolents, qui ne prêtaient pas attention au pire vagabond, ont dressé les oreilles et sont venus à moi, en grondant; des marmots m'ont montré du doigt à leurs mamans perplexes; des personnes en vacances à l'esprit large m'ont demandé si j'attrapais des insectes pour en faire des appâts; et un matin, dans une lande tout illuminée de hauts yuccas en fleur, près de Santa Fe, une grosse jument noire m'a suivi sur plus d'un kilomètre.

IV

Quand, ayant semé tous mes poursuivants, je prenais la route raboteuse et rouge qui menait de notre maison de Vyra vers les champs et la forêt, l'animation et l'éclat du jour me faisaient l'effet d'un frémissement de sympathie autour de moi. Fraîchement éclos, très foncés, de Grands Nègres Hongrois qui faisaient leur apparition seulement tous les deux ans (le regard rétrospectif est tombé ici fort à propos) voletaient parmi les sapins ou découvraient leurs taches rouges et le pourtour à damier de leurs ailes en prenant le soleil sur les fougères du bord de la route. Faisant des bonds au-dessus de l'herbe, un minuscule Tristan appelé Moelibée esquiva mon filet. Plusieurs papillons nocturnes étaient également en train de voler, amoureux voyants du soleil qui naviguent de fleur en fleur, ou mâles insomniaques à la recherche de femelles cachées, telle cette Tordeuse du Chêne couleur rouille, fendant l'air à travers les broussailles. Je remarquai (un des mystères majeurs de mon enfance) une douce aile vert pâle prise dans une toile d'araignée (à l'époque je savais ce que c'était : un fragment d'un Géomètre Papillonnaire). L'énorme larve du Gâte-Bois, segmentée avec ostentation, la tête plate, couleur chair et lustrée de pourpre, une étrange créature « nue comme un ver » pour faire usage d'une comparaison française, traversa mon chemin dans sa quête frénétique d'un endroit où elle pourrait devenir chrysalide (horrible urgence de la métamorphose, avec son cortège de déshonorantes convulsions dans un lieu public). Sur l'écorce d'un bouleau, celui, vigoureux, près de la petite porte du parc, j'avais trouvé le printemps précédent une version aberrante et sombre de la Carmélite de Sievers (rien qu'un papillon nocturne de plus pour le lecteur). Dans le fossé, sous le petit pont, une Hespérie frayait avec une Demoiselle (rien qu'une libellule de plus pour moi). Partant de la tête d'une fleur, deux Bronzés mâles s'élevaient à une hauteur formidable, se battant entre eux pendant toute la durée de leur montée – et puis, au bout d'un moment, on en voyait un faire une descente éclair pour retourner à son chardon. C'étaient là des insectes familiers, mais à tout instant quelque chose de mieux pouvait me faire m'arrêter, la respiration coupée. Je me souviens d'un jour où, avec précaution, j'approchai mon filet de plus en plus près d'un petit Thécla rare, qui s'était posé délicatement sur une brindille. Je pouvais nettement voir le blanc *W* sur le dessous de ses ailes couleur chocolat. Elles étaient fermées et les inférieures se frottaient l'une contre l'autre dans un curieux mouvement circulaire – produisant peut-être une menue crépitation de gaieté à un diapason trop haut pour pouvoir être captée par une oreille humaine. J'avais depuis longtemps envie d'avoir un papillon de cette espèce-là, précisément, et, quand je fus assez près, je donnai mon coup de filet. Vous avez entendu des champions de tennis gémir après avoir raté un coup facile. Vous avez peut-être vu la tête du grand maître mondialement connu Wilhelm Edmundson quand, au cours d'une démonstration simultanée, dans un café de Minsk, à cause d'une erreur absurde, il se fit prendre sa tour par le pédiatre du lieu, le Dr Schach, un joueur amateur qui fut en fin de compte vainqueur. Mais ce jour-là personne (si ce n'est mon moi plus âgé) ne m'a vu lorsque je fis sortir une brindille en secouant mon filet, vide à part ça, et que je contemplai un trou dans la tarlatane.

V

Près de l'intersection de deux routes pour attelages (l'une, bien entretenue, allant du nord au sud entre notre « vieux » et notre « nouveau » parc et l'autre, boueuse et semée d'ornières, conduisant, si vous tourniez vers l'ouest, à Batovo), à un endroit où les trembles se pressaient des deux côtés d'une déclivité, j'étais certain de trouver, la troisième semaine de juin, de grandes nymphalides bleu-noir à rayures très blanches, planant et tournoyant à faible hauteur au-dessus de l'argile grasse assortie à la teinte de leur abdomen quand elles se posaient et refermaient leurs ailes. Il s'agissait de mâles, friands de fumier, de ce que les entomologistes avaient jadis coutume de désigner sous le nom de Grand Sylvain, ou, plus exactement, ils appartenaient à sa sous-espèce de Bucovine. Agé de neuf ans, et ne connaissant pas cette race, je remarquai à quel point nos spécimens du nord de la Russie avaient une forme différente de ceux d'Europe centrale représentés dans Hofmann et, impulsivement, j'écrivis à Kouznetsov, l'un des plus éminents lépidoptéristes russes, et même internationaux, de tous les temps, donnant à ma sous-espèce le nom de « *Limenitis populi rossica* ». Un bon mois plus tard, il me renvoya ma description et mon aquarelle de « *rossica* Nabokov » avec seulement deux mots griffonnés au dos de ma lettre : « *bucovinensis* Hormuzaki ». Comme je détestai Hormuzaki ! Et comme je fus blessé lorsque, dans un des articles publiés ultérieurement par Kouznetsov, je trouvai une allusion bougonne aux « écoliers qui n'arrêtent pas de donner des noms à d'informes variétés du Grand Sylvain » ! Nullement démonté, toutefois, par le fiasco du *populi*, je « découvris » l'année suivante un « nouveau » papillon nocturne. Cet été-là, j'en avais assidûment amassé, par les nuits sans lune, dans une clairière du parc, en étendant un drap de lit sur l'herbe et ses vers luisants contrariés, et en projetant dessus la lumière d'une lampe à acétylène (qui, six ans plus tard, allait éclairer Tamara). Les papillons nocturnes affluaient vers cette arène radieuse, venant des ténèbres denses qui m'entouraient, et c'est de cette façon, sur ce drap magique, que j'attrapai un beau *Plusia* (aujourd'hui appelé *Phytometra*) qui, ainsi que je m'en aperçus aussitôt, différait de son allié le plus proche par ses ailes antérieures mauve et bordeaux (au lieu de brun doré) et sa tache bractéaire plus étroite, et n'était représenté sous cet aspect dans aucun de mes livres. J'adressai sa description ainsi qu'un dessin à Richard South afin qu'il les publie dans *The Entomologist.* Il ne connaissait pas non plus ce papillon mais, avec la plus extrême gentillesse, il entreprit une vérification dans la collection du British Museum et s'aperçut qu'il avait été décrit depuis longtemps par Kretschmar sous le nom de *Plusia excelsa.* Je reçus la triste nouvelle, qui était formulée avec beaucoup de bienveillance (« ... devrait être félicité pour avoir obtenu... très rare sur les bords de la Volga... admirable illustration... »), avec le plus parfait stoïcisme ; mais, bien des années plus tard, par un joli retournement de situation (je sais que je ne devrais pas signaler aux gens ces détails privilégiés), je fus quitte avec le premier découvreur de *mon* papillon nocturne en donnant son propre nom à un aveugle dans un roman.

Qu'on me permette d'évoquer aussi les Sphinx, ces avions à réaction de mon enfance ! Les couleurs mettaient longtemps à s'éteindre, les soirs de juin. Les lilas en pleine floraison devant lesquels je me tenais, filet en main, étalaient dans le crépuscule des touffes d'un gris flou – le fantôme du violet. Une jeune lune noyée était suspendue au-dessus de la brume qui s'élevait d'une prairie voisine. Dans combien de jardins ne me suis-je pas, par la suite, ainsi tenu – à Athènes, Antibes, Atlanta – mais jamais je n'ai attendu avec un désir aussi ardent que devant ces lilas qui s'assombrissaient. Et soudain il était là, ce vrombrissement bas passant de fleur en fleur, ce halo de vibrations autour du corps fuselé d'un Sphinx olive et rose, suspendu dans l'air au-dessus d'une corolle dans laquelle il plongeait sa longue trompe. On trouvait sa belle larve noire (qui ressemblait à un minuscule cobra quand elle gonflait ses anneaux antérieurs ocellés) sur l'humide épilobe à épi, deux mois plus tard. Ainsi chaque heure, chaque saison avait-elle ses plaisirs. Et, enfin, par les nuits d'automne froides, ou même glaciales, on pouvait attraper des papillons nocturnes en enduisant les troncs d'arbre d'un mélange de mélasse, de bière et de rhum. Fendant l'obscurité et les rafales de vent, ma lanterne éclairait les crevasses gluantes et luisantes de l'écorce et, sur elle, deux ou trois grands papillons nocturnes suçant la substance sucrée, leurs ailes inquiètes à demi ouvertes à la façon des papillons diurnes, les inférieures montrant leur incomparable soie cramoisie sous les supérieures d'un gris lichen. « *Catocala adultera!* » criai-je à tue-tête, triomphalement, dans la direction des fenêtres éclairées, tandis que je regagnais en trébuchant la maison pour montrer mes captures à mon père.

VI

Le parc « anglais » qui séparait notre maison des prairies était quelque chose de vaste et de compliqué, avec des allées labyrinthiques, des bancs tourguenéviens et des chênes importés parmi les sapins et les bouleaux endémiques. La lutte qu'on n'avait cessé de livrer depuis l'époque de mon grand-père pour empêcher le parc de retourner à l'état sauvage n'aboutissait jamais à un succès complet. Aucun jardinier ne pouvait venir à bout de ces monticules de terre noire crêpelée que les mains roses des taupes élevaient perpétuellement sur le sable net de l'allée principale. Des mauvaises herbes et des champignons vénéneux, et des racines d'arbres émergeant en crêtes barraient et rebarraient les sentiers tachetés de soleil. Les ours avaient été éliminés dans les années quatre-vingt, mais un élan venait de temps en temps visiter le domaine. Sur un pittoresque gros bloc de pierre roulé, un petit sorbier et un tremble encore plus petit avaient grimpé, en se donnant la main, comme deux enfants gauches et timides. D'autres violateurs de propriété privée plus insaisissables – des pique-niqueurs égarés ou des villageois éméchés – faisaient damner Ivan, notre garde forestier chenu, en griffonnant des inscriptions grivoises sur les bancs et les grilles d'entrée. Le processus de désagrégation se poursuit, en un autre sens, car lorsque, aujourd'hui, j'essaie de suivre, dans mon souvenir, les tortilles d'un point donné à un autre, je remarque avec alarme qu'il y a bien des vides, dus à l'oubli ou à l'ignorance, tels ces blancs des terres inconnues que les cartographes de jadis appelaient des « Belles au bois dormant ».

Au-delà du parc, il y avait les champs, un continuel chatoiement d'ailes de papillons au-dessus d'un chatoiement de fleurs – marguerites, campanules, scabieuses, et bien d'autres – qui, à présent, défilent rapidement devant moi dans une sorte de brume colorée, comme ces charmantes et luxuriantes prairies qu'on ne pourra jamais explorer, que l'on voit au déjeuner, du wagon-restaurant, au cours d'un voyage transcontinental. A l'extrémité de cet herbu pays des merveilles, la forêt se dressait comme un mur. J'y rôdais, examinant les troncs d'arbres (cette partie d'un arbre, qui est silencieuse, enchantée) à la recherche de certains tout petits papillons nocturnes appelés

Eupithécies en Angleterre – de délicates petites créatures qui s'agrippent durant la journée à des surfaces tachetées, avec lesquelles leurs ailes étendues à plat et leur abdomen relevé se confondent. Là, au fond de cette mer de verdure percée par les flèches du soleil, je tournais lentement autour des grands fûts. Rien au monde ne m'eût été plus doux que d'être en mesure, par un coup de chance, d'ajouter quelque nouvelle espèce remarquable à la longue liste d'Eupithécies déjà décrites par d'autres. Et mon imagination, sous prétexte de flagorner, et presque grotesquement, mon désir (mais, en réalité, tout le temps d'intelligence avec des fantômes dans la coulisse et en train de combiner les événements les plus lointains de ma destinée) ne cessait de me présenter des échantillons hallucinatoires de petits caractères d'imprimerie : « ... le seul exemplaire jusqu'ici connu... », « ... le seul exemplaire connu d'*Eupithecia petropolitanata* a été capturé par un écolier russe... », « ... par un jeune collectionneur russe... », « ... par moi-même dans le Gouvernement de Saint-Pétersbourg, district de Tsarskoïe Selo, en 1910... 1911... 1912... 1913 »... Et puis, trente ans plus tard, cette nuit bénie dans les Monts Wasatch.

Au début – quand j'avais, disons, huit ou neuf ans –, je vagabondais rarement plus loin que les champs et les bois situés entre Vyra et Batovo. Plus tard, quand j'avais en vue un endroit en particulier, distant d'une dizaine de kilomètres ou plus, je m'y rendais à bicyclette, mon filet fixé sur le guidon; mais les sentiers forestiers praticables pour les vélos n'étaient pas nombreux; bien entendu, il était possible de les parcourir à cheval mais, à cause de la férocité de nos taons russes, on ne pouvait laisser dans un bois un cheval avec son licou, même pendant un court moment : un jour, en essayant de leur échapper, mon cheval bai fougueux grimpa presque à l'arbre auquel il était attaché. Ce sont de gros insectes aux yeux moirés et aux corps tigrés ou de petits avortons gris beaucoup plus apathiques, bien que leurs trompes soient encore plus douloureuses : éliminer deux ou trois de ces minables picoleurs d'une tape de ma main gantée me procurait un merveilleux sentiment empathique de soulagement (qui pourrait bien ne pas être du goût d'un diptériste). Toujours est-il que, dans mes chasses aux papillons, j'ai constamment préféré la marche à toute autre forme de locomotion (à l'exception, bien sûr, d'un fauteuil volant qui glisserait sans hâte au-dessus des tapis de plantes et de rochers d'une montagne inexplorée ou flotterait juste au-dessus du toit fleuri d'une forêt de pluie) : car lorsqu'on marche, en particulier dans une région qu'on a étudiée à fond, on trouve un plaisir exquis à s'écarter de son itinéraire pour aller voir, ici et là, près du bord de la route, telle clairière, tel vallon, telle ou telle combinaison du sol et de la flore – et rendre visite, pour ainsi dire, à un papillon familier dans son habitat particulier, afin de voir s'il a éclos et, si oui, comment il se porte.

Puis vint un jour de juillet – aux environs de 1910, je crois – où je me sentis incité à pousser plus loin encore et à explorer le vaste terrain marécageux au-delà de l'Orédèje. Après avoir longé la rivière sur trois ou quatre kilomètres, je trouvai une passerelle branlante. En traversant, je vis les isbas d'un hameau à ma gauche, des pommiers, des rangées de tronçons de pins fauves sur une berge verte, et les taches de couleurs vives que mettaient sur le gazon les vêtements éparpillés de jeunes paysannes qui, complètement nues dans l'eau profonde, s'ébattaient et riaient aux éclats, faisant aussi peu attention à moi que si j'avais été le porteur désincarné de mes actuels souvenirs.

De l'autre côté de la rivière, une foule compacte de petits Azurins mâles, qui venaient de biberonner sur la boue grasse et piétinée et la bouse de vache à travers quoi il me fallut passer, s'élevèrent tous à la fois dans l'air pailleté et se posèrent à nouveau aussitôt après mon passage.

Après m'être frayé un chemin à travers quelques pineraies et une aulnaie, j'arrivai au marécage. Mon oreille n'eut pas plus tôt capté le bourdonnement des diptères autour de moi, le cri guttural d'une bécassine au-dessus de ma tête, le bruit que faisait le marais sous mon pied, que je sus que j'allais trouver ici des papillons arctiques tout à fait spéciaux, dont les images, ou, mieux encore, les descriptions non illustrées avaient fait pour moi l'objet d'un véritable culte durant plusieurs saisons. Et l'instant d'après, je me trouvai parmi eux. Au-dessus des touffes de myrtilles, aux fruits d'un bleu violacé mat de rêve, au-dessus de l'œil brun de l'eau stagnante, au-dessus de la mousse, au-dessus de la bourbe, au-dessus des racèmes enivrants de la solitaire et mystérieuse orchidée des marais (la *notchnaïa fialka* des poètes russes), une petite Bolorie sombre, portant le nom d'une déesse nordique, passa en vol bas et glissant. La jolie Anarta Cordigera, un papillon nocturne semblable à une gemme, bruissait autour de la plante uligineuse dont il se nourrissait. Je poursuivis des Coliades à franges roses, des Satyres marbrés de gris. Inattentif aux moustiques qui me couvraient les avant-bras, je me penchai avec un grognement de plaisir pour étouffer la vie d'un lépidoptère saupoudré d'argent qui palpitait dans les plis de mon filet. A travers les exhalaisons du marais, je perçus le parfum pénétrant des ailes de papillons sur mes doigts, un parfum qui varie avec les espèces – de vanille, ou de citron, ou de musc, ou une odeur douceâtre de moisi difficile à définir. Toujours insatiable, je pressai le pas. Finalement, je vis que j'étais arrivé au bout du marais. L'éminence de terrain par-delà était un paradis de lupins, d'ancolies, et de penstémons. Des lis de Gunnison fleurissaient sous des pins scopulaires. Au loin, les ombres de nuages passant rapidement pommelaient le vert mat des pentes au-dessus de la ligne des arbres de haute futaie, et le gris et blanc de Longs Peak.

J'avoue ne pas croire au temps. J'aime à plier mon tapis magique, après usage, de manière à superposer les différentes parties d'un même dessin. Tant pis si les visiteurs trébuchent ! Et le moment où je jouis le plus de la négation du temps – dans un paysage choisi au hasard – c'est quand je me trouve au milieu de papillons rares et des plantes dont ils se nourrissent. Je suis en extase, et derrière cette extase, il y a quelque chose d'autre, qui est difficile à expliquer. C'est comme un vide momentané dans lequel s'engouffre tout ce que j'aime. Le sentiment de ne faire qu'un avec le soleil et la pierre. Un frémissement de gratitude envers qui de droit – envers le contrapontiste génial de la destinée humaine ou envers de tendres fantômes qui se prêtent à tous les caprices d'un mortel heureux.

CHAPITRE VII

I

Dans les premières années de ce siècle, une agence de voyages de l'avenue Nevski exposa un modèle d'environ quatre-vingt-dix centimètres de long d'un wagon-lit international couleur chêne. Pour ce qui était de la ressemblance minutieuse avec le vrai, il battait de loin mes chemins de fer mécaniques en fer-blanc peint. Malheureusement il n'était pas à vendre. On pouvait apercevoir à l'intérieur le capitonnage bleu, le revêtement en cuir repoussé des parois des compartiments, leurs panneaux luisants, des miroirs encastrés, des liseuses en forme de tulipes, et d'autres détails affolants. De vastes fenêtres alternaient avec d'autres plus étroites, seules ou géminées, et certaines de celles-ci étaient en verre dépoli. Dans quelques-uns des compartiments, les lits étaient faits.

Le magnifique et ensorcelant Nord-Express d'alors (il ne fut plus jamais le même après la Première Guerre mondiale quand son élégante couleur brune céda la place à un bleu nouveau riche), composé uniquement de wagons de ce genre et ne partant que deux fois par semaine, reliait Saint-Pétersbourg à Paris. J'eusse dit : directement à Paris, si les voyageurs n'avaient été obligés de changer de train, d'en prendre un, semblable en apparence, à la frontière germano-russe (Virballen-Eydtkuhnen) où la large et paresseuse voie ferrée russe d'un mètre cinquante-quatre d'écartement était remplacée par la voie normale d'Europe d'un mètre quarante-quatre, et à partir d'où le charbon succédait aux bûches de bouleau.

Au fin fond de ma mémoire, j'arrive à démêler, je crois, au moins cinq de ces trajets Saint-Pétersbourg-Paris, avec la Riviera ou Biarritz pour destination finale du voyage. En 1909, l'année dont il va être maintenant spécialement question, nous étions onze passagers, plus un teckel. Portant des gants et une casquette de voyage, mon père était assis, en train de lire un livre, dans le compartiment qu'il partageait avec notre précepteur. Mon frère et moi étions séparés d'eux par un cabinet de toilette. Ma mère et sa femme de chambre Natacha occupaient un compartiment contigu aux nôtres. Il y avait ensuite mes deux petites sœurs, leur gouvernante anglaise, Miss Lavington, et une nurse russe. Celui de nous qui restait en surnombre, le valet de chambre de mon père, Ossip (que, dix ans plus tard, les pédants Bolcheviks devaient fusiller, parce qu'il s'était adjugé nos bicyclettes au lieu de les transférer à la nation), avait un inconnu pour compagnon.

D'un point de vue historique et artistique, l'année avait commencé avec une caricature politique dans *Punch :* la déesse Angleterre penchée sur la déesse Italie sur la tête de qui l'une des briques de Messine avait atterri – sans doute la pire illustration qu'un quelconque tremblement de terre eût jamais inspiré. En avril de cette année-là, Peary avait atteint le pôle Nord. En mai, Chaliapine avait chanté à Paris. En juin, tracassé par le bruit qui courait de l'existence de nouveaux zeppelins plus perfectionnés, le ministère de la Guerre des Etats-Unis avait fait part à des reporters du projet de créer une flotte aérienne. En juillet, Blériot avait volé de Calais à Douvres (en faisant un petit crochet supplémentaire au moment où il n'arrivait plus à s'orienter). On était alors fin août. Les sapins et les marais de la Russie du Nord-Ouest défilaient à toute vitesse, et le lendemain firent place aux landes à pins et aux bruyères de l'Allemagne.

Sur une table pliante, nous jouions, ma mère et moi, à un jeu de cartes appelé *douratchki.* Bien qu'il fît encore grand jour, on voyait nos cartes, un verre et, sur un plan différent, les serrures d'une mallette, reflétés dans la vitre. A travers forêts et champs, et dans de brusques ravins, et parmi les chaumières fuyant à la débandade, ces joueurs sans corps n'arrêtaient pas de jouer pour des enjeux qui n'arrêtaient pas de scintiller. La partie était longue, très longue : par cette grise matinée d'hiver, dans la glace de ma chambre d'hôtel lumineuse, je vois luire les mêmes, exactement les mêmes serrures de cette mallette aujourd'hui vieille de soixante-dix ans, un *nécessaire de voyage** en peau de porc, assez haut, assez lourd, avec les initiales « H.N. » entrelacées avec soin dans une bonne épaisseur d'argent et surmontées d'une couronne de même matière, qui avait été acheté en 1897, pour le voyage de noces de ma mère à Florence. En 1917, il transporta de Saint-Pétersbourg en Crimée, puis à Londres une poignée de bijoux. Aux alentours de 1930, il fut dépouillé, au profit d'un prêteur sur gages, de ses précieux réceptacles de cristal et d'argent, les compartiments de cuir astucieusement ménagés à l'intérieur du couvercle ayant été laissés vides. Mais cette perte a été largement compensée durant les trente années où, par la suite, il voyagea avec moi – de Prague à Paris, de Saint-Nazaire à New York, et à travers les miroirs de plus de deux cents chambres de motel et de maisons meublées, dans quarante-six Etats. Que le survivant le plus résistant de notre héritage russe eût été un sac de voyage est à la fois logique et emblématique.

« *Ne boudet-li, ty ved oustal?* (N'en as-tu pas assez? N'es-tu pas fatigué?) » me demandait ma mère, et puis elle se perdait dans ses pensées tout en battant lentement les cartes. La porte du compartiment était ouverte et je pouvais voir la fenêtre du couloir, où les fils électriques – six minces fils noirs – faisaient tout leur possible pour obliquer vers le haut, monter vers le ciel, en dépit des coups foudroyants que leur portaient les poteaux télégraphiques l'un après l'autre; mais, juste quand tous les six, dans l'ivresse pathétique d'une triomphante attaque brusquée, étaient sur le point d'atteindre le haut de la fenêtre, un coup particulièrement rageur les faisait descendre, aussi bas qu'ils avaient jamais été, et tout, pour eux, était à recommencer.

Quand, au cours de voyages de ce genre, le train ralentissait son allure jusqu'à aller l'amble, dignement, et que peu s'en fallait qu'il ne frôlât au passage les façades des maisons et les enseignes des magasins en traversant quelque grande ville d'Allemagne, j'étais saisi d'un vif et double émoi que les gares terminus ne me procuraient pas. Je voyais une ville, avec ses trams ressemblant à des jouets, ses tilleuls et ses murs de brique, pénétrer dans le compartiment, se refléter dans les miroirs, et remplir jusqu'au bord les fenêtres du côté couloir. Ma surexcitation était causée en partie par ces rapports sans cérémonie entre train et ville, et en partie par le fait de me mettre à la place de tel ou tel passant qui, à ce que j'imaginais, était ému, comme je l'eusse été moi-même, en voyant les longs et romantiques wagons auburn, avec leurs soufflets de communication aussi noirs que des ailes de chauve-souris et l'éclat du cuivre de leurs inscriptions dans le soleil couchant, franchir sans hâte un pont métallique enjambant une rue prosaïque, et puis tourner, toutes leurs fenêtres soudain embrasées, autour d'un dernier pâté de maisons.

Ces amalgamations optiques avaient des inconvénients. Le wagon-restaurant aux larges fenêtres, une perspective de décentes bouteilles d'eau minérale, des serviettes de table pliées en forme de mitres, et des barres de chocolat factices (dont les emballages – Cailler, Kohler, et autres – ne renfermaient que du bois), tout cela donnait d'abord l'impression d'un havre frais par-delà une suite de couloirs bleus, mais tandis que le repas progressait vers son fatal dernier service, et que, de plus en plus horriblement, un équilibriste avec un plateau rempli s'appuyait contre notre table pour laisser passer un autre équilibriste avec un plateau rempli, je ne cessais de surprendre le wagon en train d'être rapidement enfoncé, garçons titubants et tout, dans la gaine du paysage, cependant que le paysage lui-même exécutait une série compliquée de mouvements, la lune diurne s'entêtant à marcher de pair avec nos assiettes, les lointaines prairies s'ouvrant à la façon d'un éventail, les arbres proches s'élançant vers la voie sur d'invisibles escarpolettes, des rails parallèles se suicidant tout à coup par anastomose, un talus d'herbe nictitante s'élevant, s'élevant, s'élevant, jusqu'à ce que l'on fît dégorger au petit témoin de vitesses diverses sa portion d'*omelette à la confiture de fraises**.

C'était la nuit, toutefois, que la *Compagnie Internationale des Wagons-lits et des Grands Express Européens** faisait honneur à la magie de son nom. De ma couchette sous celle de mon frère (était-il endormi ? était-il vraiment là ?), dans la demi-obscurité de notre compartiment, j'observais des choses, et des détails de ces choses, et des ombres, et des parties d'ombres se déplaçant avec circonspection çà et là et n'allant nulle part. La boiserie grinçait et craquetait. Près de la porte qui menait au w.-c., un vague vêtement accroché à une patère et, plus haut, le gland de la veilleuse bleue bivale se balançaient en cadence. Il était difficile de mettre en corrélation ces approches hésitantes, furtives et encapuchonnées, avec la ruée impétueuse de la nuit du dehors, mais je la savais en train de passer en se ruant, sillonnée d'étincelles, illisible.

Je parvenais à m'endormir tout simplement en m'identifiant avec le mécanicien. Une sensation de somnolent bien-être se répandait dans mes veines dès que j'avais tout bien arrangé – les voyageurs exempts de soucis à leur place, jouissant de la promenade que je leur faisais faire, fumant, échangeant des sourires d'un air entendu, dodelinant de la tête, sommeillant ; les garçons et les cuisiniers et les chefs de train (qu'il me fallait caser quelque part) festoyant dans le wagon-restaurant ; et moi-même, les yeux derrière de grands verres protecteurs et le visage noirci de fumée, regardant, penché en dehors de la cabine de conduite de la locomotive, la voie qui allait en s'effilant et, au loin, le point vert ou rubis. Et ensuite, dans mon sommeil, je voyais quelque chose de tout différent :

une bille en verre roulant sous un piano à queue ou une locomotive-jouet couchée sur le côté, ses roues tournant encore avec courage.

Un changement dans la vitesse du train interrompait parfois le cours de mon sommeil. De lentes lumières avançaient majestueusement ; chacune, au passage, sondait le même interstice, puis un compas lumineux mesurait les ombres. L'instant d'après, le train s'arrêtait en poussant un long soupir westinghousien. Quelque chose (les lunettes de mon frère, comme on le constatait le lendemain) tombait d'en haut. Je me plaisais à gagner le pied de ma couchette, en entraînant une partie des draps et couvertures, afin de déboutonner avec précaution le store de la fenêtre, qu'on ne pouvait faire remonter que jusqu'à mi-hauteur, gêné qu'il était dans son mouvement par la couchette supérieure.

Comme des lunes autour de Jupiter, de blafards papillons nocturnes tournaient autour d'une lampe solitaire. Un journal écartelé remuait sur un banc. De quelque part dans le train venait le bruit de voix étouffées, la toux tranquille de quelqu'un. Il n'y avait rien de particulièrement intéressant dans la partie de quai de gare que j'avais devant moi, et cependant je ne pouvais m'en arracher avant qu'elle ne s'éloignât de son propre chef.

Le lendemain matin, des champs mouillés, avec des saules difformes le long d'un fossé, ou un rideau de peupliers au loin, traversé par une bande horizontale de brouillard laiteux, m'apprenaient que le train filait à travers la Belgique. Il arrivait à Paris à quatre heures de l'après-midi, et même si l'on n'y passait qu'une nuit, j'avais toujours le temps de faire quelque emplette – par exemple, une petite tour Eiffel en cuivre, revêtue assez grossièrement de peinture couleur argent – avant de monter, à midi le lendemain, dans le Sud-Express qui, au cours de son trajet en direction de Madrid, nous déposait vers dix heures du soir à la gare La Négresse de Biarritz, à quelques kilomètres de la frontière espagnole.

II

Biarritz, à cette époque, avait encore gardé sa quiddité. Des ronces poussiéreuses et des *terrains à vendre** couverts de mauvaises herbes bordaient la route qui menait à notre villa. On n'avait pas encore fini de construire le Carlton. Quelque trente-six années devaient s'écouler avant que le général de brigade Samuel McCroskey occupe l'appartement royal de l'Hôtel du Palais, qui se dresse sur l'emplacement d'un ancien palais où, vers les années soixante, l'on raconte que Daniel Home, ce médium incroyablement agile, fut surpris en train de caresser de son pied nu (pour imiter une main de fantôme) l'aimable visage plein de confiance de l'impératrice Eugénie. Sur l'esplanade près du Casino, une bouquetière d'un certain âge, aux sourcils noircis au charbon et au sourire fardé, glissait prestement le tore charnu d'un œillet dans la boutonnière d'un promeneur arrêté au passage, et dont la joue gauche accentuait son pli royal tandis qu'inclinant la tête, il regardait du coin de l'œil introduire la fleur.

Les Tordeuses du Chêne aux riches nuances, furetant parmi les broussailles, ne ressemblaient pas du tout aux nôtres (qui d'ailleurs ne se reproduisent pas sur les chênes), et ici les Tircis ne hantaient pas les bois mais les haies et présentaient des mouchetures fauves et non pas jaune pâle. Le Citron de Provence, un Citron jaune citron et orange à l'allure tropicale, qui se prélassait langoureusement ici et là dans les jardins, avait fait sensation en 1907, et c'était toujours un plaisir de l'attraper.

Sur l'arrière de la *plage**, toutes sortes de chaises et pliants du bord de mer supportaient les parents de ces enfants, coiffés de chapeaux de paille, qui s'amusaient devant eux dans le sable. Moi, on put me voir agenouillé, en train d'essayer d'enflammer, au moyen d'une loupe, un peigne trouvé. Les hommes arboraient des pantalons blancs qui, à nos yeux d'aujourd'hui, feraient l'effet de s'être comiquement rétrécis au lavage; les dames portaient, cette saison-là, de légères jaquettes à revers de soie, des chapeaux à grosses calottes et larges bords, des voilettes blanches épaisses et brodées, des corsages au devant garni de ruches, des ruches à leurs poignets, des ruches sur leurs ombrelles. La brise vous salait les lèvres. A une allure vertigineuse, un Souci égaré traversa comme un bolide la *plage** qui palpitait.

A tout cela s'ajoutaient l'animation et le bruit dus à des marchands qui criaient des *cacahuètes**, des violettes enrobées de sucre, de la glace à la pistache d'un vert divin, des pastilles de cachou, et de grands morceaux convexes d'oublies sableuses qui sortaient d'un baril rouge. Avec une netteté que les souvenirs ultérieurs venus se superposer n'ont pas altérée, je revois ce vendeur avançant pesamment, en enfonçant à chaque pas dans le sable farineux, avec ce lourd baril sur son dos courbé. Quand on l'appelait, il enlevait ce baril en bandoulière sur son épaule en exerçant une torsion sur la courroie, le posait brutalement sur le sable dans la position d'une tour de

Pise, s'essuyait le visage de sa manche, et se mettait à manipuler, sur le couvercle du baril, une espèce de cadran à flèche portant des numéros. La flèche tournait en grinçant et ronflant. La chance était censée déterminer la grosseur d'un sou d'oublies. Plus le morceau était gros, plus j'étais navré pour le marchand.

L'opération de la baignade avait lieu en un autre endroit de la plage. Il y avait des baigneurs professionnels, des Basques solidement bâtis, en costumes de bain noirs, pour aider les dames et les enfants à jouir des terreurs des brisants. Le *baigneur** vous plaçait le dos à la vague qui arrivait et vous tenait par la main au moment où la masse montante et basculante d'eau verte, écumeuse, vous dégringolait dessus par-derrière avec violence, vous faisait perdre pied d'un coup puissant dans les jambes. Après une douzaine de ces culbutes, le *baigneur**, luisant comme un phoque, conduisait la personne confiée à ses soins, haletante, frissonnante, enchifrenée, à terre, sur la plage plate où une inoubliable vieille femme avec des poils gris au menton choisissait promptement un peignoir de bain parmi ceux qui pendaient à une corde à linge. Une fois en sécurité dans une petite cabine, on était aidé encore par un autre préposé à se dépouiller de son costume de bain saturé d'eau, lourd de sable. Il tombait sur les planches en faisant flac, et, toujours frissonnant, on en sortait les pieds, et on piétinait sur ses rayures bleuâtres, délavées. La cabine sentait le pin. Le préposé, un bossu au visage ridé et radieux, apportait une cuvette d'eau bien chaude, dans laquelle on plongeait les pieds. C'est de lui que j'ai appris, et j'ai toujours conservé cela depuis sous verre dans ma mémoire, que « papillon » se dit en basque « *misericoletea* » – c'est du moins ce que j'entendis (parmi les sept mots que j'ai trouvés dans des dictionnaires, celui qui en approche le plus c'est *micheletea*).

III

Sur la partie la plus brune et la plus humide de la plage, la partie qui, à marée basse, offrait le meilleur limon pour construire des châteaux, je me trouvai, un jour, en train de creuser, côte à côte avec une petite fille française nommée Colette.

Elle allait avoir dix ans en novembre, je venais d'en avoir dix en avril. Elle me montra un morceau ébréché d'écaille violette de moule sur lequel elle avait marché avec la plante nue de son pied étroit aux longs orteils. Non, je n'étais pas anglais. Ses yeux verdâtres semblaient mouchetés par le débordement des taches de rousseur qui couvraient son visage aux traits menus. Elle portait ce qu'on appellerait aujourd'hui une tenue de plage : un jersey bleu aux manches retroussées et un short bleu en tricot. Je l'avais d'abord prise pour un garçon, puis j'avais été déconcerté par le bracelet à son poignet délicat et par les boucles brunes qui brimbalaient sous son Jean-Bart en paille.

Elle parlait comme un oiseau par explosions de gazouillements rapides, en mélangeant un anglais de gouvernante et un français de Parisienne. Deux ans auparavant, sur cette même plage, j'avais éprouvé beaucoup d'attachement pour Zina, la petite fille charmante, au teint basané et au caractère difficile, d'un médecin serbe. Elle avait, je m'en souviens (et c'est absurde, car elle et moi n'avions que huit ans à l'époque), un *grain de beauté** sur sa peau couleur d'abricot juste au-dessous du cœur, et il y avait une affreuse série de pots de chambre, pleins et à moitié pleins, dont l'un avec des bulles en surface, sur le plancher du hall d'entrée de la pension où logeait sa famille et où je me rendis de bonne heure un matin pour me faire donner par elle, pendant qu'on l'habillait, un Sphinx du Caille-lait mort trouvé par le chat. Mais quand je fis la connaissance de Colette, je sus aussitôt que, cette fois, c'était pour de bon. Colette me paraissait tellement plus étrange que tous mes autres compagnons de jeux fortuits à Biarritz ! Je ne sais comment j'acquis la conviction qu'elle était moins heureuse que moi, moins aimée. Un bleu sur son avant-bras délicat et duveté fit naître d'affreuses conjectures. « Il fait aussi mal en pinçant que ma maman », dit-elle, parlant d'un crabe. J'élaborai divers projets pour la protéger contre ses parents, qui étaient « *des bourgeois de Paris** », d'après ce que quelqu'un dit à ma mère avec un léger haussement d'épaules. J'interprétai ce dédain à ma manière, quand j'appris que ces gens avaient fait tout le trajet depuis Paris dans leur limousine bleue et jaune (entreprise hasardeuse et chic à cette époque), mais avaient envoyé Colette avec sa chienne et sa gouvernante tout banalement, par un train quelconque. Cette chienne, un fox-terrier, avait des grelots à son collier et frétillait de l'arrière-train. Par pure exubérance, elle lapait l'eau salée dans le petit seau de Colette. Je me rappelle la voile, le coucher de soleil et le phare peints sur ce seau, mais je n'arrive pas à retrouver le nom de la chienne, et cela me contrarie.

Durant les deux mois de notre séjour à Biarritz, ma passion pour Colette surpassa presque ma passion pour le Citron de Provence. Du fait que mes parents ne tenaient pas à faire la connaissance des siens, je ne la voyais que sur la plage; mais je pensais à elle constamment. Si je remarquais qu'elle avait pleuré, je sentais monter en moi une vague d'angoisse impuissante qui me faisait venir, à moi aussi, les larmes aux yeux. Je ne pouvais anéantir les moustiques qui avaient laissé la trace de leurs piqûres sur son cou frêle, mais je pouvais, et je le fis, me battre victorieusement à coups de poing avec un petit rouquin qui s'était montré grossier envers elle. Elle me donnait de pleines poignées tièdes de caramels. Un jour, comme nous étions tous deux ensemble penchés sur une étoile de mer, et que les boucles de Colette me chatouillaient l'oreille, elle se tourna brusquement vers moi et m'embrassa sur la joue. Si grande fut mon émotion que tout ce que je pus trouver à dire, ce fut : « *You little monkey* » (Petit singe)!

J'avais une pièce d'or et je m'imaginais qu'elle suffirait à couvrir les frais de notre fuite. Où voulais-je l'emmener? En Espagne? En Amérique? Dans les montagnes au-dessus de Pau? « *Là-bas, là-bas, dans la montagne*...* », comme je l'avais entendu chanter par Carmen à l'Opéra. Une nuit, entre autres, je demeurai éveillé à écouter le bruit sourd et revenant à intervalles réguliers de l'Océan, et à combiner le plan de notre fuite. L'Océan semblait monter et tâtonner dans l'obscurité et puis retomber lourdement à plat.

Au sujet de notre évasion réelle, je n'ai pas grand-chose à raconter. Ma mémoire garde la vision de Colette mettant avec obéissance ses espadrilles à semelles de corde contre une tente claquant au vent, du côté abrité, pendant que je fourrais un filet à papillons repliable dans un sac en papier d'emballage. La vision suivante est celle de la mise à exécution de notre évasion en pénétrant, près du Casino (toute cette région, naturellement, nous était interdite), dans un *cinéma** où il faisait noir comme dans un four. Nous nous assîmes là, nous tenant la main par-dessus la chienne qui, de temps à autre, faisait doucement tinter ses grelots sur les genoux de Colette, et nous vîmes une course de taureaux à Saint-Sébastien, saccadée, clignotante, mais passionnante comme tout. La dernière vision que je garde, c'est de moi-même, conduit le long de l'esplanade par Lindérovski. Ses longues jambes se meuvent avec une sorte de vivacité de mauvais augure et je vois jouer sous la peau tendue les muscles de sa mâchoire sévèrement contractée. Mon frère, portant des lunettes et âgé de neuf ans, qu'il se trouve tenir de l'autre main, trotte sans cesse en avant pour nous dépasser, et alors me dévisager avec une curiosité terrifiée, tel un petit hibou.

Parmi les babioles achetées comme souvenirs à Biarritz avant de partir, ce que je préférais, ce n'était pas le petit taureau en pierre noire, ni non plus la conque marine sonore, mais quelque chose qui, à présent, me paraît presque symbolique – un porte-plume en écume de mer présentant un tout petit œilleton de cristal dans sa partie ornementale. On tenait cet œilleton tout près d'un œil, en fermant l'autre, et quand on n'était plus gêné par les reflets de ses propres cils, on pouvait voir à l'intérieur une miraculeuse vue photographique de la baie et de la ligne de falaises aboutissant à un phare.

Et il m'arrive à présent quelque chose qui me ravit. Le fait d'avoir recréé ce porte-plume et le microcosme dans son œilleton encourage ma mémoire à un dernier effort. J'essaie à nouveau de me rappeler le nom de la chienne de Colette – et, mais oui, le long de ces plages lointaines, sur les soyeux sables vespéraux du passé, où chaque empreinte de pas s'emplit lentement d'eau couleur coucher de soleil, le voici qui vient, oui, le voici, éveillant des échos et vibrant : Floss, Floss, Floss!

Colette était de retour à Paris à l'époque où nous nous y arrêtâmes un jour avant de continuer notre voyage pour rentrer chez nous; et c'est là, dans un parc fauve sous un froid ciel bleu, que je la vis (entrevue arrangée entre eux par nos mentors, je crois) pour la dernière fois. Elle tenait un cerceau et un bâton court pour le faire rouler, et tout en elle était comme-il-faut et coquet, du genre *tenue-de-ville-pour-fillette** automnale et parisienne. Elle prit à sa gouvernante et glissa dans la main de mon frère un cadeau d'adieu, une boîte de dragées qui m'était, je le savais, uniquement destinée; et aussitôt ensuite, la voilà partie, tapant des petits coups sur son cerceau qui brillait par moments, traversant tantôt l'ombre et tantôt la lumière, faisant et refaisant le tour d'une fontaine bouchée de feuilles mortes, près de laquelle je me tenais. Ces feuilles se confondent dans mon souvenir avec le cuir de ses souliers et de ses gants, et il y avait, je m'en souviens, un détail dans son costume (peut-être un ruban sur son béret, ou le dessin de ses bas) qui me rappela la spirale arc-en-ciel sur une bille de verre. J'ai l'impression de tenir encore ce ruban irisé sans savoir où le placer au juste, tandis qu'avec son cerceau elle court toujours plus vite autour de moi et se perd finalement parmi les ombres sveltes projetées sur le gravier de l'allée par les arceaux entrelacés de sa bordure.

CHAPITRE VIII

I

Je vais vous montrer quelques projections, mais d'abord permettez-moi d'indiquer lieux et dates. Mon frère et moi sommes nés à Saint-Pétersbourg, la capitale de la Russie impériale, lui à la mi-mars 1900, et moi onze mois plus tôt. Les gouvernantes anglaises et françaises que nous eûmes dans notre enfance furent par la suite secondées, et finalement supplantées, par des précepteurs parlant russe, pour la plupart licenciés de l'Université de la capitale. Cette ère préceptorale commença vers 1906 et dura presque une décennie entière, chevauchant, à partir de 1911, sur nos années d'école secondaire. Tous ces précepteurs, tour à tour, habitèrent avec nous – dans notre maison de Saint-Pétersbourg durant l'hiver, et le reste du temps soit dans notre domaine à la campagne, à soixante-quinze kilomètres de la ville, soit dans les lieux de villégiature à l'étranger où nous allions souvent en automne. Trois ans était le maximum de temps qu'il me fallait (j'étais meilleur en cela que mon frère) pour user la patience de n'importe lequel de ces jeunes hommes endurcis.

Dans le choix de nos précepteurs, il semble que mon père ait eu la bonne inspiration d'engager à chaque fois un représentant d'une classe sociale ou d'une race différente, de manière à nous exposer à tous les vents qui soufflaient sur l'Empire russe. Je doute qu'il y ait vraiment eu là de sa part un plan mûrement réfléchi, mais, en regardant en arrière, je découvre un schéma absurdement clair, et les images de ces précepteurs apparaissent sur le disque lumineux de ma mémoire comme autant de projections de lanterne magique.

L'admirable et inoubliable maître d'école de village qui, durant l'été de 1905, nous apprit à épeler le russe, ne venait que durant quelques heures par jour et n'appartient donc pas réellement à la série dont je parle. Il concourt, toutefois, à servir de trait d'union entre le début et la fin de cette série, puisque le dernier souvenir que j'ai de lui remonte aux vacances de Pâques de 1915, que mon frère et moi passâmes avec mon père et avec un nommé Volguine – le dernier de nos précepteurs, et le pire – à faire du ski dans la campagne recouverte de neige aux alentours de notre domaine, sous un ciel d'un bleu intense, presque violet. Notre vieil ami nous invita, dans son logement à l'intérieur du bâtiment de l'école dont les gouttières s'ornaient de stalactites de glace, à prendre ce qu'il appela une légère collation; ce fut, en réalité, un véritable festin, compliqué, élaboré avec amour. Je revois encore son visage rayonnant et le plaisir admirablement simulé avec lequel mon père accueillit un plat (du lièvre rôti arrosé de crème surie) que justement il se trouvait détester, je le savais. La pièce était surchauffée. Mes chaussures de ski, dont la neige était en train de fondre, n'étaient pas aussi imperméables qu'elles étaient censées l'être. Les yeux me cuisant encore d'avoir été éblouis par la neige, je ne cessais d'essayer de déchiffrer, sur le mur proche, un portrait dit « typographique » de Tolstoï. Comme la queue de la souris sur une certaine page d'*Alice au pays des merveilles*, il était entièrement composé de caractères d'imprimerie. On avait employé une nouvelle entière de Tolstoï (*Maître et Serviteur*) pour faire le visage barbu de son auteur, qui, soit dit en passant, avait quelque ressemblance avec celui de notre hôte. Nous étions précisément sur le point d'attaquer ce malheureux lièvre, quand brusquement la porte s'ouvrit et Khristofor, un valet de pied au nez bleui, la tête sous un fichu en laine de femme, fit entrer de biais dans la pièce, avec un sourire bête, un énorme panier à provisions bourré de mets et de vins que ma grand-mère, sans tact (elle passait l'hiver à Batovo), avait jugé nécessaire de nous envoyer pour le cas où la chère du maître d'école se révélerait insuffisante. Avant que notre hôte ait eu le temps de se sentir blessé, mon père renvoya le panier tel quel, avec un court billet qui probablement déconcerta la vieille dame bien intentionnée, comme le faisaient la plupart des faits et gestes de mon père. En robe de soie flottante et mitaines de filet, pièce d'époque plutôt qu'être vivant, elle passait la majeure partie de sa vie sur un divan, à s'éventer avec un éventail d'ivoire. Une boîte de *boules de gomme** ou un verre de lait d'amande étaient toujours à sa portée, de même qu'une glace à main, car elle avait coutume de se repoudrer le visage, avec une grande houppette rose, à peu près toutes les heures, le petit grain de beauté sur sa pommette affleurant, au milieu de toute cette farine, comme une groseille. En dépit de ses attitudes languissantes au cours de la journée, elle restait une femme d'une extraordinaire vigueur et mettait un point d'honneur à dormir près d'une fenêtre ouverte tout au long de l'année. Un matin, après un blizzard qui avait soufflé toute la nuit, sa bonne la trouva étendue sous une couche de neige étincelante qui avait recouvert son lit, sans troubler la saine chaleur de son sommeil. La seule personne qu'elle aimât, c'était sa benjamine, Nadèjda Vonliarliarskaïa, pour qui elle vendit tout d'un coup Batovo en 1916, une transaction qui ne profita à personne lors de cette marée crépusculaire de l'histoire impériale. Elle se plaignait à tous les membres de notre famille des puissances maléfiques qui avaient séduit son fils préféré au point de lui faire mépriser le genre de carrière « brillante » au service du tsar qui avait été celle de ses ancêtres. Ce qu'elle trouvait particulièrement difficile à comprendre, c'était, sachant combien mon père appréciait pourtant tous les plaisirs que procure une grande fortune, qu'il pût mettre en péril sa jouissance en devenant un Libéral, aidant ainsi à la venue d'une révolution dont, en fin de compte, comme elle le prévoyait justement, il sortirait ruiné.

II

Le maître d'école qui nous apprit à lire était fils de charpentier. Ensuite, dans les séquences de lanterne magique, ma première projection montre un jeune homme que nous appelions Ordo, fils éclairé d'un diacre grec-catholique. Pour se promener avec mon frère et moi durant l'été frais de 1907, il portait une cape noire byronienne, retenue au cou par une agrafe d'argent en forme de S. Dans la profondeur silencieuse des bois de Batovo, à un endroit où, disait-on, apparaissait le fantôme d'un mystérieux étranger qui s'était pendu là bien des années auparavant, Ordo nous ravissait d'effroi en nous mimant la chose de façon assez impie et absurde, et nous réclamions cette représentation à cor et à cri chaque fois que nous passions en cet endroit. Inclinant la tête et jouant de la cape tel un vampire battant des ailes, il tournait en faisant de lentes cabrioles autour d'un vieux tremble à l'aspect lugubre. Un matin de pluie, au cours de ces rites, il fit tomber ses lunettes et, en aidant à les chercher, je découvris deux Smérinthes de l'Amour tout fraîchement éclos – une espèce rare dans notre région – : d'exquises créatures veloutées d'un gris violacé, tranquillement en train de copuler, s'agrippant, de leurs pattes recouvertes de chinchilla, à l'herbe au pied de l'arbre. A l'automne de cette même année, Ordo nous accompagna à Biarritz, et quelques semaines plus tard s'en alla brusquement, en laissant un cadeau que nous lui avions offert, un rasoir de sûreté Gillette, sur son oreiller, avec un petit mot épinglé. Il m'arrive rarement de ne guère trop savoir si un souvenir m'est réellement personnel ou si je le tiens de seconde main, mais dans ce cas-ci j'hésite vraiment, surtout parce que, beaucoup plus tard, ma mère, quand elle était en humeur d'évoquer des souvenirs, faisait allusion avec amusement à la passion qu'elle avait fait naître sans le savoir. Il me semble me rappeler une porte entrouverte sur le salon, et là, au milieu du parquet Ordo, notre Ordo, tombé à genoux et se tordant les mains devant ma mère jeune, belle et muette de stupeur. Le fait qu'il me semble voir, du coin de l'œil de mon souvenir, les ondulations de la cape romantique autour des épaules d'Ordo, me donne à penser que j'ai transféré quelque chose de cette danse, précédemment, dans la forêt, dans ce salon flou de notre appartement à Biarritz (sous les fenêtres duquel, sur la place, au milieu d'un espace réservé au moyen d'une corde tendue, Sigismond Lejoyeux, un aéronaute de l'endroit, était en train de gonfler un énorme ballon couleur crème).

Ensuite vint un Ukrainien, garçon exubérant à la sombre moustache et au sourire étincelant. Il passa une partie de l'hiver de 1907-1908 avec nous. Lui aussi avait ses petits talents; un tour de passe-passe permettant d'escamoter une pièce de monnaie faisait tout particulièrement de l'effet sur nous. *Voici une pièce de monnaie, placée sur une feuille de papier; on la recouvre d'un gobelet; aussitôt elle disparaît.* Prenez un verre à boire ordinaire. Collez avec soin sur son orifice une rondelle de papier. Ce papier devra être réglé (ou porter un dessin quelconque) – ce qui renforcera l'illusion. Placez sur une feuille de papier réglé de la même manière une petite pièce (une pièce en argent de vingt kopecks fera l'affaire). Faites glisser vivement le gobelet sur la pièce, en prenant soin de faire correspondre les deux séries de lignes ou de dessins. La concordance du dessin est une des merveilles de la nature. Les merveilles de la nature commençaient déjà à me frapper à cet âge tendre. Un dimanche où il avait congé, ce malheureux prestidigitateur s'effondra dans la rue et la police le fourra dans un froid cachot avec une douzaine d'ivrognes. En réalité, il souffrait d'une maladie de cœur, dont il mourut peu d'années plus tard.

L'image suivante a l'air d'être arrivée sur l'écran renversée. Elle montre notre troisième précepteur se tenant sur la tête. C'était un Letton de forte carrure, extraordinairement fervent d'athlétisme, qui marchait sur les mains, soulevait d'énormes poids, jonglait avec des haltères et pouvait en un rien de temps emplir une vaste pièce d'une odeur nauséabonde de transpiration, à croire que toute une garnison y avait été enfermée. Quand il jugeait bon de me punir pour quelque léger méfait (je me souviens, par exemple, d'avoir laissé tomber une bille d'enfant, d'un palier supérieur, sur son crâne dont l'aspect dur était tentant, tandis qu'il descendait l'escalier), il avait recours à une mesure pédagogique remarquable en me proposant que nous passions, lui et moi, nos gants de boxe pour un petit assaut amical. Il m'envoyait alors un coup de poing en pleine figure avec une cuisante précision. Je préférais cela aux *pensums* à donner des crampes à la main que Mademoiselle imaginait, comme de me faire copier deux cents fois le proverbe *Qui aime bien, châtie bien**; mais, tout de même, je ne fus pas fâché quand le brave homme s'en alla après un tumultueux séjour d'un mois.

Puis vint un Polonais. C'était un étudiant en médecine de belle mine, aux limpides yeux bruns et aux cheveux lisses, qui ressemblait assez à l'acteur français Max Linder, populaire comique de cinéma. Max tint de 1908 à 1910, et gagna mon admiration un jour d'hiver à Saint-Pétersbourg, où une soudaine bagarre interrompit notre habituelle promenade du matin. Des Cosaques aux visages féroces, à l'expression imbécile, brandissant des fouets, poussaient leurs chevaux caracolant et s'ébrouant contre une foule excitée. Nombre de casquettes et au moins trois caoutchoucs jonchaient le sol. Un instant, on put croire que l'un des Cosaques se dirigeait de notre côté, et je vis Max tirer à demi de sa poche un petit automatique dont je tombai aussitôt amoureux – mais malheureusement le tumulte s'éloigna. Ce fut bien moins passionnant, la fois où il nous emmena voir son frère, un prêtre catholique romain émacié, d'une grande distinction, dont les mains exsangues planèrent distraitement au-dessus de nos petites têtes de grecs-catholiques, tandis qu'il discutait avec Max de questions politiques ou familiales en un flot de polonais sifflant. Je revois mon père, un jour d'été, dans la campagne, rivalisant avec Max d'habileté au tir – criblant de balles de pistolet un écriteau rouillé portant CHASSE INTERDITE placé dans nos bois. C'était un vigoureux gaillard que ce charmant Max, aussi restais-je déconcerté quand il se plaignait de migraines et refusait d'un air languissant de se joindre à moi pour donner des coups de pied dans un ballon ou pour aller se baigner dans la rivière. Je sais à présent qu'il avait une intrigue galante cet été-là avec une femme mariée dont la propriété se trouvait à une vingtaine de kilomètres de là. A ses moments de loisir durant la journée, il s'éclipsait pour aller furtivement aux chenils nourrir et cajoler nos chiens de garde enchaînés. On les lâchait à onze heures du soir pour qu'ils rôdent autour de la maison, et il avait à les affronter au milieu de la nuit lorsqu'il se glissait au-dehors et gagnait le bosquet où une bicyclette et tous ses accessoires – timbre, pompe, sacoche à outils en cuir marron, et même des pinces à pantalon – avaient été préparés pour lui en cachette par un complice, le valet de chambre polonais de mon père. Des routes fangeuses pleines de trous et des pistes de forêt pleines de bosses menaient l'impatient Max au lointain lieu de rendez-vous, qui était un pavillon de chasse – conformément à la grande tradition de l'adultère élégant. Les brumes glacées de l'aube et quatre danois à la mémoire courte le voyaient revenir à bicyclette, et à huit heures du matin une nouvelle journée commençait. Je me demande si ce ne fut pas avec un certain soulagement que, à l'automne de cette même année (1909), Max quitta le théâtre de ses exploits nocturnes pour nous accompagner dans notre deuxième voyage à Biarritz. Avec piété, l'air contrit, il prit deux jours de congé pour aller à Lourdes en compagnie de la jolie jeune Irlandaise, d'allure très libre, qui était la gouvernante de Colette, ma compagne de jeux préférée sur la *plage**. Max nous abandonna l'année suivante, pour un travail dans le Service des rayons X d'un hôpital de Saint-Pétersbourg, et par la suite, dans l'intervalle des deux guerres mondiales, devint, si je ne me trompe, une célébrité médicale en Pologne.

Après le catholique vint le protestant – un luthérien d'origine juive. Il figurera ici sous le nom de Lenski. Mon frère et moi allâmes avec lui, à la fin de 1910, en Allemagne, d'où nous revînmes en janvier de l'année suivante, et nous commençâmes alors à fréquenter un externat à Saint-Pétersbourg. Lenski resta environ trois ans pour nous aider à faire nos devoirs du soir. Ce fut durant son règne que Mademoiselle, qui était avec nous depuis l'hiver de 1905, finit par renoncer à lutter contre les empiétements des Moscovites et rentra à Lausanne. Lenski était né dans la pauvreté et aimait à rappeler qu'entre le moment où il avait reçu ses diplômes au lycée de sa ville natale, sur la mer Noire, et celui où il avait été admis à l'Université de Saint-Pétersbourg, il avait dû subvenir à ses besoins en peignant sur des galets de la plage d'éclatantes marines et en les vendant comme presse-papiers. Il avait un visage rose ovale, des cils courts, des yeux étrangement nus derrière un lorgnon et un crâne rasé bleu pâle. Nous découvrîmes aussitôt trois choses à son sujet : qu'il était un excellent professeur; qu'il n'avait aucun sens de l'humour; et que, contrairement à nos précédents précepteurs, c'était quelqu'un qu'il nous fallait défendre. Le sentiment de sécurité qu'il éprouvait tant que notre père et notre mère se trouvaient dans les parages était, en leur absence, à la merci, à tout instant, d'une boutade de nos tantes. Aux yeux de celles-ci, les écrits violents de mon père contre les pogromes et autres pratiques gouvernementales n'étaient que fantaisies de gentilhomme frondeur, et je les ai souvent surprises en train de parler avec horreur des origines de Lenski et des « expériences insensées » auxquelles se livrait mon père. Chaque fois que cela arrivait, je me montrais ensuite très mal élevé avec elles, puis j'allais pleurer à chaudes larmes dans la retraite d'un water-closet. Non que j'eusse un attachement particulier pour Lenski. Il y avait quelque chose d'irritant dans sa voix sèche, son air trop soigné, sa façon d'essuyer constamment les verres de son lorgnon avec un chiffon spécial ou de se rogner les ongles avec un machin spécial, son langage d'une correction pédantesque et, par-dessus tout peut-être, dans la surprenante habitude matinale qu'il avait de se diriger d'un pas énergique (en donnant l'impression de le faire au saut du lit, alors qu'il portait déjà chaussures et pantalon, des bretelles rouges qui pendaient dans son dos et un étrange tricot de corps, semblable à une résille, couvrant son torse velu et rebondi) vers le robinet le plus proche et d'y limiter ses ablutions à une aspersion systématique de son visage rose, de son crâne bleu et de son cou épais, après quoi il se mouchait vigoureusement, à la russe, puis du même pas décidé, mais cette fois dégouttant et n'y voyant pas clair, retournait dans sa chambre où il gardait en un lieu secret trois sacro-saintes serviettes (entre parenthèses, il était si *brezgliv*, au sens russe, intraduisiblement, qu'il se lavait les mains après avoir touché des billets de banque ou une rampe d'escalier).

Il se plaignait à ma mère de ce que Serguéi et moi étions de petits étrangers, des excentriques, des dandies, *snoby*, « pathologiquement indifférents », comme il disait, à Gontcharov, Grigorovitch, Korolenko, Stanioukovitch, Mamin-Sibiryak et autres incroyables raseurs (comparables aux « écrivains régionaux » américains) dont les œuvres, à l'en croire, « passionnaient les petits garçons normaux ». A ma secrète contrariété, il conseilla à mes parents de faire mener à leurs deux petits garçons – les trois plus jeunes enfants échappaient à sa juridiction – une forme de vie plus démocratique, ce qui signifiait, par exemple, à Berlin, quitter brusquement l'hôtel Adlon pour un vaste appartement dans une morne pension de famille dans une ruelle sans animation, et remplacer les grands express internationaux aux tapis veloutés par les planchers dégoûtants de saleté et l'atmosphère viciée de fumée de cigare des *Schnellzugs* qui ballottent et tanguent. Dans des villes étrangères, aussi bien qu'à Saint-Pétersbourg, il prenait racine devant des magasins, émerveillé par des articles qui nous laissaient complètement indifférents. Il était sur le point de se marier, n'avait que son salaire, et tirait des plans pour son futur ménage avec le plus grand soin et avec astuce. De temps à autre, des coups de tête déséquilibraient son budget. Remarquant un jour une vieille sorcière crottée qui couvait des yeux un chapeau garni de plumes cramoisies à l'étalage d'une modiste, il l'acheta pour elle – et ensuite il en eut pour un bon moment avant d'arriver à se débarrasser de cette femme. Dans ses achats personnels, il s'efforçait à une grande circonspection. Mon frère et moi l'écoutions patiemment rêver tout éveillé et faire l'analyse très détaillée, jusque dans ses moindres coins et recoins, de l'appartement confortable, mais tout de même modeste, qu'il préparait en esprit pour sa femme et pour lui-même. Parfois, sa fantaisie prenait son essor. Une fois, elle se fixa sur un plafonnier coûteux chez Alexandre, magasin de Saint-Pétersbourg qui exposait un bric-à-brac bourgeois assez pénible à voir. Ne voulant pas que le magasin pût se douter de ce qui faisait l'objet de sa convoitise, Lenski nous dit qu'il ne nous emmènerait le voir qu'à condition que nous lui jurions de faire effort sur nous-mêmes pour ne pas attirer inutilement l'attention par une contemplation directe. Avec toutes sortes de précautions, il nous amena sous une affreuse pieuvre en bronze et il ne nous indiqua que c'était là l'article dont il avait si grande envie que par un soupir ronronnant. Il agit avec la même prudence – marchant sur la pointe des pieds et murmurant, afin de ne pas éveiller le monstre du destin (qui, à ce qu'il semblait croire, avait une dent contre lui personnellement) – quand il nous présenta à sa fiancée, une jeune demoiselle, petite, gracieuse, avec des yeux de gazelle apeurée et le parfum de violettes fraîches piquées dans sa voilette noire. Nous la rencontrâmes, il m'en souvient, près d'une pharmacie au coin de Postdamerstrasse et de Privatstrasse, ruelle jonchée de feuilles mortes, où se trouvait notre pension de famille, et il nous demanda avec insistance de ne pas révéler à nos parents la présence à Berlin de sa fiancée, cependant qu'un mannequin mécanique dans la vitrine de la pharmacie était en train d'exécuter les mouvements pour se raser, que les tramways poussaient des cris rauques en passant à côté de nous, et qu'il commençait à neiger.

III

Nous voilà prêts à aborder le thème principal de ce chapitre. Au cours de l'hiver suivant, Lenski eut la détestable inspiration de montrer, un dimanche sur deux, des projections éducatives de lanterne magique dans notre maison de Saint-Pétersbourg. Au moyen de ces projections, il se proposait d'illustrer (« abondamment », comme il disait, en faisant claquer ses lèvres minces) des lectures instructives devant un groupe qui, à ce qu'il croyait naïvement, se composerait de petits garçons et de petites filles vivant là ensemble un moment mémorable. Outre que cela ajouterait à nos connaissances, cela pourrait, pensait-il, aider à nous rendre, mon frère et moi, plus sociables avec tous. Se servant de nous comme d'un noyau, il entassa autour de ce morne centre plusieurs couches de recrues – telles que cousins à nous de notre âge, dans la mesure où il s'en trouva sous la main, divers enfants que nous rencontrions chaque hiver à des fêtes plus ou moins ennuyeuses, certains de nos camarades de classe (ceux-ci furent d'une sagesse exceptionnelle – mais, hélas, enregistrèrent jusqu'à la moindre vétille), et les enfants des domestiques. Ma douce et optimiste mère lui ayant donné carte blanche, il loua un appareil compliqué et engagea un étudiant d'Université à l'air déprimé pour le faire fonctionner; je m'en rends compte à présent, ce

Lenski au cœur chaud cherchait, entre autres choses, à aider un camarade impécunieux.

Je n'oublierai jamais cette première lecture. Lenski avait choisi un poème narratif de Lermontov sur les aventures d'un jeune moine qui a quitté sa retraite caucasienne pour errer par les montagnes. Comme d'habitude chez Lermontov, ce poème alliait à des passages assez plats de superbes effets de *fata-morgana.* Il était d'une belle longueur et ses sept cent cinquante vers passablement monotones, Lenski les étala libéralement sur, en tout et pour tout, quatre vues de projection (j'en avais, par maladresse, cassé une cinquième juste avant la représentation).

Des considérations de prudence devant un risque d'incendie avaient conduit à choisir pour la représentation une chambre d'enfants vieillotte dans un coin de laquelle se trouvait un chauffe-eau vertical couleur bronze et une baignoire montée sur palmature qui, pour l'occasion, avait été chastement recouverte d'un drap. Les rideaux de la fenêtre, fermés avec soin, dissimulaient au regard la cour, en bas, les tas de bûches de bouleau et les murs jaunes de la sinistre annexe comprenant les écuries (dont une partie avait été transformée en un garage pour deux voitures). Bien qu'on en eût retiré une armoire ancienne et deux malles, cette pièce sur cour déprimante, avec la lanterne magique à un bout, des rangées de chaises installées transversalement, des coussins et des causeuses disposés pour une vingtaine de spectateurs (y compris la fiancée de Lenski et trois ou quatre gouvernantes, mais sans compter notre Mademoiselle à nous et Miss Greenwood), paraissait tout encombrée, et on y manquait d'air. A ma gauche, une de mes cousines, celle qui ne tenait jamais en place, une blondine floue de onze ans environ, à la chevelure d'Alice-au-pays-des-merveilles et au teint rose pâle, était assise si près de moi que je sentais l'os mince de sa hanche se mouvoir contre le mien chaque fois qu'elle bougeait, en tripotant son médaillon, en se passant le dos de la main entre ses cheveux parfumés et sa nuque, ou en faisant se cogner ses genoux sous la soie chuchotante de son transparent jaune, qui luisait à travers la dentelle de sa robe. A ma droite, j'avais le fils du valet de chambre polonais de mon père, un petit garçon absolument immobile en costume marin; il ressemblait de façon frappante au tsarévitch et, par une coïncidence plus frappante, il souffrait du même mal tragique – l'hémophilie – aussi, plusieurs fois par an, une voiture de la Cour amenait un médecin illustre chez nous et attendait indéfiniment sous la neige tombant obliquement, et si l'on choisissait le plus gros des flocons grisâtres et qu'on y attachait son regard au cours de sa chute (au-delà de la fenêtre en oriel à travers laquelle on regardait), on parvenait à discerner sa forme assez grossière et irrégulière, ainsi que ses oscillations au cours de sa trajectoire, et l'on se sentait tout triste et pris de vertige, pris de vertige et tout triste.

Les lumières s'éteignirent. Lenski se lança dans les premiers vers :

Depuis peu d'années,
Là où se rencontrent en murmurant
Pour s'embrasser comme des sœurs
L'Aragva et la Koura,
Se dressait un monastère...

Le monastère, avec ses deux fleuves, apparut, comme il se devait, et resta là, dans une hypnose sinistre, pendant à peu près deux cents vers, et il fut alors remplacé par une jeune Géorgienne, ou soi-disant telle, portant une cruche. Quand l'opérateur retirait une vue, on voyait l'image quitter l'écran par un tour d'escamotage très particulier, l'amplification influant non seulement sur la scène montrée, mais aussi sur la vitesse de son enlèvement. En dehors de cela, peu de magie. On nous montra des cimes classiques au lieu des merveilleuses montagnes de Lermontov, qui

S'élevaient dans la gloire de l'aurore
Comme des autels fumants,

et alors que le jeune moine était en train de raconter à l'un de ses compagnons de cloître son combat avec un léopard –

Oh! j'étais terrifiant à voir!
Léopard moi-même, sauvage et hardi;
Sa fureur ardente, ses rugissements étaient miens

– des miaulements étouffés se firent entendre derrière moi; peut-être avaient-ils pour auteur le jeune Rzewouski, avec qui je fréquentais des cours de danse, ou Alec Nitte qui devait acquérir une certaine renommée, un ou deux ans plus tard, pour des phénomènes d'esprit frappeur, ou l'un de mes cousins. Peu à peu, tandis que Lenski poursuivait interminablement de sa voix flûtée, je me rendis compte que, à peu d'exceptions près – Samuel Rosoff, peut-être, un de mes camarades d'école qui faisait preuve de sensibilité –, l'auditoire se gaussait sous cape de la représentation, et qu'ensuite j'aurais à affronter diverses remarques offensantes. Je frémis d'une vive compassion pour Lenski – pour les plis débonnaires de sa nuque, pour son crâne tondu, pour son cran, pour les mouvements nerveux de sa baguette, sur laquelle, comme de froids coups de patte de félin jouant, les couleurs glissaient parfois quand il l'approchait trop près de l'écran. Vers la fin, la monotonie de cette façon de procéder devint absolument insupportable; l'opérateur, perdant la tête, n'arrivait pas à trouver la dernière vue, l'ayant mélangée avec celles déjà passées, et tandis que Lenski attendait patiemment dans le noir, certains des spectateurs se mirent à projeter les ombres de leurs mains levées sur l'écran blanc effrayé, et l'instant d'après, un gamin éhonté et agile (est-il possible que ce fût moi après tout, le Hyde de mon Jekyll?) trouva le moyen de silhouetter son pied, ce qui, naturellement, déclencha une compétition bruyante. Quand enfin la vue fut retrouvée et projetée sur l'écran, cela me rappela un voyage, dans ma toute petite enfance, la traversée du long et sombre tunnel du Saint-Gothard, où notre train pénétra pendant un orage, mais cet orage était complètement dissipé à notre sortie du tunnel, et alors

Bleu, vert et rose,
Emerveillé de sa beauté et de sa chance,
Un arc-en-ciel enjamba un rocher escarpé
Et captura une gazelle en équilibre dessus.

Je dois ajouter que, durant cette séance d'après-midi du dimanche et durant les suivantes, encore plus bondées et encore plus insupportables, je fus hanté par les réminiscences de certaines histoires de famille dont j'avais entendu parler. Dans les années quatre-vingt, mon grand-père maternel, Ivan Roukavichnikov, ne trouvant pas pour ses fils d'école à son goût, avait créé un collège de son propre chef en engageant une douzaine des meilleurs professeurs disponibles et en réunissant une vingtaine de garçons pour plusieurs trimestres d'instruction gratuite dans les grandes salles de sa maison de Saint-Pétersbourg (au n° 10, quai de l'Amirauté). L'entreprise ne réussit guère. Les amis dont il voulait que les fils se joignissent aux siens n'y consentirent pas toujours, et parmi les garçons qu'il put obtenir, beaucoup se révélèrent décevants. Je me formais une image singulièrement déplaisante de lui, battant les écoles, obstiné dans son dessein, ses yeux tristes et étranges, qui m'étaient si familiers d'après les photographies, en quête des plus jolis garçons parmi les meilleurs écoliers. Il paraît que réellement il paya des parents nécessiteux afin de rassembler des compagnons pour ses deux fils. Si peu que les naïves séances de lanterne magique de notre précepteur eussent à voir avec les folies roukavichnikoviennes, l'association d'idées que je fis entre les deux entreprises ne m'aida pas à me résigner à ce que Lenski se rendît ridicule et assommant, aussi fus-je heureux lorsque, après trois autres représentations (*Le Cavalier de bronze* de Pouchkine; *Don Quichotte,* et *L'Afrique, pays des merveilles*), ma mère accéda à mes supplications frénétiques et que tout cela cessa.

A présent que j'y songe, comme elles paraissaient d'un mauvais goût criard et ampoulées, ces images tremblotant comme de la gelée, projetées sur un écran de toile mouillée (l'humidité était censée les faire fleurir plus somptueusement), mais, par ailleurs, quelle beauté les plaques de verre de ce genre révélaient quand on les tenait simplement entre le pouce et l'index et qu'on les élevait dans la lumière – miniatures translucides, pays-des-merveilles de poche, petits univers nets de lumineuses et silencieuses couleurs! Des années plus tard, j'ai découvert à nouveau la même beauté précise et silencieuse au fond radieux du puits magique du microscope. Sur la plaque de verre destinée à la projection, on voyait un paysage en réduction, et cela enflammait l'imagination; sous le microscope, les organes d'un insecte étaient grossis pour permettre une étude à loisir. Il semblerait qu'il y ait là, dans la gamme dimensionnelle du monde, un subtil lieu de rencontre entre l'imagination et la connaissance, un point, atteint en diminuant les grandes choses et en grossissant les petites, qui est intrinsèquement artistique.

IV

Etant donné que Lenski paraissait avoir des talents variés, qu'il était capable de nous expliquer à fond tout ce qui avait trait à nos études scolaires, ses perpétuelles tribulations à l'Université avaient de quoi surprendre. Elles venaient, comme on le sut par la suite, de ce qu'il manquait totalement d'aptitude pour les problèmes financiers et politiques auxquels il s'attaquait si opiniâtrement. Je me rappelle quel trac il eut quand vint le moment où il lui fallut passer l'un des plus importants de ses derniers examens. J'étais aussi anxieux que lui et, juste avant l'épreuve imminente, je ne pus me retenir d'écouter à la porte de la pièce où mon père, sur les instances pressantes de Lenski, lui donnait une répétition privée en mettant à l'épreuve sa connaissance des *Principes d'économie politique* de Charles Gide. Fatiguant les pages de ce livre, mon père posait, par exemple, la question suivante : « Quelle est la cause de la valeur? » ou bien : « Quelles sont les différences entre le billet de banque et le papier-monnaie? » et Lenski s'éclaircissait énergiquement le gosier – et puis restait absolument silencieux, comme s'il avait expiré. Au bout d'un moment, il cessait même de faire entendre la petite toux guillerette qui lui était particulière, et les intervalles de silence n'étaient plus ponctués que par le tambourinement de mon père sur la table, sauf une fois où, s'empressant d'émettre une protestation pleine d'espoir, le patient s'écria soudain : « Cette question n'est pas dans le livre, Monsieur! » – mais elle y était bien. Finalement mon père soupira, ferma le manuel, et, doucement mais distinctement, fit cette remarque : « *Goloubtchik* (mon ami), vous ne pouvez qu'échouer – c'est bien simple, vous ne savez rien du tout. » « Je ne suis pas d'accord avec vous sur ce point », rétorqua Lenski, non sans dignité. Assis aussi raide que s'il eût été empaillé, il fut conduit dans notre auto à l'Université, y resta jusqu'au crépuscule, revint en traîneau, affaissé sur lui-même, en pleine tempête de neige, et, dans un désespoir silencieux, monta à sa chambre.

Vers la fin de son séjour chez nous, il se maria et partit en voyage de noces au Caucase, dans les montagnes de Lermontov, et ensuite revint passer chez nous l'hiver suivant. Durant son absence, pendant l'été de 1913, un précepteur suisse, M. Noyer, le remplaça. C'était un bonhomme vigoureux, à la moustache en broussaille, et il nous lut *Cyrano de Bergerac* de Rostand, en savourant chaque vers et en changeant sa voix, de la flûte au basson, suivant les personnages qu'il mimait. Au tennis, quand il servait, il se campait solidement juste sur la ligne de fond, ses jambes épaisses, dans un pantalon de nankin chiffonné, largement écartées, et il ployait brusquement les genoux en donnant à la balle un coup effrayant mais singulièrement inefficace.

Quand Lenski, au printemps de 1914, nous quitta pour de bon, nous eûmes un jeune homme de la région de la Volga. Il était charmant et de bonne naissance, bon joueur de tennis, excellent cavalier; pouvoir tabler sur de telles compétences le soulageait fortement étant donné qu'à cette époque tardive, ni mon frère ni moi n'avions grand besoin de l'assistance pédagogique dont mes parents furent assurés par son protecteur optimiste qu'il serait en mesure de nous la fournir. Au cours de notre première conversation, il m'informa avec désinvolture que Dickens avait écrit *La Case de l'oncle Tom*, ce qui me conduisit aussitôt à engager avec lui un pari qui me rapporta son coup-de-poing américain. A partir de là, il prit garde à ne faire allusion à aucun personnage ou sujet littéraire en ma présence. Il était très pauvre, et une étrange odeur de poussière et d'éther, à tout prendre pas désagréable, s'échappait de son uniforme d'université défraîchi. Il avait de belles manières, un caractère doux, une calligraphie inoubliable, toute hérissée d'épines et de piquants (dont je n'ai trouvé l'équivalent que dans les lettres de fou qu'il m'arrive quelquefois de recevoir, hélas, depuis l'an de grâce 1958), et un répertoire illimité d'histoires obscènes (qu'il me débitait *sub rosa*, d'une voix rêveuse, veloutée, sans recourir à la moindre expression grossière) au sujet de ses copains et de ses *poules**, et aussi au sujet de différentes personnes apparentées à nous. Il ne tarda pas à épouser l'une d'elles, une dame élégante qui avait près du double de son âge, mais ce fut pour s'en débarrasser sitôt après – au cours de sa carrière ultérieure dans l'administration de Lénine – en l'expédiant dans un camp de travaux forcés où elle mourut. Plus je pense à cet homme, plus je suis persuadé qu'il était complètement dément.

Je ne perdis pas tout à fait de vue Lenski. Grâce à un prêt de son beau-père, il fonda, alors qu'il était encore chez nous, une entreprise extravagante qui impliquait l'achat de brevets d'inventions diverses. Il ne serait ni gentil ni juste de dire qu'il se les attribuait; mais il les adoptait, et il en parlait avec une chaleur et une tendresse qui semblaient indiquer quelque chose comme une paternité naturelle – une attitude émotionnelle sans faits concrets pour l'étayer ou escroquerie en perspective. Un jour, il nous invita tous fièrement à mettre à l'épreuve avec notre voiture une nouvelle sorte de pavage qu'on lui devait, composé (pour autant que je puisse distinguer ce bizarre miroitement dans le vague du souvenir) d'une étrange texture de bandes métalliques. Le résultat fut une crevaison. Mais il s'en consola par l'acquisition d'une autre chose épatante : les plans de ce qu'il appela un « électroplane », et qui ressemblait à un vieux Blériot mais avait – et ici je cite de nouveau ses propres termes – un moteur « voltaïque ». Cet appareil ne vola que dans ses rêves et les miens. Durant la guerre, il lança une trouvaille prodigieuse pour l'alimentation du cheval sous la forme de biscuits plats semblables à des *galettes** (il en grignotait un peu lui-même et en offrait des morceaux à ses amis), mais la plupart des chevaux s'en tinrent à leur avoine. Il trafiqua de bien d'autres brevets d'invention, tous abracadabrants, et il se trouvait gravement endetté quand il hérita d'une petite fortune du fait de la mort de son beau-père. Ce devait être au début de 1918 car, je m'en souviens, il nous écrivit (nous étions en rade dans la région de Yalta), nous proposant de l'argent et toute l'aide dont nous pourrions avoir besoin. Il ne tarda pas à investir l'héritage dans un parc d'attractions sur la côte de Crimée, et se donna un mal fou pour avoir un bon orchestre et construire une salle de patinage à roulettes en je ne sais quel bois spécial, et installer des fontaines et des cascades illuminées par des ampoules rouges et vertes. En 1919, les Bolcheviks vinrent éteindre les lumières, et Lenski s'enfuit en France ; les dernières nouvelles que j'aie eues de lui datent des années vingt ; à cette époque-là, à ce qu'on m'a dit, il gagnait sa vie de façon précaire sur la Riviera en ornant de peintures des coquillages et des galets. Je ne sais pas – et je préfère ne pas imaginer – ce qui est advenu de lui durant l'Occupation de la France par les Nazis. Compte non tenu de certaines de ses bizarreries, c'était vraiment un être très pur, très droit, dont les principes personnels étaient aussi stricts que sa grammaire, et le souvenir de ses stimulantes *diktanty* me remplit de *joie. Kolokololiteychtchiki perekolotili vïkarabkavchikhsya vikhoukholeï* : « Les fondeurs de cloches d'église massacrèrent les desmans qui avaient réussi à s'échapper. » Des années plus tard, à New York, à l'American Museum of Natural History, je répétai cette phrase particulièrement ardue à prononcer à un zoologiste qui m'avait demandé si le russe était aussi difficile qu'on le prétendait en général. Nous nous rencontrâmes quelques mois plus tard et il me dit : « Vous savez, j'ai beaucoup pensé à ces rats musqués moscovites : *pourquoi* disait-on qu'ils s'étaient échappés ? Est-ce qu'ils étaient en train d'hiberner, ou de se cacher, ou quoi ? »

V

En pensant à mes précepteurs successifs, je suis moins requis par les bizarres dissonances qu'ils introduisirent dans ma jeune vie que par la stabilité et la plénitude essentielles de cette vie. J'assiste avec plaisir à l'exploit suprême de la mémoire, à cet usage magistral qu'elle fait des harmonies innées lorsqu'elle rassemble au bercail les tonalités interrompues et errantes du passé. Je me plais à imaginer, comme couronnement et résolution de ces accords cacophoniques, quelque chose d'aussi permanent, quand j'embrasse le passé d'un coup d'œil rétrospectif, que la longue table que, aux jours d'anniversaires et de fêtes en été, l'on dressait au-dehors pour le chocolat du goûter, dans une allée de chênes, de tilleuls et d'érables, à l'endroit où elle débouche sur l'espace sablé et aplani du jardin proprement dit qui séparait le parc de la maison. Je revois la nappe et les visages des personnes assises participant aux jeux de lumière et d'ombre sous un mouvant et fabuleux feuillage, exagéré, sans aucun doute, par le même pouvoir de commémoration passionnée, de perpétuel retour, qui me fait toujours m'approcher de cette table de festin en venant du dehors, des profondeurs du parc – non de la maison – comme si l'esprit, afin de revenir là, devait s'y prendre avec les pas silencieux d'un enfant prodigue nu-pieds, défaillant d'émotion. A travers un prisme frémissant, je distingue les traits des parents et des familiers, des lèvres muettes remuant avec sérénité en prononçant des paroles oubliées. Je revois la vapeur du chocolat et les assiettes de tartes aux myrtilles. Je remarque le petit hélicoptère d'une samare qui doucement descend en tournant sur la nappe, et, posé en travers de la table, le bras nu d'une adolescente indolemment étendu de tout son long, sa face interne aux veines turquoise tournée vers les paillettes de soleil, la paume de la main ouverte dans la paresseuse attente de quelque chose – peut-être du casse-noisettes. A la place où s'assied le précepteur en fonctions, il y a une image changeante, une suite d'ouvertures et de fermetures en fondu; la pulsation de ma pensée se confond avec celle des ombres du feuillage et transforme Ordo en Max et Max en Lenski et Lenski en le maître d'école, et le processus complet de ces tremblotantes transformations se répète. Et alors, soudain, juste au moment où les couleurs et les contours s'attellent enfin à leurs diverses tâches – tâches souriantes, frivoles – on touche un bouton et un torrent de sons naît : des voix parlant toutes à la fois, une noix qu'on casse, le claquement d'un casse-noix que l'on fait nonchalamment passer, trente cœurs humains qui couvrent le bruit du mien de leurs battements réguliers; le frémissement et le soupir de mille arbres; la manifestation de la bonne entente locale de bruyants oiseaux d'été, et, par-delà la rivière, derrière les arbres se balançant en cadence, le confus et délirant vacarme des jeunes villageois en train de se baigner, tel un arrière-plan d'applaudissements frénétiques.

CHAPITRE IX

I

J'ai devant moi un grand album délabré, relié de toile noire. Il contient de vieux documents parmi lesquels des diplômes, des brouillons, des agendas, des cartes d'identité, des notes au crayon ainsi que quelques imprimés qui avaient été sous la garde vigilante de ma mère à Prague jusqu'à sa mort dans cette ville, après quoi, entre 1939 et 1961, ils subirent diverses vicissitudes. Avec le secours de ces papiers et mes propres souvenirs, j'ai reconstitué cette brève biographie de mon père.

Vladimir Dmitrievitch Nabokov, juriste, spécialiste de droit public international et homme d'Etat, fils de Dimitri Nikolaïevitch Nabokov, ministre de la Justice et de la baronne Maria von Korff, naquit le 20 juillet 1870 à Tsarskoïe Selo, près de Saint-Pétersbourg, et fut tué par la balle d'un assassin, le 28 mars 1922, à Berlin. Jusqu'à l'âge de treize ans, il suivit à la maison les cours de gouvernantes françaises et anglaises et de précepteurs russes et allemands; auprès de l'un de ces derniers, il contracta la *passio et morbo aure-*

liana qu'il devait me transmettre. A l'automne 1883, il commença de fréquenter le « Gymnasium » (équivalent d'un « lycée » français) dans ce qui était alors la rue Gagarine (sans doute débaptisée dans les années vingt par les Soviétiques à courte vue). Son désir d'exceller était plus fort que tout. Une nuit d'hiver, ayant pris du retard dans son travail et préférant une pneumonie au risque de se couvrir de ridicule devant le tableau noir, il s'exposa au gel polaire, dans l'espoir qu'une maladie surviendrait à point nommé, avec rien d'autre que sa chemise de nuit, et cela devant la fenêtre ouverte (qui donnait sur la place du Palais et sa colonne lustrée par la lune); le lendemain, il jouissait toujours d'une parfaite santé et, alors que celui-ci n'avait rien fait pour le mériter, c'était le professeur redouté qui gardait le lit. A seize ans, en mai 1887, mon père termina ses études au lycée qu'il quitta avec une médaille d'or et fit du droit à l'Université de Saint-Pétersbourg où il obtint son diplôme en janvier 1891. Il poursuivit ses études en Allemagne (principalement à Halle). Trente ans plus tard, un de ses anciens condisciples, avec qui il avait fait une excursion à bicyclette en Forêt-Noire, envoya à ma mère devenue veuve l'exemplaire de *Madame Bovary* que mon père avait avec lui à l'époque et sur la page de garde duquel il avait écrit : « La perle non surpassée de la littérature française » – un jugement qui tient la distance.

En 1897, le 14 novembre (une date scrupuleusement célébrée depuis, chaque année, dans notre famille très soucieuse des anniversaires), il épousa Elèna Ivanovna Roukavichnikovna, la fille d'un voisin de campagne qui avait alors vingt et un ans et dont il eut six enfants (le premier ayant été un garçon mort-né).

En 1895, il était devenu le benjamin du Parlement. De 1896 à 1904, il donna des cours de droit pénal à l'Ecole Impériale de Jurisprudence *(Pravovedenie),* à Saint-Pétersbourg. Les membres du Parlement étaient censés demander l'autorisation du Chef de protocole de la cour avant de se manifester publiquement. Cette autorisation, mon père ne la demanda évidemment pas quand il publia dans la revue *Pravo* son article fameux intitulé « Le bain de sang de Kichinev » où il condamnait le soutien apporté par la police au pogrom de 1903. En janvier 1905, un décret impérial lui retira le titre qu'il avait à la cour, à la suite de quoi il coupa les ponts avec le gouvernement du tsar et se lança résolument dans l'opposition au despotisme, tout en poursuivant ses travaux de juriste. De 1905 à 1915, il présida la section russe à l'Association internationale de criminologie et, lors de conférences en Hollande, il s'amusa et stupéfia son public en traduisant en allemand et en français, quand besoin en était, des communications faites en russe et en anglais, et vice versa. Il militait avec éloquence contre la peine capitale. Sans se laisser fléchir, il agissait en conformité avec ses principes, dans les affaires privées et publiques. A un banquet officiel, en 1904, il refusa de boire à la santé du tsar. On raconte qu'il fit dans les journaux une publicité insolente pour la mise en vente de sa tenue de cour. De 1906 à 1917, il publia avec I.V. Hessen et A.I. Kaminka l'un des rares quotidiens libéraux de Russie, le *Rech* (« Discours »), ainsi d'ailleurs que la revue de jurisprudence *Pravo.* D'un point de vue politique, il était un « Kadet », c'est-à-dire un membre du KD *(Konstitutsionnodemokraticheskaya partiïa),* plus tard rebaptisé avec plus de justesse parti de la Liberté du Peuple *(partiïa Narodnoy Svobody).* Etant donné son sens aigu de l'humour, il se serait beaucoup diverti des commentaires sans portée, quoique malveillants, consacrés à ses opinions et à son action par les lexicographes soviétiques dans les rares notices biographiques qui lui sont dévolues. En 1906, il fut élu au Premier Parlement russe *(Pervaïa Douma)*, une institution humaniste et héroïque, à majorité libérale (mais que des journalistes étrangers mal informés, contaminés par la propagande soviétique, ont souvent confondue avec les anciennes « doumas des boyards »!). Il y fit plusieurs magnifiques interventions qui eurent un retentissement dans le pays tout entier. Quand, moins d'un an plus tard, le tsar prononça la dissolution de la Douma, un certain nombre de ses membres, parmi lesquels mon père (qui, comme on peut le voir sur une photo prise à la gare de Finlande, avait mis son billet de train sous le ruban de son chapeau), se replièrent à Vyborg pour y tenir une session illégale. En mai 1908, il commença de purger une peine de trois mois de prison, sorte de sanction tardive du manifeste que son groupe d'amis et lui-même avaient publié à Vyborg. « V. a-t-il reçu des « Egerias » [Tircis], cet été? », demande-t-il dans l'un des billets clandestins écrits en prison et qui, par l'entremise d'un gardien soudoyé et d'un ami fidèle (Kaminka), étaient transmis à ma mère, à Vyra. « Dis-lui que je ne vois rien d'autre dans la cour de la prison que des Citrons et des Piérides du Chou. » Après sa libération, on lui interdit de prendre part aux élections publiques mais (et l'on peut voir là un de ces paradoxes si fréquents sous les tsars) il put travailler en toute liberté au *Rech*, de tendance âprement libérale, une tâche à laquelle il se consacra jusqu'à neuf heures par jour. En 1913, il fut condamné par le gouvernement à payer sous forme d'amende la somme symbolique de cent roubles pour son reportage envoyé de Kiev où, après un procès tumultueux, Beylis fut innocenté du meurtre d'un petit garçon chrétien à des fins « rituelles » : la justice et l'opinion publique pouvaient encore l'emporter, à l'occasion, dans la vieille Russie; elles n'avaient plus que cinq ans devant elles. Il fut mobilisé peu après la Première Guerre mondiale et envoyé au front. Il fut finalement attaché auprès de l'Etat-Major général, à Saint-Pétersbourg. L'éthique militaire l'empêcha de prendre une part active à la première tourmente de la révolution libérale de mars 1917. Depuis le tout début, l'Histoire paraît n'avoir eu de cesse que de le priver d'une véritable occasion de révéler ses grands dons d'homme d'Etat dans une république russe de type occidental. En 1917, quand le Gouvernement provisoire en était à sa phase initiale – c'est-à-dire quand les Kadets en faisaient encore partie –, il occupa au Conseil des ministres la fonction importante mais discrète de Secrétaire exécutif. Au cours de l'hiver 1917-1918, il fut élu à l'Assemblée constituante, mais seulement pour être arrêté par des marins bolcheviks résolus quand elle fut démantelée. La Révolution de Novembre avait déjà inauguré son cycle de violences, la police était déjà en activité mais, à l'époque, le chaos des ordres et des contrordres jouait parfois en notre faveur : mon père suivit un couloir aux contours imprécis, vit une porte ouverte tout au bout, se retrouva dans une petite rue et réussit à rejoindre la Crimée avec un havresac qu'il avait demandé à son valet de chambre Ossip de lui remettre dans un coin à l'écart et un paquet de tartines au caviar que le brave Nikolaï Andréievitch, notre cuisinier, avait ajouté de sa propre initiative. Pendant environ six mois, jusqu'au début de 1919, au cours d'une pause entre deux occupations par les Bolcheviks, et en désaccord constant avec des membres de l'armée de Dénikine prêts à tirer pour un rien, il fut ministre de la Justice (d'une « justice minimale », comme il avait coutume de dire avec une ironie désabusée) dans l'un des Gouvernements régionaux, celui de Crimée. En 1919, il choisit l'exil volontaire, s'établissant d'abord à Londres, puis à Berlin où, en collaboration avec Hessen, il édita *Roul'* (« Gouvernail »), le quotidien des émigrés libéraux, jusqu'à son assassinat en 1922 par une sinistre brute que, durant la Seconde Guerre mondiale, Hitler avait chargée d'administrer les affaires des Russes émigrés.

Il écrivait de façon prolifique, principalement sur la politique et la criminologie. Il connaissait *à fond** la littérature en prose et la poésie de plusieurs pays, savait par cœur des centaines de vers (ses poètes russes favoris étaient Pouchkine, Tyoutchev et Fet à qui il consacra un bel essai), était incollable sur Dickens et, outre Flaubert, tenait en grande estime Stendhal, Balzac et Zola, trois détestables médiocrités de *mon* point de vue. Il se plaisait à avouer que l'élaboration d'une histoire ou d'un poème, quels qu'ils fussent, était pour lui un miracle aussi incompréhensible que la construction d'une machine électrique. En revanche, il n'avait aucun mal à écrire sur des sujets juridiques et politiques. Son style était correct quoique monotone et, aujourd'hui, en dépit de toutes les métaphores surannées d'une culture classique et des clichés du journalisme russe, il garde – du moins pour mes oreilles blasées – la séduction particulière d'une morne dignité contrastant de façon étonnante (comme si elle était le fait de quelque parent plus âgé et plus pauvre) avec ses réflexions de tous les jours, colorées, pittoresques, souvent poétiques et quelquefois grivoises. Les brouillons qui ont été conservés de ses proclamations (commençant par « *Grajdane!* », c'est-à-dire « *Citoyens!* ») et de ses éditoriaux sont rédigés sur du papier réglé, d'une écriture penchée merveilleusement harmonieuse, incroyablement régulière, presque exempte de corrections, avec une pureté, une assurance, un fonctionnement simultanés de l'esprit et de la matière que je trouve plaisant de comparer à ma propre écriture timide et à mes brouillons désordonnés, aux révisions et corrections en forme de massacre, et aux nouvelles révisions de ces lignes mêmes sur lesquelles je passe aujourd'hui deux heures pour décrire une coulée de deux minutes de son irréprochable écriture. Ses brouillons étaient des copies au propre d'une réflexion immédiate. Il écrivit de cette façon, avec une facilité et une rapidité phénoménales (inconfortablement assis à un pupitre d'enfant, dans la salle de classe d'un palais lugubre), le texte de l'abdication du grand-duc Mikhaïl (premier dans l'ordre de succession après que le tsar eut renoncé au trône pour lui-même et pour son fils). Rien d'étonnant à ce qu'il eût également été un admirable parleur, un orateur décontracté dans le « style anglais », qui évitait les gestes saccadés et l'aboiement rhétorique du démagogue et, là aussi, le ridicule cacologue que je suis, quand il n'a pas une feuille dactylographiée devant lui, n'a bénéficié d'aucun héritage.

C'est tout récemment que j'ai lu pour la première fois son important *Sbornik stateï po ougolovnomou pravou* (un recueil d'articles sur le droit pénal), publié en 1904 à Saint-Pétersbourg et dont un des rares exemplaires, peut-être le seul (ayant précédemment appartenu à un certain « Mikhaïl Evgrafovitch Khodounov », ainsi que l'indique une estampille à l'encre violette sur la page de garde), m'a été donné par un aimable voyageur, Andrew Field, qui l'avait acheté dans une librairie où l'on proposait des livres d'occasion, lors du séjour qu'il fit en Russie, en 1961. C'est un volume de 316 pages, renfermant dix-neuf articles. Dans l'un d'eux (« Crimes sexuels », écrit en 1902), mon père étudie de façon plutôt prophétique et assez singulièrement des affaires judiciaires (ayant eu cours à Londres), où il était question « de petites filles *à l'âge le plus tendre** *(v nejneïchem nozraste)*, c'est-à-dire ayant entre huit et douze ans, livrées en pâture à des débauchés *(slastolïoubtsam)* ». Dans le même texte, il fait preuve d'une approche très libérale et « moderne » de diverses pratiques anormales, forgeant au passage un terme russe bien venu pour « homosexuel » : *ravnopoli*.

Il serait impossible de dresser la liste des milliers d'articles, littéralement, qu'il publia dans différents périodiques tels que *Rech* ou *Pravo*. Dans un des chapitres à venir, j'évoque son livre, intéressant d'un point de vue historique, racontant une visite officieuse en Angleterre, durant la guerre. Certains de ses Mémoires relatifs aux années 1917-1919 ont paru dans les *Archiv russkoï revolioutsi*, publiées par Hessen à Berlin. Le 16 janvier 1920, il donna au King's College, à Londres, une conférence sur « La domination du Soviet et l'avenir de la Russie » qui fut publiée une semaine plus tard dans le supplément n° 15 du *New Commonwealth* (et soigneusement collée dans l'album de ma mère). Au printemps de la même année, j'en appris par cœur la plus grande partie en me préparant à m'exprimer contre le Bolchevisme dans le cadre d'un débat syndical à Cambridge; l'apologiste (victorieux) appartenait au *Manchester Guardian;* son nom m'échappe, mais je me souviens d'avoir complètement séché après avoir récité ce que j'avais retenu par cœur, et ce fut là mon premier et dernier discours politique. Deux mois avant la mort de mon père, la revue des émigrés *Teatr i jizn'* (« Théâtre et vie ») entreprit de publier sous forme de feuilleton ses souvenirs d'enfance (nous empiétons ici l'un sur l'autre – trop brièvement). J'y retrouve, excellemment décrites, les crises de colère de son pédantesque professeur de latin au Troisième Lycée, comme aussi la passion très précoce qu'eut mon père pour l'opéra, et qui devait l'accompagner toute sa vie : il a sans doute écouté pratiquement tous les chanteurs européens de première grandeur entre 1880 et 1922 et, bien qu'il fût incapable de rien jouer (sauf, très majestueusement, les premiers accords de l'ouverture de « Ruslan »), il connaissait chacune des notes de ses opéras favoris. Le long de cette corde vibrante, un gène mélodieux qui m'a raté glisse en douceur de l'organiste du seizième siècle Wolfgang Graun à mon fils, en passant par le relais de mon père.

II

J'avais onze ans quand mon père décida qu'on pourrait compléter de façon profitable l'enseignement que j'avais reçu, et continuais de recevoir à la maison en me faisant fréquenter l'école Ténichev. Cette école, l'une des plus remarquables de Saint-Pétersbourg, était un établissement relativement récent et d'un type plus moderne et libéral que le lycée ordinaire, bien qu'appartenant à la même catégorie générale. Son programme d'étude, qui comprenait seize « semestres » (huit classes de *lycée*), serait, en gros, l'équivalent en France des six dernières années d'école secondaire et de la première année d'université. A mon admission, en janvier 1911, je me trouvai dans le troisième « semestre » ou au début de ce qui serait la classe de cinquième dans le système français.

Il y avait classe du 15 septembre au 25 mai, avec deux interruptions : un intervalle de deux semaines entre les « semestres » – pour faire place, aurait-on dit, à l'immense arbre de Noël qui touchait de son étoile le plafond vert pâle de notre plus beau salon – et des vacances d'une semaine pour Pâques, durant lesquelles des œufs peints égayaient la table du petit déjeuner. Etant donné que la neige et le gel duraient d'octobre à bien avant en avril, rien d'étonnant à ce que la moyenne de mes souvenirs d'école soit nettement hiémale.

Quand Ivan premier (qui, un jour, disparut) ou Ivan deux (qui devait connaître l'époque où je l'enverrais en missions romanesques) venait m'éveiller vers huit heures du matin, le monde au-dehors était encore encapuchonné d'une brune pénombre hyperboréenne. La lumière électrique dans la chambre à coucher avait une teinte maussade, aigre, bilieuse, et de la regarder, les yeux me cuisaient. Appuyant sur ma main mon oreille qui bourdonnait et calant mon coude contre le coussin, je me forçais à travailler à dix pages de devoirs inachevés. Sur ma table de nuit, à côté d'une lampe trapue ornée de deux têtes de lion en bronze, il y avait une petite pendule originale : un récipient de cristal à l'intérieur duquel des lamelles couleur ivoire semblables à des pages et portant des chiffres noirs se déplaçaient de droite à gauche, chacune d'elles s'immobilisant une minute, comme faisaient autrefois les photos publicitaires sur les écrans de cinéma. Je me donnais dix minutes pour mémoriser le texte (aujourd'hui, cela me prendrait deux heures !) et, disons, une douzaine de minutes pour prendre un tub, m'habiller (avec l'aide d'Ivan), dévaler les escaliers et engloutir une tasse de cacao tiède de la surface duquel je détachais, vers le centre, un rond de peau brune ridée. Les matinées furent sabotées, et il fallut cesser des choses telles que les leçons de boxe et d'escrime qu'un Français étonnamment élastique, M. Loustalot, me donnait.

Il continua cependant à venir, presque chaque jour, pour un assaut de boxe ou d'escrime avec mon père. Je traversais à la hâte, mon manteau de fourrure à moitié enfilé, le salon vert (où une odeur de sapin, de cire chaude et de mandarines subsistait longtemps encore après que Noël était passé), pour gagner la bibliothèque, d'où venaient des bruits de piétinements et de grincements. Là je trouvais mon père, homme grand et vigoureux, paraissant encore plus grand dans son costume blanc d'entraînement, en train de porter des coups d'estoc ou de parer, tandis que les vives exclamations *(« Battez ! », « Rompez ! »*)* de son maître d'armes s'ajoutaient au cliquetis des lames.

Un peu haletant, mon père enlevait le masque protecteur convexe de son visage rose en sueur pour me dire bonjour et m'embrasser. Ce lieu mariait agréablement l'érudition et l'athlétisme, le cuir des livres et le cuir des gants de boxe. Il y avait d'énormes fauteuils le long des murs garnis de rayons de livres. Un *punching-ball* compliqué, acheté en Angleterre – quatre montants d'acier supportant la planche d'où pendait le sac à frapper en forme de poire –, luisait au fond de la vaste pièce. A quoi pouvait bien servir cet appareil, d'autant plus suspect que son sac faisait un tac-tac-tac de mitrailleuse, c'est ce que demandèrent quelques émeutiers lourdement armés qui entrèrent par la fenêtre en 1917, et ils n'ajoutèrent foi qu'à contrecœur à l'explication que leur donna le maître d'hôtel. Quand la Révolution soviétique nous força à quitter Saint-Pétersbourg, cette bibliothèque se désagrégea, mais on continua d'en voir des vestiges revenir au jour à l'étranger. Quelque douze ans plus tard, à Berlin, j'ai repêché à l'étalage d'un bouquiniste une épave de ce genre, portant *l'ex libris* de mon père. Et qui, avec à-propos, se trouva être *La Guerre des mondes* de Wells. Et une dizaine d'années après, je découvris un jour, à la bibliothèque municipale de New York, répertorié au nom de mon père, un exemplaire du beau catalogue qu'il avait fait imprimer, à l'époque où les livres fantômes dont les noms étaient inscrits là se trouvaient encore, rouges et luisants, sur ses rayons.

III

Il replaçait son masque et se remettait à piétiner et à se fendre, tandis que je me dépêchais de revenir sur mes pas. Après la chaleur du vestibule, où de grosses bûches crépitaient dans la vaste cheminée, l'air glacé du dehors vous coupait le souffle. Je m'informais pour savoir laquelle de nos deux autos, la Benz ou la Wolseley, était là pour me mener à l'école. La première, un landaulet gris, conduite par Volkov, un chauffeur doux, au pâle visage, était la plus ancienne. Sa ligne avait certainement paru dynamique, comparée à celle du fade coupé électrique, sans nez et silencieux, qui l'avait précédée; mais à son tour, le landaulet avait pris un air démodé, paru trop lourd du haut, avec un capot déplorablement rétréci, dès que la longue et noire limousine anglaise était venue partager son garage.

Avoir l'auto la plus récente, c'était commencer la journée avec enthousiasme. Pirogov, le second chauffeur, était un garçon très court de taille et replet, au teint roussâtre, qui s'harmonisait bien avec la nuance de la fourrure qu'il portait par-dessus son costume de velours à côtes et avec le brun orangé de ses jambières. Quand quelque encombrement dans le trafic l'obligeait à appuyer sur la pédale de frein (ce qu'il faisait en se détendant lui-même brusquement comme un ressort), ou quand je l'ennuyais en essayant de communiquer avec lui au moyen du tube acoustique criard et peu pratique, sa nuque épaisse, que je voyais à travers la glace de séparation, devenait cramoisie. Il ne cachait pas qu'il préférait conduire la robuste Opel décapotable dont nous nous servîmes à la campagne durant trois ou quatre saisons, et il lui faisait faire du quatre-vingt-dix à l'heure (pour mesurer à quel point cela pouvait épater en 1912, il faudrait prendre en compte l'inflation qui existe aujourd'hui dans le domaine de la vitesse) : et, en vérité, l'essence même de la liberté estivale – ne plus être en ville ni à l'école – reste liée dans mon esprit à l'excessif ronflement de moteur que lâchait sur la longue grand-route déserte le pot d'échappement ouvert. Quand, dans le courant de la deuxième année de la Première Guerre mondiale, Pirogov fut mobilisé, il fut remplacé par le brun Tsiganov aux yeux égarés, ancien as des courses, qui avait pris part à diverses compétitions tant en Russie qu'à l'étranger et qui avait eu plusieurs côtes enfoncées lors d'une grave collision en Belgique. Plus tard, en 1917, peu après que mon père eut donné sa démission du gouvernement de Kérenski, Tsiganov résolut – en dépit des protestations énergiques de mon père – de sauver la puissante Wolseley d'une confiscation possible en la démontant et en répartissant les pièces détachées dans des cachettes connues seulement de lui. Plus tard encore, dans la mélancolie d'un automne tragique, alors que les Bolcheviks avaient la haute main, l'un des aides de camp de Kérenski demanda à mon père une voiture solide dont le Premier ministre pourrait faire usage s'il se trouvait dans l'obligation de partir en hâte; mais notre vieille Benz asthénique ne pouvait faire l'affaire et la Wolseley s'était évaporée de façon embarrassante, et si j'attache de l'importance au souvenir de cette requête (récemment démentie par mon éminent ami, mais à coup sûr formulée par son aide de camp), c'est simplement pour son effet de contrepoint dans l'économie de cet ouvrage, en raison du plaisant écho thématique que représente le rôle joué par Christina von Korff dans l'épisode de Varennes de 1791.

Bien que d'importantes chutes de neige fussent chose beaucoup plus habituelle à Saint-Pétersbourg que, disons, dans les environs de Boston, les quelques automobiles qui circulaient parmi les nombreux traîneaux de la ville avant la Première Guerre mondiale n'ont pourtant jamais paru s'attirer le genre d'effroyables désagréments que s'attirent les automobiles actuelles durant un vrai Noël blanc de la Nouvelle-Angleterre. Nombre de forces inconnues étaient à l'œuvre dans la construction de la cité. On est amené à penser que la disposition de ses neiges – en nets remblais le long des trottoirs et en une étendue ferme et lisse sur les pavés de bois octogonaux de la chaussée – était obtenue par quelque profane coopération entre la géométrie des rues et la physique des nuages de neige. En tout cas, aller à l'école en auto ne prenait jamais plus d'un quart d'heure.Notre maison était le n° 47 de la rue Morskaya. Puis venait celle du prince Oginski (n° 45), puis l'ambassade d'Italie (n° 43), puis l'ambassade d'Allemagne (n° 41), et puis la vaste place Marie, après laquelle les numéros des maisons continuaient à diminuer. Il y avait un petit jardin public sur le côté gauche de la place. Dans l'un de ses tilleuls, on avait trouvé, un jour, une oreille et un doigt – restes d'un terroriste qui avait eu la main maladroite en préparant un colis mortel dans sa chambre, de l'autre côté de la place. Ces mêmes arbres (tel un dessin en filigrane argent dans une brume nacrée d'où naissait à l'arrière-plan le dôme de Saint-Isaac) avaient vu aussi des enfants abattus à coups de fusil tirés à l'aveuglette dans les branches où ils avaient grimpé, tentant vainement d'échapper aux gendarmes montés qui étaient en train de réprimer la Première Révolution (1905-1906). Il y avait pas mal de petites histoires de ce genre attachées aux places et aux rues de Saint-Pétersbourg.

L'avenue Nevski atteinte, on la suivait un bon bout de temps, et alors c'était un plaisir de dépasser sans effort un officier de la Garde en capote dans son traîneau léger tiré par une paire d'étalons noirs s'ébrouant et se hâtant sous le filet bleu vif qui empêchait des mottes de neige durcie de voler au visage du passager. Une rue à gauche au nom charmant – Karavannaya (la rue des Caravanes) – vous faisait passer devant un inoubliable magasin de jouets. Ensuite venait le Cirque Ciniselli (célèbre pour ses tournois de lutte corps à corps). Finalement, après avoir traversé un canal bâclé par les glaces, on arrivait aux grilles de l'école Ténichev dans la rue Mokhovaya (la rue de la Mousse).

IV

Appartenant par choix à la grande *intelligentsia* sans classe de la Russie, mon père jugea bon de me faire fréquenter une école qui se distinguait par ses principes démocratiques, sa politique de non-discrimination en matière de rang social, de race et de croyance, et par ses méthodes modernes d'enseignement. A part cela, l'école Ténichev ne différait en rien de toute autre école dans le temps ou l'espace. Comme dans toutes les écoles, les écoliers supportaient certains de leurs professeurs, et détestaient tous les autres, et, comme dans toutes les écoles, il y avait un continuel échange de railleries obscènes et de renseignements érotiques. Excellant aux sports, fréquenter cette école ne m'eût pas été, dans l'ensemble, trop pénible, si seulement mes professeurs n'avaient pas tenu absolument à essayer de sauver mon âme.

Ils m'accusaient de ne pas me conformer à mon entourage; d'être « poseur » (et en particulier de parsemer mes écrits russes de termes anglais et français, qui me venaient naturellement); de refuser de toucher, dans le lavabo, aux essuie-mains humides et sales; de me battre en portant des coups avec les jointures de mes doigts, au lieu d'adopter la méthode des pugilistes russes d'une sorte de gifle donnée avec le dessous du poing. Le directeur de l'école qui ne s'y connaissait guère en matière de sports, tout en approuvant grandement la vertu qu'ils ont de développer l'esprit d'équipe, voyait avec méfiance que j'étais toujours à garder le but dans les parties de football, « au lieu de courir de côté et d'autre avec les autres joueurs ». Une autre chose dont on me faisait grief, c'était le fait de venir à l'école et d'en repartir en automobile et de ne pas faire les trajets en tramway ou en fiacre comme les autres gamins, de vrais petits démocrates, eux. Le visage tout crispé d'une grimace de dégoût, un professeur me suggéra que le moins que je pouvais faire, c'était de faire arrêter l'automobile deux ou trois pâtés de maisons avant, de manière à épargner à mes camarades de classe la vue d'un chauffeur en livrée ôtant sa casquette. C'était comme si l'école me permettait de trimbaler un rat mort par la queue, à condition que je ne le balance pas sous le nez des gens.

Ce qu'il y avait de pire dans ma situation était dû au fait qu'à cette époque déjà, j'éprouvais une violente répugnance à me joindre à des mouvements ou à des associations de quelque sorte que ce fût. J'exaspérais les plus gentils et les mieux intentionnés de mes professeurs en refusant courtoisement de participer à un travail d'équipe en supplément du programme d'études – associations organisant des conférences contradictoires, avec élection solennelle des membres du bureau et lecture de rapports sur des questions historiques et, dans les classes supérieures, réunions à caractère plus ambitieux, pour discuter des événements politiques de l'actualité. La pression exercée continuellement sur moi pour me faire appartenir à tel ou tel groupe n'eut jamais raison de ma résistance, mais aboutit à un état de tension qu'adoucissait à peine le fait d'entendre tout le monde chanter toujours la même antienne au sujet de l'exemple donné par mon père.

Mon père était, en effet, un homme très actif, mais, comme il arrive souvent aux enfants dont le père jouit d'une certaine notoriété, je regardais ses activités à travers un prisme bien personnel, et qui divisait en de multiples couleurs enchanteresses la lumière assez austère que mes professeurs apercevaient. Par suite de ses chefs d'intérêt divers – criminologie, législation, politique, rédaction, philanthropie – il avait à assister à de nombreuses réunions de comités, et celles-ci se tenaient souvent chez nous. On pouvait toujours déduire qu'une réunion de ce genre allait avoir lieu d'un bruit très particulier à l'extrémité de notre vaste et sonore vestibule. Là, dans un recoin sous l'escalier de marbre, notre portier *(chveitsar)* était occupé à tailler des crayons à l'heure où je rentrais de l'école. Pour ce faire, il se servait d'une volumineuse machine d'un vieux modèle, avec une roue qui ronflait, dont il tournait rapidement la manivelle d'une main, tenant de l'autre le crayon introduit dans un orifice latéral. Depuis des années, il était la personnification du poncif même du vieux serviteur fidèle, plein de sagesse, d'intelligence, et prodigue d'adages curieux; à l'aide de deux doigts, il lissait avec panache sa moustache, du côté droit et gauche, et une légère odeur de poisson frit traînait toujours autour de lui : elle provenait des mystérieux quartiers qu'il occupait au sous-sol où il avait une femme obèse et des jumeaux, un petit garçon de mon âge et une petite fille obsédante et débraillée, aux yeux bleus atteints de strabisme et à la chevelure cuivrée; mais cette corvée de la taille du crayon avait dû beaucoup aigrir le pauvre vieux Oustine, et je sympathise aisément avec lui, moi qui n'écris qu'avec un crayon très pointu, m'entoure de petits vases contenant des bouquets de B 3 et fais tourner une centaine de fois par jour la manivelle de l'instrument (fixé sur le rebord de la table) qui engrange si vite tant de copeaux brun-fauve dans son petit tiroir. On découvrit plus tard qu'il avait pris contact avec la police secrète du tsar – des apprentis, ces policiers, bien sûr, en comparaison des hommes de Dzerjinski ou de Iagoda, mais tout de même bien gênants. En 1906, par exemple, la police, soupçonnant déjà mon père de tenir des réunions clandestines à Vyra, avait recouru aux services d'Oustine qui avait alors supplié mon père, sous un quelconque prétexte dont je ne parviens pas à me souvenir, mais avec l'intention délibérée d'espionner tout ce qui pouvait se passer, de l'emmener à la campagne cet été-là comme valet de pied supplémentaire (il avait été employé à l'office chez les Roukavichnikov); et ce fut lui, l'omniprésent Oustine, qui, au cours de l'hiver 1917-1918, fit héroïquement monter des représentants des Soviets victorieux dans le bureau de mon père, au deuxième étage, et de là, en traversant un salon de musique et le boudoir de ma mère, les conduisit à la chambre d'angle située au sud-est où j'étais né, et à la niche dans le mur, aux diadèmes flamboyants qui représentaient une juste récompense pour le Machaon qu'il avait un jour attrapé pour moi.

Vers huit heures du soir, le vestibule abritait un amoncellement de pardessus et de caoutchoucs. Dans une salle de réunion, contiguë à la bibliothèque, autour d'une longue table recouverte de serge (sur laquelle on avait disposé les fameux crayons magnifiquement taillés), mon père et ses collègues se réunissaient pour débattre quelque phase de leur opposition au tsar. Dominant le brouhaha des voix, une grande horloge dans un coin sombre faisait brusquement entendre un carillon de Westminster; et au-delà de la salle de réunion, il y avait des profondeurs mystérieuses – des resserres, un escalier en colimaçon, une espèce de dépense – où mon cousin Iouri et moi avions l'habitude de faire une halte, pistolet au poing, sur le chemin du Texas, et où un soir la police du tsar plaça un gros espion aux yeux troubles, qui, lorsqu'on le découvrit, tomba lourdement à genoux devant notre bibliothécaire, Ludmila Borissovna Grinberg. Mais comment diable aurais-je pu parler de tout cela avec des professeurs ?

V

La presse réactionnaire ne cessa jamais d'attaquer le parti de mon père et je m'étais accoutumé aux dessins satiriques plus ou moins vulgaires qui paraissaient de temps à autre – mon père et Milioukov tendant la Sainte Russie sur une assiette à la Juiverie mondiale, et autres choses dans ce goût-là. Mais, un jour, au cours de l'hiver 1911, je crois, le plus puissant des journaux de la droite employa un journaliste véreux à fabriquer un article outrageant contenant des insinuations que mon père ne pouvait laisser passer. Puisque la gredinerie bien connue de l'auteur réel de l'article le rendait « non-duellable » (*neduelesposobnyj,* selon l'expression même du code russe du duel), mon père provoqua en duel le directeur, un peu moins taré, du journal où l'article avait paru.

Un duel russe était quelque chose de beaucoup plus sérieux que la variété parisienne du duel. Le directeur du journal mit plusieurs jours à décider s'il relèverait ou non le gant. Le dernier jour, un lundi, j'allai comme d'habitude à l'école. Comme je n'avais pas lu les journaux, j'ignorais tout de l'affaire. Au cours de la journée, je vis un périodique ouvert à une certaine page passer de main en main et provoquer des rires étouffés. Je fondis dessus au moment opportun, m'en emparai, et découvris que c'était le numéro le plus récent d'un hebdomadaire bon marché contenant un compte rendu fortement coloré du défi lancé par mon père, et commentant de façon inepte le fait qu'il avait laissé le choix des armes à son ennemi. Il y avait des allusions ironiques à ce retour de sa part à une coutume féodale qu'il avait condamnée dans ses propres écrits. Il était aussi largement question du nombre de ses domestiques et du nombre de ses costumes. J'appris qu'il avait choisi pour second son beau-frère, l'amiral Koloméitsev, un héros de la guerre contre le Japon. Durant la bataille de Tsou-Shima, cet oncle à moi, qui avait à cette époque le grade de capitaine, était parvenu à amener son contre-torpilleur le long du bord du vaisseau amiral en flammes et à sauver le commandant en chef de la Marine.

Après les heures de classe, j'acquis la certitude que ce périodique appartenait à un de mes meilleurs amis. Je l'accusai de me trahir et de me bafouer. Dans l'empoignade qui s'ensuivit, il tomba en arrière avec fracas contre un pupitre, se prenant le pied dans un joint et se brisant la cheville. Il resta alité pendant un mois, mais eut l'élégance de taire à sa famille et à nos professeurs la part que j'avais eue dans la chose.

Mon angoisse en le voyant transporter en bas se fondit dans le sentiment de détresse générale que j'éprouvai. Je ne sais pourquoi, aucune automobile ne vint me chercher ce jour-là, et durant le froid et lugubre trajet de retour à la maison, incroyablement lent, en traîneau de louage, j'eus amplement le temps de réfléchir à la situation. A présent je comprenais pourquoi, la veille, ma mère avait été si peu avec moi et n'était pas descendue dîner. Je compris aussi quel entraînement spécial Thernant, *maître d'armes** encore meilleur que Loustalot, avait donné à mon père ces derniers jours. Que choisirait son adversaire, ne cessais-je de me demander, la lame ou la balle ? Ou bien peut-être ce choix était-il déjà fait ? Avec soin, je pris l'image bien-aimée, familière, intensément vivante, de mon père faisant de l'escrime, et m'efforçai de transférer cette image, moins le masque et le plastron, sur le terrain du duel, dans quelque écurie ou dans quelque manège. Je me les représentais, lui et son adversaire, tous deux la poitrine nue et en pantalons noirs, se livrant un assaut forcené, leurs mouvements énergiques marqués de cette bizarre maladresse que même un tireur d'épée de premier ordre ne peut éviter dans une rencontre réelle. Le tableau était si répulsif, j'avais d'une façon si vive la sensation de la maturité et de la nudité d'un cœur battant follement et sur le point d'être percé, que je me surpris à espérer qu'on ferait usage de ce qui me fit passagèrement l'effet d'une arme plus abstraite. Mais bientôt, je m'abîmai dans une encore plus profonde angoisse.

Tandis que le traîneau rampait le long de l'avenue Nevski, où des lumières floues flottaient dans le crépuscule grandissant, je pensai au lourd browning noir que mon père gardait dans le tiroir supérieur de droite de son bureau. Ce pistolet m'était aussi familier que toutes les autres choses, plus caractéristiques, dans son cabinet de travail; les *objets d'art** en cristal ou en pierre veinée, à la mode à cette époque; les miroitantes photographies de famille; l'immense

Pérugin doucement éclairé; les petites peintures à l'huile hollandaises, lumineuses comme du miel; et, juste au-dessus du bureau, le portrait, au pastel rose et gris de brume, de ma mère par Bakst : l'artiste avait dessiné son visage de trois quarts, faisant merveilleusement ressortir la finesse de ses traits – la vague relevée haut de ses cheveux couleur de cendre (ils avaient grisonné une douzaine d'années auparavant, lorsqu'elle avait entre vingt et trente ans), la courbe pure de son front, les yeux bleu pigeon, la ligne gracieuse du cou.

Quand je pressais le vieux cocher, semblable à une poupée de chiffons, d'aller plus vite, il se contentait de se pencher d'un côté en faisant du bras un geste semi-circulaire particulier, propre à faire croire au cheval qu'il était sur le point de sortir le court fouet qu'il gardait dans la tige de sa botte droite de feutre; et c'était suffisant pour que la petite haridelle à poils rudes fît semblant d'accélérer, de façon tout aussi vague que le cocher avait fait semblant de tirer son *knoutichko.* Dans l'état presque hallucinatoire que notre course assourdie par la neige engendrait, je revécus tous les duels célèbres qu'un petit garçon russe connaissait si bien. Je vis Pouchkine, mortellement blessé au premier coup de feu, se relever à demi, menaçant, pour décharger son pistolet sur d'Anthès. Je vis le sourire de Lermontov tandis qu'il faisait face à Martynov. Je vis le corpulent Sobinov dans le rôle de Lenski s'effondrer et laisser voler son arme du côté des fauteuils d'orchestre. Aucun écrivain russe tant soit peu renommé n'avait manqué de décrire *une rencontre** d'adversaires, toujours naturellement du type classique du *duel à volonté** (non de la comédie grotesque « dos-à-dos-marchez-faites-vous-face-bang-bang », rendue fameuse en Amérique par les films et les dessins humoristiques). Dans plusieurs familles en vue, il y avait eu des morts tragiques sur le terrain ces dernières années. Lentement, mon traîneau chargé de rêves remontait la rue Morskaya, et lentement de confuses silhouettes de duellistes marchaient à la rencontre l'une de l'autre, braquaient leurs pistolets et faisaient feu – aux premières lueurs de l'aube, dans des clairières humides de vieux domaines à la campagne, ou sous la neige fouettante, entre deux rangées de sapins.

Mais derrière tout cela, il y avait un gouffre d'émotion intimement personnelle que je tâchais désespérément de contourner, par peur d'éclater violemment en sanglots, et c'était la tendre amitié cachée sous mon respect pour mon père; le charme de notre entente parfaite; les promenades à bicyclette que nous faisions ensemble en été; les matches de Wimbledon que nous suivions dans les journaux de Londres; les problèmes d'échecs que nous résolvions; les ïambes de Pouchkine qui sortaient de ses lèvres et qu'il faisait sonner si triomphalement chaque fois que je citais quelque petit poète du jour. Nos relations étaient marquées par cet échange habituel de bêtises familiales, de plaisanteries et d'imitations que nous étions seuls à comprendre, code secret des familles heureuses. Avec tout cela, il était extrêmement strict sur le chapitre de la conduite et porté à faire des remarques mordantes quand il était en colère contre un enfant ou un domestique, mais sa bonté foncière était trop grande pour que la réprimande qu'il faisait à Ossip pour n'avoir pas sorti la chemise qu'il fallait fût vraiment blessante, tout comme la connaissance de première main qu'il avait de l'amour-propre d'un petit garçon tempérait la dureté de son reproche et se muait en un soudain pardon. Ainsi, je fus un jour plutôt surpris que content lorsque, ayant appris que j'avais volontairement tailladé ma jambe au-dessus du genou à l'aide d'un rasoir (j'en porte encore la cicatrice) afin d'éviter en classe une récitation que je n'avais pas suffisamment préparée, il parut dans l'incapacité de se mettre vraiment en colère; et l'aveu qu'il me fit ensuite d'une faute semblable dont il s'était rendu coupable quand il était lui-même un enfant me récompensa de ne pas lui avoir dissimulé la vérité.

Je me souvins de la façon dont il avait fait irruption dans ma chambre tel après-midi d'été (qui, déjà à l'époque, semblait lointain alors qu'en fait, quatre ou cinq années seulement s'étaient écoulées depuis), s'était emparé de mon filet à papillons, avait dévalé à toute vitesse les marches de la véranda – puis était aussitôt revenu d'un pas nonchalant, tenant entre le pouce et l'index la rare et magnifique femelle d'un Grand Sylvain qu'il avait vue paresser sur une feuille de tremble depuis le balcon de son bureau. Je me souvins de nos longues balades à bicyclette le long de la grand-route de Louga à la surface unie, et de l'efficacité avec laquelle – mollets puissants, portant une culotte de golf, un manteau de tweed, une casquette à carreaux – il enfourchait sa « Dux » à haute selle, que son valet amenait jusqu'au perron comme s'il se fût agi d'un palefroi. S'assurant qu'elle était bien luisante, mon père enfilait ses gants de daim et vérifiait sous le regard anxieux d'Ossip que les pneus étaient suffisamment gonflés. Puis il saisissait le guidon, plaçait son pied gauche sur une barre de métal en saillie, tout à fait à l'arrière du cadre, appuyait son pied droit sur l'autre côté de la roue arrière et, après trois ou quatre poussées de ce genre (la bicyclette ayant alors été mise en marche), mettait tranquillement son pied droit en position de pédaler, levait le gauche, et s'asseyait sur la selle.

J'arrivai enfin à la maison et immédiatement, en entrant dans le vestibule, j'entendis des voix sonores et joyeuses. Avec l'à-propos de choses vécues en rêve, mon oncle l'amiral descendait l'escalier. Du palier supérieur au tapis rouge, où une statue grecque présidait au-dessus d'une coupe en malachite pour les cartes de visite, mes parents continuaient à lui parler, et tout en descendant les marches, il regardait en haut en riant et donnait des tapes à la rampe avec les gants qu'il tenait à la main. Je compris aussitôt qu'il n'y aurait pas de duel, qu'on avait répondu à la provocation par des excuses, que tout allait bien. Je passai rapidement auprès de mon oncle et atteignis le palier. Je vis que ma mère avait son visage serein de tous les jours, mais je fus incapable de regarder mon père. Et alors ce fut plus fort que moi : mon cœur se gonfla en moi comme cette vague qui avait soulevé le *Buiny,* au moment où son capitaine l'amena bord à bord avec le *Souvorov* en flammes, et je n'avais pas de mouchoir, et dix années devaient s'écouler avant qu'un certain soir, en 1922, à une conférence à Berlin, mon père protégeât le conférencier (son vieil ami Milioukov) des balles de deux fascistes russes et que, tandis qu'il jetait vigoureusement à terre d'un coup de poing l'un des assassins, il fût mortellement atteint d'un coup de feu par l'autre. Mais cet événement futur ne jetait aucune ombre sur l'escalier brillamment éclairé de notre maison de Saint-Pétersbourg et la grande main fraîche qui s'attardait sur ma tête ne tremblait pas, et plusieurs solutions possibles d'un difficile problème d'échecs n'avaient pas encore trouvé leur harmonie sur l'échiquier.

CHAPITRE X

I

Les romans de l'Ouest sauvage du capitaine Mayne Reid (1818-1883), traduits et simplifiés, étaient extrêmement goûtés des enfants russes au début de ce siècle, longtemps après qu'en Amérique sa célébrité eut perdu de son lustre. Connaissant l'anglais, je pouvais savourer son *Cavalier sans tête* dans l'original non abrégé. Deux amis font l'échange de leurs vêtements, de leurs chapeaux, de leurs montures, et c'est le sosie qui est assassiné – telle est dans ses grandes lignes l'intrigue enchevêtrée. L'édition que j'avais (peut-être bien une édition anglaise) demeure dans les piles de ma mémoire comme un livre bouffi relié en toile rouge, avec un frontispice gris déteint, dont l'éclat était voilé, quand le livre était neuf, par une feuille de papier de soie. Je vois cette feuille au fur et à mesure de sa désagrégation – d'abord pliée à tort, puis arrachée – mais le frontispice lui-même, qui représentait sans doute le malheureux frère de Louise Pointdexter (et peut-être un ou deux coyotes, à moins que je ne confonde avec *Le Coup de fusil mortel*, autre histoire de Mayne Reid), d'avoir été si longtemps exposé aux feux de mon imagination, est à présent complètement décoloré (mais miraculeusement remplacé par la chose *en soi*, ainsi que j'en fis la remarque en traduisant ce chapitre en russe au cours du printemps 1953, c'est-à-dire par la vue qu'on avait depuis un ranch que toi et moi avions loué cette année-là : une étendue désertique couverte de cactus et de yuccas, d'où parvenait en cette matinée l'appel plaintif d'une caille – une caille de Gambel, je crois –, m'emplissant d'un sentiment de réussites et de récompenses imméritées).

Nous allons à présent faire la connaissance de mon cousin Iouri, un petit garçon au visage mince et au teint cireux, avec une tête ronde aux cheveux coupés ras et des yeux gris lumineux. Fils de parents divorcés, sans précepteur pour s'occuper de lui, jeune citadin qui n'avait pas de maison de campagne, il était à bien des égards différent de moi. Il passait l'hiver à Varsovie avec son père, le baron Evguéni Rausch von Traubenberg, qui en était gouverneur militaire, et ses étés à Batovo ou à Vyra, à moins d'être emmené à l'étranger par sa mère, mon excentrique tante Nina, dans de mornes villes d'eaux européennes où elle allait faire de longues promenades solitaires, le confiant aux soins de chasseurs et de femmes de chambre. A la campagne, Iouri se levait tard, et je ne le voyais qu'à mon retour, pour le déjeuner, après quatre ou cinq heures de chasse aux papillons. Depuis sa plus tendre enfance, il était absolument inaccessible à la peur, mais il était facilement dégoûté et sur ses gardes devant « l'histoire naturelle », ne pouvait se résoudre à toucher des choses qui se tortillaient, ne pouvait supporter le plaisant chatouillement d'une petite grenouille qui cherchait à tâtons, comme une personne humaine, à sortir du poing où elle était enfermée, ou la caresse discrète, d'une agréable fraîcheur, rythmiquement onduleuse, d'une chenille remontant le long d'un tibia nu. Il faisait collection de petits soldats de plomb peint qui ne me disaient rien, et il connaissait leurs uniformes aussi bien que je connaissais différents papillons. Il ne jouait à aucun jeu au ballon, était incapable de lancer une pierre convenablement et ne savait pas nager, mais il ne me l'avait jamais dit et, un jour, comme nous tentions de traverser la rivière en avançant par-dessus un tas de rondins de pin qui flottaient à proximité d'une scierie, il faillit se noyer quand un tronc se mit à s'enfoncer en faisant flac et en roulant sous ses pieds.

Nous avions fait attention l'un à l'autre pour la première fois aux environs de Noël 1904 (j'avais cinq ans et demi, il en avait sept), à Wiesbaden : je me souviens de lui sortant d'un magasin de souvenirs et se précipitant au-devant de moi avec une breloque, un petit pistolet d'argent de moins de trois centimètres de long qu'il était impatient de me montrer, s'étalant tout d'un coup sur le trottoir, mais ne pleurant pas en se relevant, indifférent à un genou qui saignait et continuant de serrer dans sa main son arme minuscule. Au cours de l'été 1909 ou 1910, il m'initiait avec enthousiasme aux possibilités théâtrales des livres de Mayne Reid. Il les avait lus en russe (étant en tout, à l'exception de son nom de famille, beaucoup plus russe que moi) et, en cherchant une intrigue jouable, il était enclin à les combiner avec les Fenimore Cooper et avec de bouillantes histoires de son cru. Je considérais nos jeux avec un plus grand détachement et tâchais de m'en tenir au script. La mise en scène avait lieu dans le parc de Batovo, où les sentiers étaient encore plus tortueux et pleins de traquenards que ceux de Vyra. Pour nos mutuelles chasses à l'homme, nous nous servions de pistolets à ressort qui lançaient, avec une grande force, des bâtons de la longueur d'un crayon (nous avions, de leurs pointes en cuivre, virilement arraché les coiffes protectrices en caoutchouc formant ventouses). Plus tard vinrent les carabines à air comprimé de types divers qui tiraient des boulettes de cire ou de petites flèches empennées aux effets non mortels mais souvent bien douloureux. En 1912, l'impressionnant revolver recouvert de nacre avec lequel il arriva lui fut placidement confisqué et enfermé à double tour par mon précepteur Lenski, mais nous avions auparavant fait voler en éclats le couvercle d'une boîte à chaussures (en prélude à la cible véritable, un as) que nous avions tenue à tour de rôle à bout de bras à une distance convenable, dans une verte avenue où le bruit courait qu'un duel avait eu lieu bien des années auparavant. L'été suivant, il était allé en Suisse avec sa mère – et, peu après sa mort (survenue en 1919), en se retrouvant dans le même hôtel et en se faisant donner les mêmes chambres qu'ils avaient occupées ce mois de juillet-là, elle plongea la main dans les renfoncements d'un fauteuil, en quête d'une épingle à cheveux, et en sortit un minuscule cuirassier qui n'avait plus sa monture mais dont les jambes arquées continuaient d'enserrer un cheval invisible.

Lorsqu'en juin 1914, il arriva pour un séjour d'une semaine (âgé de seize ans et demi alors que j'en avais quinze, et cette différence commençait à compter) la première chose qu'il fit sitôt que nous fûmes seuls dans le jardin, ce fut de sortir d'un geste désinvolte une cigarette « ambrée » d'un élégant étui d'argent sur la dorure intérieure duquel il m'engagea à remarquer la formule 3 × 4 = 12 gravée en souvenir des trois nuits qu'il avait finalement passées avec la comtesse G. Il était maintenant amoureux de la jeune femme d'un vieux général à Helsingfors et de la fille d'un capitaine à Gatchina. J'enregistrai avec une sorte de désespoir chaque nouvelle révélation de son comportement d'homme du monde. « D'où pourrais-je donner quelques coups de téléphone confidentiels ? » demanda-t-il. Je le conduisis, au-delà des cinq peupliers et du vieux puits asséché (d'où trois jardiniers effrayés nous avaient tirés à l'aide de cordes quelques années plus tôt seulement), jusqu'à un passage dans l'aile des domestiques où le roucoulement des pigeons venait d'un rebord de fenêtre accueillant et où était accroché, sur le mur tacheté de soleil, le plus isolé et le plus vieux des téléphones de notre maison de campagne, un bidule ayant la forme d'une boîte volumineuse et dont il fallait tourner la manivelle dans un bruit métallique pour faire jaillir la faible voix d'un opérateur. Iouri était à présent encore plus détendu et sociable que le mustang des années précédentes. Assis sur une table de jeu, contre le mur, et laissant pendre ses longues jambes, il bavardait avec les domestiques (quelque chose que je n'étais pas censé faire et ne savais pas faire), avec un valet de pied âgé à rouflaquettes que je n'avais encore jamais vu sourire, ou avec un flirt choisi dans la cuisine et dont je ne remarquai qu'alors le cou nu et le regard audacieux. Après que Iouri en eut terminé avec sa troisième conversation interurbaine (je notai avec un mélange de soulagement et de consternation à quel point son français était épouvantable), nous descendîmes jusqu'à l'épicerie du village, où je n'aurais jamais songé à mettre les pieds autrement, pas plus qu'à y acheter une livre de graines de tournesol blanches et noires. Tout au long de notre petite promenade de retour, au milieu des papillons de fin d'après-midi qui se préparaient à jucher, nous fûmes occupés à croquer et à cracher et il me montra comment le faire de la façon la plus performante : fendre la graine entre les molaires de droite, dégager l'amande avec la langue, cracher les deux moitiés de l'enveloppe, amener l'amande vers les molaires de gauche et la mâcher alors qu'entre-temps, la graine suivante avait déjà été cassée à droite et subissait le même traitement à son tour. Parlant en termes de droit, il reconnaissait être un « monarchiste » à toute épreuve (du genre romantique plutôt que politique) et poursuivait en déplorant mon prétendu (et parfaitement abstrait) « démocratisme ». Il récitait des fragments de poèmes fluides figurant dans son album et signalait avec fierté qu'il avait reçu des compliments de Dilanov-Tomski, un poète à la mode (qui prisait les épigraphes italiennes et les titres intermédiaires tels que « Chansons de l'amour perdu », « Urnes nocturnes » et ainsi de suite), pour cette spectaculaire rime « longue » « *vnemlyou mouze ya* » (« je suis attentif à la muse ») et « *lioubvi kontouziya* » (« contusion d'amour »), à quoi je ripostai par ma meilleure trouvaille (encore inutilisée) : « *zápoved* » (commandement) et « *posápïvat* » (renifler). Il fulminait devant le rejet par Tolstoï de l'art de la guerre et brûlait d'admiration pour le prince Andréi Bolkonski, car il venait tout juste de découvrir *Guerre et Paix* que j'avais lu pour la première fois à onze ans (à Berlin, sur un sofa turc, dans notre appartement ténébreux de style rococo de Privatstrasse qui donnait sur un jardin de derrière sombre et humide, avec des mélèzes et des lutins qui sont restés dans ce livre, comme une vieille carte postale, pour toujours).

Je me vois tout d'un coup dans l'uniforme d'élève officier : cette fois encore, en 1916, nous marchons nonchalamment vers le village et (comme Maurice Gerald et le malheureux Henry Pointdexter) nous avons échangé nos vêtements : Iouri porte mon pantalon de flanelle blanche et ma cravate rayée. Pendant la brève semaine que dura son séjour cette année-là, nous imaginâmes un divertissement singulier que je n'ai vu décrit nulle part. Il y avait une balançoire au centre d'un petit terrain de jeu circulaire entouré de jasmins, au fond de notre jardin. Nous ajustâmes les cordes de telle sorte que la balançoire verte passait à quelques centimètres seulement au-dessus du front et du nez de quelqu'un qui s'allongeait sur le dos, sur le sable, au-dessous. L'un de nous deux inaugurait le jeu en se mettant debout sur la planche et en se balançant de plus en plus vite; l'autre s'allongeait sur le sol en plaçant l'arrière de sa tête à un endroit convenu et, depuis ce qui paraissait être une hauteur considérable, le siège de celui qui se balançait passait à toute vitesse, dans un sifflement, au-dessus du visage de celui qui était allongé sur le dos. Et, trois ans plus tard, alors qu'il était officier de cavalerie dans l'armée de Dénikine, il fut tué en combattant les Rouges en Crimée du Nord. Je le vis mort à Yalta, tout le devant du crâne retroussé en arrière, pour ainsi dire, par l'impact de plusieurs balles qui l'avaient frappé comme le siège de fer d'une monstrueuse balançoire quand, ayant devancé son détachement, il s'était lancé seul, à corps perdu, à l'attaque d'un nid de mitrailleuses des Rouges. Ainsi fut assouvi son désir de toujours d'un comportement intrépide au combat, d'un ultime vaillant galop, pistolet au poing ou épée hors du fourreau. Si j'avais été qualifié pour écrire son épitaphe, j'aurais pu résumer les choses en disant – avec des mots plus évocateurs que ceux que je trouve ici – que toutes les émotions, toutes les pensées étaient gouvernées chez Iouri par un seul don : un sens de l'honneur équivalent, dans le domaine moral, à l'oreille absolue.

II

J'ai récemment relu *Le Cavalier sans tête* (dans une terne édition, sans images). C'est un livre qui a ses qualités. Prenez, par exemple, cette salle de bar dans un hôtel du Texas aux murs en rondins, en l'an 1850 de Notre-Seigneur (comme dirait le Capitaine), avec son « employé de cabaret » en manches de chemise – un dandy en son genre, puisque la chemise en question était à jabot et « de la toile la plus fine et de dentelle ». Les carafons de diverses couleurs (au milieu desquels une pendule hollandaise « tictaquait cocassement ») faisaient comme « un chatoiement d'arc-en-ciel derrière ses épaules », comme « une auréole autour de sa tête parfumée ». De verre en verre, la glace et le vin et le whisky *monongahela* passaient. Une odeur de musc, d'absinthe et de zeste de citron emplissait la salle. La flamme très éclairante de lampes à camphène faisait ressortir sur le sable blanc du parquet les noirs astérisques produits « par expectoration ». Une autre année de Notre-Seigneur – à savoir, 1941 – j'ai attrapé quelques intéressants papillons nocturnes attirés par les lampes au néon d'un poste d'essence, entre Dallas et Fort Worth.

Entre dans le bar le scélérat, « le Mississippien fouetteur d'esclaves », ex-capitaine de Volontaires, le beau, le crâneur, le maussade Cassius Calhoun. Après avoir porté un toast à « l'Amérique aux Américains, et à la déconfiture de tous ces intrus d'étrangers – particulièrement à celle de ces f...s (orthographe elliptique qui m'embarrassa fort quand je tombai dessus pour la première fois : forts? fiers?) Irlandais! », il se heurta exprès contre Maurice le Mustang (foulard écarlate, pantalons de velours à crevés, sang chaud irlandais), jeune marchand de chevaux qui était en réalité un baronnet, *Sir* Maurice Gerald, comme sa fiancée devait le découvrir à la fin du livre avec une vive émotion. Des émotions qui sont, comme celle-là, des impairs, voilà peut-être bien l'une des raisons pour lesquelles la renommée de cet auteur de naissance irlandaise a pâli dans son pays d'adoption.

Immédiatement après le heurt, Maurice accomplit plusieurs gestes dans l'ordre suivant : il posa son verre sur le zinc, sortit un mouchoir de soie de sa poche, essuya sur le devant brodé de sa chemise « la pollution du whisky », fit passer son mouchoir de la main droite à la main gauche, prit sur le zinc le verre à demi plein, aspergea de son contenu le visage de Calhoun, reposa calmement le verre sur le zinc. Cette séquence, je la sais encore par cœur, pour l'avoir tant de fois jouée avec mon cousin.

Le duel eut lieu séance tenante, dans la salle de bar qui se vida, ces hommes se servant d'un Colt à six coups. En dépit de l'intérêt que je prenais au combat (... tous deux furent blessés... leur sang gicla partout sur le parquet recouvert de sable...), je ne pouvais m'empêcher de quitter la salle en pensée, de me mêler à la foule qui faisait silence devant l'hôtel, afin de découvrir (dans « l'obscurité embaumée ») certaines señoritas « de métier équivoque ».

Avec encore plus de trouble, je lisais ce qui concernait Louise Pointdexter, la belle cousine de Calhoun, fille d'un planteur de cannes à sucre, « le plus noble et le plus hautain parmi ceux de son rang » (mais pourquoi un vieillard qui plantait des cannes à sucre devait être noble et hautain, voilà qui demeurait pour moi un mystère). On la montre dans les affres de la jalousie (que j'avais l'habitude d'éprouver de façon si aiguë à des réceptions minables, quand Mara Rjevouski, une petite fille pâle avec un nœud de soie blanche dans les cheveux, cessait brusquement et inexplicablement de se préoccuper de moi), debout au bord de son *azotea,* sa blanche main posée sur le couronnement du parapet « encore humide des perles de la nuit », ses seins jumeaux s'abaissant et se gonflant en une respiration précipitée, spasmodique, ses seins jumeaux, permettez-moi de relire cela, s'abaissant et se gonflant, sa lorgnette dirigée vers...

Cette lorgnette, je l'ai retrouvée ultérieurement entre les mains de Mme Bovary, et plus tard c'est Anna Karenine qui l'eut, puis elle passa en la possession de la Dame au chien de Tchékhov qui la perdit sur la jetée à Yalta. Quand Louise la tenait, elle était dirigée vers les ombres mouchetées sous les prosopis, où le cavalier de son choix était en train d'avoir un innocent entretien avec la fille d'un riche *haciendado,* doña Isidora Covarubio de los Llanos (dont « la chevelure rivalisait de luxuriance avec la queue d'un coursier sauvage »).

« J'ai eu l'occasion », expliquait par la suite Maurice à Louise, comme un cavalier à un autre, « de rendre service à doña Isidora, un jour, en la sauvant de quelques Indiens barbares. – Vous appelez cela un léger service ! s'écriait la jeune Créole. Un homme en ferait autant pour moi... – Que feriez-vous pour *lui*? »

demandait vivement Maurice. « *Pardieu*!* Je l'aimerais! – Alors, je donnerais la moitié de ma vie pour vous voir entre les mains du Chat Sauvage et de ses ivrognes de compagnons – et l'autre moitié pour vous délivrer de ce danger. »

Et ici, cet auteur galant intercale un étrange aveu : « Le baiser le plus doux que j'aie jamais eu dans ma vie, ce fut quand une femme – une belle créature, sur le terrain de chasse – se pencha sur sa selle pour m'embrasser alors que j'étais assis sur la mienne. »

Le fait d'être « assis », admettons-le, donne de la durée et du corps au baiser que le capitaine, si élégamment, « eut », mais je ne pouvais m'empêcher de sentir, même à l'âge de onze ans, que cette façon de faire l'amour à la centaure n'était pas sans avoir ses limitations particulières. En outre, Iouri et moi, nous connaissions un garçon qui en avait fait l'essai, mais le cheval de la fille avait renversé le sien dans le fossé. Epuisés par nos aventures dans le chaparral, nous nous étendions sur l'herbe et parlions femmes. Notre innocence me paraît à présent presque monstrueuse, à la lumière de divers « aveux sexuels » (voir Havelock Ellis et compagnie) selon lesquels de petits marmots s'accouplent comme des forcenés. Nous ignorions les bas quartiers de la sexualité. S'il nous était jamais arrivé d'entendre parler de gars normaux en train de se masturber comme des imbéciles en présence l'un de l'autre (ainsi qu'on en trouve la description si bienveillante, et agrémentée de toutes les odeurs afférentes à la situation, dans les romans américains modernes), la seule perspective d'un acte pareil nous aurait paru aussi comique et impensable que celle de coucher avec un amelus. Notre idéal, c'était la reine Guenièvre, Iseult, une *belle dame** moins impitoyable, la femme d'un autre homme, fière et docile, élégante et légère, avec des chevilles fines et des mains étroites. Les petites filles en escarpins et socquettes impeccables que nous et d'autres petits garçons avions coutume de rencontrer à des leçons de danse ou aux arbres de Noël avaient, reflétés dans leurs iris pailletés de rouge feu, tous les enchantements, toutes les délices et étoiles de l'arbre, et elles nous taquinaient, elles nous rendaient nos œillades, elles participaient de façon charmante à nos rêves de réjouissances indéfinies, mais elles appartenaient, ces nymphettes-là, à un autre ordre de créatures que les beautés adolescentes et les vamps à grand chapeau après lesquelles, en fait, nous languissions. Après m'avoir fait signer avec du sang un serment de discrétion, Iouri me raconta des choses au sujet d'une dame mariée à Varsovie dont, à douze ou treize ans, il avait été en secret amoureux et qui, quelques années plus tard, était devenue sa maîtresse. Devant cela, il eût paru bien plat, je le craignais fort, que je l'entretienne de mes camarades de jeu du bord de la mer, et je ne me souviens pas du produit de remplacement que j'inventai pour faire pendant à son idylle. Il m'advint cependant cette même année une véritable aventure romanesque. Je vais maintenant faire quelque chose de tout à fait difficile, une sorte de double saut périlleux avec un tortillement gallois (les vieux acrobates comprendront ce que je veux dire), et je vous prie d'observer un silence absolu.

III

En août 1910, mon frère et moi étions à Bad Kissingen avec nos parents et notre précepteur (Lenski); mon père et ma mère se rendirent ensuite à Munich et Paris, puis retournèrent à Saint-Pétersbourg et en repartirent pour Berlin où nous, les garçons, passions l'automne et le début de l'hiver en compagnie de Lenski, pour nous faire arranger les dents. Un dentiste américain – Lowell ou Lowen, je ne me souviens pas exactement de son nom – nous arracha quelques-unes de nos dents et nous consolida les autres par un fil avant de nous défigurer avec une armature. Encore plus infernaux que la poire en caoutchouc injectant une douleur brûlante dans une cavité, il y avait les tampons de coton – je ne pouvais supporter la sécheresse de leur contact et leur grincement – qui étaient généralement fourrés entre la gencive et la langue, pour la commodité de celui qui opérait; et le carreau de la fenêtre, devant notre regard impuissant, offrait une transparence, quelque morne panorama marin ou des grappes de raisin grises qui vibraient au rythme morne de lointains tramways, sous de mornes cieux. « *In den Zelten achtzehn A* » – l'adresse me revient, dansant de façon trochaïque, aussitôt suivie par le bruissement du taxi électrique couleur crème qui nous conduisait là-bas. Nous attendions toutes sortes de compensations pour racheter ces affreuses matinées. Mon frère aimait le musée de cire dans la galerie qui partait de Unter den Linden : les grenadiers de Frédéric, Bonaparte en conversation avec une momie, le jeune Liszt qui composait une rhapsodie dans son sommeil, et Marat rendant l'âme dans une baignoire; et pour moi (qui ne savais pas encore que Marat avait été un fervent lépidoptériste), il y avait, au coin de cette galerie, le fameux magasin de papillons de Gruber, un paradis camphré au sommet d'un escalier raide et étroit que je gravissais un jour sur deux pour demander si l'on s'était enfin procuré le nouveau Petit Nacré de Chapman ou la Piéride de Mann récemment redécouverte et dont j'avais passé commande. Nous essayâmes de jouer au tennis sur un court public; mais un vent glacial y envoyait sans cesse des feuilles mortes et, en outre, Lenski ne savait pas vraiment jouer, bien qu'il insistât pour se joindre à nous, sans enlever son pardessus, ce qui donnait une partie à trois déséquilibrée. Aussi, nous passâmes la plupart de nos après-midi dans une salle de patinage à roulettes du Kurfürstendamm. Je revois Lenski se dirigeant inexorablement vers un pilier qu'il tentait d'étreindre tout en s'écroulant dans un horrible fracas. Après avoir persévéré un moment, il se contentait de s'asseoir dans l'une des loges qui flanquaient le garde-fou recouvert de peluche et d'engloutir trois parts de *torte* au moka légèrement salée et garnie de crème fouettée, tandis que je continuais tout seul à dépasser le pauvre Serguéi, trébuchant et courageux, une de ces petites images exaspérantes qui tournent sans répit dans la mémoire. Un orchestre militaire (l'Allemagne, à l'époque, était la patrie de la musique), dirigé par un chef d'orchestre aux gestes particulièrement saccadés, s'animait toutes les dix minutes environ, mais pouvait difficilement couvrir le rapide et continuel grondement des roulettes.

Il existait en Russie, et nul doute qu'il y existe encore, un type particulier de garçon d'âge scolaire qui, sans avoir nécessairement une allure athlétique ou des capacités mentales exceptionnelles et sans même, souvent, faire preuve de la moindre énergie en classe, plutôt efflanqué, peut-être légèrement tuberculeux, excelle de façon assez phénoménale au football *et* aux échecs et s'initie avec l'aisance et l'élégance les plus extrêmes à n'importe quel sport ou jeu d'adresse (Borya Chik, Kostya Bouketov, les fameux frères Charabanov – où sont-ils à présent mes compagnons d'équipe et mes rivaux ?). J'étais bon patineur sur glace, et passer aux patins à roulettes ne présentait pas pour moi plus de difficulté que de remplacer un rasoir ordinaire par un rasoir de sûreté pour un homme. J'appris très rapidement deux ou trois pas d'une exécution difficile sur le plancher de bois de la patinoire, et aucune salle de bal ne m'a vu danser avec autant d'entrain et de succès (nous, les Chik et autres Bouketov, sommes en règle générale de piètres danseurs dans les salles de bal). Les professeurs de danse portaient des uniformes écarlates, à demi de hussard, à demi de chasseur d'hôtel. Tous parlaient anglais, plus ou moins bien. Parmi les habitués de la patinoire, je ne tardai pas à remarquer un groupe de jeunes dames américaines très élégantes. D'abord elles se confondirent pour moi dans le mouvement qui faisait tournoyer à l'unisson leur éclatante beauté exotique. Le processus de différenciation commença quand, au cours d'une danse que je fis tout seul (et quelques secondes après avoir ramassé la plus belle bûche de ma vie sur une patinoire), j'entendis quelqu'un dire quelque chose à mon sujet au moment où je passais en tournoyant, et une étonnante voix féminine nasillarde répondre : « Oui, n'est-ce pas qu'il est mignon ? »

Je revois encore sa haute silhouette en tailleur bleu

marine. Une épingle de brillants transperçait sa capeline de velours. Pour des raisons évidentes, je décidai qu'elle s'appelait Louise. La nuit, je ne pouvais m'endormir et j'imaginais toutes sortes de situations romanesques, et je songeais à sa taille flexible et à sa gorge blanche, et je me tracassais à propos d'un malaise bizarre que je n'avais encore jusque-là associé qu'avec le frottement irritant d'un caleçon. Un après-midi, je la vis debout au promenoir de la patinoire, et le plus brillant des professeurs de danse, un chenapan doucereux du genre Calhoun, la tenait par le poignet et la questionnait avec un étrange sourire pervers, et elle regardait au loin et cherchait, d'une manière enfantine, à dégager son poignet de son étreinte en le tournant d'un côté, puis de l'autre et la nuit suivante, on lui tira dessus, on le prit au lasso, on l'enterra vivant, on lui tira à nouveau dessus, on l'étrangla, on l'injuria de façon cinglante, on le mit en joue froidement, on l'épargna et on le laissa traîner sa vie dans la honte.

Lenski, jeune homme à principes élevés mais assez naïf, et qui se trouvait à l'étranger pour la première fois, avait du mal à concilier les plaisirs du tourisme et ses devoirs pédagogiques. Nous en profitâmes pour le mener en des lieux où nos parents ne nous auraient pas permis d'aller. Il ne sut pas résister à la tentation du Wintergarten, par exemple, et c'est ainsi qu'un soir nous nous y trouvâmes, à boire du chocolat glacé dans une baignoire à l'orchestre.

La représentation suivait son cours habituel : un jongleur en habit; puis une femme, des scintillements de strass sur la poitrine, égrenant les trilles d'une aria de concert au milieu d'épanchements alternés de lumière verte et rouge; puis un comique sur des patins à roulettes. Entre lui et un numéro de bicyclette (dont il sera plus amplement question plus loin), il y avait, sur le programme, un numéro intitulé « les Gala Girls », et avec une secousse physique brisante et honteuse, du genre de celle que j'avais éprouvée en ramassant cette bûche sur la patinoire, je reconnus ces dames américaines dans la guirlande de « girls » ondulant ensemble de gauche à droite, puis de droite à gauche, en levant en cadence dix jambes identiques qui jaillissaient de dix corolles de volants. Je repérai le visage de ma Louise – et je sus aussitôt que tout était fini, que je l'avais perdue, que je ne lui pardonnerais jamais de chanter si bruyamment, d'avoir un sourire aussi fardé, de se déguiser de façon aussi ridicule, aussi étrangère au charme des « fières créoles » qu'à celui des « équivoques señoritas ». Je ne pus pas cesser absolument de penser à elle, naturellement, mais la secousse parut avoir libéré en moi certain processus inductif, car je remarquai bientôt que *toute* évocation de la forme féminine s'accompagnait du malaise déconcertant qui déjà m'était devenu familier. Je questionnai mes parents au sujet de ce malaise (ils étaient venus d'une villégiature du Midi voir comment nous nous tirions d'affaire à Berlin) et mon père froissa le journal allemand qu'il venait d'ouvrir et répondit en anglais (par le pastiche de ce qui était peut-être bien une citation – façon de parler qu'il adoptait souvent quand il ne savait pas comment s'en sortir autrement) : « C'est là, mon petit, tout simplement un exemple de plus de ces combinaisons absurdes de la nature, comme la honte et la rougeur, ou le chagrin et les yeux rouges. » « *Tolstoï vient de mourir** », ajouta-t-il soudain, en français, d'un ton de voix différent, et comme frappé de stupeur, en se tournant vers ma mère.

« *Da chto ty!* » (quelque chose comme : « Bonté

divine ! »), s'écria-t-elle avec affliction, en serrant les mains sur ses genoux. « *Pora domoj* » (« Il est temps de rentrer chez nous »), conclut-elle, comme si la mort de Tolstoï était le présage de désastres apocalyptiques.

IV

Et maintenant j'en viens à ce numéro d'acrobatie à bicyclette – ou du moins à l'interprétation par moi de ce numéro. L'été suivant, Iouri ne vint pas nous voir à Vyra, et je demeurai seul aux prises avec mon agitation romanesque. Les jours de pluie, accroupi au bas d'un rayon de livres qu'on ouvrait rarement, dans une lumière pauvre qui faisait tout ce qu'elle pouvait pour décourager mon investigation furtive, je cherchais des termes obscurs, obscurément provocants et agaçants, dans l'édition russe en quatre-vingt-deux volumes de l'*Encyclopédie* de Brockhaus, où, afin d'épargner la place, le mot titre de tel ou tel article se trouvait réduit, d'un bout à l'autre d'une discussion détaillée, à son initiale en majuscule, si bien que les colonnes d'impression serrée en corps 7, outre qu'elles mettaient à l'épreuve votre faculté d'attention, acquéraient la fascination spécieuse d'une mascarade, où l'abréviation d'un mot rien moins que familier jouait à cache-cache avec vos yeux avides : « Moïse tenta de supprimer la P. mais n'y parvint pas... Dans les temps modernes, la P. en maisons hospitalières se développa en Autriche sous Marie-Thérèse... En plusieurs parties de l'Allemagne les profits de la P. allaient au clergé... En Russie, la P. est officiellement tolérée depuis 1843... Séduite à l'âge de dix ou douze ans par son maître, les fils de celui-ci ou l'un de ses valets, une orpheline finissait presque immanquablement dans la P. » – et ainsi de suite, et tout cela contribuait à enrichir de mystère, plutôt qu'à tirer sainement au clair les allusions à l'amour des courtisanes que je rencontrai au cours de mes premières plongées dans Tchékhov ou Andréief. La chasse aux papillons et divers sports occupaient les heures ensoleillées, mais j'avais beau prendre beaucoup d'exercice, rien n'y faisait : un état d'inquiétude, chaque soir, me faisait me lancer dans de confus voyages de découverte. Après avoir monté à cheval la plus grande partie de l'après-midi, rouler à bicyclette au coucher du soleil procurait une sensation singulièrement éthérée, presque sans lien avec le corps. Je tournais à l'envers et baissais au-dessous du niveau de la selle le guidon de ma bicyclette Enfield, la transformant en un modèle de course selon ma conception. Le long des allées du parc je filais, suivant la trace laissée la veille par les pneus Dunlop; évitant adroitement les racines d'arbres saillantes; choisissant entre toutes une brindille et la cassant net avec ma docile roue de devant; me frayant un chemin entre deux feuilles posées à plat sur le sol et puis entre une petite pierre et le trou d'où elle avait été délogée le soir précédent; prenant plaisir à la brève absence d'aspérités durant la traversée d'un pont au-dessus d'un ruisseau; longeant la clôture en fil métallique d'un court de tennis; ouvrant du nez le petit portail blanchi à la chaux au bout du parc; et alors, dans le mélancolique ravissement de la liberté, filant sur de longues routes de campagne en suivant leurs bords de mottes dures, agglutinées pour ma délectation.

Cet été-là, je ne manquais jamais de passer devant

certaine chaumière, au seuil de laquelle une fillette de mon âge, Polenka, fille de Zakhar, notre cocher en chef, se tenait debout dans le soleil couchant, appuyée contre le chambranle, ses bras nus croisés sur sa poitrine, de cette façon douce et tranquille qui est particulière aux paysans russes. Elle me regardait venir, un merveilleux rayonnement d'accueil sur le visage, mais qui, au fur et à mesure que j'approchais, diminuait jusqu'à n'être plus qu'un demi-sourire, puis une faible lumière aux coins des lèvres serrées, et, finalement, cette lumière, elle aussi, s'évanouissait, de sorte que, lorsque j'arrivais près d'elle, il n'y avait plus d'expression du tout sur son joli visage rond. Mais aussitôt après que j'étais passé, quand je tournais la tête un instant pour lui jeter un dernier regard avant d'entamer un sprint à la montée, la fossette était de retour, et de nouveau l'énigmatique lumière jouait sur ces traits aimés. Je ne lui ai jamais parlé, mais longtemps après que j'eus cessé de rouler à bicyclette à cette heure-là, nos relations par regards se renouvelèrent de temps à autre au cours de deux ou trois étés. Elle apparaissait soudain, se tenant toujours un peu à l'écart, toujours pieds nus, frottant son cou-de-pied gauche contre son mollet droit ou se grattant de l'annulaire la raie de ses cheveux châtain clair, et toujours appuyée contre quelque chose – contre la porte de l'écurie où l'on était en train de seller mon cheval, contre le tronc d'un arbre quand tous nos domestiques de la campagne alignés nous regardaient partir, par un matin vif de septembre, pour aller passer l'hiver en ville. Chaque fois, sa poitrine semblait un peu plus douce, ses avant-bras un peu plus forts, et une fois ou deux, juste avant de la perdre de vue (à seize ans elle épousa un maréchal-ferrant dans un village éloigné), j'ai discerné une lueur de douce moquerie dans ses yeux noisette très séparés. Chose curieuse à dire, elle fut la première à avoir le pouvoir perçant, simplement *en ne laissant pas* son sourire s'évanouir, de trouer comme d'un fer rouge mon sommeil et de me faire, d'une brusque secousse, revenir à la conscience, tout moite, chaque fois que je rêvais d'elle, bien que dans la vie réelle, j'aie craint plus encore d'être révolté par ses pieds croûtés de crasse et par le relent de ses vêtements que de l'offenser par cette banalité d'avances quasi seigneuriales.

V

D'elle, il y a deux aspects particulièrement vivants dont j'aimerais élever simultanément les images devant mes yeux pour en finir avec son souvenir qui me hante. La première image demeura longtemps en moi tout à fait séparée de la Polenka que j'associais aux seuils et aux couchers de soleil, comme si j'eusse surpris l'incarnation en une nymphe de sa beauté pitoyable et qu'il fût préférable de ne pas se mêler de cela. Un jour de juin, l'année où elle et moi nous eûmes tous deux treize ans, sur les berges de l'Orédèje, j'étais occupé à attraper pour ma collection quelques papillons appelés Parnassiens – *Parnassius mnemosyne,* pour être exact –, bizarres papillons d'une race ancienne, aux ailes bruissantes, vernissées, semi-transparentes, et aux soyeux abdomens ressemblant à des chatons de saule. Ma recherche m'avait conduit dans d'épaisses broussailles de putiers racémeux et d'aulnes noirs, sur le bord même de la rivière froide et bleue, quand soudain il y eut une explosion de clapotements et de cris, et de derrière un buisson odorant, j'aperçus à peu de distance Polenka et trois ou quatre autres enfants sortant des ruines d'un ancien établissement de bain et se baignant dans le costume d'Adam. Mouillée, haletante, une narine de son nez camus coulant, les côtes de son corps adolescent dessinant des arcs sous sa peau blême et hérissée par la chair de poule, les mollets éclaboussés de boue noire, un peigne courbe brillant dans ses cheveux plus sombres d'être humides, elle fuyait, en jouant des pieds et des mains, les coups sifflants et claquants de tiges de nénuphars qu'une fillette au ventre comme un tambour, à la tête rasée, et un adolescent excité et sans vergogne, portant autour des reins une espèce de ficelle tenue dans la région pour efficace contre le mauvais œil, arrachaient de l'eau d'un coup sec et avec lesquels ils la harcelaient; et, durant une ou deux secondes – avant que je ne m'éloignasse en rampant, sombre, partagé entre la répugnance et le désir –, je vis une Polenka insolite frissonner et s'accroupir sur les planches de l'appontement à demi démoli, se couvrant les seins de ses bras croisés pour se protéger du vent d'est, tandis qu'elle se gaussait de ses poursuivants en leur tirant la langue.

L'autre image se rattache à un dimanche, à l'époque de la Noël, en 1916. Du quai silencieux, molletonné de neige de la petite gare Siverskaïa sur la ligne de Varsovie (c'était la gare la plus proche de notre domaine), je regardais au loin un bosquet argenté virer au plomb sous le ciel du soir et j'attendais de le voir exhaler la fumée violet terne du train qui me ramènerait à Saint-Pétersbourg après une journée passée à faire du ski. La fumée apparut en temps voulu et, au même moment, Polenka et une autre jeune fille me croisèrent en se promenant, enveloppées de lourds fichus, portant d'énormes bottes de feutre et d'horribles longues jaquettes ouatées, sans forme, laissant voir la bourre par les déchirures de la grossière étoffe noire, et en passant, Polenka, l'œil souligné d'une meurtrissure et une lèvre enflée (son mari la battait-il le samedi ?), fit cette remarque d'une voix mélodieuse et sur un ton de regret, sans s'adresser à personne en particulier : « Tiens, le jeune maître ne me reconnaît pas... *(A bartchouk-to menia ne priznal...)* », et ce fut la seule fois où je l'entendis parler.

VI

Les soirs d'été de mon adolescence, au temps où je passais à bicyclette devant son isba, me parlent à présent avec cette voix sienne. Sur un chemin à travers champs, à son point de rencontre avec la grand-route déserte, je descendais et appuyais ma bicyclette contre un poteau télégraphique. Un coucher de soleil, presque accablant de splendeur, s'attardait dans le ciel nu à découvert. Parmi ses masses en voie d'imperceptible transformation, on pouvait repérer les détails structuraux aux teintes vives d'organismes célestes, ou des fentes de feu dans des bancs sombres, ou des grèves plates, éthérées, qui avaient l'air de mirages, d'îles désertes. Je ne savais alors (tandis que je sais très bien aujourd'hui) que faire avec des choses de ce genre – comment m'en débarrasser, comment les transformer en quelque chose qui puisse être livré au lecteur en caractères imprimés afin de *lui* faire éprouver le frisson béni – et cette impuissance augmentait mon oppression. Une ombre colossale commençait à envahir les champs, et les poteaux télégraphiques vrombissaient dans le silence doucereux, et les chenilles qui se nourrissent la nuit grimpaient aux tiges des plantes de leur choix. Elle allait grignotant, grignotant, grignotant, cette belle chenille rayée qui ne figure pas dans le Spuler, se cramponnant à la tige d'une campanule, tandis que ses mandibules descendaient le long d'une feuille en se frayant un chemin sur le bord dont elle avait dévoré un net hémicycle, puis allongeant à nouveau le cou et le repliant à nouveau petit à petit, tandis que s'accentuait la précision du contour concave. Machinalement, je l'ai peut-être bien fait glisser, elle et un morceau de sa petite plante, dans une boîte, pour l'emporter avec moi à la maison et lui permettre de faire éclore, l'année suivante, une Splendide Surprise, mais mes pensées devaient être ailleurs. Zina et Colette, mes camarades de jeux sur la plage; Louise, la danseuse; toutes les petites filles empourprées, à large ceinture nouée très bas, aux cheveux soyeux, rencontrées à des réceptions; la langoureuse comtesse G., la dame mystérieuse de mon cousin; Polenka, souriant dans les nouveaux rêves qui me mettaient au supplice – toutes, elles se confondaient pour former un être que je ne connaissais pas, mais que sûrement je connaîtrais bientôt.

Je me souviens d'un coucher de soleil en particulier. Il donna des reflets de braise à la sonnette de ma bicyclette. Dans le ciel, au-dessus de la noire partition des fils télégraphiques, de nombreux nuages allongés, d'un violet foncé et doublés d'écarlate, étaient suspendus, immobiles, au-dessus de ma tête, disposés en éventail; l'ensemble faisait l'effet d'une prodigieuse ovation exprimée par la couleur et la forme. Mais elle allait s'éteignant, et tout le reste s'assombrissait aussi; toutefois, juste au-dessus de l'horizon, dans un espace lumineux couleur turquoise, au-dessous d'un stratus noir, l'œil découvrait une perspective que seul un imbécile pouvait prendre pour les parties de rechange de ce coucher de soleil ou de tout autre. Cela occupait un très petit secteur de l'immense ciel et avait la finesse toute spéciale de quelque chose que l'on voit par le mauvais bout d'une longue-vue. C'était, en attente, une famille de nuages sereins en miniature, un amoncellement de circonvolutions brillantes, anachroniques dans leur velouté et extrêmement éloignées; éloignées mais parfaites en tout point; réduites de manière fantastique, mais d'une configuration sans faille; mon merveilleux demain prêt à m'être livré.

CHAPITRE XI

I

Si je veux reconstituer l'été de 1914, époque où la fureur maladroite de faire des vers s'empara de moi pour la première fois, il me suffit d'évoquer l'image d'un certain pavillon. Le grand et maigre garçon de quinze ans que j'étais alors y chercha refuge durant l'un des orages dont ce juillet-là fut à l'excès prodigue. Je rêve de mon pavillon au moins deux fois par an. En général, il apparaît dans mes rêves tout à fait indépendamment de ce qui en constitue le sujet, lequel peut être, naturellement, toutes sortes de choses, depuis l'abandon jusqu'à la zoolâtrie. Il y vient rôder, y tient, pour ainsi dire, le rôle effacé de la signature d'un artiste. Je le découvre qui s'accroche à un coin de la toile du rêve, ou qui s'est adroitement glissé dans une partie ornementale du tableau. Parfois, cependant, il paraît comme suspendu au second plan, un rien baroque, et pourtant en harmonie avec les beaux arbres dont la sève, jadis, courait à travers le bois dont il est construit. Des losanges de verre dépoli rouge vineux, vert bouteille et gros bleu donnent un petit air de chapelle aux croisées à vitraux de plomb. Je le vois exactement tel qu'il était au temps de mon adolescence, une robuste vieille bâtisse en bois surplombant un ravin couvert de fougères, au voisinage de la rivière, dans la partie la plus ancienne de notre parc de Vyra. Exactement tel qu'il était, ou peut-être un tout petit peu plus parfait. Au pavillon réel, il manquait plusieurs vitres, et des feuilles recroquevillées avaient pénétré à l'intérieur, poussées par le vent. Le petit pont étroit qui jetait son arche par-dessus le ravin à l'endroit où celui-ci était le plus profond, avec le pavillon qui se dressait à mi-chemin tel un arc-en-ciel coagulé, était aussi glissant après une période de pluies que s'il avait été enduit de quelque pommade foncée et d'une certaine façon magique. Etymologiquement, « pavillon » et « papilio » sont étroitement liés. A l'intérieur, en fait de meubles, il n'y avait rien d'autre qu'une table pliante fixée au mur par des charnières rouillées sous la fenêtre donnant à l'est. A travers les deux ou trois compartiments de son cadre dépourvus de carreaux, ou à carreaux blêmes, entre les gros bleus et les rouges foncés, on pouvait avoir un aperçu de la rivière. Sur une latte du plancher, à mes pieds, un taon mort gisait sur le dos près des débris brunis d'un chaton de bouleau. Sur le blanc écaillé de la porte, des passants, qui s'y étaient introduits, avaient inscrit des mémorandums tels que : « Dacha, Tamara et Léna sont venues ici », ou : « A bas l'Autriche! »

L'orage passa rapidement. La pluie, qui tombait avec la violence d'une masse d'eau dans le déferlement de laquelle les arbres se tordaient et se retournaient, subitement se réduisit à d'obliques lignes d'or se brisant silencieusement en traits courts et longs qui se détachaient sur un arrière-plan d'agitation végétale en train de s'apaiser. Des golfes d'un bleu voluptueux s'élargissaient entre de grands nuages – amoncellements de blanc pur et de gris violacé, *lepota* (le vieux mot russe pour « beauté majestueuse »), mythes mouvants, gouache et guano – et, parmi leurs courbes, on parvenait à distinguer une allusion mammaire ou le masque mortuaire d'un poète.

Le court de tennis était devenu une région de grands lacs.

Au-delà du parc, au-dessus des champs fumants, un arc-en-ciel fit son apparition; les champs finissaient à la sombre lisière dentelée d'un lointain bois de pins; une partie de l'arc-en-ciel la franchissait, et cette section de l'orée du bois prenait un chatoiement magique à travers le vert pâle et le rose du voile irisé tendu devant elle : luminosité tendre et splendeur qui reléguaient parmi les parents pauvres les reflets colorés rhomboïdaux sur le parquet du pavillon, œuvre du soleil revenu.

Un instant plus tard mon premier poème fusa. Qu'est-ce qui le déclencha? Je crois le savoir. En l'absence de tout vent, du fait simplement de son poids, une goutte de pluie, brillant comme un luxe parasite sur une feuille en forme de cœur, en fit plonger la pointe, et ce qui avait l'aspect d'une gouttelette de mercure exécuta un brusque *glissando* en suivant la nervure centrale, et alors, ayant perdu son lumineux fardeau, la feuille soulagée se redressa. « Lisse, diamant, glisse, soulagement » – l'instant qui suffit à tout cela pour se produire me sembla être non tant une fraction du temps qu'une fissure dans le temps, un battement de cœur manquant, aussitôt remboursé par un crépitement de rimes. Je dis bien : « crépitement », car lorsque souffla une rafale, les arbres se mirent avec entrain à dégoutter tous à la fois, imitant la récente pluie torrentielle aussi grossièrement que la strophe que déjà je murmurais ressemblait au spasme d'émerveillement auquel j'avais été en proie quand, l'espace d'un instant, cœur et feuille n'avaient plus fait qu'un.

II

Dans la chaleur avide du début de l'après-midi, bancs, ponts et troncs d'arbres (tout, en fait, sauf le court de tennis) séchaient avec une incroyable rapidité, et bientôt il resta peu de chose de ce qui m'avait en premier lieu inspiré. Bien que la brillante fissure se fût fermée, je continuai avec obstination à composer. Mon moyen d'expression se trouva être le russe, mais aurait tout aussi bien pu être l'ukrainien, ou l'anglais de base, ou le volapük. Le genre de poèmes que je fabriquais à cette époque n'était guère plus qu'un signe que je faisais pour attester que j'étais vivant, que je passais, ou avais passé, ou espérais de passer, par certaines émotions intenses. C'était un phénomène d'orientation plutôt que d'art, comparable de ce fait à des bandes de peinture sur un rocher au bord de la route ou à un tas de pierres empilées en colonne pour désigner une piste de montagne.

Mais c'est que toute poésie est, en un sens, une poésie de situation : essayer d'exprimer sa situation vis-à-vis de l'univers qu'embrasse la conscience est, de toute éternité, un besoin. Les bras de la conscience se tendent et tâtonnent, et plus ils sont longs, mieux cela vaut. Ce sont des tentacules, non des ailes, les membres naturels d'Apollon. Vivian Bloodmark, un ami philosophe que j'eus par la suite, disait souvent que, tandis qu'un homme de science voit tout ce qui arrive en un point donné de l'espace, le poète sent tout ce qui arrive en un point donné du temps. Perdu dans ses pensées, celui-ci tapote son genou de son crayon semblable à une baguette de magicien et, au même instant, une auto (plaque d'immatriculation de New York) passe sur la route, un enfant claque la contre-porte d'une véranda voisine, un vieillard bâille dans un verger embrumé du Turkestan, un grain de sable gris cendre est roulé par le vent jusque sur Vénus, un certain docteur Jacques Hirsch, à Grenoble, chausse ses lunettes pour lire, et des trillons d'autres choses sans importance de ce genre se produisent – toutes ces circonstances formant un organisme instantané et transparent dont le poète (assis sur une chaise de jardin, à Ithaca, N.Y.) est le noyau.

Cet été-là, j'étais encore beaucoup trop jeune pour dégager la richesse d'une « synchronisation cosmique » (pour citer de nouveau mon philosophe). Mais je découvris, du moins, que celui qui désire devenir poète doit être capable de penser à plusieurs choses à la fois. Au cours des grandes promenades languissantes dont s'accompagna la fabrication de mon premier poème, je tombai un jour sur le maître d'école du village, socialiste ardent, homme de bien, profondément dévoué à mon père (je salue à nouveau cette image), toujours porteur d'un bouquet serré de fleurs des champs, toujours souriant, toujours en sueur. Tout en parlant poliment avec lui du brusque voyage de mon père en ville, j'enregistrai simultanément et avec une égale netteté non seulement ses fleurs en train de se flétrir, sa cravate flottant et les points noirs sur les volutes charnues de ses narines, mais aussi la morne petite voix d'un coucou venant de loin, et l'éclair d'un Petit Nacré se posant sur la route et le souvenir de l'impression que m'avaient faite des gravures (d'insectes nuisibles aux cultures agrandis et d'écrivains russes barbus) dans les classes bien aérées de l'école du village que j'avais visitée une ou deux fois; et – pour continuer une énumération qui rend mal la simplicité éthérée de tout ce processus – le déclic d'un souvenir absolument sans aucun rapport (celui d'un pédomètre que j'avais perdu) fut déclenché dans une cellule voisine du cerveau, et la saveur du brin d'herbe que j'étais en train de mâchonner se mêla à la note émise par le coucou et l'envol de la Bolorie, et tout le temps que cela dura, je fus sereinement, magnifiquement conscient d'être conscient d'un si grand nombre de choses variées.

Il s'épanouit en un large sourire, dans le style démonstratif d'un Russe radical, et me fit un grand salut en marchant à reculons, tourna le dos et poursuivit son chemin d'une allure désinvolte, et je repris le fil de mon poème. Durant le court moment où j'avais été distrait d'eux, il semblait être arrivé quelque chose aux mots que j'avais déjà enfilés : ils ne paraissaient plus tout à fait aussi brillants qu'avant cette interruption. Le soupçon me traversa l'esprit que j'avais peut-être bien affaire à des faux. Heureusement, cette froide lueur de sens critique ne dura pas. La ferveur que j'avais essayé de rendre revint et ramena son médium à une vie illusoire. Les rangées de mots que je passai en revue étaient de nouveau si resplendissantes, avec leurs petits torses bombés et leurs uniformes élégants, que je mis au compte d'une pure imagination le fléchissement que j'avais remarqué du coin de l'œil.

III

Indépendamment du fait d'être inexpérimenté et de ne douter de rien, un jeune versificateur russe avait à faire face à un désavantage particulier. Contrastant avec le riche vocabulaire de la poésie satirique ou narrative, l'élégie russe était gravement atteinte d'anémie verbale. Seules de très expertes mains pouvaient la mener au-delà des limites de son origine étriquée – la pâle poésie de la France du dix-huitième siècle. Il est vrai que de mon temps, une école nouvelle était sur le point de s'émanciper des vieux rythmes, mais c'était encore vers ces derniers que se tournait le débutant conservateur en quête d'un instrument neutre – peut-être parce qu'il ne souhaitait pas être détourné de l'expression simple d'émotions simples par des aventures hasardeuses dans le domaine de la forme. Mais la forme eut sa revanche. Les poètes russes du début du dix-neuvième siècle n'avaient donné que des modelés assez monotones à la souple élégie, et cela avait pour résultat que certains mots, ou certains types de mots (tels que les équivalents russes de *fol amour** ou de *langoureux et rêvant**), étaient encore et encore accolés, et les poètes lyriques plus récents ne purent se défaire de ce pli durant tout un siècle.

Un agencement particulièrement obsédant, c'était celui, propre à l'ïambe de quatre à six pieds, où un adjectif long et sinueux occupait les quatre ou cinq premières syllabes des trois derniers pieds du vers. En voici un bon exemple tétramétrique : *ter-pi bes-tchis-len-ny-e mu-ki* (su-bis d'in-cal-cu-la-bles tourments). Le jeune poète russe était exposé à glisser avec une funeste facilité dans cet abîme de syllabes séduisant; pour illustrer celui-ci, si j'ai choisi *bestchislennye,* c'est seulement parce que sa traduction convient bien; mais en réalité, les favoris étaient des mots composés typiquement élégiaques, tels que *zadoumtchivye* (pensif), *outratchennye* (perdu), *moutchitel'nye* (angoissé), etc., tous accentués sur la deuxième syllabe. En dépit de sa longueur, un mot de ce genre n'avait par lui-même qu'un seul accent tonique, et, de ce fait, l'accent du pénultième pied du vers tombait sur une syllabe normalement non accentuée. Il en résultait une accélération pyrrhique agréable, mais c'était là un effet beaucoup trop familier pour compenser la banalité de la signification.

Débutant naïf, je tombai dans tous les pièges tendus par l'épithète chantante. Non que je ne fisse pas d'efforts! En fait, je travaillais ferme à mon élégie, me donnant un mal infini pour chaque vers, choisissant et rejetant, roulant les mots sur ma langue avec la gravité à l'œil vitreux d'un dégustateur de thé, mais elle survenait tout de même, l'atroce trahison. Le cadre déterminait le tableau, la coque informait la pulpe. L'ordre stéréotypé des mots (verbe court ou pronom – adjectif long – nom court) engendrait le désordre stéréotypé de la pensée, et un vers comme *poeta gorestnye griozy,* traduisible par « les rêveries mélancoliques du poète », conduisait fatalement à quelque chose qui finissait par *rozy* (roses) ou *beriozy* (bouleaux) ou *grozy* (orages), de sorte que certaines émotions étaient liées à certains environnements non par un acte libre de votre volonté, mais par le ruban fané de la tradition. Néanmoins, plus mon poème approchait de son achèvement, plus je devenais certain que tout ce que j'avais devant les yeux serait vu par les autres. Tandis que je braquais mon attention sur une plate-bande de fleurs (et remarquais un pétale rose gisant sur le terreau et une petite fourmi en train d'en examiner le bord flétri) ou que je contemplais le diaphragme tanné d'un tronc de bouleau, là où un chenapan l'avait dépouillé de son écorce poivre et sel, semblable à du papier, je croyais réellement que tout cela serait perçu par le lecteur à travers le voile magique de ces mots miens tels que *outratchennye rozy* ou *zadoumtchivoy beriosy*. Il ne me venait pas à l'idée, alors, que loin d'être un voile, ces pauvres mots étaient si opaques qu'en fait ils formaient un mur, où tout ce qu'on pouvait distinguer, c'étaient les morceaux archiusés des poètes majeurs et mineurs que j'imitais. Des années plus tard, dans le sordide faubourg d'une ville étrangère, je me rappelle avoir vu une palissade à claire-voie, dont les planches venaient d'ailleurs, où elles avaient été utilisées, selon toute apparence, pour la clôture d'un cirque ambulant. Des animaux y avaient été peints par un aboyeur aux talents variés; mais celui qui avait transporté les planches, puis les avait à la hâte assemblées de nouveau, devait être aveugle ou dément, car à présent la palissade ne montrait plus que des parties disjointes d'animaux (certaines, en outre, à l'envers) – une hanche brun fauve, une tête de zèbre, la patte d'un éléphant.

IV

Sur le plan physique, mes efforts acharnés se marquaient par un certain nombre d'actions et de postures dont je n'avais que vaguement conscience, telles que marcher, rester assis, rester étendu. Chacune d'elles se morcelait à son tour sans tenir compte de l'espace; au stade de la marche, par exemple, je pouvais très bien, à un moment donné, être en train d'errer dans les profondeurs du parc et me trouver l'instant d'après en train d'arpenter les pièces de la maison. Ou, pour prendre le stade de la position assise, je m'apercevais soudain qu'on emportait certain plat auquel je ne me souvenais même pas d'avoir goûté et que ma mère, avec une contraction nerveuse de la joue gauche comme chaque fois qu'elle était contrariée, observait attentivement, de sa place au bout de la longue table, ma morosité et mon manque d'appétit. Je voulais lever la tête pour expliquer – mais la table avait disparu, et je me retrouvais assis tout seul sur une souche au bord de la route, le manche de mon filet à papillons en train de tracer, en un mouvement de métronome, arc après arc sur le sable brunâtre, des arcs-en-ciel de terre, avec des différences dans la profondeur du trait pour rendre les différentes couleurs.

Quand je me sentis irrévocablement tenu de finir mon poème ou de mourir, je connus alors l'état qui ressemblait le plus à l'extase. Avec à peine une légère surprise, de tous les endroits où j'eusse pu me trouver, c'est sur un divan de cuir, dans la petite pièce rarement utilisée, froide et sentant le renfermé, qui avait été le bureau de mon grand-père, que je pris conscience d'être. Sur ce divan, je me trouvais couché à plat ventre, glacé comme un reptile, un bras ballant, les jointures de mes doigts effleurant les figures florales du tapis. Quand, l'instant d'après, je sortis de cette extase, la flore verdâtre était toujours là, mon bras ballait toujours, mais j'étais à présent étendu sur le bord d'un appontement délabré, et les nénuphars que je touchais étaient réels, et les ombres rondelettes et ondulantes des aulnes feuillus sur l'eau – taches d'encre apothéosées, amibes de dimensions anormales – palpitaient en cadence, étendant et rétractant de noirs pseudopodes, dont les bords arrondis se brisaient, pendant la contraction, en d'insaisissables et fluides macules, et celles-ci se réunissaient à nouveau pour reformer les terminaisons tâtonnantes. Je retombai dans ma brume personnelle, et lorsque j'émergeai une nouvelle fois, le support de mon corps étendu était devenu un banc dans le parc, et les ombres vives, parmi lesquelles ma main plongeait, se mouvaient à présent sur le sol, en tons violets au lieu du noir et du vert aqueux. Les mesures ordinaires de l'existence comptaient si peu dans cet état que je n'eusse pas été surpris, au sortir de son tunnel, de déboucher directement dans le parc de Versailles, ou le Tiergarten, ou la Sequoia National Forest; et, inversement, quand aujourd'hui cette vieille extase se produit, je m'attends parfaitement à me retrouver, en m'en éveillant, tout en haut d'un certain arbre, au-dessus du banc tacheté de mon adolescence, le ventre pressé contre une branche épaisse, confortable, et un bras pendant parmi les feuilles sur lesquelles se meuvent les ombres d'autres feuilles.

Des bruits divers parvenaient jusqu'à moi dans mes diverses postures. Ce pouvait être le gong du dîner, ou quelque chose de moins habituel, comme par exemple l'exécrable musique d'un orgue de Barbarie. Quelque part près des écuries, le vieux vagabond tournait sa manivelle, et sur la foi d'impressions plus directes dont je m'étais imprégné dans mon enfance, je le voyais en pensée de mon perchoir. Il y avait, peints sur le devant de son instrument, de soi-disant paysans des Balkans dansant parmi des saules palmoïdes. De temps en temps, il changeait la manivelle de main. Je voyais le chandail et la jupe de sa petite guenon chauve, son collier, la plaie à vif sur son cou, la chaîne qu'elle se mettait à tirailler chaque fois que son maître tirait dessus, en lui faisant très mal, et tous les domestiques faisaient cercle autour, contemplant bouche bée, souriant – gens simples extrêmement amusés par les mines cocasses d'un singe. Pas plus tard que l'autre jour, près de l'endroit où je suis en train d'écrire ces souvenirs, je suis tombé sur un fermier et son fils (le genre gamin bien portant et ardent que vous voyez sur les affiches de produits pour petits déjeuners), que divertissait pareillement la vue d'un jeune chat en train de torturer un bébé tamia – en le laissant courir un peu et puis en se jetant de nouveau sur lui. La plus grande partie de sa queue avait disparu, le tronçon saignait. Comme il ne pouvait s'échapper en courant, le crâne petit animal tenta une dernière manœuvre : il s'arrêta et se coucha sur le côté pour se confondre avec un jeu de lumière et d'ombre sur le sol, mais le trop violent soulèvement de son flanc haletant le trahit.

Le gramophone de la famille, que l'approche du soir mettait en branle, était une autre mécanique musicale qu'il m'était possible d'entendre à travers mes vers. Sur la véranda où nos parents et amis se réunissaient, il lançait par son pavillon de cuivre les prétendues *tsiganskie romansy* (romances tsiganes) aimées de ma génération. C'étaient des imitations plus ou moins anonymes de chants bohémiens – ou des imitations de ces imitations. Ce qui faisait leur caractère bohémien, c'était un gémissement profond et monotone, brisé par une sorte de hoquet, le craquement perceptible par l'oreille d'un cœur malade d'amour. Aux meilleurs d'entre eux, on devait la note rauque vibrant çà et là dans les œuvres de vrais poètes (je pense en particulier à Alexandre Blok). Les plus mauvais pouvaient se comparer aux niaiseries apaches composées par de doux hommes de lettres et débitées par des dames empâtées dans des boîtes de nuit parisiennes. Ce que l'on peut appeler leur niche écologique se composait de rossignols en pleurs, de lilas en fleur et de ces allées d'arbres chuchotants qui embellissaient les parcs de l'aristocratie terrienne. Ces rossignols perlaient leur chant, et dans un bois de pins, le soleil couchant zébrait les troncs, à différentes hauteurs, de rouge feu. Un tambour de basque, vibrant encore, avait l'air étendu sur la mousse qui allait s'assombrissant. Pour me jeter un charme, les dernières notes du contralto de l'oiseau chanteur me poursuivaient à travers le crépuscule. Quand revint le silence, mon premier poème était achevé.

V

C'était, à vrai dire, une piètre mixture, contenant de nombreux emprunts, outre ses modulations pseudo-pouchkiniennes. Un écho du tonnerre de Tioutchev et un rayon de soleil réfracté par Fet étaient seuls excusables. Quant au reste, je me rappelle vaguement qu'il était question de « l'aiguillon de la mémoire » – *vospominan'ia jhalo* (que je m'étais en réalité représenté sous l'aspect de l'ovipositeur d'un ichneumon femelle à califourchon sur une chenille du chou, mais je n'avais pas osé le dire) – et de quelque chose au sujet du charme suranné d'un orgue de Barbarie au loin. Ce qu'il y avait de pire, c'étaient d'abominables glanures des couplets lyriques, genre *tsiganski,* d'Apoukhtine et du grand-duc Constantin. Ils s'imposaient à moi avec persistance du fait d'une tante encore jeune et assez séduisante, qu'on pouvait entendre dégoiser aussi la pièce de vers bien connue de Louis Bouilhet *(A une femme),* dans laquelle on se sert incongrûment d'un métaphorique archet de violon pour jouer d'une métaphorique guitare, et quantité de fadaises d'Ella Wheeler Wilcox – jouissant d'un succès formidable auprès de l'impératrice et de ses dames d'honneur. Est-il besoin d'ajouter que, pour ce qui était du sujet, mon élégie traitait de la perte d'une maîtresse aimée – Délia, Tamara, ou Lénore – que je n'avais jamais perdue, jamais aimée, jamais rencontrée, mais que j'étais tout prêt à rencontrer, à aimer, à perdre.

Dans ma sotte candeur, je croyais avoir écrit quelque chose de beau et d'étonnant. En la rapportant à la maison, pas encore écrite, mais si achevée que même les signes de ponctuation en étaient imprimés sur mon cerveau comme un faux pli de l'oreiller sur la chair d'un dormeur, je ne doutais pas que ma mère n'accueillît mon œuvre avec des larmes heureuses de fierté. L'idée qu'elle pourrait peut-être, ce soir-là précisément, être beaucoup trop absorbée par d'autres événements pour écouter mes vers, ne m'effleura même pas. Jamais encore je n'avais désiré plus ardemment sa louange. Jamais je n'avais été plus vulnérable. J'avais les nerfs à vif à cause de l'obscurité de la terre, qui s'était emmitouflée à mon insu, et de la nudité du firmament qui, à mon insu également, s'était dévêtu. Au-dessus de ma tête, entre les arbres sans forme bordant mon sentier qui fondait, le ciel nocturne était pâle d'étoiles. En ce temps-là, ce merveilleux fouillis de constellations, de nébuleuses, de trouées interstellaires, tout dans ce spectacle impressionnant, provoquait en moi une sensation indescriptible de nausée, d'extrême panique, comme si je pendais de la terre, la tête en bas, au-dessus de l'abîme de l'espace infini, la gravité terrestre me retenant encore par les talons, mais étant sur le point de me lâcher d'un moment à l'autre.

A l'exception des deux fenêtres d'angle à l'étage supérieur (le petit salon de ma mère), la maison était déjà sombre. Le gardien de nuit m'ouvrit la porte, et lentement, précautionneusement, de manière à ne pas déranger la disposition des mots dans ma tête qui me faisait mal, je montai l'escalier. Ma mère était à demi étendue sur le canapé, tenant entre les mains le *Rech* de Saint-Pétersbourg, un *Times* londonien non déplié posé sur ses genoux. Un téléphone blanc luisait près d'elle, sur la table à dessus en verre. Malgré l'heure tardive, elle continuait à attendre un coup de téléphone de mon père, de Saint-Pétersbourg où il était retenu par la tension de la guerre imminente. Il y avait un fauteuil près du canapé, mais je l'évitais à cause de son satin doré, dont la simple vue branchait sur mon épine dorsale un frisson lacinié, tel un éclair nocturne. En toussant un petit coup, je m'assis sur un tabouret bas et me lançai dans ma récitation. Durant celle-ci, je regardai tout le temps le mur le plus éloigné, sur lequel je vois si nettement, en jetant un coup d'œil rétrospectif, quelques petits daguerréotypes et quelques silhouettes dans des cadres ovales, une aquarelle de Sonov (de jeunes bouleaux, la moitié d'un arc-en-ciel – tout cela en tons très fondus, humides), un splendide *Automne à Versailles* par

Alexandre Benois, et un dessin au pastel que la mère de ma mère avait fait quand elle était jeune fille – le pavillon du parc, que revoilà encore, avec ses jolies fenêtres masquées en partie par des branches se rejoignant. Les œuvres de Sonov et Benois sont aujourd'hui dans un quelconque musée soviétique, mais ce pavillon ne sera jamais nationalisé.

Comme ma mémoire hésitait un instant au seuil de la dernière strophe, pour le début de laquelle tant de mots avaient été essayés que celui qui avait été finalement choisi était à présent quelque peu camouflé par une rangée de fausses entrées, j'entendis ma mère renifler. Quelques minutes plus tard, quand j'eus fini de réciter, je levai la tête pour la regarder. Elle souriait avec ravissement à travers les larmes qui ruisselaient sur son visage : « Que c'est merveilleux, que c'est beau ! » dit-elle, et, la tendresse de son sourire se faisant encore plus profonde, elle me passa un miroir pour que je pusse voir le frottis de sang sur ma pommette où, à je ne sais quel moment, j'avais, sans m'en rendre compte, en appuyant ma joue sur mon poing, écrasé un moustique gorgé. Mais je vis plus que cela. Me regardant moi-même dans les yeux, j'eus l'impression révoltante de ne plus trouver que les restes de mon moi habituel, les bribes et morceaux d'une identité volatilisée comme par enchantement, que ma raison eut bien de la peine à rassembler à nouveau dans la glace.

CHAPITRE XII

I

Quand j'ai, pour la première fois, rencontré Tamara – pour lui donner un nom ayant même couleur que son nom véritable – elle avait quinze ans, et j'avais un an de plus qu'elle. Le lieu de cette rencontre, ce fut la campagne rude mais avenante (pins noirs, bouleaux blancs, tourbières, terres à fourrages et landes) juste au sud de Saint-Pétersbourg. Une guerre lointaine s'éternisait. Deux ans plus tard, ce trivial *deus ex machina,* la Révolution russe, survint, provoquant mon éloignement de ces décors inoubliables. En fait, déjà alors, en juillet 1915, d'obscurs présages et des bruits sourds dans les coulisses, le souffle brûlant de légendaires soulèvements, exerçaient une influence sur l'école dite symboliste de la poésie russe – surtout sur les vers d'Alexandre Blok.

Au début de cet été-là et durant tout l'été précédent, le nom de Tamara n'avait cessé de surgir (avec la feinte naïveté si caractéristique du Destin quand il se mêle d'agir) en différents endroits de notre domaine (Entrée interdite) et sur la terre de mon oncle (Entrée strictement interdite), sur l'autre rive de l'Orédèje. Je le trouvais griffonné sur le sable rougeâtre du parc, ou écrit au crayon sur une barrière à claire-voie blanchie à la chaux, ou gravé de frais, mais laissé inachevé, dans le bois de tel ou tel vieux banc, comme si Mère Nature me donnait au préalable de mystérieux avertissements de l'existence de Tamara. En ce calme après-midi de juillet où je la découvris, absolument immobile (il n'y avait que ses yeux qui bougeaient) dans un bois de bouleaux, elle semblait avoir été spontanément engendrée là, parmi ces arbres attentifs, avec la perfection silencieuse d'une manifestation mythologique.

D'une tape, elle tua un taon, ayant attendu pour cela qu'il se pose, et se remit en route pour rattraper deux autres jeunes filles, moins jolies, qui l'appelaient. Un instant plus tard, d'une position avantageuse au-dessus de la rivière, je les vis franchir le pont, cliquetant de leurs hauts talons élégants, toutes trois les mains enfoncées dans les poches de leurs jaquettes bleu marine et, à cause des mouches, faisant de temps à autre, de leurs têtes enrubannées et fleuries, des mouvements impatients. J'eus vite fait, en suivant la piste de Tamara, de trouver la modeste *dachka* (chalet d'été) que sa famille louait dans le village. Je passais à cheval ou à bicyclette à proximité, et, chaque fois avec la brusque sensation d'une explosion éblouissante (après laquelle il fallait à mon cœur un bon moment pour revenir de là où il était retombé), je rencontrais par hasard Tamara à l'un ou l'autre tournant de la route. Mère Nature élimina d'abord l'une de ses compagnes, puis l'autre, mais ce ne fut que bien avant en août – le 9 août 1915, pour être précis à la manière de Pétrarque, à seize heures trente du plus bel après-midi de cette saison, dans le pavillon à fenêtre en arc-en-ciel où j'avais vu pénétrer l'intruse – que je pris mon courage à deux mains et lui parlai.

Vue à travers la loupe soigneusement essuyée du temps, la beauté de son visage est aussi proche et aussi rayonnante que jamais. Elle était petite et un brin grassouillette, mais très gracieuse, avec ses chevilles fines et sa taille souple. Une goutte de sang tartare ou circassien expliquait peut-être la légère obliquité de ses joyeux yeux noirs et le teint bistré de sa joue en fleur. Un léger duvet, rappelant celui que l'on voit sur des fruits comme l'amande, faisait à son profil un limbe fin et rayonnant. Elle accusait ses cheveux d'un brun chaud d'être rebelles et lourds et menaçait de se les faire couper à la Ninon, et elle les fit bel et bien couper à la Ninon un an plus tard, mais je les revois toujours tels qu'ils étaient la première fois, brutalement tressés en une épaisse natte qui était relevée à l'arrière de la tête et y était attachée à l'aide d'un grand nœud de soie noire. Son cou charmant était toujours nu, même en hiver à Saint-Pétersbourg, car elle avait réussi à obtenir la permission de ne pas porter le col étouffant de l'uniforme d'écolière russe. Chaque fois qu'elle faisait une remarque drôle ou qu'elle faisait tinter des vers de son ample provision de poésie mineure, elle avait une façon très séduisante de dilater les narines avec un petit reniflement d'amusement. Malgré cela, je ne savais jamais avec certitude quand elle était sérieuse et quand elle ne l'était pas. Son rire prompt et qui partait en fusées, son élocution rapide, sa façon de rouler des *r* très vélaires, le luisant tendre et moite de sa paupière inférieure – oui, tout en elle me ravissait et me tenait sous le charme, mais, je ne sais comment cela se faisait, toutes ses particularités, au lieu de divulguer sa personnalité, conspiraient à la formation d'un voile brillant dans lequel je m'empêtrais chaque fois que j'essayais d'en apprendre davantage sur elle. Quand je lui disais que nous nous marierions dans les derniers jours de 1917, dès que j'aurais terminé mes études au lycée, elle me traitait calmement de fou. Je ne me représentais que vaguement son foyer. Le prénom et le nom patronymique de sa mère (et c'était tout ce que je savais de cette femme) avaient des connotations trahissant la classe des commerçants ou du clergé. Son père, qui, à ce que j'appris, ne s'intéressait guère à sa famille, était régisseur d'un grand domaine quelque part dans le Sud.

L'automne vint de bonne heure cette année-là. Des couches de feuilles mortes s'amoncelèrent jusqu'à hauteur de cheville dès la fin août. Des Morios d'un noir de velours avec des bords crémeux planaient dans les clairières. Nous nous donnions rendez-vous dans le parc du domaine de mon oncle; celui-ci étant en Italie, nous l'avions tout entier pour nous seuls. Le précepteur – aux soins déconcertants de qui nous étions confiés, mon frère et moi, cette saison-là – se cachait dans les buissons afin de nous espionner, Tamara et moi, à l'aide d'une vieille longue-vue qu'il avait trouvée au grenier, mais à son tour, un jour, l'indiscret fut observé par Apostolski, le vieux jardinier au nez cramoisi de mon oncle (grand tombeur de filles faisant du désherbage, soit dit en passant) qui, fort obligeamment, rapporta la chose à ma mère. Elle ne pouvait supporter qu'on espionnât les autres, et de plus (bien que je ne lui eusse jamais parlé de Tamara) elle savait tout ce qu'il lui importait de savoir au sujet de mon idylle par mes poèmes que je lui récitais dans un esprit de louable objectivité, et qu'elle recopiait avec amour dans un album spécial. Mon père était au loin avec son régiment; il trouva de son devoir, après avoir été mis au courant de l'affaire, de me poser quelques questions plutôt maladroites quand il fut de retour du front, un mois plus tard; mais la pureté de cœur de ma mère l'avait entraînée, et allait encore l'entraîner, au-devant de difficultés plus grandes. Elle se contenta de secouer la tête d'un air de doute, encore que non sans tendresse, et de dire au majordome de laisser tous les soirs quelques fruits à mon intention, sur la véranda éclairée.

J'emmenais mon adorable petite amie dans tous ces coins secrets des bois où j'avais si ardemment rêvé de la rencontrer, de la créer. Dans une certaine pinède, tout se passa de façon idéale, j'écartai l'étoffe des fantasmes, je goûtai à la réalité. Mon oncle étant absent cette année-là, nous pouvions vagabonder en toute liberté dans son parc immense et dense, vieux de deux siècles, avec ses rocailles classiques teintées de vert dans l'avenue principale et les sentiers labyrinthiques qui rayonnaient à partir d'une fontaine centrale. Nous marchions en balançant nos mains, à la façon paysanne. Je cueillais pour elle des dahlias qui poussaient des deux côtés du gravier de l'allée, sous le regard lointain et bienveillant du vieux Priapostolski. Nous nous sentions moins en sécurité quand je l'accompagnais chez elle, ou près de chez elle, ou à tout le moins jusqu'au pont du village. Je me souviens du grossier graffiti qui liait nos deux noms, inscrits sous forme d'étranges diminutifs, sur une certaine grille blanche et, légèrement à l'écart de ce gribouillage d'idiot du village, l'adage « La prudence est l'amie de la passion », tracé d'une écriture hérissée que je connais bien. Une fois, au coucher du soleil, non loin de la rivière orange et noir, un jeune *dachnik* (vacancier), une cravache à la main, s'inclina devant elle en passant; à la suite de quoi elle rougit comme une héroïne de roman, disant seulement, avec sa verve moqueuse, qu'il n'était jamais monté à cheval de sa vie. Et une autre fois, tandis que nous apparaissions à un tournant de la grand-route, mes deux petites sœurs, dans leur folle curiosité, manquèrent de tomber de la « torpédo » rouge familiale qui tournait en direction du pont.

Les soirs sombres et pluvieux, je chargeais la lanterne à acétylène de ma bicyclette de magiques bouts de carbure de calcium, frottais une allumette à l'abri des rafales de vent, et, ayant emprisonné dans le verre une flamme blanche, je roulais prudemment dans les ténèbres. Le rond de lumière projeté par ma lanterne repérait l'humide et lisse épaule de la route, entre son système central de flaques d'eau et les hautes herbes du bas-côté. Tel un fantôme titubant, le rayon blafard rencontrait dans ses zigzags un talus d'argile au tournant, là où je commençais à descendre la côte en direction de la rivière. Au-delà du pont, la route montait à nouveau pour aller à la rencontre de la grand-route Rojdestvéno-Louga et, juste au-dessus de cette jonction, un sentier, entre des buissons de jasmin dégouttant, gravissait un raide escarpement. Il me fallait mettre pied à terre et pousser ma bicyclette. Une fois arrivé au sommet, je promenais ma lumière livide sur le portique blanc à six piliers de la façade arrière de la maison silencieuse, aux volets fermés, de mon oncle, aussi silencieuse qu'elle l'est sans doute aujourd'hui, avec des volets également fermés, un demi-siècle plus tard. Là, dans un coin de cet abri en voûte, d'où elle avait suivi l'ascension en zigzag de ma lumière, Tamara attendait juchée sur le large parapet, le dos appuyé à un pilier. J'éteignais ma lampe et me dirigeais vers elle à tâtons. On a envie de parler avec plus d'éloquence de ces choses, de beaucoup d'autres choses dont on espère toujours qu'elles pourraient survivre à la captivité, dans le zoo des mots – mais les tilleuls centenaires qui entouraient la maison couvrent le monologue de Mnémosyne en craquant et s'agitant dans la nuit inquiète. Leurs gémissements finissaient pourtant par s'apaiser. Sur l'un des côtés du porche, le tuyau de descente, qui faisait l'empressé auprès de l'eau, bouillonnait assidûment. Parfois, quelque bruissement supplémentaire venant troubler le rythme de la pluie sur les feuilles, Tamara tournait la tête dans la direction d'un imaginaire bruit de pas, et alors, grâce à une faible luminosité – qui, aujourd'hui, se lève au-dessus de l'horizon de mes souvenirs en dépit de toute cette pluie –, il m'était possible de distinguer le contour de son visage; mais il n'y avait rien ni personne à redouter, et Tamara ne tardait pas à exhaler doucement le souffle qu'elle avait un instant retenu, et de nouveau elle fermait les yeux.

II

Avec la venue de l'hiver, notre téméraire idylle fut transplantée dans le cruel Saint-Pétersbourg. Nous nous trouvâmes affreusement privés de la sécurité sylvestre à laquelle nous étions accoutumés. Notre hardiesse n'allait pas jusqu'à franchir le seuil des hôtels suffisamment louches pour nous admettre, et la grande ère des amours parquées était encore éloignée. Le silence gardé sur nos rendez-vous, qui avait eu tant de charme à la campagne, nous compliquait à présent les choses, mais nous continuions l'un et l'autre à ne pouvoir envisager l'idée de rencontres chaperonnées chez elle ou chez moi. Dès lors, force nous était d'errer pas mal par la ville (elle, dans son petit manteau de fourrure grise, moi, en demi-guêtres blanches et col de karakul, un coup-de-poing américain dans ma poche doublée de velours), et cette continuelle recherche d'un quelconque refuge engendrait le sentiment étrange d'être sans foyer, chose qui, à son tour, préfigurait d'autres courses errantes par le monde, plus solitaires et qui auraient lieu beaucoup plus tard.

Nous sautions l'école. Je ne sais plus à quel stratagème recourait Tamara; le mien consistait à persuader l'un des deux chauffeurs de me déposer à tel ou tel coin de rue sur le chemin de l'école (les deux étaient de chics types et refusaient l'or que je gardais à portée de main : des pièces de cinq roubles qui sortaient de la banque sous forme d'appétissantes et pesantes saucisses de dix ou vingt pièces luisantes, dans le souvenir esthétique desquelles je peux librement me complaire, à présent que mon dénuement de fier émigré appartient lui aussi au passé). Je n'avais pas non plus le moindre mal avec notre merveilleux et éminemment corruptible Oustine, qui interceptait les appels sur notre téléphone du rez-de-chaussée dont le numéro était 24-43, *dvadtsat' chetyre sorok tri;* il répondait avec vivacité que j'avais mal à la gorge. Je me demande, à propos, ce qui se passerait si j'appelais là-bas à cet instant précis, depuis mon bureau? Pas de réponse? Le numéro n'existe plus? Le pays n'existe plus? Ou bien entendrais-je la voix d'Oustine disant « *moyo potchtenietse!* » (abrégé patelin de « mes respects »)? Il y a bien, après tout, des Slaves et des Kurdes à qui l'on fait beaucoup de réclame et qui ont largement dépassé les cent cinquante ans. Le numéro du téléphone qu'avait mon père dans son bureau (584-51) ne figurait pas dans l'annuaire et, dans ses tentatives pour connaître la vérité au sujet de ma santé chancelante, mon professeur principal n'alla jamais bien loin, alors qu'il m'arriva parfois de manquer l'école trois jours de suite.

Nous marchions sous les guipures d'avenues couvertes de givre, dans les jardins publics. Nous nous serrions l'un contre l'autre sur des bancs froids – après avoir enlevé d'abord la nette couverture de neige, puis nos mitaines encroûtées de neige. Nous hantions les musées. Ils étaient somnolents et déserts les matins des jours de semaine, et chauds comme des thermes, jurant avec le soleil rouge qui, telle une lune congestionnée, était suspendu dans les fenêtres de l'est. Nous recherchions les tranquilles salles reculées, les bouche-trous mythologiques que personne ne regardait, les eaux-fortes, les médailles, les spécimens paléographiques, l'Histoire de l'Imprimerie – et autres pauvretés. Ce que nous trouvâmes de mieux, ce fut, je crois, une petite pièce où l'on rangeait les balais et les échelles. Mais un tas de cadres vides, qui tout d'un coup se mirent à glisser et basculèrent dans l'obscurité, attirèrent un amateur d'art trop curieux, et nous prîmes la fuite. L'Ermitage, Louvre de Saint-Pétersbourg, offrait de bons petits coins, en particulier dans une certaine salle du rez-de-chaussée, parmi des collections de scarabées sous vitrines, derrière le sarcophage de Nana, grand-prêtre de Ptah. Dans le Musée russe de l'empereur Alexandre III, deux salles (les numéros 30 et 31, à l'angle nord-est), qui abritaient les peintures platement académiques de Chichkine (« Clairière dans un bois de pins ») et de Kharlamov (« Tête de jeune Bohémien »), offraient un peu d'intimité grâce à quelques hauts étalages de dessins – jusqu'à ce qu'un vétéran de la campagne de Turquie, qui s'exprimait grossièrement, menaçât d'appeler la police. Aussi, de ces grands musées passâmes-nous graduellement à de plus petits, tels que le Souvorov, par exemple, dont je me rappelle une salle très silencieuse, pleine de vieilles armures et de tapisseries et d'étendards de soie déchirés, où je revois plusieurs mannequins portant perruque, chaussés de lourdes bottes et revêtus d'uniformes verts, montant la garde auprès de nous. Mais, partout où nous allions, invariablement, après quelques visites, tel ou tel gardien chenu, aux yeux troubles, aux semelles de feutre, devenait soupçonneux, et il nous fallait transférer nos furtifs transports ailleurs – au Musée pédagogique, au Musée des carrosses de cour ou à un tout petit musée de cartes anciennes, que les guides ne mentionnaient même pas – et puis de nouveau dehors, dans le froid, dans quelque perspective de hautes grilles et de lions verts portant des anneaux aux mâchoires, dans le paysage de neige stylisé du « Monde de l'Art », *Mir Iskousstva* – Doboujinski, Alexandre Benois –, si cher à mon cœur à cette époque-là.

Tard l'après-midi, nous nous asseyions au dernier rang dans l'un des deux cinématographes de l'avenue Nevski (le Parisiana et le Piccadilly). Cet art était en progrès. Les vagues de la mer étaient faiblement teintées de bleu et, tandis qu'elles se ruaient et se brisaient en écume contre un rocher noir, que je reconnaissais (le Rocher de la Vierge, à Biarritz – c'était amusant, pensais-je, de revoir la plage de mon enfance cosmopolite), une machine spéciale imitait le bruit du ressac en produisant une sorte de susurrement fade qui ne parvenait jamais à s'arrêter net au terme de la séquence, mais accompagnait pendant trois ou quatre secondes le film suivant, par exemple un enterrement guilleret ou des prisonniers de guerre minables, avec à côté d'eux, pimpants, ceux qui les avaient capturés. Assez souvent, le titre du film principal était une citation de quelque poème ou chanson populaire et il était parfois interminable, comme : *Les chrysanthèmes ne fleurissent plus dans le jardin*, ou : *Son cœur était un jouet entre ses mains et, comme un jouet, on l'a brisé*. Les vedettes féminines avaient des fronts bas, de somptueux sourcils, des yeux généreusement ombrés. L'acteur favori du jour était Mozjouhine. Un metteur en scène avait acquis dans la région de Moscou un château à piliers blancs (ressemblant assez à celui de mon oncle) et ce château apparaissait dans tous les films qu'il faisait. On voyait, par exemple, Mozjouhine s'y rendre dans un élégant traîneau et fixer d'un œil d'acier une lumière dans l'une des fenêtres, tandis qu'un petit muscle célèbre se contractait nerveusement sous la peau tendue de sa mâchoire.

Lorsque les musées et les cinémas nous faisaient défaut et que la soirée était peu avancée, nous en étions réduits à explorer la morne immensité de la plus énigmatique et lugubre ville du monde. Les réverbères solitaires étaient métamorphosés en créatures marines à épines prismatiques par la buée gelée accrochée à nos cils. Tandis que nous traversions les vastes places, divers spectres architecturaux se dressaient juste devant nous avec une silencieuse soudaineté. Nous étions pris du frisson glacé généralement associé, non à la hauteur, mais à la profondeur – à un abîme s'ouvrant sous vos pas – quand de grands piliers monolithes de granit poli (polis par des esclaves, repolis par la lune, et pivotant doucement dans le vide poli de la nuit) montaient tout droit au-dessus de nous pour soutenir les mystérieuses rotondités de la cathédrale Saint-Isaac. Nous nous arrêtions au bord, pour ainsi dire, de ces dangereux massifs de pierre et de métal, et, nous tenant par la main, avec une crainte de Lilliputiens, nous nous dévissions le cou pour regarder se dresser sur notre chemin de nouvelles apparitions colossales – les dix Atlantes gris luisant du portique d'un palais, ou un vase géant de porphyre près du portail de fer d'un jardin, ou cette énorme colonne avec un ange noir au sommet qui hantait, plutôt qu'elle n'ornait, la place du Palais baignée de lune et s'élevait indéfiniment, s'efforçant en vain d'évoquer l'« *Exegi monumentum* » de Pouchkine.

Elle prétendit par la suite, en ses rares moments d'humeur chagrine, que notre amour n'avait pas supporté la tension de cet hiver-là; il y était apparu une paille, disait-elle. Durant tous ces mois-là, je n'avais cessé d'écrire des vers, des vers à elle adressés, des vers pour elle, des vers sur elle, à raison de deux ou trois poèmes par semaine; au printemps de 1916, j'en publiai un recueil et fus saisi d'horreur quand elle attira mon attention sur quelque chose que je n'avais pas remarqué du tout en composant ce livre. Elle y était, la paille inquiétante, la note banale sonnant creux, l'idée émise de sang-froid que notre amour était condamné puisqu'il ne pourrait jamais se réemparer du miracle de ses heures initiales, du bruissement et des soubresauts de ces tilleuls-là sous la pluie, et de la présence environnante de ces campagnes désertes. En outre – mais ceci, aucun de nous deux ne s'en aperçut à l'époque –, mes poèmes étaient pur fatras de jeunesse, absolument dépourvus de valeur et n'auraient jamais dû être mis en vente. Ce livre (dont un exemplaire existe encore, hélas, dans « l'enfer » de la Bibliothèque Lénine, à Moscou) eut ce qu'il méritait entre les griffes à déchirer des rares critiques qui en firent mention dans d'obscurs périodiques. Mon professeur de littérature russe à l'école, Vladimir Hippius, excellent poète, bien que quelque peu ésotérique, que j'admirais beaucoup (il avait, je crois, plus de talent que sa cousine qui était bien davantage connue, la poétesse et critique Zinaïda Hippius), en apporta un exemplaire en classe et provoqua l'hilarité délirante de la majorité de mes camarades en exerçant son ironie fougueuse (c'était un homme impétueux, aux cheveux roux) aux dépens de mes vers les plus romantiques. Sa célèbre cousine, à une séance du Fonds Littéraire, pria mon père, son président, de me dire de sa part que je ne serais jamais, jamais un écrivain. Un journaliste bien intentionné, dans le besoin et sans talent, qui avait des raisons d'être reconnaissant à mon père, écrivit un article ridiculement enthousiaste sur moi, quelque cinq cents lignes ruisselant d'écœurantes louanges; cet article fut intercepté à temps par mon père, et je nous revois, lui et moi, en train de le lire en manuscrit, en grinçant des dents et en poussant des gémissements – selon les rites de notre famille quand nous avions à faire face à quelque chose d'un goût détestable ou à la *gaffe** de quelqu'un. Voilà qui m'a guéri à jamais de tout souci de célébrité littéraire et a probablement été à l'origine de mon indifférence quasi pathologique et pas toujours justifiée pour les articles de critique, bons ou mauvais; indifférence qui m'a plus tard privé des émotions que connaissent, paraît-il, la plupart des auteurs.

Ce printemps de 1916 est pour moi le printemps

type de Saint-Pétersbourg, quand j'évoque des images précises, telles que : Tamara, portant un chapeau blanc neuf, parmi les spectateurs d'un match de football entre écoles âprement disputé, au cours duquel, ce dimanche-là, j'eus la chance éclatante et renouvelée de parer au but attaque après attaque ; un Morio, de l'âge exactement de notre idylle, exposant au soleil ses ailes noires meurtries, aux bords à présent décolorés par l'hibernation, sur le dossier d'un banc dans le parc Alexandrovski ; le bourdonnement des cloches de la cathédrale dans l'air vif, au-dessus du gros-bleu ridé de la Néva, voluptueusement libérée de la glace ; la foire dans la neige à demi fondue parsemée de confetti du boulevard des Gardes-à-cheval, durant la semaine des Rameaux, avec son vacarme de claquements et de pétards, ses jouets de bois, les cris bruyants des vendeurs de loukoums et de ludions appelés *amerikanskie jiteli* (« habitants américains ») – tout petits gobelins en verre montant et descendant dans des tubes de verre remplis d'alcool coloré en rose ou lilas, comme le font les Américains (bien que l'épithète fît simplement référence à quelque chose d'« exotique ») dans les cages d'ascenseur de gratte-ciel transparents, quand s'éteignent les lumières des bureaux dans le ciel verdâtre. L'animation des rues vous rendait ivre de désir de retrouver les bois et les champs. Tamara et moi avions tout particulièrement une violente envie de retourner à nos anciens lieux de rendez-vous mais, durant tout le mois d'avril, sa mère hésita entre louer de nouveau la même villa et rester en ville par économie. Finalement, à une certaine condition (que Tamara accepta avec la force d'âme de la petite Sirène de Hans Andersen), elle loua la villa, et aussitôt un été splendide nous enveloppa, et je la revois, ma Tamara heureuse, haussée sur la pointe des pieds, cherchant à abaisser une branche de putier racémeux pour en cueillir les fruits ratatinés, tout l'univers et ses arbres pivotant dans le globe de son œil rieur, et une tache sombre, conséquence de ses efforts en plein soleil, se formant sous son bras levé, sur le shantung rêche de sa robe jaune. Nous nous perdions dans les bois moussus et nous nous baignions dans une anse de conte de fées et nous nous jurions un amour éternel au moyen de couronnes de fleurs que, comme toutes les petites sirènes russes, elle aimait tant à tresser et, au début de l'automne, elle s'en retourna en ville, en quête d'un emploi (c'était là la condition imposée par sa mère), et au cours des mois suivants je ne la vis pas du tout, absorbé que j'étais par le genre d'aventures variées que j'estimais qu'un *littérateur** raffiné devait rechercher. Je me trouvais déjà dans une période d'excès sentimentaux et sensuels qui allait durer environ dix ans. Quand je la considère depuis ma tour de guet actuelle, je me vois moi-même comme une centaine de jeunes gens à la fois, tous à la poursuite d'une même fille changeante, dans une série d'affaires de cœur simultanées, ou qui se chevauchaient, certaines délicieuses, d'autres sordides, qui allaient de l'aventure d'une nuit à des liaisons prolongées, accompagnées de dissimulations, avec de bien maigres résultats artistiques. Non seulement les aventures en question, et les ombres des charmantes dames qu'elles impliquaient, ne me sont à présent d'aucune utilité pour recomposer mon passé, mais elles sont cause d'une « défocalisation » gênante, et j'ai beau tourmenter les vis de réglage de ma mémoire, je n'arrive pas à me rappeler de quelle manière Tamara et moi, nous nous sommes séparés. Il y a peut-être aussi une autre raison à ce brouillage des souvenirs : nous nous étions, déjà auparavant, séparés tant de fois! Durant ce dernier été à la campagne, nous nous séparions pour toujours après chaque rendez-vous secret, quand, dans la fluide obscurité de la nuit, ce vieux pont de bois entre la lune masquée et la rivière embrumée, je baisais ses paupières humides, chaudes, et son visage glacé de pluie, et qu'immédiatement après l'avoir quittée je revenais vers elle pour encore un dernier adieu – et c'était ensuite la longue, vacillante montée de la colline dans le noir, les pieds pédalant lentement, péniblement, dans leur effort pour enfoncer des ténèbres monstrueusement fortes et élastiques qui se refusaient à rester en dessous.

Toutefois, je me rappelle avec une netteté déchirante certain soir de cet été de 1917 où, après un hiver d'incompréhensible séparation, j'ai rencontré par hasard Tamara dans un train de banlieue. Pendant quelques minutes entre deux arrêts, sur la plate-forme d'un wagon balancé et grinçant, nous nous sommes tenus l'un auprès de l'autre, moi dans un état d'intense embarras, de regret accablant, elle mangeant une barre de chocolat, dont elle détachait méthodiquement de petits morceaux durs, et parlant du bureau où elle travaillait. D'un côté de la voie ferrée, au-dessus de marécages bleuâtres, la fumée noire de feux de tourbe se mêlait à l'épave incendiée d'un immense coucher de soleil ambré. On peut, je crois, à l'aide de Mémoires publiés, démontrer qu'Alexandre Blok, à cette époque, notait déjà dans son journal intime cette même fumée de tourbe que je vis, et ce ciel de naufrage. Il y eut, plus tard, une période dans ma vie où j'eusse été capable de trouver cela pertinent pour la dernière vision que j'eus de Tamara au moment où, sur les marches, elle se retourna pour me regarder avant de descendre dans le crépuscule parfumé de jasmin, ivre de cri-cris, d'une petite gare; mais aujourd'hui aucune note marginale étrangère ne peut ternir la pureté de cette douleur.

III

Quand, à la fin de l'année, Lénine prit le pouvoir, les Bolcheviks subordonnèrent immédiatement tout à la conservation du pouvoir, et un régime de violences sanglantes, de camps de concentration et d'otages commença sa monstrueuse carrière. A l'époque, beaucoup crurent possible de combattre la clique de Lénine et de sauver l'œuvre accomplie par la Révolution de Mars. Mon père, ayant été élu à l'Assemblée constituante qui, dans sa phase préliminaire, s'efforça d'empêcher les empiétements des Soviets, décida de rester aussi longtemps que possible à Saint-Pétersbourg, mais d'envoyer sa nombreuse famille en Crimée, région qui était encore libre (cette liberté n'allait durer que quelques semaines). Nous voyageâmes en deux groupes séparés, mon frère et moi d'une part, ma mère avec les trois plus jeunes enfants de l'autre. L'ère soviétique durait depuis une ennuyeuse petite semaine; les journaux libéraux continuaient de paraître; et, nous ayant accompagnés à la gare Nikolaïevski où il attendait avec nous, mon père, imperturbable, s'installa à une table d'angle du buffet pour rédiger, de son écriture fluide, « céleste » (comme disaient les linotypistes, s'émerveillant devant l'absence de corrections), un article de tête pour *Rech* le moribond (ou peut-être pour quelque publication occasionnelle) sur ces longues bandes spéciales de papier réglé qui correspondent proportionnellement à des colonnes imprimées. Pour autant que je m'en souvienne, la raison principale pour laquelle on nous fit partir si rapidement, mon frère et moi, c'était qu'il y avait un risque que nous fussions intégrés à la nouvelle armée « Rouge », si nous restions en ville. J'étais contrarié à l'idée de ne me rendre dans une région passionnante qu'à la mi-novembre, longtemps après la fin de la période de chasse aux papillons, n'ayant jamais été doué pour creuser à la recherche de chrysalides (mais, en fin de compte, j'en mis au jour quelques-unes sous un grand chêne, dans notre jardin de Crimée). La contrariété se mua en chagrin lorsque, après avoir tracé avec précision une petite croix sur le visage de chacun d'entre nous, mon père ajouta sur un ton désinvolte que, très probablement, *ves'ma vozmojno*, il ne nous reverrait jamais; après quoi, en trench-coat et casquette kaki, sa serviette sous le bras, il disparut à grandes enjambées dans le brouillard humide.

Le long voyage en direction du sud ne commença pas trop mal, avec la chaleur encore grésillante et les lampes encore intactes du wagon-lit de première classe Petrograd-Simferopol, et une chanteuse passablement connue au maquillage théâtral, un bouquet de chrysanthèmes dans du papier brun serré contre sa poitrine, se tenait dans le couloir, frappant sur la vitre le long de laquelle quelqu'un avançait et faisait des signes tandis que le train commençait à glisser en douceur, sans une seule secousse pour signifier que nous quittions cette cité grise pour toujours. Mais assez vite après Moscou, il n'y eut plus le moindre confort. Plusieurs fois au cours de notre lugubre et lente progression, le train, y compris notre wagon-lit, fut envahi par un nombre plus ou moins grand de soldats bolchevisés qui, du front, rentraient chez eux (on les appelait « déserteurs » ou « Héros rouges », selon son point de vue politique). Mon frère et moi trouvâmes assez amusant de nous enfermer dans notre compartiment et de déjouer toutes les tentatives pour nous déranger. Plusieurs soldats voyageant sur le toit du wagon corsèrent le jeu en essayant, non sans succès, d'utiliser le ventilateur de notre compartiment comme w.-c. Mon frère, qui était un comédien de premier ordre, s'arrangea pour simuler tous les symptômes d'un cas grave de typhus, ce qui nous tira d'embarras quand finalement la porte céda. De bonne heure, le troisième matin, à je ne sais quel arrêt, je profitai d'une accalmie dans ces aimables procédés pour aller respirer une bouffée d'air frais. Je parcourus avec précaution le couloir bondé, enjambant des corps d'hommes ronflant, et descendis du train. Une brume laiteuse était suspendue au-dessus du quai de cette gare anonyme – nous étions quelque part non loin de Kharkov. Je portais des demi-guêtres et un chapeau melon. La canne que je tenais à la main, pièce de collection qui avait appartenu à mon oncle Rouka, était d'un bois de couleur claire, magnifiquement tacheté, et la pomme était un globe rose et lisse de corail dans le creux d'une couronne d'or. Si j'avais été l'un de ces tragiques vagabonds qui se tenaient tapis dans le brouillard de ce quai de gare où un fragile jeune dandy faisait les cent pas, je n'aurais pas résisté à la tentation de le tuer. Comme j'étais sur le point de monter dans le train, celui-ci donna une secousse et s'ébranla; mon pied glissa et ma canne s'en alla voler sous les roues. Je n'avais pas d'attachement particulier pour cet objet (et, en fait, je le perdis par négligence peu d'années plus tard), mais on me regardait, et le feu de *l'amour-propre** adolescent m'incita à faire ce que je ne puis imaginer mon moi actuel faisant jamais. J'attendis que un, deux, trois, quatre wagons eussent passé (les trains russes étaient connus pour être lents à acquérir de la vitesse) et quand, enfin, les rails réapparurent, je ramassai ma canne entre eux et courus après les tampons qui s'enfuyaient comme en un cauchemar. Un robuste bras prolétarien obéit aux lois du roman sentimental (plutôt qu'à celles du marxisme) en m'aidant à grimper. Si j'avais été laissé en arrière, c'eût été, du reste, également conforme à ces lois, puisque j'eusse été amené près de Tamara, qui, dans l'intervalle, avait aussi gagné le Sud et demeurait dans un petit hameau ukrainien à moins de cent kilomètres du lieu de ce ridicule incident.

IV

J'appris où elle se trouvait de manière inattendue, un mois environ après mon arrivée en Crimée du Sud. Ma famille s'installa aux alentours de Yalta, près du village de Koreiz. Tout en ce lieu paraissait absolument étranger; les odeurs n'étaient pas russes, les bruits n'étaient pas russes, l'âne que l'on entendait braire chaque soir juste au moment où le muezzin se mettait à psalmodier du haut du minaret du village (une svelte tour bleue se silhouettant sur un ciel couleur de pêche) était assurément de Bagdad. Et j'étais là, moi, sur une route muletière crayeuse d'un torrent où de minces filets d'eau séparés, semblables à des serpents, glissaient avec légèreté sur des galets – j'étais là, tenant une lettre de Tamara. Je regardai les abrupts monts Yaïla recouverts jusqu'à leurs fronts rocheux de l'astrakan du sombre pin de Tauride; la bande de végétation toujours verte, ressemblant à un maquis, entre la montagne et la mer; le ciel rose translucide où luisait un croissant poseur, avec, près de lui, une unique étoile humide; et tout ce paysage artificiel me fit l'effet d'appartenir à une édition joliment illustrée, encore que déplorablement abrégée, des *Mille et Une Nuits.* Brusquement je ressentis tous les serrements de cœur de l'exil. Il y avait eu le cas de Pouchkine, bien sûr – de Pouchkine qui, banni, avait erré ici, parmi ces cyprès et ces lauriers naturalisés –, mais si ses élégies ont peut-être donné quelque impulsion à mon exaltation, je ne crois pas que celle-ci ait été une pose. Dès lors, pendant plusieurs années, jusqu'à ce que le fait d'avoir écrit un roman m'eût délivré de cette émotion féconde, un parallèle s'établit à mes yeux entre la perte de mon pays et la perte de mon amour.

Entre-temps, la vie de ma famille avait complètement changé. Si l'on faisait exception d'un petit nombre de bijoux astucieusement enfouis dans le contenu normal d'une boîte de talc, nous étions complètement ruinés. Mais c'était là chose très secondaire. Le gouvernement tartare local venait d'être balayé par un Soviet tout flambant neuf, et nous étions sous l'empire du sentiment absurde et humiliant d'une complète insécurité. Durant l'hiver 1917-1918, et bien avant dans le lumineux et venteux printemps de Crimée, une mort stupide trottina à nos côtés. Tous les deux jours, sur la blanche jetée de Yalta (là où, vous vous en souvenez, la dame de *La Dame au chien* de Tchékhov perdit sa lorgnette au milieu de la foule des estivants), toutes sortes de gens inoffensifs se voyaient attacher, par avance, des poids aux pieds, et puis étaient fusillés par d'inflexibles marins bolcheviks amenés de Sébastopol pour ce faire. Mon père, qui n'était pas inoffensif, nous avait rejoints entre-temps, après quelques dangereuses péripéties, et, dans cette région de spécialistes du poumon, avait choisi par mimétisme de se déguiser en médecin sans changer de nom (« simple et élégant », comme eût dit le commentateur d'une partie d'échecs, à propos d'un coup analogue sur l'échiquier). Nous habitions une villa discrète qu'une excellente amie, la comtesse Sophie Panine, avait mise à notre disposition. Certaines nuits, quand le bruit courait avec une insistance particulièrement alarmante que des assassins approchaient, les hommes de notre famille faisaient, chacun à leur tour, une ronde autour de la maison. Les ombres fusiformes des feuilles de laurier-rose bougeaient avec prudence dans la brise de mer le long d'un mur blême, comme montrant du doigt quelque chose, en ayant très ostensiblement l'air de le faire à la dérobée. Nous possédions un fusil de chasse et un automatique belge, et nous nous évertuions à traiter légèrement le décret qui disait que toute personne illégalement en possession d'armes à feu serait sur-le-champ exécutée.

La chance nous favorisa; il n'arriva rien, rien que le saisissement que nous éprouvâmes au milieu d'une nuit de janvier, quand une silhouette à allure de brigand, tout enveloppée de cuir et de fourrure, se glissa à pas de loup au milieu de nous – mais ce n'était que notre ancien chauffeur, Tsiganov, qui s'était fait un jeu de parcourir tout le trajet de Saint-Pétersbourg, sur les tampons et dans des wagons de marchandises, à travers toute l'immense étendue glacée et sauvage de la Russie, dans le seul but de nous apporter une somme d'argent que, de façon inattendue, de bons amis à nous nous avaient envoyée, et qui fut, certes, la bienvenue. Il apportait aussi un peu de courrier arrivé à notre adresse de Saint-Pétersbourg; et s'y trouvait la lettre de Tamara dont j'ai parlé. Après un séjour d'un mois, Tsiganov déclara que le paysage de Crimée l'ennuyait et nous quitta – pour refaire tout le trajet de retour vers le nord, avec un grand sac sur l'épaule contenant diverses choses que, eussions-nous su qu'il les convoitait, nous lui aurions bien volontiers données (telles qu'un presse-pantalon, des chaussures de tennis, des chemises de nuit, un réveil, un fer méplat, et plusieurs autres objets ridicules dont je ne me souviens pas) et qui laissèrent çà et là d'humbles niches qu'on découvrit peu à peu, ou qui furent signalées à notre attention, avec un zèle vindicatif, par une servante anémique dont il avait pillé aussi les pâles charmes. Chose curieuse, il nous avait persuadés de transférer les bijoux de ma mère de la boîte de poudre de talc (cachette qu'il avait aussitôt repérée) dans un trou creusé dans le jardin, sous un chêne versatile – et ils étaient toujours là, intacts, après son départ.

Puis un jour de printemps, en 1918, alors que les touffes roses des amandiers en fleur égayaient le flanc sombre de la montagne, les Bolcheviks disparurent et une armée singulièrement silencieuse d'Allemands les remplaça. Les Russes patriotes furent tiraillés entre le soulagement animal d'échapper aux bourreaux indigènes et le fait d'être contraints de devoir leur salut à un envahisseur étranger – et qui pis est, aux Allemands. Mais ces derniers étaient en train de perdre leur guerre à l'ouest et vinrent à Yalta sur la pointe des pieds, avec des sourires embarrassés et des façons timides. Cette armée d'apparitions grises, il était facile à un patriote de l'ignorer, et on l'ignora, mis à part quelques rires sous cape assez peu reconnaissants en regardant les pancartes DÉFENSE DE MARCHER SUR L'HERBE qui apparurent avec hésitation sur les pelouses du parc. Deux mois plus tard, après avoir méticuleusement réparé la tuyauterie dans diverses villas évacuées par des commissaires, les Allemands disparurent à leur tour; les Blancs s'infiltrèrent par l'est et bientôt engagèrent la lutte contre l'armée Rouge, qui attaquait la Crimée par le nord. Mon père devint ministre de la Justice dans le Gouvernement régional qui s'établit à Simferopol, et sa famille fut logée près de Yalta, dans le domaine Livadia, ancienne propriété du tsar. Cette sorte d'agitation anormale et de gaieté fiévreuse, qui était particulière aux villes tenues par les Blancs, ramena, dans une version vulgarisée, les agréments des années de paix. Les cafés faisaient des affaires merveilleuses. Des théâtres de tout genre prospéraient. Un matin, sur une piste de montagne, je rencontrai soudain un étrange cavalier, vêtu d'un costume circassien, le visage tendu, transpirant, fardé d'un jaune extravagant. Il ne cessait de tirer sur la bride de son cheval qui, sans lui prêter attention, continuait à descendre au pas le sentier en pente, d'un air curieusement résolu, comme une personne froissée quittant une réunion. J'avais vu des chevaux emballés, mais je n'en avais jamais vu auparavant prendre le mors aux dents au pas, et le plaisir de mon étonnement se corsa quand je reconnus dans l'infortuné cavalier Mozjouhine, que Tamara et moi avions si souvent admiré sur l'écran. On était en train de répéter une scène pour le tournage du film *Hadji Mourad* (d'après l'histoire écrite par Tolstoï de ce chef montagnard casse-cou et chevaleresque) dans les pâturages alpestres de cette chaîne de montagnes. « Arrêtez cette bête! *(Derjite prokliatoe jivotnoe)* », dit-il entre ses dents en me voyant, mais au même moment, avec un bruit formidable de pierres broyées et fracassées, deux authentiques Tartares descendirent en courant à la rescousse, et je continuai à gravir péniblement, avec mon filet à papillons, le flanc de montagne escarpé où le Pseudochazara Hippolyte de la race turque m'attendait.

Au cours de cet été 1918, misérable petite oasis d'illusoire jeunesse, mon frère et moi fréquentions la famille charmante et excentrique qui possédait le domaine côtier d'Oleiz. Une amitié badine ne tarda pas à naître entre Lidia T. et moi qui avions le même âge. Il y avait en permanence beaucoup de jeunes gens, de jeunes beautés aux bras hâlés, ornés de bracelets, un peintre de renom qui s'appelait Sorin, des comédiens, un danseur de ballet, de joyeux officiers de l'armée Blanche dont certains allaient bientôt mourir, et, entre les soirées sur la plage, les dîners en plein air, les feux de joie, une mer pailletée par la lune et une bonne réserve de vin muscat de Crimée, les plaisirs amoureux ne manquaient pas; et, tout ce temps-là, contre cette toile de fond frivole, décadente et d'une certaine façon iréelle (qui, j'aimais à le croire, ressuscitait l'ambiance de la visite de Pouchkine en Crimée, un siècle plus tôt), Lidia et moi jouions à un petit jeu oasien de notre propre invention. Il consistait à parodier une approche biographique projetée, pour ainsi dire, dans le futur et, de cette façon, à transformer un présent trompeur en une sorte de passé pétrifié perçu par un mémorialiste gâteux revoyant, à travers un voile de brume impossible à lever, sa relation avec un grand écrivain quand tous les deux étaient jeunes. Par exemple, Lidia ou bien moi (c'était au gré de l'inspiration) pouvions dire, sur la terrasse, après le souper : « L'écrivain aimait à sortir sur la terrasse après le souper », ou bien : « Je me souviendrai toujours de la constatation que V.V. avait faite par une nuit chaude : " C'est une nuit chaude ", avait-il constaté »; ou, encore plus idiot : « Il avait l'habitude d'allumer sa cigarette avant de la fumer » – tout cela servi avec une friande ferveur méditative et évocatrice qui nous paraissait alors désopilante et sans malice; mais aujourd'hui – aujourd'hui, je me surprends à me demander si nous n'avions pas dérangé sans le savoir quelque démon pervers et malveillant.

Et au cours de tous ces mois, chaque fois qu'on arrivait à faire passer un sac de courrier de l'Ukraine à Yalta, il y avait une lettre pour moi de ma Cynara. Rien de plus occulte que la façon dont les lettres, sous les auspices d'inimaginables porteurs, circulent en dépit de l'incompréhensible désordre des guerres civiles; mais chaque fois que, du fait de ce désordre, il y avait une lacune dans notre correspondance, Tamara agissait comme si elle comptait les distributions de lettres au nombre des phénomènes naturels normaux, tels que le temps ou les marées, sur quoi les affaires humaines ne pouvaient influer, et elle m'accusait de ne pas lui répondre, alors qu'en fait je ne fis que cela, de lui écrire et de penser à elle, durant tous ces mois – en dépit de mes nombreuses infidélités.

V

Heureux le romancier qui parvient à conserver une lettre d'amour réelle, reçue dans sa jeunesse, à l'intérieur d'un ouvrage d'imagination, enfouie là-dedans comme une balle intacte dans de la chair molle, et bien à l'abri, là, parmi des vies d'emprunt. Je regrette de n'avoir pas gardé toute notre correspondance de cette façon. Les lettres de Tamara étaient une évocation constante du paysage champêtre que nous connaissions si bien. Elles étaient, en un certain sens, une réponse en contre-chant, tardive mais d'une netteté admirable, aux poèmes lyriques beaucoup moins expressifs que je lui avais naguère dédiés. Au moyen de mots sans apprêt, dont je n'ai pas réussi à découvrir le secret, sa prose de jeune lycéenne savait ressusciter avec une intensité poignante chaque souffle de feuille humide, chaque fronde de fougère roussie par l'automne dans la campagne de Saint-Pétersbourg. « Pourquoi nous sentions-nous si allègres quand il pleuvait ? » demandait-elle dans l'une de ses dernières lettres, remontant, pour ainsi dire, à la pure source de l'éloquence. « *Boje moj* (mon Dieu...) », mais où sont toutes ces choses lointaines, lumineuses, rendues chères (*Vsio eto daliokoe, svetloe, miloe* – en russe il n'est ici besoin d'aucun sujet, les trois derniers mots étant des adjectifs neutres qui jouent le rôle de noms abstraits, sur une scène vide, dans une lumière tamisée).

Tamara, la Russie, les bois sauvages laissant place à de vieux parcs, mes bouleaux et mes sapins nordiques, la vue de ma mère tombant sur les mains et sur les genoux pour baiser la terre chaque fois que nous revenions de la ville à la campagne pour l'été, *et la montagne et le grand chêne** – tout cela, le destin, un jour, l'empaqueta pêle-mêle et le lança à la mer, me séparant complètement de mon adolescence. Mais je me demande s'il y a vraiment beaucoup à dire en faveur de destinées plus anesthésiques; en faveur, par exemple, de l'écoulement sans accrocs, sans heurt, sans danger, du temps d'une petite ville, avec la primitive absence de perspective que cela implique, quand à cinquante ans vous habitez toujours la même maison où vous viviez enfant, si bien que chaque fois que vous nettoyez votre grenier, vous tombez sur la même pile de vieux bouquins scolaires jaunis, toujours là, tous, parmi des accumulations plus récentes d'objets mis au rebut, et que, les dimanches matin d'été, votre femme s'arrête sur le trottoir pour supporter une minute ou deux la McGee, cette punaise de sacristie aux cheveux teints, bavarde, affreuse, qui, si l'on se reporte à 1915, fut la jolie et polissonne Margaret-Ann, à la bouche parfumée à la menthe et aux doigts agiles.

Cette cassure dans ma propre destinée me procure, quand j'en fais l'examen rétrospectif, une secousse syncopale que je ne voudrais pour rien au monde n'avoir pas connue. Depuis cet échange de lettres avec Tamara, le mal du pays a toujours été chez moi quelque chose de voluptueux et d'intime. Aujourd'hui, la représentation mentale de l'herbe drue sur le Yaïla-Dagh, ou d'un cañon dans les monts Oural, ou des salines dans la région de la mer d'Aral, m'émeut, du point de vue nostalgie et patriotisme, aussi peu, ou autant, que, disons, l'Utah; mais montrez-moi quelque chose sur n'importe quel continent qui ressemble à la campagne des environs de Saint-

Pétersbourg et je suis votre homme. Ce que j'éprouverais réellement en revoyant le cadre de ma jeunesse, il m'est difficile de l'imaginer. J'ai parfois dans l'idée de le revoir en usant d'un faux passeport, sous un nom d'emprunt. C'est faisable.

Mais je ne crois pas que je le ferai jamais. J'ai trop rêvassé à cela de façon oiseuse, et trop longtemps. Pareillement, durant la deuxième moitié de mon séjour de seize mois en Crimée, j'ai si longuement caressé le projet de m'engager dans l'armée Dénikine, dans l'intention non tant de passer bruyamment, sur un cheval de guerre orné d'un chanfrein, dans des faubourgs pavés en cailloutis de Saint-Pétersbourg (le rêve de mon pauvre Iouri) que d'arriver jusqu'à Tamara dans son hameau ukrainien, que, le temps de me décider, cette année avait cessé d'exister. En mars 1919, les Rouges firent une percée en Crimée du Nord, et de divers ports commença l'évacuation tumultueuse de groupes d'antibolcheviks. Sur une mer unie comme un miroir, dans la baie de Sébastopol, sous le feu violent des mitrailleuses du rivage (les troupes bolcheviks venaient de prendre le port), nous partîmes, ma famille et moi, pour Constantinople et Le Pirée sur un mauvais petit bateau grec, *Nadèjda* (Espoir), transportant une cargaison de fruits secs. Je me revois essayant de concentrer mon attention, tandis que nous sortions de la baie en zigzaguant, sur une partie d'échecs avec mon père – un des cavaliers avait perdu sa tête, et un jeton de poker remplaçait une tour qui manquait – et le sentiment de quitter la Russie se trouva complètement éclipsé par la pensée déchirante que, les Rouges seraient-ils là ou pas, les lettres de Tamara continueraient à arriver, miraculeusement et inutilement, en Crimée du Sud, y chercheraient un destinataire parti en exil, et battraient faiblement des ailes, comme des papillons désorientés, relâchés dans une zone qui leur est étrangère, à une altitude qui ne leur convient pas, parmi une flore qui ne leur est pas familière.

CHAPITRE XIII

I

En 1919, *via* la Crimée et la Grèce, toute une bande de Nabokov – trois familles, en fait – s'enfuit de Russie vers l'Europe occidentale. Il fut convenu que mon frère et moi irions à l'Université de Cambridge, grâce à une bourse d'études accordée plus à titre de réparation pour des tribulations politiques qu'en récompense d'un mérite intellectuel. Le reste de ma famille comptait séjourner un certain temps à Londres. L'argent pour vivre serait fourni par une poignée de bijoux qu'à la veille du départ de ma mère de Saint-Pétersbourg, en novembre 1917, Natacha, une vieille femme de chambre prévoyante, avait pris sur une coiffeuse et glissés dans un *nécessaire** et qui, pendant une courte période, avaient subi une inhumation, ou peut-être une sorte de mystérieuse maturation, dans un jardin de Crimée. Nous avions quitté ce beau foyer pour ce que nous avions cru ne devoir être qu'une brève attente, qu'un arrêt prudent, perché sur l'extrême bord sud de la Russie; mais la fureur du nouveau régime avait refusé de s'apaiser.

En Grèce, durant deux mois de printemps, bravant la colère à tout coup des chiens intolérants des bergers, je cherchai en vain l'Aurore de Gruner, le Soufré de Heldreich, la Piéride de Krueper : je n'étais pas dans la bonne région du pays. Sur le *Pannonia*, le paquebot de la Cunard qui partit de Grèce le 18 mai 1919 à destination de New York (vingt et un ans trop tôt, en ce qui me concernait), mais qui nous débarqua à Marseille, j'appris le fox-trot. La France défila avec fracas dans la nuit noire comme du charbon. La Manche blême oscillait encore en nous quand le train Douvres-Londres s'arrêta doucement. Des images à la file de poires grises sur les murs sales de la gare Victoria faisaient de la publicité pour la savonnette que mes gouvernantes anglaises avaient employée sur moi dans mon enfance. Une semaine plus tard, j'étais déjà en train de danser à pas glissés, joue contre joue, à un bal de bienfaisance, avec ma première petite amie anglaise, une jeune fille élancée, aux mœurs libres, de cinq ans mon aînée.

Mon père était déjà venu à Londres auparavant – la dernière fois, en février 1916, quand, avec cinq autres représentants éminents de la presse russe, il avait été invité par le gouvernement britannique à venir jeter un coup d'œil sur l'effort de guerre de l'Angleterre (que, laissait-on entendre, l'opinion publique russe n'appréciait pas à sa juste valeur). Au cours du voyage, mis au défi par mon père et Kornéi Tchoukovski de trouver une rime à *Afrika*, le poète et romancier Alexéi Tolstoï (aucun rapport avec le comte Lev Nikolaïevitch) avait, bien que souffrant du mal de mer, proposé ce charmant distique :

Vijou pal'mou : Kafrika
Eto – Afrika

(Je vois une palme et un petit Cafre. C'est bien l'Afrique.)

En Angleterre, on leur avait montré la Flotte. Ensuite, grands dîners et grands discours s'étaient succédé. La prise opportune d'Erzeroum par les Russes et l'introduction imminente de la conscription en Angleterre (« Will you march too or wait till March 2? » : tel était le calembour qui s'étalait sur les affiches) fournissaient aux orateurs des thèmes faciles. Il y avait eu un banquet officiel présidé par Sir Edward Grey, et une amusante interview de George V à qui le critique Tchoukovski, *l'enfant terrible** du groupe, avait demandé avec insistance s'il aimait les œuvres d'Oscar Wilde – *« dze ouarks of Ouald »*. Le roi, dérouté par l'accent de son interrogateur, et n'ayant, de toute manière, jamais été un dévoreur de livres, para et riposta en demandant à ses invités comment ils trouvaient le brouillard de Londres (plus tard, Tchoukovski citait cela triomphalement comme un exemple de l'hypocrisie britannique – mettant le tabou sur un écrivain à cause de ses mœurs).

Une récente visite à la bibliothèque municipale de New York m'a appris que l'incident ci-dessus n'est pas rapporté dans le livre de mon père : *Iz Voiouiouchtchey Anglii,* Petrograd, 1916 *(Reportage sur l'Angleterre en guerre)* – mais c'est qu'il n'y a guère, dans cet ouvrage-là, d'échantillons de son humour habituel (à part, peut-être, la description d'une partie de badminton (ou bien s'agissait-il de pelote?) qu'il fit avec H.G. Wells et un amusant compte rendu d'une visite à quelques tranchées de première ligne dans les Flandres, où l'on poussa l'hospitalité jusqu'à autoriser l'explosion d'une grenade allemande à quelques mètres des visiteurs).

Avant la publication en livre, ce reportage avait paru en feuilleton dans un quotidien russe. Là, non sans une certaine candeur d'un autre temps, mon père avait raconté qu'il avait fait cadeau de son stylo Swan à l'amiral Jellicoe, qui, le lui ayant emprunté à table pour donner son autographe sur un menu, en avait loué la plume souple et douce. Cette divulgation malheureuse de la marque du stylo, une réclame publicitaire Mabie, Todd et C°, Ltd, n'avait pas tardé à s'en faire l'écho dans les journaux de Londres, en citant, traduit, le passage en question et en représentant mon père tendant le produit de cette firme au commandant en chef de la Flotte, sous le ciel chaotique d'une bataille navale.

Mais cette fois-ci il n'y avait ni banquets, ni discours, ni même de parties de pelote avec Wells, car il s'avéra impossible de convaincre ce dernier que le Bolchevisme n'était qu'une forme particulièrement brutale et achevée d'oppression barbare – en elle-même aussi vieille que les sables du désert – et pas du tout l'expérience révolutionnaire séduisante et neuve que tant d'observateurs étrangers ont cru qu'elle était. Après avoir passé plusieurs mois coûteux dans une maison louée de Elm Park Gardens, mes parents et les trois plus jeunes enfants quittèrent Londres pour Berlin (où, jusqu'à sa mort en mars 1922, mon père se joignit à Joseph Hessen, membre du parti Démocratique-Constitutionnel, pour publier un journal russe des émigrés), tandis que mon frère et moi allâmes à Cambridge – lui à Christ's College, moi à Trinity.

II

J'avais deux frères, Serguéi et Kirill. Kirill, le benjamin (1911-1964), était aussi mon filleul, comme cela se faisait dans les familles russes. A un certain stade de la cérémonie du baptême, dans notre salon de Vyra, je le tins précautionneusement entre mes bras avant de le passer à sa marraine, Ekatérina Dmitrievna Danzas (la cousine germaine de mon père et une petite-nièce du colonel K.K. Danzas, le témoin de Pouchkine lors de son duel fatal). Au cours de son enfance, Kirill était relégué, avec mes deux sœurs, dans de lointaines nurseries, bien nettement séparées des appartements de ses frères aînés, en ville comme à la campagne. Je l'ai très peu vu durant les deux décennies de mon expatriation en Europe, 1919-1940, et pas du tout après cela, jusqu'à mon séjour suivant en Europe, en 1960, brève période qui comporta des rencontres extrêmement amicales et joyeuses.

Kirill fit ses études secondaires à Londres, Berlin et Prague, et universitaires à Louvain. Il épousa une Belge, Gilberte Barbanson, dirigea (avec humour mais non sans succès) une agence de voyages à Bruxelles et mourut d'une crise cardiaque à Munich.

Il aimait les stations balnéaires et les plats riches. Il exécrait, tout autant que moi, les combats de taureaux. Il parlait cinq langues. Il était très farceur. La grande affaire de sa vie, c'était la littérature, en particulier la poésie russe. Ses propres poèmes trahissent l'influence de Goumiliov et Khodassévitch. Il publia peu et fut toujours aussi réservé au sujet de ce qu'il écrivait qu'il l'était au sujet de sa vie intérieure, toute voilée d'ironie.

Pour différentes raisons, je trouve excessivement difficile de parler de mon autre frère. La quête tortueuse de Sebastian Knight (1940), avec ses petits succès et sa combinatoire auto-générée, n'est vraiment rien en comparaison de la tâche devant laquelle je me suis dérobé dans la première version de ces Mémoires et à laquelle je me trouve à présent confronté. A part les deux ou trois dérisoires petites aventures auxquelles j'ai fait allusion dans de précédents chapitres, l'enfance de Serguéi et la mienne se sont rarement mêlées. Il n'est rien d'autre qu'une ombre sur la toile de fond de mes souvenirs les plus denses et les plus détaillés. L'enfant choyé, c'était moi; lui était le témoin de cela. Né par césarienne dix mois et demi après moi, le 12 mars 1900, il avait mûri plus vite que moi et, physiquement, paraissait plus âgé. Nous jouions rarement ensemble, il était indifférent à la plupart des choses que j'aimais – les petits trains, les petits pistolets, les Peaux-Rouges, les Vulcains. A six ou sept ans, il conçut pour Napoléon une admiration passionnée sur laquelle Mademoiselle fermait les yeux, et il prenait dans son lit un petit buste de bronze qui le représentait. Enfant, j'étais bagarreur, aventureux et quelque peu tyran. Il était calme, indolent et passait beaucoup plus de temps que moi avec mes précepteurs. A dix ans, son penchant pour la musique se révéla et, dès lors, il prit d'innombrables leçons, alla au concert avec notre père et passa des heures entières à jouer des fragments d'opéras, sur un piano à l'étage dont on entendait parfaitement bien les accords. Je m'approchais à pas de loup derrière lui et enfonçais mon doigt entre ses côtes. Un pitoyable souvenir.

Nous fréquentions des écoles différentes; il allait à l'ancien lycée de mon père et portait l'uniforme noir réglementaire auquel, à quinze ans, il ajouta une note non conforme : des demi-guêtres gris souris. A peu près à cette époque, une page de son journal intime que je trouvai sur son bureau et que je lus, puis que, dans une réaction de stupide étonnement, je montrai à mon précepteur, qui aussitôt la montra à mon père, apporta tout à coup une explication rétroactive à certaines bizarreries de son comportement.

Le seul sport que nous aimions l'un et l'autre, c'était le tennis. Nous y jouâmes beaucoup ensemble, en particulier en Angleterre, sur un court irrégulier en gazon à Kensington, et sur un bon court en terre battue à Cambridge. Il était gaucher. Il avait un vilain bégaiement qui gênait les discussions autour des points litigieux. En dépit de la faiblesse de son service et de l'absence de véritables revers dans son jeu, il n'était pas facile à battre, étant du genre qui ne fait jamais une double faute et rend tous les coups avec la régularité d'un mur d'entraînement. A Cambridge, nous nous vîmes plus que jamais auparavant et nous eûmes, pour une fois, quelques amis en commun. Nous obtînmes notre diplôme dans la même discipline, avec la même mention, après quoi il alla s'installer à Paris où, au cours des années suivantes, il donna des leçons d'anglais et de russe, tout comme je le faisais moi-même à Berlin.

Nous nous retrouvâmes à nouveau, et eûmes d'assez bons rapports de 1938 à 1940, à Paris. Il passait souvent faire un brin de conversation, rue Boileau où je vivais dans un deux-pièces minable avec toi et notre enfant, mais les choses se passèrent de telle sorte (il avait été absent quelque temps) qu'il apprit notre départ en Amérique lorsque nous n'étions déjà plus là. Mes souvenirs les plus sombres sont liés à Paris et mon soulagement à la perspective d'en partir était plus fort que tout, mais je regrette qu'il ait eu à bégayer son étonnement devant une concierge indifférente. Je ne sais pas grand-chose de sa vie pendant les années de guerre. A un moment donné, il travailla comme traducteur dans un bureau, à Berlin. Direct et courageux, il critiqua le régime devant ses collègues, qui le dénoncèrent. Il fut arrêté, accusé d'être un « espion britannique » et envoyé dans un camp de concentration à Hambourg où il mourut d'inanition, le 10 juin 1945. C'est une de ces existences qui réclament désespérément quelque chose de tardif – de la compassion, de la compréhension, peu importe quoi – et la simple détection de ce manque ne peut servir ni à le combler ni à le réparer.

III

Mon premier trimestre à Cambridge commença sous de mauvais auspices. Tard dans l'après-midi d'un jour d'octobre couvert et humide, avec l'impression de me livrer à quelque étrange comédie, je revêtis la robe universitaire bleu foncé et la toque carrée noire nouvellement achetées pour ma première visite de cérémonie à E. Harrison, mon directeur d'études. Je gravis un escalier et frappai à une porte massive qui était légèrement entrebâillée. « Entrez », dit une voix lointaine et caverneuse. Je traversai une sorte de salle d'attente et pénétrai dans le bureau de mon directeur d'études. Le brun crépuscule m'avait devancé. Il n'y avait aucune lumière dans le bureau, sauf la lueur rougeoyante d'une vaste cheminée près de laquelle était assise une forme humaine dans un encore plus vague fauteuil. Je m'avançai en disant : « Je m'appelle... », et mis le pied dans le service à thé qui était posé sur le tapis, à côté du fauteuil bas en osier de Mr. Harrison. Poussant un grognement, il se pencha de côté sur son siège pour remettre la théière d'aplomb, après quoi il écopa le liquide et renfourna dans ladite théière la noire pâtée mouillée de feuilles de thé qu'elle avait dégorgée. C'est ainsi que la période universitaire de ma vie commença sur une note de gêne, note qui allait se répéter avec opiniâtreté durant mes trois années de séjour.

Mr. Harrison estimait que c'était une excellente idée de faire habiter un « Russe blanc » avec un autre; je partageai donc, au début, un logement dans Trinity Lane avec un compatriote perplexe. Au bout de quelques mois, il quitta l'Université, et je restai seul occupant de cet appartement meublé. Je le trouvai insupportablement sordide en comparaison de mon lointain foyer, désormais inexistant. Je me rappelle les ornements sur le dessus de la cheminée (un cendrier de verre décoré de l'écusson de Trinity laissé par un précédent locataire; un coquillage marin dans lequel je trouvai emprisonné le bourdonnement de l'un de mes propres étés au bord de la mer), et le vieux piano mécanique de ma logeuse, ce machin pathétique, plein de musique rompue, broyée, nouée, que l'on essayait une fois, mais pas deux. L'étroite Trinity Lane était une ruelle sérieuse et assez triste, presque sans trafic, mais possédant un long passé sinistre qui commençait au seizième siècle; à cette époque-là, elle s'appelait Findsilver Lane, encore qu'on lui donnât généralement un nom plus grossier à cause de l'état abominable de ses caniveaux. J'ai pas mal souffert du froid, mais il est absolument faux que, comme certains le prétendent, la température polaire dans les chambres à coucher de Cambridge provoquât la solidification en glace de l'eau dans le broc du lavabo. En fait, il ne se formait guère qu'une mince couche de glace à la surface, et on la brisait facilement, au moyen de sa brosse à dents, en petits morceaux tintants, et même ce bruit a, rétrospectivement, un certain charme joyeux pour mon oreille américanisée. Par ailleurs le lever n'avait rien de drôle. Je sens encore dans mes os la froidure de la marche matinale pour aller de Trinity Lane aux Bains, trajet qu'on faisait lentement en traînant les pieds, en exhalant de pâles bouffées d'haleine, vêtu d'une mince robe de chambre par-dessus le pyjama, et avec une froide grosse trousse de toilette sous le bras. Rien au monde ne pouvait m'amener à porter directement sur la peau les « lainages » qui tenaient secrètement chaud aux Anglais. Quant aux pardessus, le style exigeait de n'en point porter. La mise habituelle de l'étudiant moyen à Cambridge, qu'il fût un fervent du sport ou poète d'avant-garde, était dans la note du robuste et du terne : ses souliers avaient d'épaisses semelles de caoutchouc, son pantalon de flanelle était gris foncé, et le chandail boutonné, appelé *jumper,* sous son veston Norfolk, était d'un marron conservateur. Quant à ceux qu'on pourrait qualifier, je suppose, d'élégants, ils portaient de vieux escarpins, des pantalons de flanelle gris clair, un *jumper* jaune vif, et le veston d'un bon complet. A cette époque, mes juvéniles préoccupations vestimentaires étaient déjà sur leur déclin; n'empêche que cela me faisait plutôt l'effet d'une blague, après les façons cérémonieuses, en Russie, de se balader en pantoufles, de renoncer aux jarretières, et de faire coudre son faux col à sa chemise – innovation hardie à l'époque.

Cette anodine mascarade, à laquelle je me joignis indolemment, a laissé sur mon esprit une empreinte si insignifiante qu'il serait fastidieux de poursuivre dans ce sens. L'histoire de mes années d'Université en Angleterre est en réalité l'histoire de mes efforts pour devenir un écrivain russe. J'avais le sentiment que Cambridge et toutes ses particularités célèbres – ormes vénérables, vitraux, loquaces horloges des tours – n'avaient aucune importance en elles-mêmes et n'existaient qu'en tant que cadre et support de ma riche nostalgie. Au point de vue sentimental, j'étais dans la situation d'un homme qui, venant juste de perdre une parente aimée, se rend compte – trop tard – que par la faute d'une certaine paresse de l'âme humaine sous l'effet du narcotique de la routine, il ne s'est jamais donné la peine de la connaître aussi complètement qu'elle le méritait, ni ne lui a jamais témoigné pleinement son attachement, dont auparavant il n'était pas lui-même tout à fait conscient mais qui, à présent, demeure à jamais sans soulagement. Tandis que, les yeux me cuisant, je méditais près du feu dans ma chambre à Cambridge, toute la puissante banalité des braises, de la solitude et des carillons lointains m'oppressait, crispant jusqu'aux plis de mon visage, tel celui d'un aviateur que la vitesse fantastique de son vol défigure. Et je songeais à tout ce que j'avais manqué dans mon pays, aux choses que je n'eusse pas négligé de remarquer et de thésauriser, si seulement j'avais pu me douter à temps que ma vie allait virer de bord de si brutale façon.

Aux yeux de certains des émigrés comme moi que je rencontrai à Cambridge, l'orientation générale de mes sentiments était quelque chose de si évident et de si familier qu'il eût été oiseux et paru presque malséant d'en parler. Chez de plus blancs parmi ces Russes blancs, je découvris bientôt que patriotisme et politique se réduisaient à une rancune hargneuse dirigée bien davantage contre Kérenski que contre Lénine et découlant uniquement de gênes et de pertes matérielles. Et, de plus, je m'attirai des désagréments tout à fait inattendus avec des Anglais de ma connaissance, considérés comme cultivés, fins, et humains, mais qui, en dépit de tout leur savoir-vivre et de leur raffinement, se laissaient aller à dire les plus étonnantes balivernes lorsqu'on parlait de la Russie. Je veux mentionner ici, entre autres, un jeune socialiste que je fréquentais, un grand diable maigre qui avait le don de rendre les diverses et lentes manipulations de sa pipe terriblement exaspérantes quand vous n'étiez pas d'accord avec lui, et délicieusement apaisantes quand vous l'étiez. Avec lui, j'eus de nombreuses disputes politiques, dont l'acrimonie fondait immanquablement quand nous passions aux poètes qui nous étaient chers à tous deux. Aujourd'hui, il jouit en Angleterre d'une certaine célébrité parmi ses pairs, ce qui est, je le reconnais volontiers, une expression assez dénuée de sens, mais il se trouve que je fais de mon mieux pour masquer son identité; qu'il me soit permis de parler de lui, ici, sous le nom de « Nesbit », sobriquet que je lui donnai à part moi (ou que j'affirme aujourd'hui lui avoir donné), non seulement en raison de sa prétendue ressemblance avec les portraits de jeunesse de Gorki, une médiocrité régionale de cette période, dont l'une des premières nouvelles *(Mon compagnon de voyage)* – encore une allusion qui vient à propos – avait été traduite par un certain R. Nesbit Bain, mais aussi parce que « Nesbit » présente l'avantage d'une association d'idées avec « Ibsen » par le biais d'un voluptueux palindrome, et il me faut à présent évoquer ce nom.

Il est probablement vrai, ainsi que certains l'ont soutenu, que, dans les années vingt, la sympathie pour le léninisme de l'opinion libérale anglaise et américaine a été mise en branle pour des considérations de politique intérieure. Mais la cause fut aussi tout simplement de fausses informations. Mon ami savait peu de chose du passé de la Russie et ce peu lui était parvenu, corrompu, par le canal communiste. Quand on le défiait de justifier le régime bestial de terreur qui avait reçu la sanction de Lénine – la chambre de torture, le mur éclaboussé de sang –, Nesbit faisait tomber les cendres de sa pipe en la tapant à petits coups secs contre la pomme du garde-feu, recroisait *sinistrorsum* ses immenses jambes lourdement chaussées et croisées *dextrorsum*, et murmurait quelque chose au sujet du « Blocus allié ». Il considérait en bloc comme « éléments tsaristes » les émigrés russes de toutes nuances, du socialiste paysan au général blanc – à peu près comme, de nos jours, les écrivains soviétiques en usent avec le terme « fasciste ». Il ne s'est jamais rendu compte que si lui et d'autres idéalistes étrangers avaient été russes et en Russie, lui et eux eussent été détruits par le régime de Lénine tout aussi naturellement que le sont les lapins par les furets et les cultivateurs. Il s'obstinait à soutenir que, s'il y avait ce qu'il nommait gravement « moins de diversité d'opinions » sous les Bolcheviks qu'aux plus sombres jours du tsarisme, la raison en était « le manque de toute tradition de liberté de parole en Russie », affirmation qu'il tirait, je crois, des sottises du genre « Le jour se lève en Russie » qu'écrivaient en ces années-là des léninistes anglais et américains diserts. Mais ce qui m'irritait peut-être le plus, c'était l'attitude de Nesbit à l'égard de Lénine lui-même. Tous les Russes cultivés et doués de discernement savaient que ce politicien rusé avait à peu près autant de goût et d'intérêt pour les choses esthétiques qu'un quelconque bourgeois russe du genre *épicier** à la Flaubert (le genre d'homme qui admirait Pouchkine par le truchement des exécrables livrets de Tchaïkovski, pleurait aux opéras italiens, et était séduit par toute peinture qui racontait une histoire); mais Nesbit et ses intellectuels d'amis voyaient en lui une sorte de mécène sensible, à l'esprit poétique, de promoteur des tendances les plus nouvelles en art, et ils souriaient d'un sourire supérieur quand je tentais de leur expliquer que le lien entre la politique d'avant-garde et l'art d'avant-garde était purement verbal (exploité avec jubilation par la propagande soviétique), et que, plus un Russe était radical en politique, plus il était conservateur en matière d'art.

J'avais à ma disposition nombre de truismes de ce genre, que j'aimais à exposer, mais que Nesbit, fermement retranché derrière son ignorance, tenait pour des idées que je me faisais. L'histoire de la Russie (m'arrivait-il, par exemple, de déclarer) peut être considérée à deux points de vue (l'un et l'autre, je ne sais pourquoi, chiffonnaient pareillement Nesbit) : premièrement, comme l'évolution de la police (puissance curieusement impersonnelle et à part, fonctionnant parfois dans une sorte de vide, parfois impuissante, et à d'autres moments surpassant le gouvernement dans le domaine de la persécution brutale); et deuxièmement, comme le développement d'une merveilleuse culture. Sous les tsars (m'arrivait-il de continuer), en dépit du caractère foncièrement inepte et féroce de leur autorité, un Russe aimant la liberté avait incomparablement plus de moyens de s'exprimer et courait incomparablement moins de risques ce faisant, que sous Lénine. Depuis les réformes des années dix-huit cent soixante, le pays possédait une législation dont toute démocratie occidentale aurait pu être fière, une opinion publique vigoureuse qui tenait les despotes en échec, des périodiques de toutes les nuances de la pensée politique libérale et ayant un public très étendu, et, chose tout particulièrement remarquable, des juges courageux et indépendants. (« Oh! allons donc!... » disait Nesbit, en m'interrompant.) Quand des révolutionnaires étaient pris, la déportation à Tomsk ou à Omsk (aujourd'hui rebaptisé Bombsk), c'était des vacances reposantes en comparaison des camps de concentration institués par Lénine. Les exilés politiques s'échappaient de Sibérie avec une facilité tenant de la farce, témoin la fuite célèbre de Trotsky – Santa Leo, Santa Claws[1] Trotsky – revenant joyeusement dans un traîneau de Noël traîné par des rennes : En avant, Roquette, en avant, Imbécile, en avant, Boucher, Fauteur-de-Guerre-Eclair!

Je me rendis bientôt compte que si ma manière de voir, la manière de voir nullement anormale des démocrates russes à l'étranger, était accueillie avec une surprise peinée ou de polis sourires ironiques par les démocrates anglais du cru, un autre groupe, les ultra-conservateurs anglais, se ralliait avec empresse-

1. Jeu de mots sur Santa Claus, les deux expressions signifiant respectivement Saint Griffes, en traduction littérale, et Père Noël. *(N.d.T.)*

ment à mon opinion, mais pour des motifs réactionnaires si patents que leur méprisable appui ne faisait que me gêner. Oui, je m'enorgueillis d'avoir discerné dès cette époque les symptômes de ce qui est si manifeste aujourd'hui, où une sorte de cercle de famille s'est peu à peu formé, unissant des représentants de toutes les nations, de gaillards bâtisseurs d'Empire dans leurs clairières de jungle, les policiers français, l'innommable produit allemand, les bons vieux faiseurs de pogromes, russes ou polonais, assidus aux offices divins, le maigre lyncheur américain, l'homme aux dents gâtées qui fait gicler des histoires chauvines au bar ou aux w.-c., et, en un autre point de ce même cercle infra-humain, ces impitoyables automates aux visages de papier mâché, vêtus de pantalons curieusement larges et de vestons aux épaules carrées, ces *Sitzriesen*[1], créatures – ou devrais-je dire : mécaniques? – que l'Etat soviétique commença d'exporter autour de 1945, après plus de deux décennies d'élevage sélectif et de confection sur mesure durant lesquelles la mode masculine à l'étranger avait eu le temps de changer, si bien que le symbole du tissu disponible à volonté ne pouvait que provoquer une dérision cruelle (ainsi qu'il advint dans l'Angleterre de l'après-guerre, quand une équipe soviétique fameuse de footballers professionnels défila en tenue de ville).

1. Des « géants assis » *(N.d.T.)*

IV

Très vite, je me détournai de la politique et portai toute mon attention sur la littérature. J'invitais dans mon logement de Cambridge les boucliers vermeil et l'éclair bleu de *La Geste du prince Igor* (cet incomparable et mystérieux poème épique de la fin du douzième ou de la fin du dix-huitième siècle), la poésie de Pouchkine et de Tioutchev, la prose de Gogol et de Tolstoï, et aussi les admirables travaux des grands naturalistes russes qui ont exploré et décrit les déserts de l'Asie centrale. A un étalage de livres dans Market Place, j'eus la surprise de tomber sur un ouvrage russe, un exemplaire d'occasion du *Dictionnaire explicatif de la langue russe vivante* de Dahl, en quatre tomes. Je l'achetai et résolus d'en lire au moins dix pages par jour, en prenant des notes sur les mots et les expressions colorées qui me plairaient tout particulièrement, et je m'astreignis à cela durant pas mal de temps. Ma crainte de perdre ou de corrompre, du fait de l'influence étrangère, la seule chose de Russie que j'avais sauvée – sa langue – devint absolument morbide et me tourmenta bien plus que la crainte que je devais connaître deux décennies plus tard de n'être jamais capable de porter ma prose anglaise au niveau de ma prose russe. Je veillais tard dans la nuit, entouré d'un amoncellement presque donquichottesque de volumes difficilement maniables, et je fabriquais des poèmes russes raffinés et assez stériles, non tant à partir des cellules vivantes d'une émotion ayant caractère de nécessité intérieure, qu'autour d'un terme faisant image ou d'une métaphore que je voulais utiliser pour eux-mêmes. J'aurais été saisi d'horreur, en ce temps-là, de découvrir ce que je vois si clairement à présent, l'influence directe sur la structure de mes poèmes russes de diverses formes de vers anglais contemporains de l'époque du règne de George V qui couraient partout dans ma chambre et sur toute ma personne, comme des souris apprivoisées. Et dire que je me donnais tant de peine ! Soudain, au petit jour, un matin de novembre, je pris conscience du silence et de la température glaciale (mon second hiver à Cambridge me semble avoir été le plus froid, et le plus fécond). Les flammes rouges et bleues dans lesquelles je venais de contempler une bataille imaginaire s'étaient affaissées jusqu'à n'être plus que la lugubre lueur d'un coucher de soleil arctique parmi des sapins gris de givre. Mais ce fut plus fort que moi, même alors je ne pus aller me coucher, appréhendant non tant l'insomnie que la double systole inévitable à cause du froid des draps, et aussi la curieuse affection appelée *anxietas tibiarum*, pénible état de malaise, accroissement suppliciant du sens musculaire, qui vous fait changer continuellement vos membres de position. Aussi je remis encore du charbon et j'aidai les flammes à se ranimer en étalant une page du *Times* londonien sur les noires mâchoires fumantes de l'âtre, masquant ainsi complètement l'ouverture de sa niche. Un vrombissement commençait à se faire entendre derrière le papier roidi, qui devenait lisse comme une peau de tambour et beau comme un parchemin translucide. L'instant d'après, au moment où le vrombissement devenait rugissement, une tache couleur orange apparaissait au milieu de la feuille, et le passage imprimé à cet endroit, quel qu'il fût (par exemple, « La Ligue n'a à sa disposition ni une guinée ni un fusil », ou « ... les vengeances que Némésis a tirées de l'hésitation des Alliés et de l'indécision en Europe orientale et centrale... »), ressortait avec un éclat de mauvais augure – jusqu'au moment où, soudain, la tache orange crevait. Alors, la feuille en flammes, avec le bruissement d'un phénix délivré, s'envolait dans la cheminée pour rejoindre les étoiles. Ça vous coûtait douze shillings d'amende si cet oiseau de feu était aperçu.

La coterie littéraire de Nesbit et ses amis, tout en louant mes travaux nocturnes, désapprouvait diverses autres occupations auxquelles je m'adonnais, telles que l'entomologie, les mystifications, les filles, et, tout particulièrement, les sports. De tous les sports que j'ai pratiqués à Cambridge, le football est demeuré pour moi une clairière balayée de vent au milieu d'une période assez embrouillée. J'avais la passion de garder le but. En Russie et dans les pays latins, ce noble art a toujours été nimbé d'un prestige particulier. Parce que son rôle le tient à l'écart, solitaire, impassible, le gardien de but de première force se voit suivi dans la rue par des petits garçons transportés d'enthousiasme. Il rivalise avec le matador et l'as d'aviation en tant qu'objet d'adulation frémissante. Son chandail, sa casquette, ses genouillères, les gants qui dépassent de la poche à revolver de son short, le distinguent du reste de l'équipe. Il est l'aigle solitaire, l'homme de mystère, le défenseur ultime. Des photographes ploient respectueusement le genou pour prendre un instantané de lui au moment où il est en train de faire un plongeon spectaculaire à travers le portique pour faire dévier du bout des doigts un coup bas et rapide comme l'éclair, et le stade rugit d'approbation tandis qu'il reste une minute ou deux étendu de tout son long là où il est tombé, cependant que son but est demeuré inviolé.

Mais en Angleterre, du moins dans l'Angleterre de ma jeunesse, la crainte nationale de l'ostentation et le souci porté à l'excès d'un systématique travail d'équipe n'ont jamais été favorables au développement de l'art excentré du gardien de but. C'est du moins ce que j'ai déniché comme argument pour expliquer le fait de n'avoir pas remporté un succès extraordinaire sur les terrains de sport de Cambridge. Oh ! bien sûr, j'eus mes jours de gloire et d'euphorie – la bonne odeur du gazon, ce célèbre avant inter-universités dribblant de plus en plus près de moi le ballon fauve neuf du bout de son pied au mouvement rapide, puis le coup cinglant, l'arrêt réussi, son picotement prolongé... Mais il y eut d'autres jours, plus mémorables, plus ésotériques, sous des ciels lugubres, où la zone du but était un amas de boue noire, le ballon aussi gras qu'un pouding, et où j'étais martyrisé par des maux de tête atroces après une nuit sans sommeil passée à faire des vers. J'arrêtais maladroitement – et recouvrais le ballon en l'enlevant au filet. Miséricordieusement, la partie allait se poursuivre à l'extrémité opposée du terrain détrempé. Faible, fastidieuse, la bruine se mettait à tomber, hésitait, et reprenait. Avec une tendresse presque roucoulante dans leurs croassements assourdis, des corneilles décrépites battaient des ailes autour d'un orme dénudé. Des brouillards s'amassaient. Je ne voyais plus, à présent, de la partie que des têtes s'agitant vaguement près du but éloigné de St. John ou de Christ, ou de quelque autre collège contre lequel nous jouions. Ces bruits lointains, confus, un cri, un coup de sifflet, le son mat d'un coup de pied, tout cela était absolument sans importance et n'avait aucun rapport avec moi. J'étais moins le gardien d'un but de football que le gardien d'un secret. Les bras croisés, je m'adossais au poteau de gauche du but, et goûtais la volupté de fermer les yeux, et ainsi j'écoutais mon cœur cogner, je sentais la pluie invisible sur ma figure, j'entendais au loin les bruits discontinus de la partie, et je m'imaginais être une fabuleuse créature exotique déguisée en joueur de football anglais, composant, en une langue que personne ne comprenait, des vers sur un lointain pays que personne ne connaissait. Ce n'est pas étonnant si je n'ai pas été très aimé de mes camarades d'équipe.

Pas une seule fois au cours des trois années que j'ai passées à Cambridge – j'insiste : pas une seule fois – je ne suis entré à la bibliothèque de l'Université, ni même ne me suis préoccupé de la situer (je connais aujourd'hui son nouvel emplacement) ou de demander s'il existait une bibliothèque à l'usage des étudiants où l'on pouvait emprunter des livres pour les lire dans son garni. Je séchais les conférences. Je me rendais furtivement à Londres ou ailleurs. J'entretenais de front plusieurs liaisons. J'avais d'épouvantables entrevues avec Mr. Harrison. Je traduisis en russe une vingtaine de poèmes de Rupert Brooke, *Alice au pays des merveilles* et *Colas Breugnon* de Romain Rolland. D'un point de vue académique, j'aurais aussi bien pu fréquenter l'Inst. M.M. de Tirana.

Des choses telles que les crêpes et les *muffins*, petits pains chauds que l'on mangeait en prenant le thé après le sport, ou les cris de « *Piper, piper!* » des petits vendeurs de journaux à l'accent faubourien, se mêlant aux drelins des timbres de bicyclettes dans les rues, à la tombée de la nuit, me semblaient, à l'époque, plus caractéristiques de Cambridge qu'elles ne me le semblent aujourd'hui. Je ne puis pas ne pas me rendre compte que, en plus de coutumes frappantes, mais plus ou moins passagères, et plus profond que le rite ou la règle, il y avait bien en ce Cambridge quelque chose de résiduaire, que plus d'un grave étudiant a essayé de définir. Cette propriété fondamentale, c'est, à mes yeux, le fait qu'on y a constamment conscience d'une prolongation sans entraves du temps. Je ne sais si quelqu'un ira jamais à Cambridge à la recherche des empreintes que les clous de mes chaussures de football ont laissées dans la boue noire devant un but béant, ou suivre l'ombre de ma casquette à travers la cour menant à l'escalier de mon directeur d'études; mais je sais que je pensais à Milton et Marvell et Marlowe avec quelque chose de plus qu'une émotion de touriste, en passant à côté de ces murs vénérables. Rien de ce que l'on regardait ne s'interrompait en fonction du temps, tout débouchait de façon naturelle dans le temps; aussi l'esprit s'habituait-il à fonctionner dans un milieu ambiant singulièrement pur et vaste, et comme, en fonction de l'espace, la rue étroite, la pelouse entourée d'un cloître, la sombre voûte d'entrée vous entravaient physiquement, cette texture ductile et diaphane du temps était, par contraste, particulièrement bienvenue pour l'esprit, exactement comme une vue de la mer par une fenêtre vous vivifie extrêmement, même si la navigation ne vous dit rien. Je n'éprouvais aucune sorte d'intérêt pour l'histoire du lieu, et j'étais absolument persuadé que Cambridge n'influençait mon âme en aucune façon, alors qu'en réalité ce fut Cambridge qui fournit, non seulement le cadre fortuit, mais aussi les couleurs mêmes et les cadences intérieures de mes songeries russes très spéciales. Le milieu ambiant agit, je pense, sur un être si cet être a déjà en lui quelque élément statique ou dynamique qui y répond (chez moi, l'anglais dont je m'étais imprégné dans mon enfance). Cela, je l'entrevis pour la première fois juste avant de quitter Cambridge, au cours du dernier printemps que j'y ai passé, le plus triste de tous, quand brusquement je sentis que quelque chose en moi entrait aussi naturellement en contact avec mon entourage immédiat qu'avec mon passé russe, et que j'avais atteint cet état d'harmonie au moment même où j'avais enfin achevé la reconstruction minutieuse de mon univers russe factice, mais superbement exact. Je crois que l'une des rares actions d'ordre pratique dont je me sois jamais rendu coupable, c'est d'avoir utilisé une partie de ces matériaux cristallins pour obtenir un diplôme universitaire.

V

Je me rappelle le flot langoureux de bachots et de canoës sur la Cam, la plainte hawaïenne de gramophones traversant lentement le soleil et l'ombre, et la main d'une jeune fille faisant doucement tourner dans un sens, puis dans l'autre, le manche de son ombrelle aux éclatantes couleurs de paon, tandis qu'elle était à demi étendue sur les coussins du bachot que je conduisais comme en rêve. Les marronniers aux cônes roses étaient en fleur; ils formaient le long des rives des masses surplombantes, ils évinçaient le ciel au-dessus de la rivière, et la disposition particulière de leurs fleurs et de leurs feuilles produisait le genre d'effet dit *en escalier**, ornementation angulaire d'une splendide tapisserie vieux rose et vert. L'air était aussi chaud qu'en Crimée, embaumé par la même senteur sucrée et veloutée d'un certain buisson en fleur que je n'ai jamais pu tout à fait identifier (j'en ai, plus tard, surpris des effluves dans des jardins des Etats du Sud). Les trois arches d'un pont à l'italienne, franchissant le cours d'eau étroit, contribuaient à former, avec l'aide de leurs répliques dans l'eau presque parfaites et presque sans ride, trois ovales exquis. A son tour, l'eau jetait une tache de lumière fine comme de la dentelle sur la pierre des intrados, sous lesquels notre petite embarcation passait en glissant. Çà et là, perdu par un arbre en fleur, un pétale lentement descendait en tournoyant, tournoyant, tournoyant, et, en ayant l'étrange sentiment de voir quelque chose que ni un fidèle, ni un spectateur fortuit ne devrait voir, on surprenait son reflet qui rapidement – plus rapidement que le pétale ne tombait – s'élevait à sa rencontre; et pendant une fraction de seconde, on avait peur que le tour ne ratât, que l'huile bénite ne s'enflammât pas, que le reflet fît défaut et que le pétale ne s'éloignât en flottant, tout seul; mais chaque fois la délicate union avait lieu, avec la magique précision d'un mot de poète rencontrant à mi-chemin son souvenir à lui, ou celui du lecteur.

Quand, après une absence de dix-sept ans, je retournai en Angleterre, je fis l'erreur terrible d'aller revoir Cambridge non à la fin radieuse du trimestre de Pâques, mais par un jour gris et froid de février qui ne me rendit en mémoire que ma trouble nostalgie de jadis. J'essayais vainement de trouver un poste universitaire en Angleterre (la facilité avec laquelle j'ai obtenu ce type de situation aux Etats-Unis est pour moi, rétrospectivement, à l'origine d'un sentiment permanent de reconnaissance étonnée). De toutes les manières, cette visite fut une chose manquée. Je déjeunai avec Nesbit dans un petit restaurant qui eût dû être plein de souvenirs mais qui, à cause de divers changements, ne l'était pas. Nesbit avait renoncé au tabac. Le temps avait adouci ses traits, et il ne ressemblait plus, à présent, à Gorki ou au traducteur de Gorki, mais faisait un peu penser à Ibsen, moins la pilosité simienne. Un tracas accidentel (la cousine ou la sœur, restée fille, qui tenait son ménage, venait juste d'être transportée à la clinique Binet ou dans un quelconque autre établissement hospitalier) le rendait, semblait-il, incapable de concentrer son attention sur l'affaire très personnelle et urgente dont je voulais l'entretenir. Des volumes reliés de *Punch* s'entassaient sur une table, dans une sorte de petit vestibule où jadis se trouvait un bocal de poissons rouges – et tout avait l'air si différent ! Différents aussi étaient les uniformes criards des serveuses dont aucune n'était aussi jolie qu'une certaine dont je me souvenais si nettement. Plutôt en désespoir de cause, comme pour lutter contre l'ennui, Ibsen se lança sur le sujet de la politique. Je savais à quoi m'attendre – à la condamnation du stalinisme. Au début des années vingt, Nesbit avait pris son propre idéalisme en ébullition pour un je-ne-sais-quoi de romanesque et d'humain dans l'effroyable tyrannie de Lénine. A présent, au temps du non moins effroyable Staline, Ibsen prenait un accroissement quantitatif de ses propres connaissances pour un changement qualitatif dans le régime soviétique. Le coup de tonnerre des épurations qui venait d'atteindre les « vieux Bolcheviks », les héros de sa jeunesse, lui avait donné une secousse salutaire, ce que, au temps de Lénine, tous les gémissements venant du camp de travaux forcés de Solovki ou du cachot de la Loubianka n'avaient pas réussi à faire. C'est avec horreur qu'il prononçait les noms de Iéjov et de Iagoda – mais il oubliait totalement leurs prédécesseurs, Ouritski et Dzerjinski. Si le temps avait amélioré son jugement en ce qui concernait les choses soviétiques contemporaines, il ne s'embarrassait pas de reconsidérer les idées préconçues de sa jeunesse et il voyait toujours dans le court règne de Lénine une sorte de prestigieux *quinquennium Neronis*.

Il regarda sa montre, je regardai la mienne, et nous nous quittâmes, et j'ai erré autour de la ville sous la pluie, puis je suis allé revoir les *Backs*[1], et suis resté un moment à regarder les corneilles dans le lacis noir des ormes dénudés et les premiers crocus dans le gazon emperlé de brume. En me promenant sous ces arbres chantés, j'essayai de me mettre, par rapport à mes années d'étudiant, dans le même état d'esprit de remémoration extasiée que j'avais connu au cours de ces années-là par rapport à mon enfance, mais tout ce que je fus capable d'évoquer, ce furent de petites scènes fragmentaires : M.K..., un Russe, maudissant en dyspepsique les suites d'un dîner au réfectoire du collège; N.R..., un autre Russe, jouant avec des soldats de plomb sur le parquet, comme un enfant; P.M..., entrant en trombe dans ma chambre avec un exemplaire de *Ulysses* qu'on venait juste de faire passer de Paris en Angleterre en fraude; J.C..., entrant calmement dans ma chambre en passant pour me dire qu'il venait, lui aussi, de perdre son père; R.C..., m'invitant de façon charmante à me joindre à lui pour un voyage dans les Alpes suisses; Christopher

1. Les pelouses de Cambridge situées derrière les collines. On y accède par une série de ponts sur la Cam. *(N.d.T.)*.

Je-ne-sais-plus-quoi, se retirant adroitement au tennis d'un double proposé, en apprenant que son partenaire allait être un Hindou; T..., un serveur très vieux et faible, renversant la soupe, au réfectoire, sur le professeur A.E. Housman, qui se dressa alors brusquement, comme quelqu'un sortant d'une hypnose; S.S..., qui n'avait rien à voir du tout avec Cambridge, mais qui, s'étant assoupi sur sa chaise à une réunion littéraire (à Berlin), et ayant été poussé du coude par son voisin, se dressa, lui aussi, soudain – au beau milieu d'une histoire dont quelqu'un était en train de donner lecture; le Loir de Lewis Carroll, se mettant à l'improviste à raconter une histoire; E. Harrison, me faisant cadeau à l'improviste de *The Shropshire Lad*, un petit volume de poèmes au sujet des jeunes mâles et de la mort.

Ce jour terne n'était plus qu'une bande jaune pâle dans le couchant gris, quand, obéissant à une impulsion, je résolus de rendre visite à mon ancien maître d'études. Comme un somnambule, je gravis les marches familières et frappai machinalement à la porte à demi ouverte portant son nom. D'une voix qui était un iota moins brusque et un rien plus caverneuse, il me dit d'entrer. « Je me demande si vous vous souvenez de moi... », commençai-je, tout en traversant la pièce sombre où il était assis près d'un bon feu. « Attendez un peu », dit-il en se retournant lentement sur son fauteuil bas, « il ne me semble pas... ». Il y eut un sinistre craquement, un bruit fatal de vaisselle broyée; je venais de marcher dans le service à thé qui se trouvait au pied de son fauteuil d'osier. « Oh! mais si, bien sûr, dit-il, je sais qui vous êtes. »

CHAPITRE XIV

I

La spirale est un cercle spiritualisé. Dans la forme hélicoïdale, le cercle, délové, déroulé, a cessé d'être vicieux; il a été rendu libre. Je suis arrivé à cette conception au temps où j'étais écolier, et j'ai découvert aussi que la série par groupes de trois de Hegel (si populaire dans la vieille Russie) exprimait purement et simplement la spiralité fondamentale de toutes choses par rapport au temps. La spire succède à la spire, et chaque synthèse est la thèse de la série suivante. Si nous considérons la spirale la plus simple, nous y pouvons distinguer trois stades correspondant à ceux de la triade : nous pouvons nommer « thèse » la petite courbe ou arc qui amorce la circonvolution au centre; « antithèse » l'arc plus grand qui fait face au premier en le continuant; et « synthèse » l'arc encore plus ample qui continue le second tout en courant parallèlement au premier à l'extérieur. Et ainsi de suite.

Une spirale colorée dans une petite boule de verre, voilà comment je me représente ma propre vie. Les vingt années que j'ai passées dans ma Russie natale (1899-1919), voilà pour l'arc « thèse ». Vingt et une années d'exil volontaire en Angleterre, en Allemagne et en France (1919-1940) fournissent l'« antithèse » évidente. La période passée dans mon pays d'adoption (1940-1960) forme une synthèse – et une nouvelle thèse. Ce dont je m'occupe pour l'instant, c'est de mes années d'antithèse et plus particulièrement de ma vie en Europe continentale après avoir obtenu mes diplômes universitaires à Cambridge en 1922.

Quand je me reporte en arrière, à ces années d'exil, je me vois, moi, et des milliers d'autres Russes, menant une existence bizarre, mais nullement désagréable, dans l'indigence matérielle et le luxe intellectuel, parmi des étrangers parfaitement insignifiants, Allemands et Français fantomatiques, dans les villes plus ou moins illusoires desquels nous, émigrés, venions à demeurer. Ces aborigènes étaient pour l'œil de l'esprit aussi plats et transparents que des silhouettes découpées dans de la cellophane, et bien que nous nous servions de leurs accessoires, applaudissions leurs clowns, cueillions les prunes et les pommes sur les bords de leurs routes, aucune communication réelle, riche d'humanité de cette sorte si répandue dans notre propre milieu, n'existait entre nous et eux. On aurait parfois dit que nous les ignorions de la même façon qu'un envahisseur arrogant ou très sot ignore une masse sans forme et sans visage d'indigènes; mais, de temps en temps, bien souvent en fait, le monde spectral à travers lequel nous faisions sereinement parade de nos plaies et de nos arts était pris d'une espèce de convulsion redoutable et nous montrait qui était le captif désincarné et qui le vrai maître. Notre complète dépendance physique par rapport à telle ou telle nation, qui nous avait accordé avec froideur un refuge politique, devenait péniblement évidente quand il fallait obtenir ou faire prolonger quelque « visa » bon à rien ou quelque diabolique « carte d'identité », car alors un avide enfer bureaucratique cherchait à se refermer sur le solliciteur et celui-ci risquait de sécher sur pied tandis que son dossier devenait de plus en plus gras dans les tiroirs des consuls et policiers à museaux de rats. *Dokoumenti,* disait-on, c'est un placenta de Russe. La Société des Nations munissait les émigrés qui avaient perdu leur qualité de citoyen russe d'un passeport dit *Nansen,* document très inférieur, d'une nuance vert livide. Son titulaire était un peu mieux qu'un criminel libre sur parole et devait passer par d'odieuses ordalies chaque fois qu'il voulait voyager d'un pays dans un autre, et plus les pays étaient petits, plus ils faisaient d'embarras. Quelque part dans le fin fond de leurs glandes, les autorités sécrétaient cette notion que peu importait combien mauvais pouvait être un Etat – disons, la Russie soviétique –, tout fugitif de cet Etat était intrinsèquement méprisable du fait d'exister en dehors d'une administration nationale; et, par conséquent, on marquait à son endroit la désapprobation absurde avec laquelle certains milieux religieux regardent un enfant né hors du mariage. Mais, parmi nous, tous ne consentaient pas à être des bâtards et des fantômes. Délectables sont les souvenirs que certains émigrés russes gardent précieusement de la manière dont ils insultèrent ou bernèrent de hauts fonctionnaires dans divers *ministries,* préfectures et *Polizeipraesidiums.*

A Berlin et à Paris, les deux capitales de l'exil, les Russes formaient des colonies denses, présentant un coefficient de culture qui surpassait de beaucoup la moyenne culturelle des milieux étrangers, nécessairement plus dilués, au sein desquels ils se trouvaient. Dans ces colonies, ils restaient entre eux. Je parle, naturellement, des intellectuels russes, appartenant pour la plupart à des groupes démocratiques, et non du genre d'individu plus tape-à-l'œil, qui « était, vous savez, conseiller du tsar ou quelque chose d'approchant » et auquel songent aussitôt les femmes d'un club américain chaque fois qu'on prononce les mots « Russes blancs ». La vie dans ces colonies était si pleine et si intense que les membres de cette *intelligentsia* russe (mot dont la signification comportait plus d'idéalisme social et moins de cérébralité que l'expression « les intellectuels » dans le sens où on l'emploie ici) n'avaient pas le temps et n'éprouvaient pas non plus le besoin de chercher à se lier en dehors de leur propre cercle. Aujourd'hui, dans un monde nouveau que j'aime, où j'ai appris à me sentir chez moi aussi facilement que j'ai cessé de barrer mes sept, les extrovertis et les cosmopolites à qui il m'arrive de parler de ces choses passées croient que je plaisante, ou m'accusent de pose à rebours, quand je soutiens qu'au cours de presque un cinquième de siècle passé en Europe occidentale, je n'ai pas eu, parmi les quelques Allemands et Français que j'ai connus (pour la plupart des logeuses et des gens de lettres), plus de deux bons amis en tout et pour tout.

Je ne sais comment il se fait, mais durant mes années d'isolement en Allemagne, il ne m'est jamais arrivé de rencontrer de ces aimables musiciens d'autrefois qui, dans les romans de Tourgueniev, jouaient leurs rhapsodies jusqu'à une heure avancée, les nuits d'été; ou un collectionneur de papillons du type flâneur et démodé qui épinglait ses captures sur la paille de son chapeau et dont le siècle des Lumières s'est tant gaussé; le personnage de La Bruyère qui verse des larmes sur une chenille parasitée; les philosophes de Gay, « plus solennels que sages », qui, s'il vous plaît, « traquent la science dans les papillons » et les « curieux Allemands » de Pope qui, de façon moins insultante, « trouvent si remarquables » ces « beaux insectes »; ou simplement de ces gens dits sains et bienveillants que, durant la dernière guerre, les soldats du Middle West ayant le mal du pays semblent avoir tellement préférés au cultivateur français taciturne et à la preste Madelon II. Au contraire, l'image la plus vivante que je trouve en triant dans ma mémoire le petit nombre de connaissances non russes et non juives que j'eus durant les années entre les deux guerres, c'est celle d'un jeune étudiant d'université allemand, bien élevé, tranquille, portant des lunettes, dont le dada était la peine capitale. A notre seconde rencontre, il me montra une collection de photographies parmi lesquelles il y avait une série achetée (« *Ein Bischen retouchiert* », dit-il en plissant son nez couvert de taches de rousseur) qui représentait les phases successives d'une exécution courante en Chine; il fit des commentaires, en connaisseur, sur la splendeur du sabre léthifère et sur l'esprit de parfaite coopération entre bourreau et victime, coopération atteignant son plus haut point dans un véritable geyser de sang gris brouillard qui jaillissait du cou, photographié avec beaucoup de netteté, du coopérateur décapité. Jouissant d'une large aisance, ce jeune collectionneur pouvait s'offrir des voyages, et il ne s'en privait pas, dans les intervalles de ses études des humanités en vue de son doctorat. Il se plaignait, cependant, d'une perpétuelle malchance, et ajoutait que, s'il ne parvenait pas bientôt à voir quelque chose de vraiment bon, il ne pourrait pas soutenir cet effort. Il avait assisté à quelques pendaisons passables dans les Balkans et à une *guillotinade** (il aimait à employer ce qu'il croyait être du français familier) assez morne et machinale, bien qu'on lui eût fait une bonne publicité, sur le boulevard Arago, à Paris; mais, pour une raison ou pour une autre, il ne s'était jamais trouvé suffisamment près pour pouvoir tout observer en détail et l'appareil photo minuscule et très coûteux qu'il avait dans la manche de son imperméable ne fonctionna pas aussi bien qu'il l'avait espéré. Malgré un mauvais rhume, il avait fait le voyage de Regensbourg où la décapitation se pratiquait avec violence à la hache; il avait beaucoup attendu de ce spectacle, mais, à son vif désappointement, on avait manifestement donné un narcotique au sujet et c'est à peine s'il avait réagi, à part de faibles sauts de carpe sur le sol tandis que l'exécuteur des hautes œuvres masqué et son maladroit assistant se jetaient sur lui. Dietrich (c'était le prénom de cette personne de ma connaissance) espérait aller un jour aux Etats-Unis afin d'y être spectateur d'une ou deux électrocutions; de ce mot, dans sa candeur, il faisait dériver l'adjectif *cute* (gentil) qu'il avait appris d'un sien cousin qui était allé en Amérique, et avec ce petit froncement de sourcils qui indique que quelque chose vous travaille, Dietrich se demandait s'il était réellement vrai que, durant l'opération, de sensationnelles bouffées de fumée sortaient des orifices naturels du corps. A notre troisième et dernière rencontre (il restait encore des morceaux de lui que je souhaitais joindre au dossier en vue d'une possible utilisation) il me raconta, plus encore avec chagrin qu'avec colère, qu'il avait eu une fois la patience, toute une nuit, de ne pas quitter des yeux un bon ami à lui qui avait résolu de se suicider et qui avait accepté de se tirer une balle dans la voûte du palais, faisant face à l'amateur, sous un bon éclairage, mais qui – n'ayant aucune ambition ou aucun sens de l'honneur – s'était, au lieu de cela, saoulé. J'ai beau avoir perdu de vue Dietrich depuis longtemps, il m'est facile d'imaginer le regard de calme satisfaction de ses yeux bleu poisson lorsqu'il montre, de nos jours (peut-être à l'instant même où j'écris ceci), une profusion inespérée de trésors à ses camarades Anciens Combattants qui se donnent des tapes sur les cuisses et pouffent de rire – les photographies absolument *wunderbar* qu'il a prises durant le règne de Hitler.

II

J'ai assez parlé de la mélancolie et de la splendeur de l'exil dans mes romans russes, et en particulier dans le meilleur d'entre eux, *Dar (Le Don)*; mais une rapide récapitulation serait ici la bienvenue. A quelques rares exceptions près, toutes les forces créatrices d'esprit libéral – poètes, romanciers, critiques, historiens, philosophes et autres – avaient quitté la Russie de Lénine et de Staline. Ceux qui ne l'avaient pas quittée, ou bien y dépérissaient ou bien frelataient leurs talents en se pliant aux exigences de l'Etat. Ce que les tsars n'étaient jamais parvenus à obtenir, à savoir l'assujettissement absolu des esprits à la volonté du gouvernement, fut obtenu par les Bolcheviks en un rien de temps après que la plupart des intellectuels se furent enfuis à l'étranger ou eurent été supprimés. Ceux qui avaient eu la chance de s'expatrier pouvaient à présent poursuivre leurs travaux en toute impunité, au point qu'il leur arrivait de se demander si le sentiment de jouir d'une absolue liberté intellectuelle n'était pas dû à ce qu'ils œuvraient dans le vide absolu. Certes, il y avait parmi les émigrés un nombre suffisant de bons lecteurs pour justifier la publication, à Berlin, à Paris, et en d'autres villes, de livres et de périodiques russes sur une relativement vaste échelle; mais du fait qu'aucun de ces écrits ne pouvait circuler à l'intérieur de l'Union Soviétique, tout cela prenait un air de chimère fragile. Le nombre de titres publiés était plus impressionnant que le nombre d'exemplaires vendus de tel ou tel ouvrage, et les noms des maisons d'éditions – Orion, Cosmos, Logos, et autres – avaient l'aspect fiévreux, instable, et légèrement illégal qu'ont les firmes publiant des ouvrages sur l'astrologie ou sur la vie sexuelle. Cependant, si on les examine rétrospectivement avec sérénité, et si on les juge exclusivement d'après des normes artistiques et intellectuelles, ces livres produits *in vacuo* par des écrivains émigrés semblent aujourd'hui, quels que soient les défauts propres à chacun d'entre eux, plus durables et plus dignes d'être lus que ces monologues politiques intérieurs, serviles, curieusement provinciaux et conventionnels, qui coulèrent durant ces mêmes années des plumes de jeunes acteurs soviétiques qu'un Etat paternel fournissait en encre, en pipes et en chandails.

Iossif Vladimirovitch Hessen, rédacteur en chef du quotidien *Roul'* (et éditeur de mes premiers livres), m'a autorisé avec beaucoup d'indulgence à remplir sa rubrique de poésie avec mes poèmes immatures. Les soirées bleues à Berlin, le marronnier du coin en fleur, l'exaltation, la pauvreté, l'amour, la teinte mandarine des premières lumières des magasins, et une nostalgie d'animal qui souffre pour le relent encore présent de la Russie – tout cela était mis en vers, copié à la main et porté au bureau du rédacteur en chef où le myope I.V. approchait le nouveau poème de son visage et, après cette brève prise de connaissance plus ou moins tactile, le posait sur son bureau. Vers 1928, mes romans commençaient à rapporter un peu d'argent en traduction allemande et, au printemps de 1929, nous sommes allés toi et moi à la chasse aux papillons dans les Pyrénées. Mais c'est seulement à la fin des années trente que nous avons quitté Berlin pour de bon, encore que, depuis déjà longtemps, j'allais faire des séjours à Paris à l'occasion de lectures publiques de mes œuvres.

Un trait de la vie des émigrés, assez en harmonie avec son caractère vagabond et dramatique, ce fut l'anormale fréquence de ces conférences littéraires dans des maisons privées ou dans des salles louées. Les divers types de conférenciers se détachent très distinctement dans le spectacle de marionnettes qui se poursuit dans mon esprit. Il y avait l'atrice fanée, aux yeux ressemblant à des pierres précieuses, qui, après avoir pressé un instant sur sa bouche fiévreuse le mouchoir serré en boule dans sa main, se mettait à susciter de nostalgiques échos du Théâtre des Arts de Moscou en soumettant une pièce de vers célèbre à l'action, mi-dissection et mi-caresse, de sa voix limpide et lente. Il y avait l'auteur irrémédiablement de second ordre, dont la voix cheminait péniblement à travers un brouillard de prose cadencée, et on pouvait observer le tremblement nerveux de ses pauvres doigts maladroits mais soigneux chaque fois qu'il fourrait la page qu'il venait de finir sous celles à venir, si bien que son manuscrit gardait, d'un bout à l'autre de la lecture, sa consternante et piteuse épaisseur. Il y avait le jeune poète en qui ses envieux confrères ne pouvaient s'empêcher de voir une fâcheuse trace de génie, aussi frappante que la rayure d'un skunks; debout sur la scène, pâle et le regard hagard, sans rien dans les mains pour l'ancrer dans ce monde, il rejetait la tête en arrière et délivrait son poème en une mélopée rythmée extrêmement agaçante, et, à la fin, s'arrêtait brusquement, claquant la porte du dernier vers et attendant que les applaudissements vinssent remplir le silence. Et il y avait le vieux *cher maître**, laissant tomber perle à perle un admirable récit qu'il avait lu d'innombrables fois, et toujours de la même manière, en arborant l'expression dégoûtée et blasée qu'avait son visage, noblement creusé de rides profondes, en frontispice de ses Œuvres complètes.

Il serait sans doute facile à un observateur détaché de tourner en ridicule tous ces gens à peine palpables qui mimaient dans des cités étrangères une civilisation morte, des mirages lointains, quasi légendaires, quasi sumériens du Saint-Pétersbourg et du Moscou 1900-1916 (ce qui, déjà alors, dans les années vingt et trente, sonnait comme : 1916-1900 avant J.-C.). Mais du moins étaient-ils des rebelles comme la plupart des plus grands écrivains russes l'avaient été depuis que la littérature russe avait commencé d'exister, et, fidèles à cette condition de rebelles que leur sentiment de la justice et de la liberté réclamait aussi ardemment qu'il l'avait fait sous l'oppression des tsars, les émigrés considéraient comme monstrueusement non-russe et infra-humain le comportement des auteurs choyés de l'Union Soviétique, l'empressement servile de ces auteurs à répondre à la moindre nuance du moindre décret gouvernemental; car l'art de se prosterner croissait là en raison directe de l'efficacité grandissante de la police politique de Lénine d'abord, puis de Staline, et l'écrivain soviétique à succès était celui dont l'oreille fine captait le léger murmure d'une suggestion officielle longtemps avant qu'elle ne fût devenue un son de trompette.

Etant donné le tirage limité de leurs œuvres à l'étranger, même la génération aînée d'écrivains émigrés, dont la renommée était solidement établie dans la Russie d'avant la Révolution, ne pouvaient espérer gagner leur vie grâce à leurs livres. Ecrire une chronique hebdomadaire pour un journal d'émigration ne suffisait jamais tout à fait à vous permettre de continuer à tenir une plume sans tomber d'inanition. De temps à autre, des traductions en d'autres langues rapportaient un coup de filet inespéré; mais, faute de cela, ce n'était que grâce aux subventions de diverses organisations d'émigrés, aux cachets de conférences et à une prodigue charité privée que pouvaient continuer de vivre les auteurs d'un certain âge. Les écrivains plus jeunes, moins connus mais plus capables de s'adapter, augmentaient leurs moyens d'existence par des gains occasionnels en se livrant à des travaux divers. Je me rappelle avoir enseigné l'anglais et le tennis. Patiemment, j'ai contrecarré l'opiniâtre talent qu'avaient des hommes d'affaires de Berlin de prononcer *business* de façon à pouvoir faire rimer ce mot avec *dizziness;* et, comme un automate adroit sous les nuages lents d'un long jour d'été, sur des courts poussiéreux, j'ai servi balle après balle pardessus le filet à leurs filles aux cheveux coupés à la Ninon, au teint hâlé. Pour cinq dollars (une somme à l'époque de l'inflation en Allemagne) j'ai traduit *Alice in Wonderland* en russe. J'ai aidé à la compilation d'une grammaire russe pour les étrangers dans laquelle le premier exercice commençait par ces mots : *Madam, ya doktor, vot banan* (Madame, je suis le docteur, voici une banane). Et, surtout, j'ai composé pour un quotidien de l'émigration, le *Roul'* berlinois, les premiers problèmes de mots croisés russes, que j'ai baptisés *krestoslovitsï.* Cela me fait un drôle d'effet d'évoquer cette existence fantaisiste. Les faiseurs de notices biographiques de publicité ont une tendresse particulière pour la liste des professions plus ou moins terre à terre qu'un amateur (écrivant sur la Vie et la Vérité – choses tellement plus importantes, évidemment, que tout bonnement « l'art ») a exercées dans sa jeunesse : vendeur de journaux, garçon de café, moine, lutteur de foire, contremaître dans une aciérie, conducteur d'autobus, etc. Hélas, aucun de ces métiers n'a été mien.

Ma passion pour l'art d'écrire m'a mis en rapports étroits avec divers auteurs russes à l'étranger. J'étais jeune à l'époque et je m'intéressais beaucoup plus vivement à la littérature que je ne le fais aujourd'hui. Prose courante et poésie, planètes brillantes et pâles galaxies affluaient à la croisée de ma mansarde, nuit après nuit. Il y avait des auteurs indépendants d'âges et de talents divers, et il y avait des groupements et des cénacles dans lesquels bon nombre de jeunes ou assez jeunes écrivains, dont certains avaient beaucoup de talent, se rassemblaient autour d'un critique philosophant. Le plus important de ces mystagogues alliait qualités intellectuelles et médiocrité morale, une étrange sûreté de goût pour ce qui était de la poésie russe moderne et une connaissance inégale des classiques russes. Son groupe croyait que ni une simple négation du bolchevisme ni les idéaux courants des démocraties occidentales ne suffisaient pour construire une philosophie sur laquelle la littérature de l'émigration pût s'appuyer. Ils avaient soif d'une croyance comme un toxicomane mis en prison a soif de son paradis de prédilection. De façon assez pathétique, ils enviaient les cénacles parisiens catholiques pour les subtilités éprouvées dont le mysticisme russe manquait si manifestement. L'émotion dostoïevskienne ne pouvait rivaliser avec la pensée néo-thomiste; mais n'y avait-il pas d'autres voies? L'aspiration à un système de croyances, perpétuel jeu de bascule sur le bord de quelque formule religieuse reconnue, se révélait comme fournissant par elle-même une satisfaction particulière. C'est seulement beaucoup plus tard, dans les années quarante, que certains de ces écrivains découvrirent enfin une pente bien déterminée où se laisser aller à une attitude qui tenait plus ou moins de la génuflexion. Cette pente, ce fut le nationalisme enthousiaste, capable de qualifier un Etat (la Russie de Staline en l'occurrence) de bon et de digne d'amour pour la seule raison que son armée avait gagné une guerre. Mais au début des années trente, on apercevait à peine le précipice nationaliste et les mystagogues continuaient de savourer l'émotion délétère de l'exclusion. Pour ce qui était de leur attitude à l'égard de la littérature, ils étaient curieusement conservateurs; chez eux, le salut de l'âme venait en premier, la camaraderie littéraire dans un but intéressé ensuite, et l'art en dernier. Si on jette, aujourd'hui, un coup d'œil rétrospectif, on remarque le fait étonnant de ces libres belles-lettristes à l'étranger singeant la pensée enchaînée dans leurs pays en décrétant qu'être le représentant d'un groupe ou d'une époque était plus important qu'être un écrivain original.

Vladislav Khodassévitch se plaignait souvent, dans les années vingt et trente, que les jeunes poètes émigrés lui empruntassent la forme de leur art tout en suivant les cénacles d'avant-garde, quand ils prenaient pour sujet *l'angoisse** à la mode et le remaniement de l'âme. Je me pris d'un grand attachement pour cet homme souffreteux, décharné, amer, forgé d'ironie et d'un génie comme métallique, dont la poésie était une merveille aussi complexe que celle de Tioutchev ou celle de Blok. Il avait, physiquement, un aspect quelque peu maladif, avec des narines triangulaires et des lourds sourcils, et quand je l'évoque dans ma pensée, il ne se lève jamais de la chaise dure sur laquelle il est assis, ses minces jambes croisées, les yeux étincelant de malveillance et d'esprit, ses longs doigts en train de visser dans un porte-cigarette la moitié d'une *Caporal vert**. Peu de choses, dans la poésie du monde moderne, peuvent se comparer aux poèmes de sa *Lyre pesante,* mais, malheureusement pour sa renommée, l'absolue franchise avec laquelle il se permettait d'exprimer ses aversions lui fit des ennemis redoutables dans les cénacles les plus puissants. Tous les mystagogues n'étaient pas des Aliochas dostoïevskiens; il y avait aussi, dans le nombre, quelques Smerdiakov, et la poésie de Khodassévitch fut exécutée avec tout l'acharnement d'une vendetta de bandits.

Un autre écrivain indépendant, c'était Ivan Bounine. J'ai toujours préféré ses vers peu connus à sa prose célèbre (leur corrélation, dans le cadre de son œuvre, rappelle le cas de Hardy). A cette époque, je le vis jeté dans un trouble extrême par le problème personnel de vieillir. Ses premiers mots furent pour me faire remarquer avec satisfaction qu'il se tenait plus droit que moi, bien qu'ayant quelque trente ans de plus que moi. Il se réchauffait à la chaleur du Prix Nobel qu'il venait de recevoir et m'invita dans je ne sais plus quel restaurant parisien à la mode et dispendieux, pour une conversation à cœur ouvert. Malheureusement, il se trouve que j'éprouve une répugnance morbide pour les restaurants et les cafés, et tout particulièrement pour ceux de Paris – je déteste les foules, les serveurs harcelés, les Bohémiens, les boissons au vermouth, le café, les *zakouski,* les attractions, etc. J'aime boire et manger étendu (de préférence sur un divan) et en silence. Les conversations à cœur ouvert, les confessions à la manière dostoïevskienne ne sont pas non plus du tout mon genre. Bounine, vieux monsieur plein d'allant, au vocabulaire riche et impudique, fut déconcerté par mon indifférence à l'égard de la gélinotte dont j'avais eu ma dose dans mon enfance et exaspéré par mon refus de parler de questions eschatologiques. Vers la fin du repas, nous en avions par-dessus la tête l'un de l'autre. « Vous vous préparez une mort atrocement pénible dans une totale solitude », me déclara Bounine avec aigreur, tandis que nous nous dirigions vers le vestiaire. Une gentille jeune fille, d'aspect frêle, prit le bulletin de consigne de nos pesants pardessus et l'instant d'après, les tenant embrassés, tomba avec eux sur le comptoir. Je voulais aider Bounine à enfiler son raglan, mais il m'arrêta d'un geste fier de sa main ouverte. Luttant encore pour la forme – à présent c'était *lui* qui cherchait à m'aider, *moi* – nous sortîmes dans la froidure blafarde d'un jour d'hiver à Paris. Mon compagnon était sur le point de boutonner son col quand une expression de surprise et d'anxiété tordit ses traits aquilins. Ouvrant avec précaution son pardessus, il se mit à tirer sur quelque chose sous son aisselle. Je vins à son aide et à nous deux nous finîmes par arracher de sa manche mon long cache-col de laine que la jeune fille avait fourré dans le pardessus qu'il ne fallait pas. La chose sortit centimètre par centimètre ; on eût dit qu'on désengainait une momie et nous ne cessions de tourner lentement l'un autour de l'autre, ce faisant, procurant un divertissement grivois à trois péripatéticiennes. Puis, quand l'opération fut terminée, nous reprîmes notre marche sans un mot jusqu'à un coin de rue où nous nous serrâmes la main et nous quittâmes. Par la suite, nous nous sommes rencontrés assez souvent, mais toujours au milieu d'autres personnes, généralement chez I.I. Fondaminski (âme de saint et de héros, qui a plus fait pour la littérature russe de l'émigration qu'aucun autre homme et qui est mort dans une prison allemande). Bounine et moi, nous adoptâmes, je ne sais pourquoi, une façon assez attristante de nous entretenir sur un petit ton ironique, variante russe du « badinage » américain, et cela rendit impossible toute relation authentique entre nous.

J'ai rencontré beaucoup d'autres auteurs russes émigrés. Je n'ai pas rencontré Poplavski qui mourut jeune, violon lointain parmi les balalaïkas proches.

Endors-toi, ô Morella,
combien affreuses sont les vies aquilines.

Ses tonalités plaintives, jamais je ne pourrai les oublier, pas plus que je ne pourrai jamais me pardonner à moi-même le compte rendu critique hargneux dans lequel je l'ai attaqué à propos de légères imperfections dans ses poèmes de jeunesse. J'ai rencontré le charmant Aldanov, esprit sobre et pénétrant ; Kouprine décrépit, portant avec précaution une bouteille de *vin ordinaire** par les rues sous la pluie ; Eichenwald, le pendant russe de Walter Pater, tué par la suite par un tramway ; Marina Tsvétaïeva, épouse d'un agent double, et poète de génie, qui, vers la fin des années trente, retourna en Russie et y périt. Mais l'auteur auquel je me suis le plus intéressé, c'est naturellement Sirine. Il appartenait à ma génération. Parmi les jeunes écrivains formés dans l'exil, il était le plus solitaire et le plus arrogant. Dès la parution de son premier roman, en 1925, et pendant les quinze années suivantes, jusqu'au moment où il disparut de façon aussi insolite qu'il était apparu, son œuvre ne cessa de susciter un intérêt vif et assez malsain chez les critiques. Tout comme les journalistes marxistes des années quatre-vingt dans l'ancienne Russie eussent dénoncé son manque d'intérêt à l'égard de la structure économique de la société, les mystagogues des lettres de l'émigration déplorèrent son manque d'intuition religieuse et de préoccupation morale. Tout en lui devait inévitablement scandaliser les convenances russes et tout particulièrement ce sens russe de la bienséance que, par exemple, un Américain scandalise si dangereusement de nos jours, quand, en présence de militaires soviétiques de marque, il lui arrive de s'affaler, les deux mains dans les poches de son pantalon. Par contre, les admirateurs de Sirine faisaient beaucoup de cas, trop peut-être, de son style original, de l'éclat de sa précision, de ses métaphores motivées, et d'autres qualités de ce genre. Les lecteurs russes, qui avaient été habitués dès l'enfance à la robuste démarche sans détour du « réalisme » russe et qui dénonçaient le bluff d'imposteurs décadents, furent impressionnés par les jeux de miroirs de ses phrases claires mais étrangement fallacieuses, et par le fait que la véritable vie de ses livres coulait dans ses métaphores, qu'un critique a comparées à « des fenêtres donnant sur un univers contigu... », à « un corollaire roulant l'ombre d'un train de la pensée ». A travers le sombre ciel de l'exil,

Sirine passa, pour user d'une comparaison plus banale, comme un météore, et disparut, ne laissant guère autre chose derrière lui qu'un vague sentiment de malaise.

III

Au cours de mes vingt années d'exil, j'ai consacré énormément de temps à composer des problèmes d'échecs. Telle situation est élaborée sur l'échiquier, et alors le problème à résoudre, c'est de trouver comment faire les Noirs mat en un nombre donné de coups, généralement en deux ou trois coups. C'est un art magnifique, complexe et stérile, parent de la forme ordinaire du jeu seulement dans la mesure où, par exemple, le jongleur, en inventant les entrelacements d'un nouveau tour d'adresse, et le joueur de tennis, en gagnant un tournoi, tirent tous deux parti des propriétés d'une sphère. En fait, la plupart des joueurs d'échecs, les maîtres comme les amateurs, ne prennent qu'un intérêt modéré à ces énigmes raffinées, de pure fantaisie et relevant d'une grande spécialisation et, bien qu'ils apprécient un problème renfermant un piège, ils seraient absolument déconcertés si on leur demandait d'en composer un.

Une inspiration de type quasi musical, quasi poétique, ou, pour être tout à fait exact, poético-mathématique, préside à la composition d'un problème de cette sorte. Fréquemment, dans le milieu du jour, moment propice, en marge d'une occupation superficielle, dans le sillage d'une pensée fugitive, j'éprouvais, sans avertissement, un spasme de plaisir intellectuel aigu à l'instant où commençait à se développer dans mon cerveau le germe d'un problème d'échecs; ce qui me promettait une nuit de labeur et de félicité. C'était, par exemple, une façon nouvelle de combiner une stratégie bizarre avec une bizarre méthode de défense; ou bien une brève vision de la configuration réelle des pièces susceptibles de rendre enfin, avec humour et grâce, un thème difficile que j'avais jusque-là désespéré d'exprimer, ou encore un simple geste fait dans la brume de mon esprit par les diverses unités de force que représentent les pièces du jeu d'échecs – une sorte de pantomime rapide, suggérant des harmonies nouvelles et de nouveaux conflits; mais, quoi que ce fût, c'était en tout cas une sensation d'un effet particulièrement émoustillant, et mon seul grief à l'égard de cela, aujourd'hui, c'est que la passion de manipuler des figures sculptées, ou leurs doubles en pensée, ait englouti, au cours de mes années les plus pleines de vie et les plus fécondes, tant de temps que j'eusse pu consacrer à l'aventure verbale.

Les experts distinguent plusieurs écoles dans l'art du problème d'échecs : l'école anglo-américaine qui combine la construction précise avec des dessins thématiques éblouissants, et qui refuse de se laisser entraver par aucune règle conventionnelle; l'éclat sombre de l'école teutonique; les productions d'un beau fini, mais désagréablement proprettes et fades, du style tchécoslovaque, avec sa stricte adhésion à certaines conditions artificielles; la vieille étude russe de fin de partie qui atteint les sommets étincelants de l'art et le mécanique problème soviétique du type « tâche » qui remplace la stratégie artistique par la mise en œuvre massive de thèmes jusqu'à l'extrême limite de leur pouvoir. Peut-être faut-il expliquer que les thèmes, en matière de jeu d'échecs, sont des stratagèmes tels que embuscades, abandons de garde, clouages, déclouages, etc.; mais c'est seulement quand ces manœuvres sont combinées d'une certaine manière qu'un problème est satisfaisant. La supercherie, poussée jusqu'à la sorcellerie, et l'originalité, passant par degrés au saugrenu, telles étaient mes inventions stratégiques, et si, en ce qui concernait la construction, je tâchais, chaque fois que c'était possible, de me conformer aux règles classiques, telles que l'économie des forces, l'unité, l'élimination des bouts pendants, j'étais toujours prêt à sacrifier la pureté de la forme aux exigences du contenu fantastique, faisant bomber et éclater la forme comme une trousse de toilette contenant un petit diable furieux.

C'est une chose de concevoir la marche principale d'une composition et c'en est une autre de la construire. Il y faut une tension d'esprit formidable; on n'a plus du tout conscience de l'élément temps; la main constructrice prend en tâtonnant un pion dans la boîte, le tient, tandis que l'esprit continue à supputer le besoin d'une fausse piste d'un bouche-trou, et quand le poing s'ouvre, il se peut qu'une heure entière se soit écoulée, ait été réduite en cendres dans la cérébration incandescente de l'ourdisseur de problèmes. L'échiquier devant lui est un champ magnétique, un système de forces et d'abîmes, un firmament étoilé. Les fous s'y déplacent comme la lumière de projecteurs. Tel ou tel cavalier est un levier qu'on ajuste et qu'on essaie, qu'on réajuste et qu'on essaie à nouveau, jusqu'à ce que le problème atteigne le degré nécessaire de beauté et de surprise. Que de fois j'ai lutté pour enchaîner la force terrible de la reine des Blancs, de manière à éviter une double solution! Il faut bien comprendre que la rivalité, dans les problèmes d'échecs, n'est pas réellement entre les Blancs et les Noirs, mais entre celui qui compose le problème et celui qui, par hypothèse, est censé en trouver la solution (exactement comme, dans une œuvre d'imagination de premier ordre, le conflit n'est pas entre les personnages, mais entre l'auteur et le monde), si bien que la valeur du problème est due en grande partie au nombre d'« essais » – commencements de jeu qui semblent logiques mais ne mènent à rien, fausses clefs, tactiques spécieuses, préparées avec une grande pénétration et avec amour pour induire en erreur celui qui cherche la solution. Mais j'ai beau parler de la composition des problèmes, les mots ne suffisent pas, me semble-t-il, à donner vraiment une idée de ce que ce jeu de la pensée comporte de ravissement profond, et de ses liens de parenté avec diverses autres opérations de l'esprit créateur, plus manifestes et plus fécondes, depuis l'acte de dresser la carte des mers dangereuses jusqu'à l'acte d'écrire l'un de ces romans invraisemblables où l'auteur, dans un accès de lucide folie, s'est fixé à lui-même certaines règles uniques en leur genre qu'il observe, certains obstacles de cauchemar qu'il surmonte, avec la délectation d'une divinité créant un monde vivant à partir des éléments les plus invraisemblables – des roches, et du carbone, et d'aveugles palpitations. Dans le cas de la composition de problèmes, l'issue s'accompagne d'une douce satisfaction physique, surtout quand les pièces du jeu d'échecs commencent à interpréter convenablement, dans une avant-dernière répétition, le rêve du compositeur de problèmes. Il y a un sentiment de bien-être (qui le ramène à son enfance, à l'invention de jeux dans son lit, des parties détachées de ses jouets démontés nichées dans les coins de son cerveau); il y a l'agréable façon dont une pièce est embusquée derrière une autre, dans le confort et la chaleur d'une case écartée; et il y a le mouvement égal d'une machine polie et bien huilée qui fonctionne sans à-coups au contact de deux doigts en fourche, soulevant avec légèreté et avec légèreté reposant une pièce.

Je me rappelle un certain problème que j'essayais de composer depuis des mois. Vint une nuit où je trouvais enfin le moyen d'exprimer ce thème particulier. Il était destiné à faire les délices d'un chercheur de solution très expert. Un chercheur sans subtilité pourrait ne pas voir du tout ce dont il s'agissait dans ce problème, et découvrir une assez simple solution, relevant de la « thèse », sans avoir passé par les délicieux tourments préparés pour le subtil. Ce dernier serait d'abord pris au piège d'une tactique illusoire fondée sur un thème d'avant-garde à la mode (exposant le roi des Blancs à être mis en échec), que le compositeur s'était donné bien du mal à introduire à dessein (en ménageant seulement un petit coup obscur d'un pion peu en évidence pour le déjouer). Ayant traversé cet enfer de l'« antithèse », le chercheur de solution, devenu alors ultra-subtil, parviendrait au premier coup de la solution (le Fou à c2) comme quelqu'un qui emprunterait un itinéraire absurde, partant d'Albanie pour aboutir à New York en passant par Vancouver, l'Eurasie et les Açores. L'agrément de voir des choses nouvelles que présente un détour pareil (paysages étrangers, gongs, tigres, coutumes exotiques, couple de jeunes mariés faisant trois fois le tour du feu sacré d'un brasero de terre) le récompenserait amplement du supplice de la supercherie, et, après cela, son arrivée au premier coup de la solution lui fournirait une synthèse de piquant plaisir artistique.

Je me revois sortant lentement de ma transe de calculateur et là, sur le grand échiquier anglais de cuir crème et cardinal, la disposition impeccable avait enfin l'harmonieux équilibre d'une constellation. Elle fonctionnait. Elle vivait. Les pièces de mon jeu d'échecs Staunton (un jeu vieux de vingt ans qui m'avait été donné par mon oncle Konstantin, le frère anglicisé de mon père), des pièces massives et splendides, de bois fauve ou noir, hautes de dix à onze centimètres, paradaient avec leurs profils luisants comme si elles étaient conscientes du rôle qu'elles jouaient. Hélas, à les examiner de près, on s'apercevait que certaines d'entre elles étaient ébréchées (d'avoir voyagé dans leur boîte à chaque déménagement des cinquante ou soixante logements par lesquels j'étais passé durant ces années-là); mais le sommet de la Tour du Roi et le front du Cavalier du Roi présentaient toujours, peinte, une petite couronne cramoisie, rappelant le signe rond sur un front d'Hindou heureux.

Ruisselet de temps en comparaison de son lac gelé sur l'échiquier, ma montre marquait trois heures et demie. On était en mai – aux environs de la mi-mai 1940. La veille, après des mois de sollicitations et d'imprécations, l'émétique d'un pot-de-vin avait été administré au rat qu'il fallait dans le bureau qu'il fallait, et il en était finalement résulté un *visa de sortie** d'où résultait, à son tour, l'autorisation de traverser l'Atlantique. Tout à coup, je sentis qu'avec l'achèvement de mon problème d'échecs, toute une période de ma vie venait de prendre fin d'une manière satisfaisante. Tout était très calme autour de moi, avec de légères fossettes, pour ainsi dire, en vertu de mon soulagement. Tu dormais dans la pièce à côté, avec notre enfant. La lampe sur la table était coiffée d'un bonnet de papier bleu (amusante précaution militaire) et la lumière qui en venait prêtait une nuance lunaire à l'air voluté, lourd de fumée de tabac. Des rideaux opaques me séparaient de Paris plongé dans le « black-out ». La manchette d'un journal qui pendait du siège d'une chaise parlait du coup porté par Hitler aux Pays-Bas.

J'ai devant moi la feuille de papier sur laquelle, cette nuit-là, à Paris, j'ai tracé le diagramme du problème posé. Blancs : Roi sur a7 (ce qui signifie : première colonne, septième rang), Reine sur b6, Tours sur f4 et h5, Fous sur e4 et h8, Cavaliers sur d8 et e6, Pions sur b7 et g3. Noirs : Roi sur e5, Tour sur g7, Fou sur h6, Cavaliers sur e2 et g5, Pions sur c3, c6 et d7. Les Blancs commencent et font mat en deux coups. Le coup illusoire, l'irrésistible « essai », c'est : Pion à b8, promu Cavalier, avec trois beaux mats différents à la suite, en réponse aux échecs à la découverte par les Noirs; mais les Noirs peuvent déjouer toute cette brillante ruse en ne faisant pas échec aux Blancs et en avançant au lieu de cela, à titre de manœuvre d'attente, un pion insignifiant et éloigné. Dans un coin de la feuille de papier qui porte ce diagramme, je remarque certain cachet qui orne aussi d'autres papiers et livres que j'ai apportés de France en Amérique, en mai 1940. C'est une empreinte circulaire, de la dernière couleur du spectre – *violet de bureau**. Au centre, il y a deux lettres majuscules, en corps pica, *R.F.*, ce qui signifie naturellement *République Française**. D'autres lettres de corps plus petit courent à la périphérie, formant les mots : *Contrôle des Informations**. Mais c'est seulement à présent, des années plus tard, que l'information, dissimulée parmi les symboles de mon problème d'échecs que ce contrôle autorisait à faire passer peut-être, est effectivement divulguée.

CHAPITRE XV

I

Elles passent, passent, en toute hâte, les fuyantes années – pour emprunter à Horace une modulation déchirante. Les années passent, mon amie, et bientôt personne ne saura ce que toi et moi savons. Notre enfant grandit; les roses de Paestum, d'un Paestum brumeux, s'en sont allées; des imbéciles avec un penchant pour la mécanique sont en train de tripatouiller et de fausser des forces de la nature que, paraît-il, de doux mathématiciens avaient, à leur propre surprise secrète, fait pressentir; aussi est-il peut-être temps que nous examinions d'anciens instantanés, des dessins préhistoriques de trains et d'aéroplanes, des couches de jouets dans le cabinet de débarras.

Nous remonterons encore plus loin dans le passé, à un matin de mai 1934, et nous tracerons par rapport à tel point précis le plan d'un quartier de Berlin. C'est là que je suis passé pour rentrer chez nous, à cinq heures du matin, de la Maternité près de Bayerischer Platz, où je t'avais conduite deux heures plus tôt. Des fleurs printanières ornaient les portraits de Hindenburg et de Hitler dans la vitrine d'un magasin qui vendait des cadres et des photographies en couleurs. Des bandes de moineaux socialistes tenaient de bruyants meetings matinaux dans les lilas et les tilleuls. Une aube limpide venait de retirer complètement de sa gaine l'un des côtés de la rue déserte. De l'autre côté, les maisons paraissaient toujours violettes de froid, et diverses ombres allongées subissaient un télescopage graduel, de la façon prosaïque qui est celle du jeune jour quand il prend la relève de la nuit dans une cité bien entretenue, bien arrosée, où l'odeur forte du bitume perce sous celle de la sève des arbres; mais la vue de tout cela était pour moi quelque chose de tout nouveau, telle une manière inhabituelle de dresser le couvert, parce que je n'avais encore jamais vu cette rue-là au lever du jour, si, en revanche, j'étais souvent passé par là, alors que je n'étais pas père, par des soirs ensoleillés.

Dans la pureté et la vacuité de cette heure moins familière, les ombres étaient du mauvais côté de la rue, lui prêtant la parure non sans élégance d'un renversement, comme lorsqu'on voit reflétée dans le miroir d'un salon de coiffure la vitrine vers laquelle le coiffeur mélancolique, tout en repassant sur le cuir son rasoir, tourne son regard (comme ils font tous en pareil moment), et, encadrée dans cette vitrine reflétée, une section de trottoir qui aiguille un défilé de piétons imperturbables dans la mauvaise direction, vers un monde abstrait qui, subitement, cessant d'être drôle, déchaîne un torrent d'effroi.

Chaque fois que je me mets à penser à mon amour pour une personne, j'ai pour habitude de tracer aussitôt des rayons allant de mon amour – de mon cœur, du tendre noyau d'un sentiment personnel – à des points de l'univers monstrueusement éloignés. Quelque chose me force à mesurer le sentiment intime que j'ai de mon amour en l'opposant à des choses inimaginables et incalculables, telles que le comportement de nébuleuses (dont l'éloignement même semble une forme de démence), les trappes affreuses de l'éternité, l'inconnaissable au-delà de l'inconnu, l'abandon, le froid, les enchevêtrements et interpénétrations de l'espace et du temps. C'est là une habitude pernicieuse, mais je n'y peux rien. On peut la comparer à l'irréprimable petit coup de langue d'un insomniaque vérifiant l'ébrèchement d'une dent dans la nuit de sa bouche, et, ce faisant, se meurtrissant, mais n'en persistant pas moins à le faire. J'ai connu des gens qui, lorsqu'ils venaient à toucher quelque chose – un montant de porte, un mur –, devaient absolument s'acquitter d'une série très rapide et systématique de contacts manuels avec diverses surfaces dans la pièce avant de revenir à une existence équilibrée. C'est sans remède; il faut que je sache où j'en suis, où vous en êtes, toi et mon fils. Quand cette explosion d'amour silencieuse et au ralenti a lieu en moi, déployant ses franges tendres et m'accablant sous le sentiment de quelque chose de plus vaste, de beaucoup plus durable et puissant que l'accumulation de matière ou d'énergie en aucun cosmos imaginable, alors mon esprit n'a plus qu'une chose à faire : se pincer lui-même pour voir s'il est réellement éveillé. Je dois me livrer à un rapide inventaire de l'univers, exactement comme un homme, en rêve, essaie de s'expliquer l'absurdité de sa situation en s'assurant qu'il rêve. Il me faut faire participer tout l'espace et tout le temps à mon émotion, à mon amour mortel, afin d'émousser sa mortalité, et qu'ainsi cela m'aide à combattre la dégradation, le ridicule et l'horreur extrêmes d'avoir engendré un infini de sentiment et de pensée dans une existence finie.

Etant résolument, dans ma métaphysique, un non-syndiqué et n'ayant que faire d'excursions organisées à travers des paradis anthropomorphiques, je suis abandonné à mes moyens propres, mais non négligeables, quand je songe à ce qu'il y a de meilleur dans la vie; quand, comme à présent, je fais un retour sur l'intérêt, allant presque jusqu'à la couvade, que je prenais à notre bébé. Tu te souviens des découvertes que nous fîmes (que font, paraît-il, tous les parents) : la forme parfaite des minuscules ongles de sa main que tu m'as montrée en silence, étalée sur ta paume, telle une étoile de mer échouée; le grain de la peau de ses membres et de ses joues, sur quoi tu attiras mon attention d'une voix lointaine, comme si la douceur du contact pouvait être rendue seulement par la douceur de la distance; ce je ne sais quoi de nageant, d'oblique, de fuyant sur le noir bleuté de l'iris qui semblait retenir encore les ombres qu'il avait absorbées d'anciennes forêts fabuleuses où il y avait plus d'oiseaux que de tigres et plus de fruits que d'épines, et où, dans quelque profondeur tachetée de soleil, naquit l'esprit de l'homme; et, surtout, la première incursion d'un petit enfant dans la dimension suivante, la connexion nouvellement établie entre l'œil et l'objet accessible, que des arrivistes en biométrie ou dans la fraude du labyrinthe à rats prétendent pouvoir expliquer. L'idée me vient que la reproduction la plus exacte de la naissance de l'esprit qui se puisse obtenir, c'est l'éclair d'étonnement dont on est transpercé au moment précis où, contemplant un enchevêtrement de rameaux et de feuilles, l'on se rend brusquement compte que, ce qui semblait partie composante de cet enchevêtrement, est un insecte ou un oiseau déguisé à merveille.

Il y a aussi un vif plaisir (et, après tout, que doivent produire d'autre les recherches scientifiques ?) à résoudre l'énigme de l'épanouissement initial de l'esprit de l'homme en posant en postulat un arrêt voluptueux dans le développement du reste de la nature, une fainéantise et une flânerie qui permirent avant tout la formation de *l'Homo poeticus* – sans lequel l'*Homo sapiens* n'aurait pu être élaboré. « La lutte pour la vie », ah bien oui ! La malédiction de la bataille et du labeur ramène l'homme au niveau du verrat, de la bête grognante maniaquement obsédée par la recherche de la nourriture. Toi et moi avons souvent fait des remarques sur cette lueur de folie dans le regard combinateur d'une ménagère, alors qu'il erre sur les produits d'alimentation dans une épicerie ou sur la morgue d'une boucherie. Travailleurs du monde, dispersez-vous ! Les vieux bouquins sont dans l'erreur. Le monde a été fait un dimanche.

II

Durant toutes les années de la première enfance de notre fils dans l'Allemagne de Hitler et la France de Maginot, nous avons été plus ou moins constamment dans la gêne, mais de merveilleux amis veillaient à ce qu'il eût les choses les meilleures qu'il était possible de se procurer. Bien que ne pouvant faire grand-chose à ce sujet, toi et moi observions ensemble d'un œil jaloux la moindre fêlure entre son enfance et nos propres tendres années dans le passé opulent, et c'est là qu'intervenaient ces Parques amicales, réparant la fêlure chaque fois qu'elle menaçait de s'ouvrir. Et aussi, à cette époque, la science d'élever les bébés venait de faire la même sorte de progrès phénoménal et dynamique que l'aviation ou le labourage – *moi,* à neuf mois, je ne prenais pas une livre d'épinards filtrés par biberon ou le jus d'une douzaine d'oranges par jour; et l'hygiène pédiatrique que tu adoptas était incomparablement plus artistique et méticuleuse que tout ce dont avaient pu s'aviser les nurses du temps où nous étions bébés.

Je pense que les pères bourgeois d'hier – travailleurs à col cassé et pantalon à fines rayures, pères pleins de dignité, cloués à leur bureau, si différents des jeunes Anciens Combattants américains d'aujourd'hui ou d'un émigré russe, pauvre mais heureux d'il y a quinze ans – ne comprendront pas mon attitude à l'égard de notre enfant. Chaque fois que tu le soulevais en l'air, gorgé de sa chaude formule et sérieux comme un pape, et que tu attendais le signal post-lactique avant de faire du bébé vertical un horizontal, je prenais part à la fois à ton attente et à la sensation oppressante de sa réplétion, que je m'exagérais, au point d'être plutôt irrité de ta foi joyeuse en la prompte dissipation de ce que je sentais être un pénible étouffement; et quand, enfin, la petite bulle montait et éclatait dans sa bouche grave, j'éprouvais un délicieux soulagement, tandis que tu te courbais, avec un murmure de félicitation, pour le déposer dans le demi-jour bordé de blanc de son berceau.

Sais-tu que je sens encore dans mes poignets certains échos du tour de main du pousseur de voiture d'enfant, tels que, par exemple, la glissante pression vers le bas qu'il fallait exercer sur la poignée de la voiture afin de la faire basculer et monter sur le trottoir. Il y eut d'abord un véhicule gris souris compliqué, de fabrication belge, avec des pneus rebondis comme ceux des autos et des ressorts de luxe, si large qu'il ne pouvait entrer dans notre mesquin ascenseur. Il roulait sur les trottoirs en lent mystère majestueux, avec, à l'intérieur, le bébé captif, étendu sur le dos, bien couvert de duvet, de soie et de fourrure; seuls ses yeux bougeaient, avec circonspection, et parfois se tournaient vers le haut, d'un brusque coup de ses superbes cils, pour suivre le ciel bleu et les branches qui reculaient en s'écoulant du bord de la capote à demi relevée de la voiture, et l'instant d'après il dardait un regard soupçonneux sur mon visage pour voir si les arbres et le ciel taquins n'appartenaient pas, peut-être, au même ordre de choses que les hochets et l'humour des parents. Vint ensuite une voiture plus légère, et dans celle-ci, tandis qu'elle roulait, il était enclin à se soulever, en tirant sur ses sangles, en se cramponnant aux bords; se dressant là moins comme le passager chancelant d'un bateau de plaisance que comme un homme de science ravi sur un navire de l'espace; promenant ses regards sur les écheveaux diaprés d'un monde vivant, chaud; considérant avec un intérêt philosophique l'oreiller qu'il avait trouvé moyen de jeter par-dessus bord; tombant lui-même de sa voiture quand, un jour, une sangle se rompit. Plus tard encore, il voyagea dans un de ces petits trucs appelés poussettes; des hauteurs initiales à ressorts où il avait été en sécurité, l'enfant descendit de plus en plus bas, jusqu'à ce que, à un an et demi environ, il arrivât à toucher le sol devant sa poussette en train de rouler, en se laissant glisser en avant hors de son siège et en battant le trottoir de ses talons, anticipant ainsi sur le moment où on le détacherait et le lâcherait en liberté dans un jardin public. Une nouvelle vague d'évolution commença à s'enfler, le soulevant peu à peu du sol, quand, pour son second anniversaire, il reçut une automobile de course Mercedes d'un mètre vingt de long, peinte couleur argent, qui se manœuvrait à l'aide de pédales à l'intérieur, comme un orgue, et dans cette auto il se mit à parcourir dans les deux sens le trottoir du Kurfürstendamm avec un bruit de pompage et de chaînes, tandis que de fenêtres ouvertes sortait le rugissement amplifié d'un dictateur qui en était encore à se marteler ferme la poitrine dans le Neanderthal que nous avions laissé loin derrière nous.

Peut-être serait-il profitable d'examiner les aspects phylogénétiques de la passion qu'ont les enfants du sexe masculin pour les choses sur roues, particulièrement pour les chemins de fer. Naturellement, nous savons ce que le Charlatan de Vienne pensait à ce sujet. Nous le laisserons, lui et ses fidèles, poursuivre leur route cahin-caha, dans leur wagon de troisième classe, à travers l'Etat policier du mythe sexuel (soit dit en passant, quelle grande erreur de la part des dictateurs de ne pas se servir de la psychanalyse – une génération entière pourrait être si facilement dévoyée par ce moyen !). La croissance rapide, les bonds de la pensée, le système circulatoire – toutes les formes de vitalité sont des formes de vélocité, et il n'y a rien d'étonnant à ce qu'un enfant qui grandit désire battre la Nature sur son propre terrain en remplissant un minimum de temps d'un maximum de jouissance spatiale. Le plus intime plaisir, en l'homme, c'est le plaisir spirituel qu'on peut tirer des possibilités de résister à la pesanteur et de la gagner de vitesse, de vaincre et de reproduire la force d'attraction de la terre. Le miraculeux paradoxe des objets ronds et lisses conquérant l'espace simplement en faisant culbute sur culbute, au lieu de lever péniblement des membres pesants pour progresser, doit avoir frappé de façon très salutaire la jeune humanité. Le feu de joie dans lequel le petit sauvage rêveur plongeait son regard quand il s'accroupissait sur son derrière nu, ou la ferme progression d'un incendie de forêt – voilà des choses qui ont aussi, j'imagine, à l'insu de Lamarck, influé sur un ou deux chromosomes, de cette façon mystérieuse que les spécialistes occidentaux de la génétique sont aussi peu disposés à tirer au clair que les physiciens de profession à débattre la question de l'au-delà de l'infini limité; car chaque dimension présuppose un milieu au sein duquel elle peut agir, et si, dans le déroulement en spirale des choses, l'espace devient, en se gauchissant, quelque chose de voisin du temps, et si le temps, à son tour, devient, en se gauchissant, quelque chose de voisin de la pensée, alors, assurément, une nouvelle dimension s'ensuit, un Espace spécial peut-être et non pas l'ancien, croyons-nous, à moins que les deux spirales ne deviennent à nouveau des cercles vicieux.

Mais, quelle que soit la vérité, nous n'oublierons jamais, toi et moi, nous défendrons à jamais, sur le champ de bataille d'ici-bas ou ailleurs, les ponts sur lesquels nous avons passé des heures avec notre petit garçon (entre sa deuxième et sa sixième année) à attendre qu'un train passât au-dessous. J'ai vu des enfants plus âgés et moins heureux s'arrêter un moment afin de se pencher au-dessus de la voie et de cracher dans la cheminée asthmatique de la locomotive qui venait à passer au-dessous, mais ni toi ni moi ne sommes prêts à admettre que l'enfant le plus normal des deux est celui qui résout pragmatiquement l'exaltation sans but d'une obscure extase. Tu ne faisais rien pour écourter ou rationaliser ces arrêts longs d'une heure sur les ponts exposés à tous les vents, quand, avec un optimisme et une patience sans bornes, notre enfant espérait qu'il allait voir un sémaphore cliqueter et une locomotive grandissante se dessiner là où toutes les voies convergeaient, au loin, entre les dos sans fenêtres des maisons. Les jours de froid, il portait un manteau d'agnelin, un bonnet assorti, tous deux d'une couleur brunâtre mouchetée d'un gris ressemblant à du givre, et ce manteau et ce bonnet, et ces mitaines, et l'ardeur de sa foi maintenaient en lui une douce chaleur, et te tenaient chaud à toi aussi, puisqu'il te suffisait, pour empêcher tes doigts délicats de geler, de tenir l'une de ses menottes alternativement dans ta main droite et dans ta main gauche, et tu changeais de main toutes les minutes environ, et t'émerveillais de la quantité incroyable de chaleur engendrée par le corps d'un petit enfant.

III

A côté des rêves de vélocité, ou liée à eux, il y a en tout enfant la démangeaison foncièrement humaine de reformer la terre, d'agir sur un environnement friable (à moins qu'il ne soit un marxiste-né ou un cadavre et n'attende avec soumission que ce soit au contraire l'environnement qui le façonne, *lui*). Cela explique le plaisir qu'un enfant prend à creuser, à faire des routes et des tunnels pour ses jouets favoris. Notre fils avait un modèle réduit de l'Oiseau-Bleu de sir Malcolm Campbell, en acier peint avec des pneus démontables, avec quoi il jouait interminablement par terre, et le soleil faisait une sorte de nimbe de ses cheveux blonds assez longs et donnait une teinte caramel à son dos nu sur lequel s'entrecroisaient les bretelles de sa culotte courte en tricot bleu marine (aussi, quand il était déshabillé, lui voyait-on un derrière et un licou du blanc originel). Jamais dans ma vie je ne me suis assis sur autant de bancs et de chaises de parcs, de dalles et de marches de pierre, de parapets de terrasses, de bords de vasques de fontaines, que je l'ai fait à cette époque-là. Dans les landes plantées de pins, très fréquentées, autour du lac du Grunewald de Berlin, nous n'allions que rarement. Tu contestais le droit d'un lieu à s'appeler bois quand il est à ce point parsemé de détritus, tellement plus jonché d'immondices que les rues lustrées, poseuses, de la ville attenante. Il surgissait de drôles de choses dans ce Grunewald. La vue d'un lit de fer exhibant l'anatomie de ses ressorts au beau milieu d'une clairière ou la présence d'un mannequin noir de couturière gisant sous un buisson d'aubépine en fleur, vous faisait vous demander qui diable avait bien pu prendre la peine de transporter jusqu'en des points si éloignés d'un bois sans chemin frayé ces articles, et d'autres, épars. Une fois, je découvris un miroir au visage ravagé, mais toujours vigilant, plein de reflets sylvains – ivre, aurait-on dit, d'un mélange de bière et de chartreuse – s'appuyant, avec une désinvolture surréaliste, contre un tronc d'arbre. Peut-être de telles intrusions sur ces lieux d'agrément bourgeois étaient-elles une vision fragmentaire du gâchis à venir, un mauvais rêve prophétique des explosions destructrices, quelque chose comme le tas de têtes coupées que le voyant Cagliostro entrevit dans le saut-de-loup d'un jardin royal. Et plus près du lac, en été, surtout le dimanche, cet endroit était infesté d'êtres humains à tous les stades de la nudité et de la solarisation. Il n'y avait que les écureuils et certaines chenilles à garder leur manteau. Des ménagères aux pieds gris étaient assises, en jupons, sur du sable gris graisseux; des mâles repoussants, aux voix de phoques, en caleçons de bain boueux, s'ébattaient alentour; des jeunes filles remarquablement jolies, mais peu soignées de leur personne, destinées quelques années plus tard – au début de 1946, pour être exact – à donner le jour à une foule intempestive de nourrissons ayant du sang turkmène ou mongol dans leurs veines innocentes, couraient, poursuivies, et c'était à qui leur allongerait une claque sur l'arrière-train (ce qui les faisait s'écrier : « Aô-ouâ! »); et les effluves qui émanaient de ces infortunées batifoleuses, et des vêtements (étendus avec soin çà et là sur le sol) qu'elles avaient dépouillés, se mêlaient à la puanteur de l'eau stagnante pour former un enfer d'odeurs dont je n'ai jamais trouvé l'équivalent nulle part ailleurs. Dans les jardins ou les parcs publics de Berlin, il n'était pas permis aux gens de se dévêtir; mais les chemises pouvaient être déboutonnées, et des rangées de jeunes hommes, d'un type aryen prononcé, étaient assis, les yeux fermés, sur des bancs, exposant leurs fronts et leurs pectoraux bourgeonnés à l'action nationalement approuvée du soleil. On peut sans doute attribuer le frémissement de dégoût, peut-être bien exagéré, qui règne dans ces remarques, à la crainte constante dans laquelle nous vivions de voir notre enfant contaminé de quelque manière. Tu as toujours tenu pour un lieu commun haïssable, et non dénué d'un soupçon de philistinisme, l'idée que les petits garçons, pour être délicieux, doivent détester se laver et aimer tuer.

J'aimerais me rappeler tous les petits parcs où nous sommes allés; j'aimerais être capable, comme le professeur Jack, de Harvard et de l'Arboretum Arnold, disait l'être à ses étudiants, d'identifier, les yeux fermés, des rameaux, simplement par le son de leur bruissement dans l'air. (« Charme, chèvrefeuille, peuplier de Lombardie. Ah – une dénomination tombée en désuétude. ») Bien souvent, évidemment, je puis déterminer la situation géographique de tel ou tel parc grâce à un trait particulier ou à une combinaison de traits : des bordures de buis nain le long d'étroites allées de gravier qui se rencontrent toutes, comme les personnages dans une pièce de théâtre; un banc bleu bas contre une haie d'ifs cuboïde; un parterre carré de roses encadré d'une bordure d'héliotropes – ces particularités-là sont indiscutablement associées au souvenir de petits squares à des carrefours dans la banlieue de Berlin. Tout aussi nettement, une grêle chaise de fer, avec son ombre ressemblant à une araignée étendue sous elle un peu décentrée, un appareil d'arrosage rotatoire aimablement hautain, quoique manifestement psychopathe, avec son arc-en-ciel personnel suspendu dans sa poussière d'eau au-dessus de l'herbe gemmée, évoquent un parc parisien; mais, comme vous devez bien le comprendre, le point de mire de l'œil du souvenir est si immuablement une petite silhouette assise sur ses talons (en train de charger un camion-jouet de petits cailloux ou de contempler le caoutchouc humide et brillant du tuyau d'arrosage auquel adhère un peu du gravier sur lequel il vient de ramper) que ces lieux divers – Berlin, Prague, Franzensbad, Paris, la Riviera, Paris de nouveau, Cap d'Antibes, etc. – perdent toute souveraineté, mettent en commun leurs généraux pétrifiés et leurs feuilles mortes, cimentent l'amitié de leurs allées entrecroisées, et s'unissent dans une fédération de lumière et d'ombre à travers laquelle de gracieux enfants, aux genoux nus, voguent sur de ronflants patins à roulettes.

De temps à autre, un fragment d'arrière-plan historique que l'on reconnaît aide à l'identification du lieu – et substitue d'autres liens à ceux qu'une vision personnelle suggère. Notre enfant devait avoir un peu moins de trois ans, ce jour de vent à Berlin (où, naturellement, il n'était possible à personne d'échapper à la familiarité avec le portrait omniprésent du Führer), ce jour de vent où, debout tous deux, mon fils et moi, devant une plate-bande de pâles pensées, dont les visages tous levés en l'air présentaient une tache noire en forme de moustache, nous avons bien ri, l'idée assez saugrenue m'étant venue de souligner leur ressemblance avec une foule de petits Hitler en train de se démener. De même, je peux nommer un jardin en fleurs à Paris comme étant l'endroit où je remarquai, en 1938 ou 1939, une calme petite fille d'environ dix ans, au blanc visage sans expression, ayant l'air, dans ses vêtements noirs criant misère et peu appropriés à la saison, de s'être échappée d'un orphelinat (pertinemment, il me fut donné de l'apercevoir à nouveau un peu plus tard, entraînée par deux nonnes flottantes), qui avait adroitement attaché un papillon vivant à un fil et qui promenait le joli insecte, légèrement estropié et battant faiblement des ailes, au bout de cette laisse de lutin (un sous-produit, peut-être, cette laisse, de beaucoup de délicat travail à l'aiguille dans cet orphelinat). Tu m'as souvent accusé de faire preuve d'une inutile insensibilité dans mes prosaïques recherches entomologiques lors de nos voyages dans les Pyrénées ou les Alpes; de fait, si j'ai détourné l'attention de notre enfant de cette Titania à la manque, ce ne fut pas parce que j'eus pitié de son Vulcain, mais parce qu'il y avait un symbolisme vaguement répugnant dans le triste jeu de cette fillette. Et peut-être bien que cela m'a rappelé le truc simple que les agents de police français employaient dans le temps – et que sans nul doute ils emploient encore – pour emmener au poste, un dimanche de tapage, un ouvrier au nez fleuri, et qui consistait à le transformer en un satellite singulièrement docile et même empressé, en accrochant une sorte de petit hameçon dans la chair peu choyée, mais tendre et sensible, de cet homme. Nous avons, toi et moi, fait de notre mieux pour entourer de tendresse vigilante la tendresse confiante de notre enfant, mais nous nous trouvâmes inévitablement en face du fait que les immondices laissées par des voyous dans une caisse de sable d'un parc d'enfants, c'était la moins grave des infractions possibles, et que les horreurs que les générations précédentes avaient bannies en esprit comme des anachronismes, ou des choses qui ne pouvaient arriver qu'en de lointains khanats et mandarinats, nous environnaient de partout.

A mesure que le temps passait et que l'ombre de l'histoire faite par des imbéciles viciait jusqu'à l'exactitude des cadrans solaires, nous changions de place en Europe de plus en plus fiévreusement, et l'on eût dit que ce n'était pas nous, mais ces squares et ces parcs qui voyagaient. Les avenues radiales et les parterres compliqués de Le Nôtre furent laissés en arrière comme des trains sur une voie de garage. A Prague, où nous allâmes pour montrer notre enfant à ma mère, au printemps de 1937, il y eut le parc Stromovka, avec, au-delà des berceaux de verdure formés par l'homme, la libre ondulation de ses collines dans le lointain nébuleux. Tu te souviens aussi certainement de ces jardins de rocaille et de plantes alpines – orpins et saxifrages – qui nous escortèrent, pour ainsi dire, jusque dans les Alpes de Savoie, lors de vacances (payées par quelque chose que mes traducteurs avaient vendu), et puis nous suivirent au retour dans les villes des plaines. Des mains en bois sortant de manchettes montraient la direction d'où venait le tapage assourdi d'un kiosque à musique. Une allée intelligente accompagnait la grande avenue voiturière; elle ne lui demeurait pas partout parallèle, mais acceptait librement d'être guidée par elle, et, de la mare aux canards ou de la fontaine aux nénuphars, revenait en arrière pour rejoindre la procession des platanes en tel ou tel point où, pris soudain de vénération pour quelque haut fonctionnaire, le parc avait donné naissance à un monument. Des racines – des racines d'herbe inscrites dans le souvenir, des racines de la mémoire et de plantes âcres, des racines, en un mot comme en cent – sont à même de traverser de longues distances en surmontant certains obstacles, en en perçant d'autres et en s'insinuant dans des fentes étroites. C'est ainsi que ces squares et ces parcs traversèrent l'Europe centrale avec nous. Des allées de gravier se rassemblaient et s'arrêtaient à un *rond-point** pour nous regarder, toi ou moi, nous pencher et tressaillir en cherchant une balle sous une haie de troènes où, sur la terre sombre, humide, on ne parvenait à découvrir qu'un ticket d'autobus mauve perforé ou un morceau de gaze et de coton hydrophile souillé. Un siège circulaire faisait le tour du tronc épais d'un chêne pour voir qui était assis de l'autre côté et y trouvait un vieil homme déprimé en train de lire un journal en langue étrangère et de se curer le nez. Des arbres à feuilles vernissées, qui entouraient une pelouse où notre enfant découvrit sa première grenouille vivante, se changeaient en un labyrinthe de buissons taillés de façon ornementale, et tu disais que tu pensais qu'il allait pleuvoir. A quelque étape ultérieure, sous des cieux moins lourds, il y eut une grande exhibition de vallons roses et d'allées enchevêtrées, et de treillis balançant leurs plantes rampantes, prêtes à se transformer en pergolas à colonnes, si on leur en donnait la possibilité, ou bien à divulguer la présence d'un baroque w.-c., les plus pittoresques de toutes les toilettes publiques, un minable édicule genre chalet, d'une propreté douteuse, avec sa gardienne, une femme en noir tricotant de la laine noire sur le seuil.

Descendant une pente, un sentier dallé allait pas à pas avec précaution, posant sur chaque marche le même pied en premier, à travers un jardin d'iris, sous des hêtres, et puis se transformait en piste de terre rapide, ornée d'empreintes grossières de sabots de chevaux. Les squares et les parcs paraissaient se déplacer de plus en plus vite au fur et à mesure que s'allongeaient les jambes de notre enfant, et quand il eut environ quatre ans, les arbres et les arbrisseaux en fleur prirent résolument la direction de la mer. Comme un chef de gare se morfondant d'ennui, que l'on aperçoit debout, solitaire, sur le quai de grande vitesse d'une petite station où votre train ne s'arrête pas, on voyait s'éloigner tel ou tel gardien de parc à mesure que le parc poursuivait sa migration vers le sud, vers les orangers et les arbousiers et le duvet de poussin des mimosas et la *pâte tendre** d'un ciel impeccable.

Des jardins en gradins à flanc de colline, succession de terrasses dont chaque marche de pierre projetait une sauterelle vert cru, se laissaient tomber de corniche en corniche jusqu'à la mer, les oliviers et les lauriers-roses dégringolant bel et bien les uns sur les autres dans leur hâte de voir enfin la plage. Arrivé là, notre enfant s'agenouillait et ne bougeait plus pendant qu'on le photographiait dans une frémissante brume de soleil, avec pour fond le scintillement de la mer qui a donné, sur les instantanés que nous avons conservés, une tache laiteuse, mais qui était, dans la vie, d'un bleu argenté, avec, au loin, de grandes bandes de bleu violacé, produites par des courants chauds avec la collaboration et la corroboration (entendez-vous les galets roulés par la vague qui se retire ?) d'éloquents poètes d'autrefois et de leurs souriantes comparaisons. Et parmi les morceaux de verre de couleur léchés par la mer et ressemblant à des bonbons – citron, cerise, menthe – et les galets ceinturés, et les petits coquillages cannelés à intérieur vernissé, surgissaient parfois de petits morceaux de poterie, ayant gardé un beau vernis et une belle couleur. Ils nous étaient apportés, à toi et à moi, pour examen ; et s'ils étaient ornés de chevrons indigo, ou d'une bande de feuillage peint, ou de n'importe quelle sorte de gais symboles, et étaient jugés précieux, ils étaient aussitôt précipités dans le petit seau où ils faisaient clic ; dans le cas contraire, un plop et un flac marquaient leur retour à la mer. Je ne doute pas que parmi ces débris légèrement convexes de majoliques trouvés par notre enfant, il n'y en ait eu un dont la bordure d'ornementation en volute pût s'adapter exactement, en le continuant, au motif d'un fragment que j'ai trouvé en 1903 sur ce même rivage, et que ces deux fragments-là ne concordassent avec un troisième que ma mère avait trouvé sur cette plage de Menton en 1882, et avec un quatrième de la même poterie qui fut trouvé par sa mère à elle il y a cent ans – et ainsi de suite, jusqu'à ce qu'on pût, en réunissant ces morceaux assortis, à supposer que tous aient été conservés, former un bol complet, absolument complet, le bol cassé par quelque enfant italien, Dieu sait où et quand, et raccommodé à présent à l'aide des rivets de bronze que *voici.*

Au cours de l'automne 1939, nous retournâmes à Paris, et, vers le 20 mai de l'année suivante, nous étions de nouveau près de la mer, cette fois sur la côte ouest de la France, à Saint-Nazaire. Là, un dernier petit jardin nous entoura, tandis que toi et moi, et notre enfant, maintenant âgé de six ans, entre nous deux, le traversions en nous rendant aux docks, où, derrière les bâtiments qui nous faisaient face, le paquebot *Champlain* nous attendait pour nous emmener à New York. Ce jardin était ce que les Français nomment, phonétiquement, *skoir*, et les Russes *skver,* peut-être parce que c'est le genre de choses qu'on trouve habituellement au milieu ou près des « squares » (places) en Angleterre. S'étendant à l'extrême limite du passé et sur le bord du présent, il demeure dans ma mémoire simplement comme un dessin géométrique qu'il me serait, assurément, facile de compléter en y ajoutant les couleurs de fleurs plausibles, si j'étais assez inconscient pour briser le silence de la mémoire pure que (sauf, peut-être, par quelque tintement d'oreilles fortuit dû à la pression de mon propre sang fatigué) je n'ai troublé en rien depuis le début de ce livre. Ce dont je me souviens réellement à propos de ce motif fleuri de style neutre, c'est de ses habiles correspondances thématiques avec les jardins et les parcs d'outre-Atlantique; car brusquement, au moment où nous arrivâmes au bout de son allée, nous vîmes, toi et moi, quelque chose que nous ne montrâmes pas tout de suite à notre enfant, afin de jouir pleinement du sursaut de bonheur, de l'enchantement et de la joie qu'il allait éprouver en découvrant devant lui, réel au-delà de tout réalisme, gigantesque à ne pas y croire, le prototype des divers petits bateaux qu'il avait fait voguer de-ci de-là dans sa baignoire. Là, devant nous, à l'endroit où une rangée interrompue de maisons se dressait entre nous et le port, et où l'œil rencontrait toutes sortes de camouflages, tels que du linge de corps bleu pâle et rose dansant le cakewalk sur une corde à linge, ou une bicyclette de dame voisinant bizarrement avec un chat rayé sur un rudimentaire balcon de fer coulé, quelle profonde satisfaction ce fut de distinguer, parmi le brouillamini angulaire des toits et des murs, une superbe cheminée de paquebot, se laissant voir derrière la corde à linge comme ce que, dans une image-devinette – Trouvez ce que le marin a caché –, on ne peut plus ne pas voir une fois qu'on l'a vu.

Annexes

CHAPITRE XVI

*À propos d'*Autres rivages

Les deux livres de souvenirs que j'ai devant moi, l'un écrit par un auteur d'origine russe devenu depuis citoyen de ce pays, l'autre par la petite-fille d'un grand éducateur américain, sont des ouvrages extrêmement complexes. Il est rare que deux œuvres aussi achevées arrivent sur le bureau du critique pratiquement le même jour.

La petite coterie des admirateurs de M. Nabokov ne sera pas particulièrement ravie de voir paraître cette nouvelle œuvre. Bien que l'ajout du sous-titre « mémoires » semble aller de soi, il y a dans *Autres rivages* certaines particularités – qui ne sont pas nécessairement des qualités – et qui font de ce livre une exception parmi les autobiographies véridiques, plus ou moins véridiques ou carrément fictives connues à ce jour. Si son originalité séduit moins peut-être que cette intense lueur d'humanité dont est empreinte chacune des pages du livre de Miss [Braün], *Quand la dernière fois les lilas*, il contient cependant des trésors de plaisir qu'aucun lecteur intelligent ne saurait négliger.

Autobiographie d'une rare excentricité s'il en est, le livre de M. Nabokov est plus facile à définir pour ce qu'il n'est pas que pour ce qu'il est. Ce n'est pas, par exemple, un de ces ouvrages verbeux, informes et décousus s'appuyant abondamment sur les notes d'un mémorialiste, que les spécialistes pratiquant d'autres arts ou les administrateurs de notre vie publique ont tendance à produire (« Mercredi soir, vers onze heures quarante le général Untel a téléphoné. Je lui ai dit... »). Ce n'est pas non plus la cuisine d'un écrivain professionnel avec ici et là des rogatons qui flottent dans un brouet tiède d'ingrédients littéraires et personnels. Il s'agit encore bien moins de ces sortes de réminiscences faciles et populaires où l'auteur s'évertue à atteindre les hautes sphères de la fiction de pacotille et où, avec une placide impudence, il couche sur le papier des lampées de dialogues (M'man et le voisin. M'man et les enfants. Bill et p'pa. Bill et Picasso) qu'aucun cerveau humain n'aurait pu préserver sous une forme approchant celle-ci de près ou de loin.

Il semblerait au présent critique que l'importance durable que revêt *Autres rivages* est liée au fait que se rencontrent ici une forme d'art impersonnel et un récit de vie très personnel. La méthode de Nabokov consiste à explorer les régions les plus reculées de sa vie passée pour y trouver ce que l'on peut appeler les pistes ou les courants thématiques. Chaque thème, une fois identifié, est suivi au fil des ans. Au fur et à mesure qu'il se développe, il guide l'auteur à travers de nouvelles régions de la vie. Le diamant de l'art et les muscles de la mémoire tortueuse se combinent en un mouvement puissant et souple pour produire un style qui semble se faufiler à travers l'herbe et les fleurs vers la chaude pierre plate où il se lovera somptueusement.

De toute évidence, la méthode de Nabokov perdrait tout son sens si les matériaux qu'il utilise étaient un récit d'expérience personnelle aussi fidèle que pourrait en confectionner la mémoire. L'appareil qui opère la sélection est propre à l'art ; mais les parties sélectionnées sont du domaine de la vie, d'une vie sans fard. La mémoire de Nabokov, notamment en ce qui concerne les vingt premières années de son existence, est presque anormalement vive, et il eut probablement moins de difficultés que la plupart des mémorialistes en auraient eu à sa place à suivre le plan qu'il s'était fixé : s'en tenir à la vérité contre vents et marées et ne pas essayer de combler les vides par des vraisemblances logiques présentées comme des souvenirs précieusement conservés. Dans un cas ou deux, une enquête a pu démontrer que quelque chose avait incorrectement été remémoré dès le départ ; ou que la mémoire avait peut-être été défaillante et avait fait appel pour ainsi dire inconsciemment à la vraisemblance facile envoyée incontinent à la rescousse par la raison ; ainsi, dans la version du chapitre XII parue dans le *New Yorker*, l'explication plutôt vague quant au parcours suivi par une certaine lettre avant d'atteindre l'auteur est remplacée par un brusque éclair de souvenir factuel dans la présente édition où l'introduction dans ce chapitre de quelque élément nouveau, apparemment sans rapport, permit accidentellement mais très à propos à la mémoire de récupérer en un lieu inattendu ce qu'elle avait perdu. Et dans un autre chapitre (le chapitre VII), Nabokov a retenu dans le développement de l'histoire, et comme faisant partie de sa texture, la difficulté bien réelle qu'il éprouva, au fil des pages, à se rappeler le nom d'un chien – un nom qui fut soudain libéré d'une cellule secrète de l'esprit pendant qu'il écrivait.

Le lecteur aura plaisir sans nul doute à retrouver par lui-même les circonvolutions, les tremplins, les divers déguisements drolatiques de telle ou telle ligne thématique qui court à travers le livre. Il y a quelques lignes directrices et il y en a beaucoup de subalternes, et toutes sont combinées de manière à évoquer des compositions échiquéennes, des énigmes de différentes sortes, mais qui tendent toutes vers leur apothéose échiquéenne, thème qui, en fait, réapparaît pratiquement dans tous les chapitres : puzzles ; jeu d'échecs armorié ; certains « motifs rythmiques », la nature « contrapuntique » du destin ; la façon dont la vie « amalgame les lignes du jeu » ; une partie d'échecs à bord d'un bateau tandis que la Russie s'éloigne ; les romans de Sirine ; son intérêt pour les problèmes d'échecs ; les « emblèmes » sur des fragments de poteries ; un dernier puzzle venant compléter la spirale du thème.

Autre thème très attachant, celui de l'« arc-en-ciel », qui débute par un arrangement fortuit de couleurs – morceau de vitrail, lumières festives, peinture, bijoux, etc. – et qui prend véritablement corps en tant qu'entité prismatique dans un paysage de montagne ou par-delà les arbres dégoulinants sous lesquels un poète adolescent éprouve pour la première fois l'envie d'écrire des vers d'adolescent. Le lecteur aura plaisir à suivre le thème des allées et des sentiers à travers des parcs privés et une forêt ancestrale, thème qui débute par une allée de chênes, se poursuit par d'étranges visions de l'Amérique dans les bois et les tourbières de Russie, et trouve enfin son couronnement dans les jardins et parcs publics qui fuient vers la mer et vers d'autres horizons. Le thème le plus émouvant du livre est peut-être celui de l'« exil », mais il faudra que j'y revienne. D'une certaine manière, Nabokov a connu tous les chagrins et les délices de la nostalgie bien avant que la révolution n'eût fait disparaître le décor de ses jeunes années. Il entreprend de prouver que son enfance contenait déjà, à un degré moindre certes, les principaux ingrédients de sa maturité créatrice ; ainsi, à travers la mince enveloppe d'une chrysalide sur le point d'éclore, on voit, dans les minuscules alvéoles de ses ailes, l'esquisse d'une couleur et d'un motif, une révélation en miniature du papillon qui poindra bientôt et étalera ses ailes à damier tout empourprées, plusieurs fois plus grandes que celles qu'elles avaient dans la pupe.

Résoudre une énigme constitue l'acte le plus pur et le plus fondamental de l'esprit humain. Toutes les lignes thématiques évoquées se recoupent progressivement ; on les voit s'entremêler et converger, établir entre elles une forme de contact à la fois subtil et pourtant naturel qui est tout autant une fonction de l'art qu'un processus identifiable dans l'évolution d'un destin personnel. Ainsi, vers la fin du livre, le thème du mimétisme, du « déguisement cryptique », étudié par Nabokov dans ses enquêtes entomologiques, se combine à point nommé avec le thème de l'« énigme », avec la solution camouflée d'un problème d'échecs, avec la reconstitution d'un motif sur des fragments de poteries, et avec un puzzle où l'œil distingue les contours d'un nouveau pays. D'autres lignes thématiques se pressent vers ce même point de convergence, comme si elles tendaient consciemment vers la bienheureuse anastomose proposée à la fois par l'art et le destin. La résolution du thème de l'énigme se confond aussi avec celle du thème de l'exil, de la « perte intrinsèque », qui court tout au long du livre, et ces lignes se confondent à leur tour avec le couronnement du thème de l'« arc-en-ciel » (« une spirale de vie dans une agate ») et rejoignent, à un *rond-point*[1] très opportun, les nombreux sentiers de jardins, allées de parcs et pistes de forêt serpentant à travers tout le livre. On ne peut que respecter l'extraordinaire perspicacité rétrospective et la concentration créatrice que l'auteur dut mobiliser afin de planifier son livre, sans jamais s'écarter de son projet initial, de la même manière que sa vie avait été planifiée par des joueurs inconnus.

Vladimir Nabokov naquit à Saint-Pétersbourg en 1899. Son père, prénommé aussi Vladimir, était un Européen éminemment cultivé, un homme d'État érudit, un rebelle tenace et enjoué, dont les frères et beaux-frères étaient, au mieux, des conservateurs débonnaires, et, au pire, des réactionnaires actifs, mais qui appartenait lui-même au groupe libéral, lequel s'opposait, tant au Parlement que dans les revues à grand tirage, aux propensions autocratiques et aux iniquités du régime tsariste. Les lecteurs américains contemporains, dont l'information concernant la Russie tsariste est totalement imprégnée par la propagande communiste et les comptes rendus pro-soviétiques diffusés ici dans les années vingt, seront surpris d'apprendre à la lecture de plusieurs passages d'*Autres rivages* que, dans la Russie d'avant la révolution, la liberté d'expression existait bel et bien et que les gens civilisés pouvaient accomplir beaucoup de grandes choses.

La vie, dans les hautes sphères richissimes de la grande propriété foncière auxquelles appartenaient les Nabokov, avait quelques affinités avec l'opulence

1. En français dans le texte (*N.d.T.*).

qui régna autrefois dans le sud de ce pays et ressemblait beaucoup à la vie que l'on menait dans les manoirs anglais et français. Les étés, que l'auteur passa à la campagne quand il était petit garçon, semblent avoir joué un rôle prépondérant dans sa formation. La région, avec ses villages éparpillés au milieu de forêts et de marais immenses, était peu peuplée, mais de nombreux sentiers antiques (ces pistes mystérieuses qui tissaient leur toile depuis des temps immémoriaux à travers tout l'Empire) permettaient au cueilleur de baies, au vagabond, aux charmants enfants du châtelain de ne pas s'égarer dans les bois. Et comme la plupart de ces chemins et de ces étendues désolées par où ils passaient ou auxquelles ils conduisaient n'avaient aucun nom, les familles de propriétaires terriens les désignaient de génération en génération par les noms qui, sous l'influence des gouvernantes et précepteurs français, avaient vu le jour tout à fait naturellement au cours des *promenades* quotidiennes des enfants et des fréquents pique-niques : *Chemin du pendu, Pont des vaches, Amérique* [1], etc.

L'auteur d'*Autres rivages* – et aussi, par une heureuse coïncidence, celui de *Quand la dernière fois les lilas* – était l'aîné de cinq enfants. Mais, à la différence de Miss [Braün], Nabokov a très peu de chose à dire sur les autres enfants de sa famille – deux frères et deux sœurs –, nés respectivement en 1900, 1911, 1902 et 1906. Cette focalisation forcenée sur sa propre personnalité, marque de la volonté infatigable et invincible de l'artiste, entraîne fatalement certaines conséquences, et le phénomène men-

1. En français dans le texte (*N.d.T.*).

tionné ci-dessus constitue sans nul doute l'une d'entre elles.

Avec l'autorisation de l'auteur, je suis en mesure d'évoquer ici quelques-uns des contacts accidentels qu'il m'est arrivé d'avoir avec sa famille. Un de ses cousins germains, également citoyen de ce pays, me dit que, dans leur jeunesse, les sœurs et le plus jeune frère de Nabokov écrivaient des poèmes lyriques avec une étrange facilité (talent que partageaient de très nombreux jeunes Russes de cette génération-là). Lors d'une soirée littéraire à Prague, vers le début des années vingt (en 1923 probablement), je me souviens que l'ami de Franz Kafka [...], le talentueux traducteur tchèque de Dostoïevski et de Rozanov, me montra du doigt la mère de Nabokov, une petite femme aux cheveux gris, vêtue de noir, accompagnée d'une jeune fille aux yeux clairs et au teint radieux, la sœur de Nabokov, Elena. Dans les années trente, alors que je vivais à Paris, j'eus l'occasion de rencontrer le frère de Nabokov, Sergueï : bien qu'il y eût moins d'un an de différence entre eux, ils semblent avoir vécu des vies totalement séparées dès le début de leur adolescence, fréquentant des écoles différentes et ayant des groupes d'amis différents. Lorsque je connus Sergueï, il errait dans un brouillard hédoniste, parmi la foule cosmopolite de Montparnasse qui a si souvent été décrite par un certain type d'écrivain américain. Ses dons linguistiques et musicaux se dissolvaient dans l'indolence de sa nature. J'ai des raisons de penser que son enfance n'avait jamais été aussi heureuse que celle du fils favori de ses parents. Accusé de sympathies anglo-saxonnes, Sergueï, homme courageux et qui avait son franc-parler, malgré ses airs efféminés, fut arrêté par les

Allemands et mourut en camp de concentration en 1944.

Dans les superbes pages de *Quand la dernière fois les lilas* qui relatent les souvenirs les plus reculés de Miss [Braün], celle-ci évoque la sécurité d'un monde où l'incision des érables pour en extraire le sucre ou le gâteau d'anniversaire que faisait la mère constituaient des événements naturels et permanents, aussi familiers et précieux aux yeux du patricien de la Nouvelle-Angleterre ou du principule de Philadelphie de nos jours qu'ils l'avaient été pour ses rustiques et laborieux ancêtres deux ou trois générations auparavant. En revanche, l'univers que connut Nabokov dans le passé a un air étrange de fragilité lumineuse qui donne à ce livre un de ses thèmes principaux. Avec une remarquable perspicacité, Nabokov insiste sur les étranges prémonitions de pertes futures qui hantèrent son enfance – et en multiplièrent peut-être d'autant les délices. Dans un endroit bien en évidence de sa chambre d'enfant à Saint-Pétersbourg, était suspendu un petit tableau en couleurs « dans ce style anglais à la fois brillant et badin utilisé pour les scènes de chasse par exemple et qui se prête si bien à l'élaboration de puzzles » ; il représentait, avec l'humour qui convient, une famille d'aristocrates français en exil : des pâquerettes émaillaient une prairie et il y avait une vache quelque part et un ciel bleu, et le vieil aristocrate gros et gras, avec sa camisole ornée de mouchetures éclatantes et sa culotte puce, était assis l'air déprimé sur un tabouret servant à traire les vaches tandis que sa femme et ses filles étaient occupées à suspendre à un fil à linge des dessous aux coloris délicats. Ici et là dans la propriété de campagne des Nabokov, les parents de l'auteur, faisant comme s'ils rentraient à la maison après avoir voyagé pendant des années, aimaient à montrer les sites vénérés d'événements illustres enveloppés dans un passé impalpable mais bizarrement toujours présent. Dans les allées de cyprès des jardins de Crimée (où Pouchkine s'était promené cent ans auparavant), le jeune Nabokov fit rire et taquina une de ses jeunes amies qui avait un faible pour la littérature romantique en commentant ses propres gestes et paroles dans le style évocateur, quelque peu affecté, que sa compagne avait de fortes chances d'adopter plusieurs années plus tard en écrivant ses mémoires (le genre de mémoires que l'on associe à Pouchkine) : « Nabokov aimait les cerises, surtout quand elles étaient bien mûres », ou « Il avait une façon bizarre de plisser les yeux en regardant le soleil couchant », ou encore « Je me souviens d'un soir où nous étions allongés sur une berge herbue », et ainsi de suite – un petit jeu qui était stupide assurément mais qui semble l'être moins maintenant que l'on voit comment il s'inscrit dans le motif de la perte pressentie, dans la série de ces tentatives pathétiques visant à retenir ces charmants objets condamnés à disparaître et qui, déjà, disparaissaient et mouraient, objets associés à une vie qui tentait, avec l'énergie du désespoir, de s'imaginer telle qu'elle se verrait plus tard rétrospectivement.

Lorsque la révolution éclata au printemps de 1917, Nabokov père participa au Gouvernement provisoire et, plus tard, lorsque la dictature bolchevique prit la relève, il fut membre d'un autre Gouvernement provisoire éphémère dans le Sud alors encore libre. Le groupe auquel appartenaient ces intellectuels russes, tant libéraux que socialistes non communistes, partageait les principes fondamentaux des démocrates occidentaux. Pourtant, les intellectuels américains d'aujourd'hui, qui ont appris tout ce qu'ils savent de l'histoire russe de sources communistes ou financées par les communistes, ignorent absolument tout de cette période. Les livres d'histoire bolcheviques ont naturellement atténué l'importance des luttes démocratiques pré-révolutionnaires, ils les ont minimisées et violemment déformées, et les ont accablées d'insultes grossières relevant de la propagande (« réactionnaires », « laquais », « reptiles », etc.), un peu à la manière dont les journalistes soviétiques d'aujourd'hui qualifient de « fascistes » les officiels américains stupéfaits. La stupéfaction survient avec trente ans de retard.

Les lecteurs du livre de Nabokov remarqueront l'extraordinaire similarité entre l'attitude présente des anciens léninistes et des stalinistes contrariés de ce pays envers la Russie soviétique et les opinions impopulaires que les intellectuels russes ne cessaient d'exprimer dans les revues d'émigrés pendant les trois décennies qui ont immédiatement suivi la révolution bolchevique, alors que nos gauchistes enthousiastes se prosternaient en adoration devant la Russie soviétique. On peut donc faire la supposition suivante : soit les écrivains politiques émigrés étaient plusieurs années en avance sur leur temps et comprenaient pleinement l'esprit véritable et l'évolution inévitable du régime soviétique, soit ils possédaient une intuition et un don de prémonition frisant le miracle.

On se représente avec clarté les années d'études de Miss Braun à l'université. Ce n'est pas le cas pour l'auteur d'*Autres rivages* car il n'a absolument rien à dire à propos des cours qu'il a sûrement dû suivre. Après avoir quitté la Russie au début de l'ère soviétique, Nabokov compléta sa formation à l'université de Cambridge. Entre 1922 et 1940, il résida dans diverses parties de l'Europe, notamment à Berlin et à Paris. Il est curieux, soit dit en passant, de comparer les impressions plutôt lugubres de Nabokov sur le Berlin de l'entre-deux-guerres aux souvenirs infiniment plus lyriques de M. Spender se rapportant à la même époque (et tels qu'ils ont été publiés dans la revue *Partisan* il y a quelques années), surtout ce passage où il est question de « la jeunesse allemande à la beauté implacable ».

En décrivant ses activités littéraires pendant ses années d'exil volontaire en Europe, M. Nabokov adopte la méthode quelque peu déroutante qui consiste à parler de lui-même à la troisième personne sous le nom de « Sirine » – nom de plume sous lequel il était et demeure encore aujourd'hui bien connu dans l'univers restreint mais hautement cultivé et lucide des expatriés russes. Il est vrai que maintenant qu'il a pratiquement cessé d'être un écrivain russe, il est libre de discuter de l'œuvre de Sirine comme si elle était distincte de la sienne propre. Mais on est enclin à penser que son véritable objectif ici est de se projeter, ou du moins de projeter son moi le plus précieux, dans le tableau qu'il peint. On se rappelle à ce propos ces problèmes d'« objectivité » que soulève la philosophie des sciences. Un observateur dresse un portrait détaillé de l'univers tout entier mais, lorsqu'il a terminé, il se rend compte qu'il y manque encore quelque chose : son propre moi. Alors, il se met dans ce portrait lui aussi ; mais à nouveau un « moi » demeure à l'extérieur, et ainsi de suite, selon une séquence infinie de projections, comme dans ces publicités représentant une fille qui tient un portrait d'elle-même tenant un portrait d'elle-même tenant un portrait que seule la reproduction grossière nous empêche de distinguer. En fait, Nabokov a poussé l'expérience un peu plus loin et, sous le masque de Sirine, a projeté un troisième personnage appelé Vasili Chichkov. Ce dernier avatar est le résultat d'une vieille querelle qui a duré dix ans et l'a opposé au plus doué des critiques émigrés, George Adamovitch, lequel avait d'abord rejeté, puis accepté avec réserve et enfin admiré avec moult manifestations enthousiastes la prose de Sirine, mais qui continuait de mépriser sa poésie. Avec la coopération amusée d'un éditeur de revue, Nabokov-Sirine prit le nom de Chichkov. Un jour d'août 1939, Adamovitch, à l'occasion d'un compte rendu publié dans le journal de langue russe *Poslédnïé Novosti* (édité à Paris) à propos du soixante-neuvième numéro de la revue trimestrielle *Sovréménnyé Zapiski* (également éditée à Paris), se répandit en louanges sur le poème de Chichkov intitulé « Les poètes » et émit l'idée qu'après toutes ces années l'émigration russe avait peut-être produit enfin un grand poète. À l'automne de la même année, dans le même journal, Sirine décrivit en détail une interview imaginaire qu'il avait faite de « Vasili Chichkov ». Dans une réplique vaseuse mais cependant courageuse, Adamovitch dit qu'il ne pensait pas que ce fût un canular mais ajouta que Sirine était sans doute assez inventif pour mettre en branle une inspiration et un génie qui surpasseraient de beaucoup ses capacités à lui, Sirine. Très peu de temps après cela, la Seconde Guerre mondiale vint mettre un terme à la littérature russe à Paris. Je n'arrive pas, je le crains, à croire tout à fait l'auteur d'*Autres rivages* lorsque, se rappelant ses souvenirs liés à la vie littéraire, il soutient qu'il a toujours affiché une indifférence parfaite à l'égard de la critique, favorable ou défavorable. Quoi qu'il en soit, ses propres articles critiques étaient généralement empreints d'un ton morbide, vindicatif et parfois plutôt stupide.

Comment parvenons-nous à découvrir le grand secret que recèlent les mots ? On remarque qu'un étranger ne parvient pas généralement à acquérir un sens parfait, inné de leur signification. Il n'a pas vécu depuis son enfance dans cette attitude d'accueil paisible et d'examen inconscient des mots, il n'a pas senti comment un mot s'alliait aux autres ni comment une époque – avec ses écrits, ses traditions non répertoriées et son style habituel de conversation – se coule fluidement dans une autre. Miss Braun, dans sa superbe quête intensément féminine et pleine de compassion au royaume du passé, a une difficulté de moins à surmonter que Nabokov. Certes, l'auteur russe eut des gouvernantes anglaises lorsqu'il était petit et il passa trois années en université anglaise. Évoquer le cas de Conrad en parlant des romans de Nabokov écrits en anglais (*La vraie vie de Sebastian Knight* et *Brisure à senestre*) reviendrait à se méprendre sur la prouesse réalisée par ce dernier. Conrad – dont le style anglais était, quoi qu'on dise, une collection de clichés prétentieux – n'avait pas derrière lui vingt années de participation intense à la littérature polonaise lorsqu'il se lança dans sa carrière anglaise. En revanche, lorsque Nabokov passa à l'anglais, il avait déjà écrit en russe plusieurs romans et de nombreuses nouvelles, et avait même acquis une place durable dans la littérature russe, bien que ses livres fussent interdits dans son pays natal. La seule analogie entre ces deux auteurs, c'est que tous deux auraient tout aussi bien pu opter pour le français que pour l'anglais. En fait, la première fois que Nabokov, au milieu des années trente, tenta de composer en prose quelque chose d'original dans une langue qui n'était pas la sienne, il écrivit une nouvelle en français (« Mademoiselle O ») que Paulhan publia dans *Mesures* (une version anglaise, dépouillée de la plupart des éléments fictionnels par son auteur, parut dans l'*Atlantic Monthly* et fut reprise dans *Neuf nouvelles*). Dans une version nouvelle, revue et augmentée, et d'où les dernières traces de fiction ont été supprimées, l'histoire a pris place dans son état final en tant que chapitre v du présent volume. Le présent critique se souvient curieusement d'avoir entendu Nabokov faire une conférence en un français brillant lors d'une certaine soirée littéraire – c'était en 1937, je pense –, dans une salle de concert parisienne. Une romancière hongroise, aujourd'hui oubliée mais très à la mode à l'époque pour avoir écrit un best-seller français (quelque chose à propos d'un chat qui pêche), et qui devait parler ce soir-là, avait télégraphié quelques heures avant la conférence qu'elle ne pouvait pas venir, et Gabriel Marcel, l'un des organisateurs de cette série de conférences, avait obtenu de Nabokov qu'il prenne sa place au pied levé avec une conférence en français sur Pouchkine (conférence publiée plus tard dans *La Nouvelle Revue française*). « L'acte gratuite » du conférencier (pour reprendre l'expression de M. Auden qui a changé le sexe de ce mot de manière si charmante) fut précédé par un étrange mouvement, une sorte de tourbillon dans l'auditoire. Toute la colonie hongroise avait acheté des billets ; certains, qui avaient découvert ce changement dans le programme, s'en allaient. D'autres

Hongrois restèrent parfaitement ignorants de ce qui se passait. La plupart des membres du contingent français avaient aussi pris le large. Dans les coulisses, l'envoyé hongrois serrait vigoureusement la main de Nabokov qu'il prenait pour le mari de la dame. Certains expatriés russes qui avaient été alertés étaient venus par fidélité et faisaient de leur mieux pour remplir les trous sans cesse grandissants dans la salle. Paul et Lucy Léon, amis fidèles de Nabokov, avaient amené James Joyce comme invité surprise. Une équipe de football hongroise occupait le premier rang.

Aujourd'hui, M. Nabokov doit éprouver un sentiment étrange lorsqu'il se souvient des caprices littéraires de ses jeunes années. Avec sa femme et son fils, il vit maintenant dans ce pays dont il est citoyen ; je crois comprendre qu'il y vit heureux sous le simple déguisement d'un obscur professeur de littérature bénéficiant de longues périodes de vacances qu'il consacre à la chasse aux papillons dans l'Ouest. Parmi les spécialistes des lépidoptères, il passe pour un taxinomiste quelque peu excentrique porté sur l'analyse plutôt que la synthèse. Dans les revues scientifiques américaines, il a publié plusieurs articles dans lesquels il décrit les nouvelles espèces ou les nouvelles formes de papillons qu'il a découvertes ; et d'autres entomologistes ont donné son nom à des papillons et à des papillons de nuit – tradition scientifique qui semble tant impressionner les reporters profanes. Le musée américain d'Histoire naturelle de New York et le musée de Zoologie comparée de Harvard conservent des spécimens types étudiés par Nabokov. Lors d'une visite dans cette dernière institution, on m'a montré plusieurs petits papillons de nuit – appartenant à un genre merveilleusement multiforme – que Nabokov découvrit dans les montagnes de Wasatch en Utah en 1943. L'un d'eux a été nommé par McDunnough *Eupithecia nabokovi*. Cela constitue un aboutissement merveilleux et tout à fait satisfaisant d'une certaine ligne thématique d'*Autres rivages* où Nabokov raconte avec quelle passion il rêvait dans son enfance de découvrir un nouveau membre de ce groupe particulier.

Il y a certains aspects techniques du livre que, peut-être, il faudrait évoquer. Nabokov éprouva quelques difficultés avec la translittération des mots russes. Pour être conséquent, il aurait dû écrire [en anglais] « Tolstoj » (qui rime avec « domoj », maison), Dostoevskij, Nevskij, etc., et Chehov au lieu de Chekhov, mais il a choisi de laisser les noms connus sous leur forme habituelle (utilisant systématiquement un « i » dans les terminaisons, cependant) ; pour le son très particulier à mi-chemin entre le « i » et le « ou » qui n'a aucun équivalent exact en Europe occidentale, « y » est partout utilisé (la seule exception étant Yalta) là où un « i » ou un « j » aurait été contraire à l'usage.

Douze chapitres d'*Autres rivages* ont paru dans le *New Yorker* – et le présent critique, qui se trouve être dans la confidence, aimerait expliquer ici un certain nombre de choses. Tout d'abord, si l'on compare le présent texte à celui du *New Yorker*, on remarquera que dans un certain nombre de cas (les chapitres III, VI, X et XII fournissent des exemples particulièrement éclairants), des fragments de matériaux nouveaux, comme par exemple ces petites incursions dans la généalogie de M. Nabokov, ses tribulations pendant qu'il chassait les papillons en Europe, une interpolation se rapportant à Polenka et beaucoup d'autres détails de sa vie à Saint-Pétersbourg et sur la Riviera de Crimée, ont été ajoutés par Nabokov pendant qu'il travaillait sur son livre, alors que les chapitres en question avaient déjà paru dans la version du *New Yorker*. Dans ces douze chapitres, par ailleurs, il y a plusieurs autres changements également dus à un travail de réécriture plus ou moins systématique.

En second lieu, il y a ces différences, beaucoup moins importantes, entre le présent texte et celui du *New Yorker* qui ne peuvent être expliquées que par le fait que l'auteur a rétabli quelques mots ou groupes de mots ici et là qui avaient été écartés – avec quelque réticence de sa part – par le *New Yorker*, soit pour des raisons propres à ce « magazine familial » (la fin de la troisième partie du chapitre x est un bon exemple), soit parce que le *New Yorker* estimait avec pessimisme qu'un terme inhabituel était de nature à déranger certains de ses lecteurs moins cérébraux. Dans ce dernier cas, M. Nabokov ne se soumit pas toujours aisément, et cela conduisit à quelques vives passes d'armes. Certaines, comme la Bataille de la Nuit Palpébrale, furent perdues par Nabokov. Il en remporta d'autres.

Enfin, il y eut la question de la correction grammaticale. Ce genre de correction, ou tout genre de correction, aurait semblé à Nabokov une insulte monstrueuse si par exemple, autrefois, les *Sovréménnyé Zapiski* avaient demandé à Sirine la permission de changer si peu que ce soit une phrase de sa prose russe. Mais, en tant qu'auteur anglais, Nabokov ne s'est jamais senti en sécurité. Malgré le ton vigoureux et piquant de son anglais, il a une fâcheuse tendance à sombrer dans les solécismes dont certains sont plutôt surprenants compte tenu de son degré de sophistication par ailleurs. Ainsi donc, les améliorations mineures suggérées par les éditeurs du *New Yorker* – le traitement imposé à une inversion, le renforcement de quelque terme gauche et flasque, la coupure d'une longue phrase en deux, la transformation rituelle de *which* en *that* – furent acceptées par M. Nabokov avec humilité et reconnaissance. Les quelques escarmouches qui se produisirent eurent lieu habituellement lorsque les éditeurs détruisirent par inadvertance un rythme cher à l'auteur, ou interprétèrent à tort une allusion, ou voulurent remplacer par des noms tous les *he* ou *she* ou *we* qui s'étaient répandus dans le paragraphe suivant, obligeant le petit lecteur à se gratter sa petite tête. Et il y eut plus spécialement le cas de ces pronoms orphelins de leurs antécédents qui surgissaient ici et là, ce qui provoqua de nombreux conflits au cours desquels M. Nabokov, adepte depuis toujours du pronom orphelin, connut bien des défaites mais remporta aussi quelques victoires notables.

Il semblerait qu'au tout début de la longue collaboration entre Nabokov et le *New Yorker*, les tentatives des éditeurs pour clarifier d'apparentes ambiguïtés ou pour élaguer sa prose eussent été beaucoup moins méthodiques et plus fréquentes qu'à une étape ultérieure. L'auteur poussait des hurlements de douleur et grommelait, jugeant indigne de lui de devoir se plier aux goûts d'une revue. Peu à peu, cependant, les correcteurs se rendirent compte que l'effort qu'ils faisaient pour construire un pont solide entre deux idées quelconques qui semblaient excéder l'envergure d'esprit d'un banlieusard était une procédure plutôt inutile bien que dictée par les meilleures intentions, puisque l'auteur s'était donné encore plus de peine pour détruire, enlever ou camoufler un pont qui gâchait le paysage.

Cependant, il faut que le lecteur voie aussi les choses d'un autre point de vue maintenant. Une grande gentillesse, une attention pleine de délicatesse et de bienveillance entourèrent toutes ces questions éditoriales. Dans les rares cas où de douloureux changements dans la formulation furent demandés avec fermeté, des « pantins » verbaux furent soumis à l'examen de l'auteur, l'idée étant que tous les mots auxquels les éditeurs faisaient objection devaient être changés par Nabokov lui-même. Une fois qu'une nouvelle avait été acceptée, l'auteur était libre de refuser toute substitution ou rature suggérée. Les demandes d'explications ou de développements formulées de temps à autre par M. Ross (« Combien de salles de bains la maison avait-elle ? ») étaient souvent satisfaites par M. Nabokov, ce qui donna lieu à quelques nouveaux paragraphes délicieux. Katharine White, qui correspondait avec l'auteur pour tout ce qui concernait ces questions-là, prit un soin infini à vérifier chaque trait d'union et chaque virgule, à aplanir toutes les aspérités du tempérament irritable de cet auteur et à tout faire pour garder intacte la prose de Nabokov. La meilleure preuve de cet accord harmonieux entre l'auteur et l'éditeur est que Nabokov conserva voracement la majorité des corrections se rapportant à sa syntaxe frivole ainsi qu'au superbe système de ponctuation « fermée » du *New Yorker*. Enfin, et cela est important, le merveilleux département de documentation du *New Yorker* évita à plusieurs reprises à Nabokov – qui semble allier à son pédantisme une bonne dose d'étourderie – de commettre diverses bévues en ce qui concerne des noms, des numéros, des titres de livres et ainsi de suite. Parfois, il n'était pas d'accord avec les trouvailles du département et il se produisait alors quelque échange amusant. Il y en eut un en particulier à propos de la cheminée du paquebot *Le Champlain*. Nabokov se rappelait distinctement qu'elle était blanche. Un vérificateur du *New Yorker* s'adressa à la Compagnie maritime française : la Compagnie lui dit que *Le Champlain* n'avait pas été camouflé en 1940 et avait donc à l'époque sa cheminée rouge et blanche comme tous les bateaux de la Compagnie. Nabokov répliqua qu'il pouvait faire disparaître totalement l'épithète mais que rien ne pouvait le convaincre de changer une couleur dont il se souvenait si clairement. Il se demanda si les autorités militaires de Saint-Nazaire n'avaient pas repeint la chose, peut-être, sans en notifier le bureau de la Compagnie à New York.

J'ai évoqué assez longuement les rapports de Nabokov avec le *New Yorker* parce que j'estime que les lecteurs ont le droit de savoir à quoi s'en tenir et doivent tirer leurs propres conclusions. La question fondamentale concernant l'intégrité d'un écrivain ne peut pas véritablement se poser lorsqu'un éditeur est en mesure de prouver à un auteur qu'une de ses phrases favorites grouille de fautes de grammaire et devrait être améliorée s'il veut que sa nouvelle soit achetée. Un magazine risque aussi, par ailleurs, de sous-estimer la capacité du consommateur moyen à assimiler ce qui est allusif, oblique, voilé – et dans ces cas-là je ne pense pas que l'auteur ait à se soumettre, quel que soit le désagrément financier que cela occasionne.

La grâce et le bon goût de Barbara Braun, la pureté et la simplicité de son style, aussi étincelant qu'un ruisseau de la Nouvelle-Angleterre, sont des qualités que ne partage pas l'auteur d'*Autres rivages*. On ne peut s'empêcher d'être irrité par certaines particularités de la plume de Nabokov, par son usage désinvolte de termes que des scientifiques peu connus ont inventés pour désigner des maladies peu connues ; par sa tendance générale à évoquer des sensations ésotériques ; par ses méthodes de translittération (il utilise un système – le bon – pour rendre des bribes de conversation russe, et un autre système, criblé de compromis, pour la translittération des noms propres) ; ou encore par certains de ses caprices, comme lorsqu'il glisse soudain un problème d'échecs (sans indiquer le coup décisif qui consiste à déplacer le Fou vers...). Ses admirateurs peuvent cependant rétorquer que l'auteur d'*Alice à travers le miroir* consacra son frontispice à une excellente composition échiquéenne qu'assurément peu de ses petits lecteurs étaient en mesure d'apprécier.

Un autre point qui ne peut manquer de choquer un certain type de lecteur (appartenant, sur le plan culturel, à la catégorie supérieure des lecteurs moyens) concerne l'attitude de Nabokov vis-à-vis d'écrivains tels que Freud, Mann et Eliot, que la tradition et les bonnes manières nous ont appris à respecter de la même façon que Lénine et Henry James. Depuis les années vingt, Nabokov n'a cessé de se moquer violemment de l'onéïromancie et de la mythogénie de la psychanalyse. Il classe Thomas Mann dans la sous-famille des Jules Romain-Rolland-Galsworthy, quelque part entre Upton et Lewis, comme il le dit de façon irrévérencieuse (Romain étant mathématiquement égal à Sinclair). Il a tendance à avoir de véritables accès de jubilation sarcastique lorsque des critiques appartenant à la catégorie supérieure des critiques moyens placent les bustes en plâtre de Mann et Eliot à côté de ceux en marbre de Proust et de Joyce. Peu de gens partageront son opinion lorsqu'il dit que la poésie d'Eliot est pour l'essentiel d'une grande platitude. Comme le dit Cleanth Brooks quelque part avec tant de justesse, « que M. Eliot ait remarqué ou non ce passage (quelque chose dans l'ouvrage de cette pauvre Miss Weston), ou qu'il ait voulu faire une référence, le viol d'une femme constitue un très bon *symbole* (mes italiques) du processus de sécularisation ». Je suppose que Nabokov cherche simplement à faire de l'esprit lorsqu'il note que le succès populaire de la récente pièce d'Eliot est du même ordre que « le zootisme, l'existentialisme et le titoïsme », et, sans aucun doute, tous ceux dont la muse, née Eliotovitch, s'exprime de façon si voilée dans les petites revues m'appuieront avec ferveur pour dire que qualifier T.S.E. de « Wally Simpson de la littérature américaine » constitue une boutade du plus mauvais goût. Et puis il y a aussi son mépris pour Dostoïevski qui fait frémir les Russes et que l'on récuse dans les milieux intellectuels de nos plus grandes universités. Peut-être que l'indifférence de Nabokov envers les cultes sentimentaux que ne cessent de célébrer les critiques américains depuis les années vingt et trente est due au fait que, pendant ces années-là, il a traversé lui-même une phase dépourvue de *Zeitgeist* dans le monde ascétique de l'exil russe, lequel était à mille lieues des modes de l'« Ère du Jazz » et de l'« avant-krach boursier ».

Mais, en dépit de toutes ses insuffisances, *Autres rivages* [*Conclusive Evidence*] demeure un ouvrage significatif. Il apporte une « preuve concluante » à propos de plusieurs choses, dont la plus évidente est que ce monde n'est pas aussi mauvais qu'il le paraît. M. Nabokov mérite d'être félicité pour avoir rempli une tâche très louable et tout à fait nécessaire. Ses mémoires trouveront une place durable sur les rayons des amoureux des livres, à côté d'*Enfance* de Léon Tolstoï, de *Coin amen* de T.S. Elmann et de *Quand la dernière fois les lilas* de Barbara Braun que je me propose maintenant d'examiner.

NOTE SUR LE TEXTE

Ce seizième chapitre de Conclusive Evidence *(*Autres rivages *en français) fut composé par Nabokov au printemps 1950, à la suite, semble-t-il, du chapitre* XV *paru dans le* New Yorker *le 17 juin 1950 sous le titre « Jardins et parcs ». Dans une lettre adressée à John Fischer, directeur littéraire chez Harper & Brothers qui allait publier* Conclusive Evidence *l'année suivante, Nabokov s'interrogeait sur l'opportunité d'inclure ce chapitre : « Je joins à cette lettre un dernier chapitre (*XVI*), je n'arrive pas à décider si je dois l'ajouter ou non à mon livre. Je vous l'envoie surtout parce qu'il contient, entre autres choses, tout ce qu'il faut dire dans le texte de présentation. Le "critique" et "Miss Braun" sont, bien entendu, des personnages fictifs, et il n'existe bien sûr aucun livre intitulé* Quand durent les lilas *[...]. J'aime assez bien ce chapitre* XVI*, mais je ne sais pas pourquoi j'hésite à l'inclure. Cependant, je le répète, le rédacteur de la note de présentation doit se sentir libre d'y pêcher tout ce* *qui lui convient. Je suggérerais de faire une note de présentation aussi nette et prosaïque que possible : après tout le lecteur découvrira tout sur l'auteur dans le livre lui-même*[1]. » *Nabokov se résigna finalement à abandonner ce texte qui, de toute façon, aurait nécessité quelques révisions, certains passages paraissant quelque peu inachevés. Ce chapitre, s'il présente aujourd'hui un intérêt réel pour les nombreux aficionados de cet auteur, aurait pu sembler contredire, par ses facéties, le « pacte autobiographique » affiché par ailleurs dans tous les chapitres du livre. Il est vrai que plusieurs des textes composant* Autres rivages, *notamment celui où il évoque longuement sa gouvernante suisse, Mademoiselle O, ont été présentés tantôt comme des nouvelles, tantôt comme des textes autobiographiques*[2]. *Par ailleurs, cette autobiographie est écrite dans un style hautement poétique : au lieu de retracer chronologiquement les grandes étapes de la vie de l'auteur, elle évoque, parfois sur le ton de la rêverie philosophique, un certain nombre de réseaux thématiques qui réapparaissent à différents moments de son existence. S'il a finalement décidé d'abandonner ce chapitre* XVI, *c'est peut-être aussi qu'il trouvait superflu d'ajouter un nouveau brouillage énonciatif dans ce livre où, à plusieurs reprises, il s'adresse directement à sa femme (« vous ») par-dessus l'épaule du lecteur, technique qu'il reprendra de manière plus facétieuse encore dans son dernier roman,* Regarde, regarde les Arlequins !

1. Vladimir Nabokov, *Lettres choisies*, trad. Christine Bouvart, Gallimard, coll. « Le monde entier », 1992, p. 149.

2. Je me permets ici de renvoyer à l'étude que j'ai faite de ces va-et-vient entre autobiographie et fiction dans *Nabokov ou la tyrannie de l'auteur*, Seuil, coll. « Poétique », 1993, p. 357-367.

À noter que, si le personnage de Miss Braun (ou Miss Braün) est manifestement fictif, le titre de son livre, lui, ne l'est qu'à moitié : c'est en effet le raccourci du titre d'un célèbre poème de Walt Whitman, « When Lilacs Last in the Dooryard Bloom'd » ; il peut donc être traduit par Quand durent les lilas *si l'on considère* last *comme un verbe et non comme un adverbe et si l'on gomme la référence au poème de Whitman, ou par* Quand la dernière fois les lilas *si l'on préfère conserver cette référence.*

Maurice Couturier

INDEX

DU MÊME AUTEUR

Aux Éditions Gallimard

LA MÉPRISE (*Despair*), *roman*, 1939, édition révisée et augmentée en 1991 (Folio nº 2295)

LOLITA (*Lolita*), *roman*, 1959, traduction nouvelle en 2001 (Folio nº 3532)

INVITATION AU SUPPLICE (*Invitation to a Beheading*), *roman*, 1960 (Folio nº 1172)

AUTRES RIVAGES. Autobiographie (*Speak Memory*), *souvenirs*, 1961, nouvelle édition revue et augmentée en 1989 (Folio nº 2296)

PNINE (*Pnin*), *roman*, 1962 (Folio nº 2339)

LA VRAIE VIE DE SEBASTIAN KNIGHT (*The Real Life of Sebastian Knight*), *roman*, 1re publication Albin Michel, 1951, 1962 (Folio nº 1081)

LA DÉFENSE LOUJINE (*The Defense*), *roman*, 1re publication Fayard, 1934, sous le titre *La Course du fou*, nouvelle édition augmentée d'une préface de l'auteur en 1991 (Folio nº 2217)

FEU PÂLE (*Pale Fire*), *roman*, 1965 (Folio nº 2252)

LE DON (*The Gift*), *roman*, 1967 (Folio nº 2340)

LE GUETTEUR (*The Eye*), *roman*, 1re publication Fayard, 1935, sous le titre *L'aguet*, 1969 (Folio nº 1580)

ROI, DAME, VALET (*King, Queen, Knave*), *roman*, 1971 (Folio nº 702)

LE DON – LOLITA – PNINE, coll. Biblos, 1990

LA VÉNITIENNE ET AUTRES NOUVELLES (*Venetsianka*) précédé de LE RIRE ET LES RÊVES (*Laughter and dreams*) et de BOIS LAQUÉ (*Painted Wood*), *nouvelles*, 1990, nouvelle édition augmentée en 1999 (Folio n° 2493)

LETTRES CHOISIES (1940-1977) (*Selected Letters*), Gallimard, 1992

LOLITA. *Scénario*, 1997

POÈMES ET PROBLÈMES (*Poems and Problems*), édition trilingue, 1999

UN COUP D'AILE (*Wing Beat*) suivi de LA VÉNITIENNE (*The Venitien Lady*), nouvelles extraites de *La Vénitienne et autres nouvelles*, 2003 (Folio 2 € n° 3930)

NOUVELLES COMPLÈTES, *nouvelles*, coll. Quarto, 2010

L'ORIGINAL DE LAURA, *roman*, 2010

Bibliothèque de la Pléiade

ŒUVRES ROMANESQUES COMPLÈTES, 1999

TOME I : *Machenka – Roi, dame, valet – Appendice : Chapitre XIII [Fin de la version russe de 1928] – La Défense Loujine – Le Guetteur – L'Exploit – Rire dans la nuit – Appendice : Chambre obscure – La Méprise – Invitation au supplice*

TOME II : *Le Don – La Vraie Vie de Sebastian Knight – L'Enchanteur – Brisure à senestre – Lolita – Autres rivages*

Chez d'autres éditeurs

CHAMBRE OBSCURE (*Camera Oscura*), *roman*, Grasset, 1934, 1959

RIRE DANS LA NUIT (*Laughter in the Dark*), *nouvelles*, Grasset, nouvelle édition, 1992

NICOLAS GOGOL (*Nikolaï Gogol*), *essai*, La Table Ronde, 1953, nouvelle traduction, Rivages, 1988

ADA OU L'ARDEUR. Chronique familiale (*Ada or Ardor : a Family Chronicle*), *roman*, Fayard, 1975, traduction revue par l'auteur (Folio nº 2587)

L'EXTERMINATION DES TYRANS (*Tyrans Destroyed and other Stories*), *nouvelles*, Julliard, 1977

REGARDE, REGARDE LES ARLEQUINS ! (*Look at the Harlequins !*), *roman*, Fayard, 1975 (Folio nº 2427)

BRISURE À SENESTRE (*Bend Sinister*), *roman*, Julliard, 1978. Traduction révisée, Folio nº 5151, 2010

LA TRANSPARENCE DES CHOSES (*Transparent Things*), *roman*, Fayard, 1979 (Folio nº 2532)

UNE BEAUTÉ RUSSE (*A Russian Beauty*), *nouvelles*, Julliard, 1980

L'EXPLOIT (*Glory*), *roman*, Julliard, 1981. Traduction révisée, Folio nº 4996, 2009

MACHENKA (*Mary*), *roman*, Fayard, 1981 (Folio nº 2449)

MADEMOISELLE O suivi de treize autres nouvelles (*Nabokov's Dozen*), *nouvelles*, Julliard, 1983

LITTÉRATURES I (*Lectures on Literature*), *essais*, Fayard, 1983

LITTÉRATURES II (*Lectures on Russian Literature*), *essais*, Fayard, 1985

DÉTAILS D'UN COUCHER DE SOLEIL (*Details of a Sunset*), *nouvelles*, Julliard, 1985

INTRANSIGEANCES (*Strong Opinions*), *interviews*, Julliard, 1985

LITTÉRATURES III (*Lectures on Don Quixote*), *essais*, Fayard, 1986

L'ENCHANTEUR (*The Enchanter*), *roman*, Rivages, 1986

L'HOMME DE L'U.R.S.S. ET AUTRES PIÈCES (*The Man From the U.S.S.R.*), *théâtre*, Fayard, 1987

CORRESPONDANCE NABOKOV-WILSON, 1940-1971 (*The Nabokov-Wilson Letters, 1940-1971*), Rivages, 1988

LITTÉRATURES, *essais*, Robert Laffont, coll. Bouquins, 2010

COLLECTION FOLIO

Dernières parutions

6428. Pierre Bergounioux — *La Toussaint*
6429. Alain Blottière — *Comment Baptiste est mort*
6430. Guy Boley — *Fils du feu*
6431. Italo Calvino — *Pourquoi lire les classiques*
6432. Françoise Frenkel — *Rien où poser sa tête*
6433. François Garde — *L'effroi*
6434. Franz-Olivier Giesbert — *L'arracheuse de dents*
6435. Scholastique Mukasonga — *Cœur tambour*
6436. Herta Müller — *Dépressions*
6437. Alexandre Postel — *Les deux pigeons*
6438. Patti Smith — *M Train*
6439. Marcel Proust — *Un amour de Swann*
6440. Stefan Zweig — *Lettre d'une inconnue*
6441. Montaigne — *De la vanité*
6442. Marie de Gournay — *Égalité des hommes et des femmes* et autres textes
6443. Lal Ded — *Dans le mortier de l'amour j'ai enseveli mon cœur...*
6444. Balzac — *N'ayez pas d'amitié pour moi, j'en veux trop*
6445. Jean-Marc Ceci — *Monsieur Origami*
6446. Christelle Dabos — *La Passe-miroir, Livre II. Les disparus du Clairdelune*
6447. Didier Daeninckx — *Missak*
6448. Annie Ernaux — *Mémoire de fille*
6449. Annie Ernaux — *Le vrai lieu*
6450. Carole Fives — *Une femme au téléphone*
6451. Henri Godard — *Céline*
6452. Lenka Horňáková-Civade — *Giboulées de soleil*

6453. Marianne Jaeglé	*Vincent qu'on assassine*
6454. Sylvain Prudhomme	*Légende*
6455. Pascale Robert-Diard	*La Déposition*
6456. Bernhard Schlink	*La femme sur l'escalier*
6457. Philippe Sollers	*Mouvement*
6458. Karine Tuil	*L'insouciance*
6459. Simone de Beauvoir	*L'âge de discrétion*
6460. Charles Dickens	*À lire au crépuscule et autres histoires de fantômes*
6461. Antoine Bello	*Ada*
6462. Caterina Bonvicini	*Le pays que j'aime*
6463. Stefan Brijs	*Courrier des tranchées*
6464. Tracy Chevalier	*À l'orée du verger*
6465. Jean-Baptiste Del Amo	*Règne animal*
6466. Benoît Duteurtre	*Livre pour adultes*
6467. Claire Gallois	*Et si tu n'existais pas*
6468. Martha Gellhorn	*Mes saisons en enfer*
6469. Cédric Gras	*Anthracite*
6470. Rebecca Lighieri	*Les garçons de l'été*
6471. Marie NDiaye	*La Cheffe, roman d'une cuisinière*
6472. Jaroslav Hašek	*Les aventures du brave soldat Švejk*
6473. Morten A. Strøksnes	*L'art de pêcher un requin géant à bord d'un canot pneumatique*
6474. Aristote	*Est-ce tout naturellement qu'on devient heureux ?*
6475. Jonathan Swift	*Résolutions pour quand je vieillirai et autres pensées sur divers sujets*
6476. Yājñavalkya	*Âme et corps*
6477. Anonyme	*Livre de la Sagesse*
6478. Maurice Blanchot	*Mai 68, révolution par l'idée*
6479. Collectif	*Commémorer Mai 68 ?*
6480. Bruno Le Maire	*À nos enfants*

6481. Nathacha Appanah — *Tropique de la violence*
6482. Erri De Luca — *Le plus et le moins*
6483. Laurent Demoulin — *Robinson*
6484. Jean-Paul Didierlaurent — *Macadam*
6485. Witold Gombrowicz — *Kronos*
6486. Jonathan Coe — *Numéro 11*
6487. Ernest Hemingway — *Le vieil homme et la mer*
6488. Joseph Kessel — *Première Guerre mondiale*
6489. Gilles Leroy — *Dans les westerns*
6490. Arto Paasilinna — *Le dentier du maréchal, madame Volotinen et autres curiosités*
6491. Marie Sizun — *La gouvernante suédoise*
6492. Leïla Slimani — *Chanson douce*
6493. Jean-Jacques Rousseau — *Lettres sur la botanique*
6494. Giovanni Verga — *La Louve et autres récits de Sicile*
6495. Raymond Chandler — *Déniche la fille*
6496. Jack London — *Une femme de cran* et autres nouvelles
6497. Vassilis Alexakis — *La clarinette*
6498. Christian Bobin — *Noireclaire*
6499. Jessie Burton — *Les filles au lion*
6500. John Green — *La face cachée de Margo*
6501. Douglas Coupland — *Toutes les familles sont psychotiques*
6502. Elitza Gueorguieva — *Les cosmonautes ne font que passer*
6503. Susan Minot — *Trente filles*
6504. Pierre-Etienne Musson — *Un si joli mois d'août*
6505. Amos Oz — *Judas*
6506. Jean-François Roseau — *La chute d'Icare*
6507. Jean-Marie Rouart — *Une jeunesse perdue*
6508. Nina Yargekov — *Double nationalité*
6509. Fawzia Zouari — *Le corps de ma mère*
6510. Virginia Woolf — *Orlando*
6511. François Bégaudeau — *Molécules*

6512. Élisa Shua Dusapin — *Hiver à Sokcho*
6513. Hubert Haddad — *Corps désirable*
6514. Nathan Hill — *Les fantômes du vieux pays*
6515. Marcus Malte — *Le garçon*
6516. Yasmina Reza — *Babylone*
6517. Jón Kalman Stefánsson — *À la mesure de l'univers*
6518. Fabienne Thomas — *L'enfant roman*
6519. Aurélien Bellanger — *Le Grand Paris*
6520. Raphaël Haroche — *Retourner à la mer*
6521. Angela Huth — *La vie rêvée de Virginia Fly*
6522. Marco Magini — *Comme si j'étais seul*
6523. Akira Mizubayashi — *Un amour de Mille-Ans*
6524. Valérie Mréjen — *Troisième Personne*
6525. Pascal Quignard — *Les Larmes*
6526. Jean-Christophe Rufin — *Le tour du monde du roi Zibeline*
6527. Zeruya Shalev — *Douleur*
6528. Michel Déon — *Un citron de Limone* suivi d'*Oublie...*
6529. Pierre Raufast — *La baleine thébaïde*
6530. François Garde — *Petit éloge de l'outre-mer*
6531. Didier Pourquery — *Petit éloge du jazz*
6532. Patti Smith — *« Rien que des gamins ». Extraits de Just Kids*
6533. Anthony Trollope — *Le Directeur*
6534. Laura Alcoba — *La danse de l'araignée*
6535. Pierric Bailly — *L'homme des bois*
6536. Michel Canesi et Jamil Rahmani — *Alger sans Mozart*
6537. Philippe Djian — *Marlène*
6538. Nicolas Fargues et Iegor Gran — *Écrire à l'élastique*
6539. Stéphanie Kalfon — *Les parapluies d'Erik Satie*
6540. Vénus Khoury-Ghata — *L'adieu à la femme rouge*
6541. Philippe Labro — *Ma mère, cette inconnue*
6542. Hisham Matar — *La terre qui les sépare*
6543. Ludovic Roubaudi — *Camille et Merveille*

6544. Elena Ferrante — *L'amie prodigieuse (série tv)*
6545. Philippe Sollers — *Beauté*
6546. Barack Obama — *Discours choisis*
6547. René Descartes — *Correspondance avec Élisabeth de Bohême et Christine de Suède*
6548. Dante — *Je cherchais ma consolation sur la terre...*
6549. Olympe de Gouges — *Lettre au peuple et autres textes*
6550. Saint François de Sales — *De la modestie et autres entretiens spirituels*
6551. Tchouang-tseu — *Joie suprême et autres textes*
6552. Sawako Ariyoshi — *Les dames de Kimoto*
6553. Salim Bachi — *Dieu, Allah, moi et les autres*
6554. Italo Calvino — *La route de San Giovanni*
6555. Italo Calvino — *Leçons américaines*
6556. Denis Diderot — *Histoire de Mme de La Pommeraye* précédé de l'essai *Sur les femmes.*
6557. Amandine Dhée — *La femme brouillon*
6558. Pierre Jourde — *Winter is coming*
6559. Philippe Le Guillou — *Novembre*
6560. François Mitterrand — *Lettres à Anne. 1962-1995. Choix*
6561. Pénélope Bagieu — *Culottées Livre I – Partie 1. Des femmes qui ne font que ce qu'elles veulent*
6562. Pénélope Bagieu — *Culottées Livre I – Partie 2. Des femmes qui ne font que ce qu'elles veulent*
6563. Jean Giono — *Refus d'obéissance*
6564. Ivan Tourguéniev — *Les Eaux tranquilles*
6565. Victor Hugo — *William Shakespeare*
6566. Collectif — *Déclaration universelle des droits de l'homme*
6567. Collectif — *Bonne année ! 10 réveillons littéraires*

Impression Grafica Veneta
à Trebaseleghe, le 27 février 2019
Dépôt légal : février 2019
1er dépôt légal dans la collection: septembre 1991

ISBN : 978-2-07-038403-7./Imprimé en Italie